中國詩學研究

第二十一辑

安徽师范大学中国诗学研究中心 编

凤凰出版社

图书在版编目（CIP）数据

中国诗学研究. 第二十一辑 / 安徽师范大学中国诗
学研究中心编. -- 南京：凤凰出版社，2022.6
ISBN 978-7-5506-3701-6

Ⅰ. ①中… Ⅱ. ①安… Ⅲ. ①诗歌研究－中国－丛刊
Ⅳ. ①I207.22-55

中国版本图书馆CIP数据核字(2022)第122236号

书　　　名	中国诗学研究(第二十一辑)
编　　　者	安徽师范大学中国诗学研究中心
责 任 编 辑	徐珊珊
装 帧 设 计	徐　慧
出 版 发 行	凤凰出版社(原江苏古籍出版社)
	发行部电话025-83223462
出版社地址	江苏省南京市中央路165号,邮编:210009
照　　　排	南京凯建文化发展有限公司
印　　　刷	江苏凤凰数码印务有限公司
	江苏省南京市栖霞区尧新大道399号,邮编:210038
开　　　本	787毫米×1092毫米　1/16
印　　　张	17.25
字　　　数	325千字
版　　　次	2022年6月第1版
印　　　次	2022年6月第1次印刷
标 准 书 号	ISBN 978-7-5506-3701-6
定　　　价	112.00元

(本书凡印装错误可向承印厂调换,电话:025-57718474)

《中国诗学研究》编委会

目　　录

诗学研究

词学研究

诗学文献

新书推介

刘禹锡七律风格琐议

魏耕原

摘　要：刘禹锡的七律，一直以来被关注的仅几首名作。事实上，其七律以昂扬的气势和明朗的意象，配合"焊接法"的景物组合方法，以及反复的民歌手法、灵活多变的用典、流丽矜持的对偶等艺术手段，往往带有历史哲学与人生思考，在中唐诗坛自成一格，成为中唐七律之巨擘。

关键词：刘禹锡七律　气势　焊接　反复　对偶

刘禹锡的七律一般不为人所重，实际上其七律数量之多、个性之鲜明，颇值得关注。笔者曾对其七律中有关秋天的赞美，主体风格的明爽劲健，以及题材的开拓等方面有所讨论。今对其七律的大气舒朗，景物大小之间的"焊接"，以及从大处着眼、用典精切等方面，再予以琐议。

一、大气包举与意象明朗

刘禹锡是位政治诗人，他在 71 岁所作的《子刘子自传》中只叙身世与政治经历，未言及诗文著述。他把自己看作一个政治家，就像韩愈把自己看作传递儒家道统的思想家，他们都是"余事作诗人"①。他在《子刘子自传》中云："天与所长，不使施兮；人或加讪，心无疵兮。"②他自认为具有政治方面的才能，却未能得到施展。人们对永贞新政有讥讪，但他心里光明磊落，而无私念瑕疵。他一生受到多次打击排挤，39 岁参加永贞新政初贬，44 岁返京再贬，直到 56 岁才分司东都任主客郎中，次年充集贤学士，60 岁又出为苏州刺史，63

---

①　方世举著，郝润华、丁俊丽整理：《韩昌黎诗集编年笺注》卷一一，中华书局 2012 年版，第 619 页。

②　刘禹锡著，瞿蜕园笺证：《刘禹锡集笺证》外集卷九，上海古籍出版社 1989 年版，第 1503 页。后所引刘禹锡诗句皆出自此书，不另出注。

岁转汝州刺史,次年转同州,65 岁因足疾迁太子宾客,分司东都,71 岁逝世。其一生在郎、连、夔、和四州便有 23 年,直到晚年才至洛阳,未再离开。中唐的所谓州,中等者只有户口二万以下,下州则不满二万。一家按五口计,不过十万人左右。行政管理地域大概比今日之县较大,比地区要小,如夔州下辖只有两县,在这样的条件下,刘禹锡的"天予所长"没有发挥的空间。他一生多数年月在贬所,如他所说"重屯累厄,数之奇兮",结束贬谪后,晚年又在闲散无职权中度过,以他的政治抱负来说,可谓是悲剧的一生,他的诗作似乎也应当是悲伤而又哀怨的。但他偏偏不,总想着"天下之是非",而不顾"人人之是非","于是蹈道之心一,而俟时之志坚"(《何卜赋》)。他所处的时代是唐代的多事之秋,自身处境又是"秋天中的秋天",但他却认为"我言秋日胜春朝"(《秋词》其一),"山叶红时觉胜春"(《自江陵沿流道中》)。他有矢志不渝的政治热情,又认为天之能生万物,而可以治万物,人可以胜天,所以他的诗中透露出政治家的锐气、思想家的大气,这在其七律中尤为明显。

其七律《郡内书怀献裴侍中留守》说:

> 功成频献乞身章,摆落襄阳镇洛阳。万乘旌旗分一半,八方风雨会中央。兵符今奉黄公略,书殿曾随翠凤翔。心寄华亭一双鹤,日陪高步绕池塘。

诗题中的"裴侍中",即裴度。裴在大和四年(830)从司徒兼侍中出为山南东道节度使,八年(834)充东都留守。《旧唐书》本传云:"度素称坚正,事上不回,故累为奸邪所排,几至颠沛。及晚节,稍浮沉以避祸。"即此诗首联所言。洛阳为唐之陪都,位于全国中心,颔联两句即赞裴职权大,军队分掌国家之半,所在地理位置为国家又一中心。颈联"兵符"句是就裴言,言裴度出将入相,曾率兵收复淮西蔡州,"黄公略"即黄石公所著《三略》;对句是就己言,大和二年(828)至五年刘禹锡任集贤殿学士,当时裴度以司徒同平章事充集贤殿大学士,刘禹锡在裴手下工作,故言"书殿曾随翠凤翔",以翠凤喻裴度职掌集贤殿事。白居易曾送裴度双鹤,而作此诗时刘禹锡在苏州,便以吴郡陆机隐居故里的"华亭鹤唳",比喻裴度居以闲职。末句"高步绕池塘"言裴度胸怀大志,心系国家,随时可以再委以重任。作此诗时刘禹锡和裴度都受到排挤,远离长安,但诗却写得大气包举,对未来并没有失去希望,无哀怨,不沮丧,充斥了一种英气。措辞远大,气势轩昂,犹如书法家运笔,笔中有力,意气杰出。叶少蕴说:"七言难于气象雄浑,句中有力,而纡徐不失言外之意。自老杜'锦江春色来天地,玉垒浮云变古今',与'五更鼓角声悲壮,三峡星河影动摇'等句之后,尝恨无复继者。韩退之笔力最为杰出,然每苦意与语俱尽。《和裴晋公破蔡州回诗》所谓'将军旧压三司贵,相国新兼五等崇',非不壮也,然意亦尽于此矣。不若刘禹锡《贺晋公留守东都》云'天子旌旗分一半,八方风雨会中州',语远而体大也。"①这是说刘此二句不仅气象雄浑,且具句外之意。以今日观之,身处不被重用之时,却寄希望于将来,且对眼前困境出以博大豪迈之语,其心境高远则不难见。贺裳谓这两句"不徒对仗整齐,气象雄丽,且雒邑为天下之中,度以上相居守,字字关合,殆无虚设。顾有以'旌旗'对'风雨'不工为言者,岂非小儿强作解人乎"②? 亦可见刘禹锡诗作意在关切整体,不拘细末,志向远大而意态轩昂。

再如他的名诗《西塞山怀古》,首联总揽全局,大气包举,西晋楼船一旦"下益州",东吴金陵政权的王气便"黯然收",气势雄壮。此后诗句从头叙起,"千寻铁锁"为东吴防御工事,然而却只换得"一片降幡出石头",何等惨淡。叙事则句句跳跃。"人世几回伤往事"及以上四句,包蕴金陵之六朝的同时隐含现在。"山形依旧枕江流",又是多么冷隽,人世在变而山河依旧,则又是政治哲学的思考,其深度与高度显而易见。"今逢四海为家日",说到这里本该有许多话要说,却以"故垒萧萧芦荻秋"结束。以景结束,不发议论,却达到意在言外的效果,轩豁之中蕴含无尽的沧桑感慨,居安思危、忧时之念全在不言中。全诗大气盘旋,跌宕起伏,尤其"人世"两句,包举上下千年,纵横万里,举重若轻,看似不费力气,却神完气足。刘禹锡七律句式疏朗,以气运转,涉笔远大。七律《哭吕衡州时予方谪居》的"空怀济世安人略,不见男婚女嫁时。遗草一函归太史,旅坟三尺近要离",把吕温之大志,散文之杰出,以及赍志以殁的遗憾,囊括无遗。他如《酬乐天扬州初逢席上见赠》的"沉舟侧畔千帆过,病树前头万木春",不仅切合扬州其地,还把"怀旧空吟闻笛赋,到乡翻似烂柯人","二十三年弃置身",以及"玄都观里桃千树,尽是刘郎去后栽",都涵盖了。这些诗句都显现出刘禹锡七律语远而体大的特点。白居易晚年丧殁幼子,这本是人生之不幸,他人很难予以合适的安慰。韩愈在《孟东野失子》中以鸱鸮子生母死与蛇生子而肠裂,说明无子并不遗憾,未免可怖。而刘之《苏州白舍人寄新诗,有叹早白无儿之句,因以赠之》的"雪里高山头白早,海中仙果子生迟",还有《吟白君哭崔儿二篇,怆然寄赠》的"从此期君比琼树,一枝吹折一枝生",不仅比韩诗高明,而且气象高远,鼓舞人心。政治之不幸,日常之不幸,刘禹锡却能始终持以昂扬豁达之精神,故笔下自能大气包举,予人以面对未来之希望。

刘禹锡晚年作品中也少有衰颓之气,只偶尔出现感叹。七律《郡斋书怀寄江南白尹,兼简分司崔宾客》一诗大约作于文宗大和七年(833),这时刘禹锡已 62 岁了,还在苏州刺史任上,前四句说:"谩读图书三十车,年年为郡老天涯。一生不得文章力,百口空为饱暖

<hr />

① 叶梦得:《石林诗话》,见何文焕辑:《历代诗话》,中华书局 2004 年版,第 432 页。
② 贺裳:《载酒园诗话又编》"刘禹锡"条,见郭绍虞编选,富寿荪校点:《清诗话续编》,上海古籍出版社 1983 年版,第 349 页。

家。"表达了自己在政治上不能大有作为的遗憾，但遗憾中却似乎蕴含奋发有为的意念。最后说："还思谢病吟归去，同醉城东桃李花。"这种略显颓唐的诗句在他的诗里并不多。这诗是寄给白居易的，白的答诗《和梦得》："纶阁沉沉无宠命，苏台籍籍有能声。岂唯不得清文力，但恐空传冗吏名。郎署回翔何水部，江湖留滞谢宣城。所嗟非独君如此，自古才难共命争。"①白又有《和集贤刘学士早朝》"暂留春殿多称屈，合入纶闱即可知"，"参以此'纶阁沉沉'之句，知当时物望皆以禹锡当入掖垣掌诰，集贤之命，苏州之除，皆屈于不得已"。《旧唐书》刘禹锡本传说："大和中，度在中书欲令知制诰，执政又闻《诗序》，滋不悦，累转礼部郎中、集贤院学士。度罢知政事，禹锡求分司东都。终以恃才褊心，不得久处朝列。"可见直到晚年刘禹锡还在受人排挤，不得进入中枢机构，而直到此时他才不得不发"归去"之叹。

刘禹锡的应酬七律也能很好地展现了他的昂扬奋发之气。其中《奉送浙西李仆射相公赴镇》便极富代表性：

> 建节东行是旧游，欢声喜气满吴州。郡人重得黄丞相，童子争迎郭细侯。诏下初辞温室树，梦中先到景阳楼。自怜不识平津阁，遥望旌旗汝水头。

"李仆射"即李德裕。文宗大和八年(834)，李德裕受到李宗闵等的排挤，罢相出镇润州刺史、苏常杭润观察使。李德裕在穆宗长庆二年(822)曾由御史中丞出为润州刺史，在此地悉革旧弊，人乐其政，在浙西八年，政声显著。此次系再贬其地，故称"旧游"，而他再次出镇对吴地之人来说是"欢声喜气满吴洲"的。中四句的前三句全用汉代事，西汉黄霸两为颍川太守，治为天下第一，代丙吉为相；后汉郭伋字细侯，两为并州牧，前则"素结恩德"，后则入界，老幼逢迎道路。以此两人两次为郡守喻李，分外恰切。西汉孔光"凡典枢机十余年"，行事慎重。归休燕语，不及政事，或问"温室省中树，皆何木也"，则默而不应。"温室"为汉武帝所建殿，在长乐宫中，为中枢要地，此暗指李罢相。景阳楼故址在今江苏南京玄武湖侧，离润州不远，此借指润之辖地。平津阁，谓西汉公孙弘为相封侯，起客馆，开东阁以延贤人，此句隐指李对自身还不够了解。此时刘禹锡为汝州刺史，在州奉送李至临泉驿，故以"遥望旌旗"收束。

这个时期牛李党争正是水火不容，"禹锡是时已与僧孺踪迹稍密，而与德裕亦为旧友，汝州之授，盖即由德裕援引，故与两派之争不能有所左右袒。本卷与德裕之行，凡有两诗致意，但叙重领重镇，而不涉罢相一字。且此诗'自怜不识平津阁'一语，尤似有深意存焉。

---

① 白居易著，朱金城笺校：《白居易集笺校》卷三一，上海古籍出版社1988年版，第2114页。

殆禹锡深虑牛、李所不悦,故为此语以自明,若曰德裕虽为相,初未得其垂顾耳"。面对友人罢相出镇,刘禹锡从旧郡人欣庆欢迎着笔,写得"欢声喜气",对罢相一字不提,却反言其忠于职守,一辞朝廷便梦到出镇之地。末两句把不便道明的牛李党争局势,说得脱离干系而又一往情深。颔联以《汉书》与《后汉书》典故相偶,以史对史,汉人语对汉人语,丞相事对丞相事,偶对极为巧妙,而且大气盘旋,处处贴合对方丞相身份。这在送贬官诗中是一种极巧写法,没有任何沮丧意味,而又说得异常得体。前人谓此诗工整疏丽,可以与王维、岑参七律"争坐,不可以时代论"(张世炜《唐七律隽》语),将其看作有盛唐气象,而究其内容则是把贬谪说得振拔,实与盛唐不同。

能把贬谪说得"欢声喜气",这让处闲职而不被重用者也能从其诗呈现的自在、豁达之气中得到慰藉与欢欣。《春日书怀,寄东洛白二十二、杨八二庶子》:"曾向空门学坐禅,如今万事尽忘筌。眼前名利同春梦,醉里风情敌少年。野草芳菲红锦地,游丝撩乱碧罗天。心知洛下闲才子,不作诗魔即酒颠。"这是敬宗宝历元年(825)刘禹锡55岁在和州刺史任上送给白居易与杨归厚的诗。此时他们都任太子庶子的闲官,且三人为旧友。白刺忠州,杨刺万州,为邻郡,屡有往还之诗。白归洛阳为庶子时,有《酬杨八》说:"君以旷怀宜静境,我因塞步称闲官。"[1]又有《赠杨使君》的"曾嗟放逐同巴峡,且喜归还会洛阳。时命到来须作用,功名未立莫思量"。刘此诗意与白意相同。前四句说他们正以闲散为乐,活得愉快,像青年人一样。颈联是这首诗的气场所在,借景传情,秾丽秀整,似与初唐相近。其中"红锦地""碧落天"可谓大景,不仅对范仲淹《苏幕遮》"碧云天,黄叶地"有影响,且与"野草芳菲""游丝撩刮"配合,促成一种铺天盖地的蓬勃,显不出纤细柔弱,只见春光朝气的荡漾。这种造句的"焊接",是刘禹锡诗作中常见的艺术手法,使得其诗作在大气之余,避免了疏松之弊,造就了他的七律风格。

二、造句的焊接

堆叠句厚重,但不免沉滞拥塞,只有杜甫用顿挫抑扬化板滞为灵活,方才转动得开。而刘禹锡造句疏朗,充满锐气与大气,但这种堆叠句一多,难免有疏松之弊,于是他选择将两种大小不同的景物,用艺术的手段"焊接"起来,因此"焊接"成了刘禹锡七律里的一大规律。这种"焊接"和把许多景物堆积起来有很大区别,它既能显示出要表达的气氛与情感,又能显得充实且大气,它是盛唐七律宏伟壮阔的一种变化。相对于大历七律流利却飘浮,

---

①　《白居易集笺校》卷二三,第1585页。

刘禹锡的七律能做到坚亮而畅达,这种"焊接"法起了一定的作用。

《荆州道怀古》就用了这种"焊接"法,才会具有"高淡凄清,又复柔婉"(邢昉《唐风定》语)的效果:

> 南国山川旧帝畿,宋台梁馆尚依稀。马嘶古道行人歇,麦秀空城野雉飞。风吹落叶填宫井,火入荒陵化宝衣。徒使词臣庾开府,咸阳终日苦思归。

首尾四句叙述与言情,带出"怀古"。中四句写景要写出"荆门道",他便利用七言句上四下三的节奏,每句前四字均为大景,后三字均为小景,如"麦秀空城"为空旷的荒景,"野雉飞"则为小景,为空旷中平添了不少苍凉与冷寂。尤其是颈联两句,"风吹落叶"为一片荒冷,"填宫井"则纳入了小景,又使人想起昔日"宋台梁馆"的"尚依稀";"火入荒陵"为野火蔓延,而"化宝衣"从想象中幻出,二者"焊接"在一起透出"南国山川旧帝畿"的遗存,生出怀古的感慨。第三句则使"全首灵动"(屈复《唐诗成法》),"马嘶古道"的寥廓空旷的听觉意象,和"行人歇"配合,行人徘徊瞻眺,尽在言外,唤醒诗题,让整首诗的画面活动起来。何焯说:"三、四流水对,五、六参差对,未尝犯四平头及板板四实句也。"[①]这是从内容上看到中四句偶对方法的不同,加上大小景的组合,其对偶的变化,更见复杂多样。

题署七律在盛唐李颀、杜甫诗中常能见到。李颀《题卢五旧居》:"物在人亡无见期,闲庭系马不胜悲。窗前绿竹生空地,门外青山如旧时。怅望秋天鸣坠叶,巉岏枯柳宿寒鸥。忆君泪落东流水,岁岁花开知为谁。"[②]虽然写古今之荒凉,贴合题目,然缺少一种今昔对比之感,只有"门外青山如旧时"略微看出。杜甫《滕王亭子》其一的"春日莺啼修竹里,仙家犬吠白云间"[③],莺啼、犬吠本为听觉意象的小景,而"修竹里"与"白云间"却为大景,这种大小组合,特别是后一句更能引发人许多想象。刘禹锡《题于家公主旧宅》就用大小景的组合:

> 树绕荒台叶满池,箫声一绝草虫悲。邻家犹学宫人髻,园客争偷御果枝。马埒蓬蒿藏狡兔,凤楼烟雨啸愁鸱。何郎独在无恩泽,不似当初傅粉时。

"树绕荒台"为大景,"叶满池"为小景,二者组合见出此地无人打扫,一片荒冷;"箫声

---

① 方回选评,李庆甲集评校点:《瀛奎律髓汇评》,上海古籍出版社 1986 年版,第 100 页。
② 李颀著,隋秀玲校注:《李颀集校注》卷下,河南人民出版社 2007 年版,第 172—173 页。
③ 杜甫著,仇兆鳌注:《杜诗详注》卷十三,中华书局 1979 年版,第 1088 页。

一绝"使人想起昔日箫笛齐奏的热闹,"草虫悲"为寂静小景,大小"焊接",碰撞出今非昔比的感慨;"宫人髻"本是时髦小事,而今日"邻家犹学"可以想见其影响之久;"偷果"原是琐事,"园客争偷"则见园荒无人;"马埒"为习射驰道两侧矮墙,使马不外骛,此非一般人家所能有,今日则"蓬蒿藏狡兔",这大小景产生今昔变化之慨;"凤楼烟雨"为大景,而"啸愁鸱"一焊接,便别有一番景象。这种衔接还可从一句之中散作两句,末尾的"何郎独在无恩泽"以魏之何晏比于顿之子季友,此为一端;"不似当初傅粉时"指家族兴盛之时,这又是大小相形。白居易《同诸客题于家公主旧宅》:"平阳旧宅少人游,应是游人到即愁。布谷鸟啼桃李院,络丝虫怨凤凰楼。台倾滑石犹残砌,帘断珍珠不满钩。闻道至今萧史在,髭须雪白向明州。"同题同体,白诗只见荒凉,少了感慨,便生发不出像刘禹锡大小景"焊接"的艺术效果。

这种大小相接的景观,频频见于刘禹锡的七律。如《别夔州官吏》的前四句:"三年楚国巴城守,一去扬州扬子津。青帐联延喧驿步,白头俯偻到江滨。"前两句对偶,时间长短相形,流动自在,两个"扬"字的反复也是其中的原因之一。"青帐联延"言饯行之帐排得很长,这可算大场面;"喧驿步"言驿站隶卒忙于饯行往来,步履喧腾杂沓之声,此为听觉中的小景,这大小两景视听结合,碰撞出场面的热烈。"白头俯偻"谓州之下属年老官员弯腰伏身,此为近中小景,"到江滨"则为背景,为大景,相衬之下一片恭敬肃穆气氛。此两句以"白头"对"青帐",既为借对,又为视听对,充分刻画了送别的"夔州官吏"。对此隆重的送别,作者的回报是:"惟有九歌词数首,里中留与赛蛮神。"他在此作《竹枝词》九首,临别专为道之,他在夔州政绩颇著,特言于此,也是很自负的话,这又是以小见大了。

大小相形互相"焊接"的手法,也常常被刘禹锡用来巧妙暗示当时政局,变化出意料之外的效果。《和仆射牛相公春日闲坐见怀》:

　　官曹崇重难频入,第宅清闲且独行。阶蚁相逢如偶语,园蜂速去恐违程。人于红药惟看色,莺到垂杨不惜声。东洛池台怨抛掷,移文非久会应成。

乍看颔联极觉琐细,在梦得诗中未再遇到。杜甫在五律中写蚁、蜂之类的小物,而绝不入七律长句。刘诗以疏朗大气见长,所以方回说"似已有江西体"(见《瀛奎律髓汇评》),王夫之却言"梦得深于影响,此一谤史也"(《唐诗评选》)。前者从手法看,后者着眼于影射的内容。当时牛李党争方炽,禹锡鉴于前车之覆,劝牛僧孺不要介入。牛僧孺为永贞元年(805)进士,当时刘禹锡处于中枢,牛于长庆三年(823)、大和四年(830)、开成四年(839)三次入相,此诗即作于牛入相当年,所以开首刘禹锡即劝牛退身。颔联两句以蜂蚁为喻,暗示中枢间党争。刘禹锡身受过不同政见的迫害,这时已 68 岁,不再热衷仕宦的进退。所谓"谤史"即讥讽党争之事,视之为蜂蚁,蜂蚁为小物,"偶语""违程"则指党争之事,这种"焊接"是不得已为之。"红药"即芍药,暗指中书省。谢朓《直中书省》"红药当阶翻,苍苔依砌上"①,即暗示人所看重的红药摇摆不定,而被人漠视的苍苔却能静依砌上,并且明言这种显赫之地,却是争斗的场所,故道"信美非吾室,中园思偃仰",而想到退身归隐。而刘诗的"人于红药惟看色",实际言不要把入相看得太重。"莺到垂杨不惜声"暗喻一到中枢,便以恩怨为能事,不惜一切了。"垂杨"被喻为大物重地,莺则为小物,这种大小相形也确实见出他的讽刺才能。所以王夫之谓之"情语无双"。瞿蜕园说:"王氏于刘诗所得甚深,此联在唐人集中殊罕其比,王氏拈出,足征卓识。"②

刘禹锡运用大小景的组合,有时可以把景物写得更为饱满、富有生机,而具另外之意。《和牛相公游南庄,醉后寓言,赠乐天兼见示》写于牛僧孺别墅南庄园林,中四句写景:

> 蔷薇乱发多临水,鸂鶒双游不避船。水底远山云似雪,桥边平岸草如烟。

每句前四字均为景物,后三字则另有意趣。"多临水"说明"蔷薇乱发"的原因,水鸟"不避船"谓对人之熟悉;水中倒影的"云似雪"极言水清,"草如烟"为写岸边草之多的实景。写作此诗时牛僧孺年过花甲,刘、白又长牛七岁,三人均无复进取,故首尾只言诗酒游园之兴。王夫之说:"腹颔两联,七言圣境,结亦与乐府相表里。唐七言律如此工者不能十首以上,乃一向湮没,总为皎然一项人以乌豆换睛也,一叹。"③看此四句景只不过是初夏时的生机勃发,一片浓郁,并没有明显过人之处,王氏何以评价如此之高? 再则,题目中的"醉后寓言"在诗句中似乎也看不出来。刘禹锡与牛之关系,似有嫌隙。永贞元年(805)牛为进士,刘处要津,此后牛三次入主中枢,两次为相,刘则无复再起,直至开成二年(837),牛由淮南节度使改东都留守,其时刘、白俱在洛,三人逐渐归好,每有诗酒园林之会。白为僧孺座主,刘、白年高无复宦情,牛亦不忌二人,"不过聊为酒伴,只谈风月而已。白有《同梦得酬牛相公初到洛中,小饮见赠》诗云'诗酒放狂犹得在,莫欺白叟与刘君',言外之意不难窥见"④。此诗作于牛居洛之次年,那么此诗之"寓言"是否还有:当牛权倾天下时我们不靠近,当牛退守洛时,我和白就不回避了;我们就像水底远山如云般的高洁,而牛的园林

① 刘跃进著,徐华校:《文选旧注辑存》卷三〇,凤凰出版社 2017 年,第 5779—5780 页。
②④ 《刘禹锡集笺证》附录二,第 1634 页。
③ 王夫之著,陈书良校点:《唐诗评选》,上海古籍出版社 2011 年版,第 211 页。

却又如此豪富。牛在开成初，"阉寺弄权"，嫌处重藩，退守东都留守，其园林"佳木怪石，置于阶廷，馆宇清华，竹木幽邃，常与诗人白居易吟咏其间，无复进取之意"（《旧唐书》本传）。牛又有嗜石之癖，其僚吏乃"钩深致远，献瑰纳奇，四五年间，累累而至"（白居易《太湖石记》）。这或许即刘诗之"醉后寓言"，抑或王夫之盛称的缘由。亦可见出刘诗景物大小"焊接"的深切原因。

有时咏古诗中纯属写景，别无用意，亦用"焊接"法，把现实景观与神话组合起来，给人以新鲜之感。《巫山神女庙》："巫山十二郁苍苍，片石亭亭号女郎。晓雾乍开疑卷幔，山花欲谢似残妆。星河好夜闻清佩，云雨归时带异香。何事神仙九天上，人间来就楚襄王。"中四句每句前四字均为晓雾、山花、星河、云雨自然景观，后三字中的卷幔、残妆、清佩、异香赋予巫山女神女性特征，这种"自然的异化"全由焊接两种不相干的事物构成，将现实中的自然与神话联系起来，别有意趣。《鱼复江中》："扁舟尽室贫相逐，白发藏冠镊更加。远水自澄终日绿，晴林长落过春花。客情浩荡逢乡语，诗意留连重物华。风樯好住贪程去，斜日青帝背酒家。"鱼复在今重庆奉节，属夔州地。长庆四年（824）刘禹锡结束了再贬夔州，八月转刺和州（今安徽和县），时年53岁，故有"白发藏冠"之句。"禹锡集中不甚有嗟贫之语，未尝自道生计，此诗独有'贫相逐'，及'贪程去'之语，盖和州之授，官囊自此可稍丰，未免喜形于色也"①。所以诗中充斥一片喜气，见水而觉澄清，且虽时在八月却觉水有"终日绿"之美感；见林则言"长落过春花"，拉春天来作陪。刘禹锡自19岁游长安已34年，除守丧外，未闻乡音，可谓"客情浩荡"，然"逢乡语"则是想象之语，和州并非他的故乡，何况他还在夔地的江船上，这是说一路上总可遇到乡音。何况量移期宽松，一路可以留连物华作些诗了。沿途风樯陆马，又是可以在黄昏遇到青帝酒家的光景，心情是愉悦的。"终日绿""长落过春花""逢乡语"都是硬贴上的兴奋心情，似有用世之志不衰之意，所以特意采用了景物之间的"焊接"手段。

总之，焊接手法在刘禹锡的诗中是多样的，可以利用这种嫁接手法表达各种情怀，他在《董氏武陵集序》中说："片言可以明百意，坐驰可以役万景，工于诗者能之。"诗人把"百意""万景"融入片言与瞬间之中。在诗的造语中，也可以"心源为炉，笔端为炭。锻炼元本，雕锼群形。纠纷舛错，逐意奔走"，把不同景物"焊接"或嫁接，对他这种创作观念也是最好的说明。他的名联"沉舟侧畔千帆过，病树前头万木春"也是最好的体现，同时也形成他七律重要的艺术特征。

---

① 《刘禹锡集笺证》，第1477页。

三、反复、用典以及对偶

王夫之曾经说过:"七言律不可避俗,犹五言古之不可入俗。"①就是说七律不仅可以入俗,而且可以把不避俗作为一个特点。俗与不俗的主要区别之一,就是反复。反复原本是民歌最为重要的特征之一,七律庄重似乎与之无缘,因为一首诗出现两个相同的字即谓"重出",然而反复向来不计于"重出"之内。早期七律高手沈佺期著名的《龙池篇》发端"龙池跃龙龙已飞,龙德先天天不违",还有仅存一首诗的姜皎同题诗作起首云"龙池初出此龙山,常经此地谒龙颜",这是把歌行体的反复以及在相邻的两个音节中连用同字连绵对,用于七律。这两种都属于带有俗化的修辞手法。崔颢《黄鹤楼》与李白《凤凰台》《鹦鹉洲》都好像把沈诗作了"粉本"。杜甫《至后》的"冬至至后日初长,远在剑南思洛阳",《客至》的"舍南舍北皆春水,但见群鸥日日来",《白帝》的"白帝城中云出门,白帝城下雨翻盆",还有颈联的"戎马不如归马逸,千家今有百家存"。杜甫七律反复用得最多,也不过三四见。

刘禹锡有意取法民歌,他的《竹枝词》《杨柳枝词》《浪淘沙词》就是明证。在这些词里他把反复用得得心应手,他也把这种手法大量引入七律。如果说"焊接"是对偶的一种新方法,那么反复便成了首尾联的新方法了。《福先寺雪中酬别乐天》发端"龙门宾客会龙宫,东去旌旗驻上东",多少还带有些追踪沈诗的痕迹,而《和杨师皋给事伤小姬英英》首联"见学胡琴见艺成,今朝追想几伤情",民歌化的意味便很明显。再来看下列各诗:

> 同学同年又同舍,许君云路并华辀。(《和苏郎中寻丰安里旧居寄主客张郎中》尾联)
> 爱名之世忘名客,多事之时无事身。(《同白二十二赠王山人》首联)
> 吟君苦调我沾缨,能使无情尽有情。(《吟白乐天哭崔儿二篇,怆然寄赠》首联)
> 朝士忽为方外士,主人仍是眼中人。(《河南白尹有喜崔宾客归洛兼见怀长句,因而继和》颔联)
> 功成频献乞身章,摆落襄阳镇洛阳。(《郡内书情献裴侍中留守》首联)
> 终朝相忆终年别,对景临风无限情。(《酬乐天衫酒见寄》尾联)
> 昨来楼上迎春处,今日登楼又送归。(《送春词》首联)
> 自古相门还出相,如今人望在岩廊。(《送李尚书镇滑州》尾联)

---

① 《唐诗评选》,第 211 页。

江北万人看玉节,江南千骑引金铙。(《重送浙西李相公,顷廉问江南已经七载,后历滑台、剑南两镇,遂入相,今复领旧地,新加旌旄》首联)

对此独吟还独酌,知音不见思怆然。(《张郎中籍远寄长句,开缄之日已及新秋,因举目前仰酬高韵》尾联)

三千三百西江水,自古如今要路津。(《自江陵沿流道中》首联)

芳林新叶催陈叶,流水前波让后波。(《乐天见示伤微之敦诗、晦叔三君子,皆有深分,因成是诗以寄》颈联)

从以上各例看,反复用于首联的情况最多。一来七律与乐府歌行相关,而反复则是重要特征之一;二来反复容易上口,也容易作为开头;三来如上所言,刘禹锡对各地民歌有特别兴趣,促成了他在七律中使用民歌中的反复,且使用之多为初盛唐诗所罕见。后之李商隐便效法他而将反复用于七律,不过更为藻丽罢了。刘禹锡七律如此做法,似乎和通俗派元、白在呼应,形成"诗到元和体变新"的一种,也和元白、张王七律的俗化气息相同。

如果"焊接法"是为了解决七律中四句的创新,那么反复则是为七律首尾四句的出新一法。

反复之外,刘禹锡七律中用典也值得一观。七律用典以杜甫为最,刘禹锡诗明朗爽劲,似乎用典不多,但其实他的用典颇为讲究,不仅以史对史,而且以汉对汉,看似容易而又精切;外在自然,而骨子里严整,可以把难以言之意,发抒得明切委婉,安详自然。如《酬淮南牛相公述旧见贻》:

少年曾忝汉庭臣,晚岁空余老病身。初见相如成赋日,寻为丞相扫门人。追思往事咨嗟久,喜奉清光笑语频。犹有登朝旧冠冕,待公三入拂埃尘。

首句借汉言唐,说早年曾居中枢要津,次句言晚年老病落魄。这是对牛僧孺原诗的回赠,牛原诗《席上赠刘梦得》:"粉署为郎四十春,今来名辈更无人。休论世上升沉事,且斗樽前见在身。珠玉会应成咳唾,山川犹觉露精神。莫嫌恃酒轻言语,曾把文章谒后尘。"[1]"粉署"即尚书省的别称,唐人以尚书为右丞及六部侍郎统称丞郎,简称郎官。牛诗中言刘为郎数十年官职并不高,但现在的名气无人可比,仕宦升沉不用提了,且看我们谁的酒兴高,你出口成章,笔下可使山川成辉,别嫌我酒喝高了,我曾持文章谒见瞻望后尘——当日你又是多么地恃才傲物。末两句把耿耿于怀几十年的旧事点出,当初牛赴举之时,曾投赞

---

[1]　彭定求等编:《全唐诗》第十四册,中华书局1980年版,第5292页。

刘,刘"对客展卷,飞笔涂窜其文"①,二十八年后,刘转汝州,牛镇淮南,刘枉道驻旌信宿,牛酒酣赋诗,刘方悟往年改文卷为成人之志,岂料为非。此事见计有功《唐诗纪事》卷三十九"牛僧孺"条。如今牛曾数次入相,故刘诗特为谦抑,以示恭维。颔联两句把过去呈卷而今看之不愉快事,夸饰为"初见相如成赋日",这是就己说到对方,出句言己。对句化用典故,《史记·齐悼惠王世家》:"及魏勃少时欲求见齐相曹参,家贫无以自通,乃常独早夜扫齐相舍人门外。"相舍人怪之,勃曰:"愿见相君,无因,故为子扫,欲以求见。"于是将勃推荐给曹参,使勃成为舍人。此句把自己比作"丞相的扫门人",所谓"寻"言不久贬官。虽与本事稍有不合,但彼此为官之高低悬殊,亦可相通。叶梦得说:"荆公诗用法甚严,尤精于对偶。尝云用汉人语,止可以汉人语对,若参以异代语,便不相类。"②刘诗这两句以《史记》对《史记》,显得尤为精密。

他如《和乐天耳顺吟,兼寄敦诗》的"邓禹功成三纪事,孔融书就八年多",刘禹锡与白居易、崔群同庚,在六十耳顺之年,答和其《耳顺吟》。《后汉书·邓禹传》说邓禹 24 岁时为大司徒封赞侯,距耳顺之年差 36 年,尚有三纪。孔融《与曹操论盛孝章书》:"岁月不居,时节如流,五十之年,忽焉已至,公为始满,融又过二。"③孔融在作这篇著名书信时距离耳顺之年尚有八年。这是借年届耳顺而发的议论,以汉事对汉事,以武对文,颇有趣。而《乐天寄重和晚达冬青一篇,因成再答》:"东隅有失谁能免,北叟之言岂便诬?"《后汉书·冯异传》:"始虽垂翅回谿,终能奋翼渑池,可谓失之东隅,收之桑榆。"比喻早年失败了,晚年有成也不迟。《列子·力命篇》说北山愚公年近九十移山不止,矢志于有成。对句用了典故的前半,出句用了典故的后半,两句都出之以反问句,形成了对人生的思考,即人生有失,谁也免不了,人生终会有成,属于参差对,亦很巧妙。《酬令狐相公赠别》的"海峤新辞永嘉守,夷门重见信陵君",出句以谢灵运辞永嘉太守之职,此则指自己罢和州刺史;对句言转任分司东都,自楚入大梁,必由东门入也,即用《史记·魏公子列传》:"夷门者,城之东门也。"以信陵君比令狐楚,以侯生自况,人、事、地无不切合无痕,可称用典高手。《奉和裴侍中将赴汉南留别坐上诸公》的"暂辍洪炉观剑戟,还将大笔注春秋",后进宰相李宗闵、牛僧孺不悦裴度所为,度谢病罢相,后被出为襄阳节度,受到李、牛排挤,因用"暂辍"等浮泛之语,言难言之事。"洪炉"喻宰相主政,登降官员高下在心,而"此犹鼓洪炉燎毛发耳"(《后汉书·窦何列传》)。《晋书·杜预传》:"既立功之后,从容无事,乃耽思经籍,为《春秋左氏经传集解》。"杜预代羊祜镇荆州,而襄阳在晋为荆州治所,此以杜预比裴度,裴度出将入

---

① 计有功撰:《唐诗纪事》卷三九,上海古籍出版社 2013 年版,第 596 页。
② 叶梦得:《石林诗话》,见《历代诗话》,第 422 页。
③ 《文选旧注辑存》卷四一,第 8246 页。

相,文武兼备,人、事、地洽合,浑然天成。把难言之隐以典故轻轻带过。《赠同年陈长史员外》:"明州长史外台郎,忆昔同年翰墨场。一自分襟多岁月,相逢满眼是凄凉。推贤有愧韩安国,论旧唯存盛孝章。所叹谬游东阁下,看君无计出凄惶。"刘禹锡此时为集贤阁学士,宰相裴度兼集贤阁大学士,故以东阁为比。颈联均就己而言,韩安国为人多大略,所推举皆廉士,贤于己者,士以此称慕之。事见《史记·韩长孺列传》。孔融《论盛孝章书》:"海内知识,零落殆尽,唯有会稽盛孝章尚存。"这两句说推贤荐能自己有憾于韩安国,论起同年旧友只剩下你一个人了。语气在斡旋转折之间,又均用汉事,亦切合无间。

总之,刘诗用典不隐晦、不曲折,或用其事中一节,或用其前半或后半,变通灵活,明朗自然,很吻合他明爽劲健的诗风。特别是在中唐多事之秋,官员党派怨恨激增甚烈,他把复杂的关系或人事之纠葛在用典中轻轻带过,对减少摩擦起了极大功能。有时一典几次多用,各有其用。如孔融推荐盛孝章事,"孔融书就八年多",就孔融而用其事;"论旧唯存盛孝章",则从盛孝章用起,用意各有不同。他本人是个政治家式的诗人,而所用典故多与官员、诗人有关,使事用典也自然明朗化了。

从以上用典的例子,不难看出刘禹锡七律的另一大特点——对偶。其七律中的对偶不仅大气内充,气势轩举,蕴涵一个政治家的自信,而且尽量避免合掌,下句常出意料不到之笔,匪夷所思又天然自在。在郎州所作的《龙阳县歌》:"县门白日无尘土,百姓县前挽鱼罟。主人引客登大堤,小儿纵观黄犬怒。鹧鸪惊鸣绕篱落,橘柚垂芳照窗户。沙平草绿见吏稀,寂历斜阳照悬鼓。"郎州下辖仅两县,除依郭之武陵外,即龙阳县,前四句言风俗,后四句写景。前六句均对偶,对句三、四两句均有意料不到的效果,见出民不畏吏的乡土风俗。第六句很光彩神气,橘柚芳香用"垂",而"照窗户"的黄红色灿然可观,"鹧鸪惊鸣"见出来人之多,包括作者在内,当时人口之少亦可想见。此诗题材别致,风格清爽,不知古今选本为何不选,未免可惜。《送春词》的"兰蕊残妆含露泣,柳条长袖向风挥。佳人对镜容颜改,楚客临江心事违",前两句小景对大景,后两句女对男,句句在跳跃,形成"合鸣"状态。《送源中丞充新罗册立使》的"身带霜威辞凤阙,口传天语到鸡林",一实一虚,冠冕堂皇。《送王司马之陕州》的"案牍来时唯署字,风烟入兴便成章",言州司马之闲暇,使人容易想起韩愈的《蓝田县丞厅壁记》署名的景象。出句言无权,对句言时间多。《送前进士蔡京赴学究科》的"朱门达者谁能识,绛帐书生尽不如",上下两层包裹,参差偶对,不事干进却满腹经纶。《郎州窦员外见示与澧州元郎中郡斋赠答长句二篇,因以继和》的"新恩共理犬牙地,昨日同含鸡舌香",是倒逆对,而且又是鸡犬对,感慨存乎顿挫之中。《寄杨八寿州》的"八公山下清淮水,千骑尘中白面人",前景后人,以景衬人,人更突出。

他如《秋日题窦员外崇德里新居》的"清光门外一渠水,秋色墙头数点山",这种"山水对"动静相偶,清气袭人。《途次华州,陪钱大夫登城北楼春望,因睹李、崔、令狐三相国唱和之什。翰林旧侣,继踵华城,山水清高,鸾凤雅集,皆忝凤眷,遂题是诗》的"百二山河雄上国,一双旌旆委名臣",写出大臣出守景象,气势酣畅。《江陵严司空见示,与成都武相公唱和,因命同作》的"彩云朝望青城起,锦浪秋经白帝来",武元衡任剑南西川节度使,其中青城山、锦江、白帝城从远望中写出,而刘禹锡时在郎州故用"来"字,用借对组合,宏整壮丽。《洛中逢白监同话游梁之乐,因寄宣武令狐相公》的"少有一身兼将相,更能四面占文章",话说得到位,既见身份又见才能,数字对用得极灵活。《和宣武令狐相公郡斋对新竹》的"数间素壁初开后,一段清光入坐中",景中显身份,以此作酬答,十分得体。《阙下待传点呈诸同舍》的"殿含佳气当龙首,阁倚晴天见凤巢。山色葱茏丹槛外,霞光泛滟翠松梢",前两句虚实对,后两句远近对,使宫殿群景象尽在眼前,显得富丽堂皇,占尽风光。《刑部白侍郎谢病长告,改宾客分司,以诗赠别》中四句"九霄路上辞朝客,四皓丛中作少年。他日卧龙终得雨,今朝放鹤且冲天",辞职、闲散、年龄并不见老,仅近六十,对将来的希望都组织在对偶中,自然流走又有逆挽。《乐天寄重和晚达冬青一篇,因成再答》的"秋隼得时凌汗漫,寒龟饮气受泥涂",霄壤之别中顿挫抑扬更为分明,倾注望友待机再博以奋进。《乐天见示伤微之、敦诗、晦叔三君子,皆有深分,因成是诗以寄》的"世上空惊故人少,集中唯觉祭文多",两句话说了一个意思,却用"多"与"少"对,字面跌宕,措意则反复慨叹。《客有话汴州新政,书事寄令狐相公》的"庭前剑戟朝迎日,笔底文章夜应星",本是"朝"与"夜"对,一旦把节仗、天文组织其中,则文武兼备,气象不凡。《重酬前寄》的"新成丽句开缄后,便入清歌满坐听",流水对使才华更亮眼。议论、写景、叙述均可入对偶中,如:

　　　遍看今日乘轩客,多是昔年呈卷人。(《酬国子崔博士立之见寄》)
　　　三省英寮非旧侣,万年芳树长新枝。(《和仆射牛相公以离阙庭七年班行亲故亡殁,十无一人,再睹龙颜,喜庆虽极,感叹风烛,能不怆然。因成四韵,并示集贤中书二相公所和》)
　　　大鹏六月有闲意,仙鹤千年无躁容。(《和仆射牛相公见示长句》)
　　　雕鹗腾空犹逞俊,骅骝啮足自无惊。(《和仆射牛相公寓言二首》其二)
　　　数间茅屋闲临水,一盏秋灯夜读书。(《送曹璩归越中旧隐》)

或倒挽,或下句喻上句,或以喻对喻,或由背景聚焦在灯光之下,意境格调自出。他的181首七律,至少有360多联偶句,很少有重复现象,偶有意同者,然措辞不同。刘禹锡纯粹的登高山水诗极少,内容最多的是酬赠唱和与送往迎来,这些诗作本来就承载着与官员联络感情的作用,然颇具气骨,豪劲而研练,劲爽而格高,得体而具气魄,句句分晓,不吃气力,对后世的苏轼与陆游影响甚大。

刘禹锡之七律无论大气包举与意象明朗,还是造句的"焊接",以及反复、用典与对偶,在中唐则别具一格,有别于韩柳、元白、张王,被称为中唐七律之巨擘,于盛唐亦为一变。可谓变中出变,值得全面深入研究。

(作者简介:魏耕原,陕西师范大学文学院教授。著有《唐宋诗词语词考释》等。)

宋代士人阶层与词臣群体关系侧议

——以科举考试为中心*

许浩然

摘　要: 宋代词臣群体与士人阶层之间产生人事关联的场域主要在科举考场。词臣常被授予科考知贡之权,负责衡文取士。宋代科举史料常态性地记载知贡词臣提携应试士子,应试士子趋奉知贡词臣的史事。笔者承认这一常态的存在,但更着意抉发事实的另一面,即科举背景下士子对词臣的挑战之势。这主要体现为士子对词臣科考命题的偶然失误致以嘲弄指摘,落榜时对知贡词臣诉诸公然的抗议,以及本于自身科场辞章的富赡对词臣发表诟病非议。除此而外,宋代更有一类不尚仕宦功名、追求内在道德的士人,他们对词臣群体的指摘态度则显现出词臣耽习文辞、趋于承奉、醉心仕进、涵养不足的缺陷。

关键词: 词臣　士人　科举　挑战

《续资治通鉴长编》载:"词臣,学者宗师也。"①

《玉壶清话》载:(王禹偁)知制诰……黜黄州。泊近郊将行,时苏易简内翰榜下放孙何等进士三百五十三人,奏曰:"禹偁禁林宿儒,累为迁客,漂泊可念,臣欲令榜下诸生罢期集,缀马送于郊。"奏可之。至日行,送过四短亭,诸生拜别于官桥。元之(按:即王禹偁)口占一阕,付状元(按:即孙何)曰:"为我深谢苏公,偶不暇取笔砚。"其诗云:"缀行相送我何荣,老鹤乘轩愧谷莺。三入承明不知举,看人门下放诸生。"②

---

* 本文为国家社会科学基金青年项目"宋代词臣文化与文学研究"(17CZW019)阶段性成果。

① 李焘撰,上海师范大学古籍整理研究所等点校:《续资治通鉴长编》卷七一,中华书局 2004 年版,第 1589 页。

② 文莹撰,郑世刚、杨立扬点校:《玉壶清话》卷四,中华书局 1984 年版,第 40 页。

上述两则史料,一则出自大中祥符二年(1009)真宗训诫之语,一则是北宋士林之中流传的逸闻轶事。后者所述苏易简榜下诸进士送别王禹偁之事已然被南宋之人证伪①。然而,就通性的真实而言,这两则史料却颇可相参,二者共同揭示出宋代词臣群体与士人阶层之间产生人事关联的场域主要在科举考场。词臣,即词学之臣,指中国古代负责草拟皇帝诏书制诰的臣僚之属,一般由皇朝文学优选之士担任。有宋一代,词臣的具体官职主要有翰林学士、知制诰、中书舍人等。宋代科考之中,词臣常被皇帝授予知贡之权,负责衡文取士,拔擢天下的文章彦才,他们因而与科考中试者结下师生之谊,成为后者的座主,以此树立自身作为士林宗师的文化位望。至于久任词臣而未得知贡者,则颇以王禹偁式"看人门下放诸生"的遭遇为憾②。

宋代科举史上,知贡词臣提携应试士子,应试士子趋奉、追随知贡词臣的史事俯拾皆是。笔者完全承认这类史事的常态性,不拟再对这类史事进行整理、论述,而是希望抉发另外一类并不显见的史实,即科举背景下应试士子对知贡词臣的挑战之势,希能呈现词臣群体与士人阶层之间存在的张力,以此展现宋代上层知识精英与基层士人社会交涉的一个面相。

一、"骄矜"与"佻薄":知贡词臣与应试士子之间的张力

抉发知贡词臣与应试士子之间存在的张力,我们可由北宋士大夫陈彭年的两段人生经历谈起。陈彭年于雍熙二年(985)进士及第③,在此之前,他颇有过科场落第的遭遇。《宋史·陈彭年传》载:"(陈氏)在场屋间颇有隽名。尝因京城大酺,跨驴出游构赋,自东华门至阙前,已口占数千言。然佻薄好嘲咏,频为宋白所黜。"④《续资治通鉴长编》亦载:"(陈氏)轻俊,喜谤主司。宋白知贡举,恶其为人,黜落之。"⑤宋白曾于太平兴国五年(980)以中书舍人权同知贡举,八年(983)以翰林学士权知贡举⑥。陈彭年虽然颇有文名,

---

① 周必大:《二老堂诗话》卷上"王禹偁不知贡举"条,见王瑞来校证:《周必大集校证》卷一七七,上海古籍出版社2020年版,第2730页。

② 周必大即是此例,他在孝宗朝长期担任词臣,却从未能够参与知贡,他的上述诗话对此深致憾意。

③ 王智勇:《陈彭年年谱》,见四川大学古籍整理研究所编:《宋代文化研究(第11辑)》,线装书局2002年版,第330页。

④ 脱脱等撰:《宋史》卷二八七,中华书局1985年版,第9661—9662页。

⑤ 《续资治通鉴长编》卷六七,第1497页。

⑥ 沈如泉:《宋白传》,见傅璇琮主编:《宋才子传笺证·北宋前期卷》,辽海出版社2011年版,第36—44页。

但因作风"佻薄",乃至有嘲谤科举主司之言,招致宋白厌恶。当时科考尚未实行糊名制,故宋白能在判卷时准确地黜落其人。陈彭年入仕以后,经过多年磨勘,至大中祥符六年(1013)除翰林学士①,此为他词臣生涯的开端。而在此之前的大中祥符元年(1008)他已有过知贡之任:该年翰林学士晁迥主贡,陈氏以龙图阁待制之职与知制诰朱巽、王曾同知贡举②。《江南野史》述及陈氏当年担任科举考官时的做派:"省榜将出,入奏试卷,天下举人壅衢而观其(按:指主副考官)出省。诸公(按:指其他考官)皆惨颀(按:"惨颀"二字难解,疑误,别本作"蹙额"或"惨赧")其容,独彭年扬鞭肆目,有骄矜贾衒之色。"③在众多举子面前,陈氏与其他考官的低调作风不同,其表现得"骄矜"傲众,引人反感。

作为反映知贡词臣与应试士子之间所存张力的依据,陈彭年以上两段人生经历略显不足,这主要在于他的词臣生涯与知贡职事在时间上并未能重合。然而,陈氏以上的生平资料却可为探讨贡举中词臣与士子之间的紧张关系提供两个凝练的关键词,即"骄矜"与"佻薄"。在随后列举的科举史料之中,我们将看到,宋代某些知贡词臣基于自身的先达身份,表现出对应试士子倨傲与矜持的姿态,此即所谓"骄矜";而又有某些应试士子因为高调展现一己才华、个性,而被认为存在躁进与不逊的缺点,此即所谓"佻薄"。在史料层面,宋代科举文献对这重张力的表现并不常见,但一直存在,可谓是隐现于随处可见的词臣前辈热心提携、后进士子恭谨追随的科举语境之中。

先来看贡举事件中词臣的"骄矜"态度,在此可以举出二例。《东轩笔录》载天圣五年(1027)科考之事:

> 旧省前乃大渠,有"三礼"生就试,误坠渠中,举体沾湿……遂于帘前白知举石内翰中立,乞给少火,炙干衣服。石公素喜谑浪,遽告曰:"不用炙,当自安乐。"同列讶而诘之,石曰:"何不闻世传'欲得安,"三礼"莫教干'乎?"④

《石林诗话》载嘉祐二年(1057)科考之事:

> (欧阳修)既知贡举……时范景仁(按:即范镇)、工禹玉(按:即王珪)、梅公仪(按:即梅挚)等同事,而梅圣俞(按:即梅尧臣)为参详官,未引试前,唱酬诗极多。……圣

---

① 王智勇:《陈彭年年谱》,见《宋代文化研究(第11辑)》,第363页。
② 王智勇:《陈彭年年谱》,见《宋代文化研究(第11辑)》,第347—348页。
③ 龙衮:《江南野史》卷七,见傅璇琮主编:《全宋笔记·第一编》,大象出版社2003年版,第3册,第199页。
④ 魏泰撰,李裕民点校:《东轩笔录》卷一五,中华书局1983年版,第170页。

俞有"万蚁战时春日暖,五星明处夜堂深",亦为诸公所称。……未几,诗传,遂哄哄然……言以五星自比,而待我曹为蚕蚁,因造为丑语。①

前事中石中立以知制诰之职同知贡举②,对应试士子偶因落渠而乞请炙衣之事致以嘲弄,谑近于虐。虽然宋人多谓石氏性格素好戏谑,"虽时面戏人,人不以为怒,知其无心为轻重"③。但在此事之中,其以知贡之尊不自觉而轻慢后进的姿态是难以全然否认的。后事中梅尧臣作为省试点检试卷官,作诗恭维以翰林学士欧阳修为首的知贡官员高如星辰,贬抑众多士子低如蚕蚁,为前者所称赏,后者所非议,更生动地展现出知贡词臣对应试士子的傲慢凌驾之势。

再来看贡举事件中士人的"佻薄"之举,在此亦可举出二例。《梦溪笔谈》并载皇祐五年(1053)、嘉祐二年(1057)科考事:

> (皇祐中)郑毅夫(按:即郑獬)自负时名,国子监以第五人选,意甚不平,谢主司启词有"李广事业,自谓无双;杜牧文章,止得第五"之句,又云"骐骥已老,甘驽马以先之;巨鳌不灵,因顽石之在上",主司深衔之。他日廷策,主司复为考官,必欲黜落,以报其不逊。有试业似獬者,枉遭斥逐,既而发考卷,则獬乃第一人及第。又嘉祐中士人刘几累为国学第一人,骤为怪险之语,学者翕然效之,遂成风俗。欧阳公深恶之,会公主文,决意痛惩……有一举人论曰:"天地轧,万物茁,圣人发。"公曰:"此必刘几也。"……判大纰缪字榜之,既而果几也。复数年,公为御试考官,而几在庭,公曰:"除恶务力,今必痛斥轻薄子,以除文章之害。"④

《梦溪笔谈》并载上述二事,颇可见出北宋时人颇将此二者作为性质相似的事件看待。前事中于解试衔恨郑獬,于廷试必欲报复的"主司"到底为谁,是否担任词臣之职,现存史料并无明载。但郑獬在致谢书启表达的不逊之意在知贡者看来必确凿是后进人物的一例"佻薄"举动。只是当时科考已然实行糊名制,故考官无法准确地黜落其人。后事中刘几并未对省试主贡欧阳修表达不逊,但他以标举险怪个性的文风引领群伦之势引起欧阳氏反感,亦视为"佻薄"之行,斥为"轻薄子"而必欲黜落。

---

① 叶梦得撰,逯铭昕校注:《石林诗话校注》卷下,人民文学出版社 2011 年版,第 156 页。
② 傅璇琮主编,龚延明、祖慧编撰:《宋登科记考》,江苏教育出版社 2009 年版,第 122 页。
③ 《续资治通鉴长编》卷一六七,第 4013 页。
④ 沈括撰,金良年点校:《梦溪笔谈》卷九,中华书局 2015 年版,第 88 页。

基于上述欧阳修、刘几之事,我们还可关联《挥麈录》所载欧阳氏与另一名士人吴缜的一段交集:

> 嘉祐中,诏宋景文(按:即宋祁)、欧阳文忠(按:即欧阳修)诸公重修《唐书》。时有蜀人吴缜者,初登第,因范景仁(按:即范镇)而请于文忠,愿预官属之末,上书文忠,言甚恳切,文忠以其年少轻佻距之。①

至和元年至嘉祐五年(1054—1060)欧阳修以翰林学士之职兼史馆修撰,主持纂修《新唐书》②,有权拣择才学之士进入史馆,协助修书。此事与科举在性质上有相通之处,亦可视为是词臣以文化权力拔擢士人的一种途径,只是修史擢士的事务较为偶然,不似科举擢士举行得那般常规。吴缜的生平资料并不该详,其仅存的史事记载颇抵牾,如究竟是吴缜其人还是其父求入史馆,亦究竟是吴缜进士及第前还是及第后求入史馆,目前皆难以具体考实③。然而,就通性的真实而言,上引《挥麈录》的材料却能提供一种颇可与前述科举"佻薄"事迹相与印证的叙述:吴缜以士子身份求入史馆,亦属后进人物谋求上升的一种途径,他请托他人、交通欧阳氏、扬显己才、自荐职事,在欧阳修看来,亦同是后进高自标榜的"轻佻"之举,故表以反感而予以拒绝。

"骄矜"与"佻薄"在本质上皆为文人自负气质的表现。科举语境之中,此自负气质一旦并存于词臣与士子两个群体,则颇易形成一层上下抵牾的张力。就士子的"佻薄"态度一端而言,内中颇蕴含有对词臣权威潜在的挑战之势。以"佻薄"行迹作为思考的起点,我们检视宋代相关的科举文献,确实颇能发现相当数量应试士子挑战知贡词臣的史事。这类史事主要反映出两类情况,一是关涉科考的命题:应试士子为求功名,长期浸淫场屋,对科举试题的掌故、典故琢磨至深,而执掌命题权力的知贡词臣则久离科场,所费心力早已转移至朝廷事务,对试题的心得体会反不如某些士子精深,其所命题偶会出现失误,由此而受到应试者的嘲弄指摘。二是关涉科考的结果:应试士子对自身登科奏捷抱以极大的期待,放榜时一旦遭遇落第则易于发为愤懑之情,时而会诉诸对知贡考官公然的抗议之举。除此而外,笔者还发现另有一类具有科举背景的士子挑战词臣的情况,只是在这类情况中,对立的双方并不限定为知贡者与应试者的关系。这种情况主要指士子在辞章之学

---

① 王明清著:《挥麈录·后录》卷二"吴缜著《唐史纠谬》《五代史纂误》之因"条,上海书店出版社 2009 年版,第 78 页。

② 刘德清著:《欧阳修纪年录》,上海古籍出版社 2006 年版,第 259—343 页。

③ 关于对吴缜其人研究的综述内容,参见吴缜撰、王东、左宏阁校证:《新唐书纠谬校证·前言》,四川大学出版社 2014 年版,第 6—7 页。

上对词臣的非议,辞章之学是宋代科举重点考察的内容,士子中颇有文采卓越之辈自矜科场辞章富赡,对作为先达的词臣文章发以诟病之词,此亦可视为是一种挑战的态度。以下我们对上述诸类情况逐一作论述。

二、应试士子就科考试题对词臣的指摘

有宋一代,进士科省试一般由主考命题,考生如对试题存有疑问,被允许在考场当场向考官提出①。史料显示,曾有主贡词臣因为久疏场屋之学,或是误出往年旧题,或是误引试题出处,遭到应试士子的指摘,颇有损于主考的权威。前者可举景祐元年(1034)科考之事,该年章得象以翰林学士权知贡举②。《江邻几杂志》载:

> 章相(按:即章得象)性简静,差试举人,出《人为天地心赋》。举子白云:"先朝尝开封府发解出此题,郭稹为解元,学士岂不闻乎?"曰:"不知,不知。"匆遽别出一题目《教由寒暑》,既非已豫先杼轴。举人上请:"题出《乐记》,此教乃乐教也,当用乐否?"应曰诺。又一举人云:"上在谅阴,而用乐事,恐或非便。"纷纭不定。为无名嘲曰:"武成庙里沽良玉(自注:开封府举人就武成王庙,试《良玉不琢赋》),夫子门墙弄簸箕(自注:国学试《良弓之子必学为箕赋》)。惟有太常章得象,往来寒暑不曾知。"③

章得象主持贡举,因不谙场屋掌故,误出以往解试的旧题,改题后又触犯仁宗谅阴的时忌④,颇为狼狈,为士子作诗嘲笑。

后者可再举嘉祐二年(1057)科考之事。《江邻几杂志》载:

> 嘉祐二年,欧阳永叔主文省试《丰年有高廪》诗,云出《大雅》,举子喧哗。为御史吴中复所弹,各罚金四斤。⑤

欧阳修主持贡举,以"丰年有高廪"为题试诗,其语原出《诗·周颂·丰年》"丰年多黍

---

① 张希清著:《中国科举制度通史·宋代卷》,上海人民出版社2017年版,第218、335—339页。
② 《宋登科记考》,第145页。
③ 江休复:《江邻几杂志》,见《全宋笔记·第一编》,第5册,第144页。
④ 章得象所出《教由寒暑》题出自《乐记》"教者,民之寒暑也"之句。仁宗谅阴事由为刘太后之崩,刘太后崩于明道二年(1033),参见《宋史》卷二四二《后妃上·章献明肃刘皇后传》,第8614页。
⑤ 江休复:《江邻几杂志》,见《全宋笔记·第一编》,第5册,第171页。

多稌,亦有高廪"之句,为欧阳氏错指出于《大雅》。在讲求用字运典精确谨严的场屋语境中,出现如是误记儒家经典之失,自不会被应试士子轻易放过,在他们的鼓噪喧哗下,欧阳氏受到朝廷"罚金四斤"的处罚①。此事颇能令人联想起欧阳修早年科考之事,当时的欧阳氏即是凭借对儒家经典注释极为精确的记忆,博得考官晏殊的赏识②。两事比照之下,可谓时移势异,多年后身居词垣的欧阳氏早已不再究心场屋之学,其对经典的记忆功力也相应有所减退,加之自信有余,命题不耐检核出处,出现征引之失,宜乎为后生晚辈所指摘。

与上述欧阳修误记经典之事颇可关联而论者,还可提及《桯史》所载该年科考的一则传闻:

> 欧阳文忠知贡举,省闱故事,士子有疑,许上请。文忠方以复古道自任……士忽前曰:"诸生欲用尧舜字,而疑其为一事或二事,惟先生幸教之。"观者哄然笑。文忠不动色,徐曰:"似此疑事诚恐其误,但不必用可也。"内外又一笑。它日每为学者言,必亹亹颇及之,一时传以为雅谑。……然是举也,实得东坡先生,识者谓不啻足为词场刷耻矣,彼士何啻。③

上引所述应非欧阳修的真实事迹,而当是一则以杨亿知贡事迹为蓝本的附会之说。《东斋记事》载天禧三年(1019)杨亿同知贡举之事:

> 杨文公(按:即杨亿)知举于都堂,帘下大笑,真宗知之,既开院上殿,怪问:"贡举中何得多笑?"对曰:"举人有上请尧、舜是几时事,臣对以有疑时不要使。以故同官俱笑。"真宗亦为之笑。④

---

① 此罚金之事在欧阳修的书信中曾被提及,嘉祐二年(1057)欧阳修有书信致梅尧臣称:"罚金未下,何害?不必居家俟命。"见欧阳修著,李逸安点校:《欧阳修全集》卷一四九,中华书局 2001 年版,第 2459 页。

② 宋代笔记《默记》载,"晏元献以前两府作御史中丞,知贡举,出《司空掌舆地之图赋》。既而举人上请者,皆不契元献之意。最后,一日眊瘦弱少年独至帘前,上请云:'据赋题,出《周礼·司空》。郑康成注云:如今之司空,掌舆地图也;若周司空,不止掌舆地之图而已。若如郑说,今司空掌舆地之图也,汉司空也。不知做周司空与汉司空也?'元献微应曰:'今一场中,惟贤一人识题,正谓汉司空也。'盖意欲举人自理会得寓意于此。少年举人,乃欧阳公也,是榜为省元。"见《全宋笔记·第四编》,第 3 册,第 142 页。

③ 岳珂撰,吴企明点校:《桯史》卷九"尧舜二字"条,中华书局 1981 年版,第 98 页。

④ 范镇撰,汝沛点校:《东斋记事·附录(一)辑遗》,中华书局 1980 年版,第 55 页。杨亿同知贡举的时间参考李一飞:《杨亿年谱》,上海古籍出版社 2002 年版,第 207—208 页。

杨、欧二事皆有应考士子以尧舜事典向知贡者提问的情节，出现此种情况，可以推断，其一者当为原事，另一者当为附会。《东斋记事》作者范镇为嘉祐二年（1057）进士科的副主考①，全程参与当年的知贡事务。揆以情理，他不会在笔记中将欧阳氏主贡事迹附会为杨亿之事。故原事当为《东斋记事》所述，附会之说当为《桯史》所述。原事中，士子问以远古渺遥之尧舜为几时人事，本身无法作答，杨亿以"有疑时不要使"予以回避，显得机敏而诙谐。附会之说中，士子对以古道自任之欧阳氏问以尧舜事为一则典故还是两则典故，本身可以视具体情况作答，但欧阳氏亦予回避，则颇显笨拙而滑稽，以后谈及此事，其更"蹙頞"（愁苦貌）而论，成为他人嗤嘲的对象。《桯史》站在采信其说且维护欧阳氏的立场上，亦不得不承认此事为考官的一个耻辱。显然，在附会之说中，欧阳修被丑化为庸人的形象，热衷古道却疏于古典。此中我们颇能见出几分前述欧阳氏误记经典的影子，二者皆显示出主贡者在知识上的短缺。然则此则传闻或可视为其误记经典之事由事实层面延伸至想象层面的一则产物。

三、落第士子对知贡词臣的抗议

科举道路的成败是应试士子是否能够进入仕途的关键，在宋代科举事务中，词臣以知贡之权黜落士子，从而引发士子不满，以至诉诸公然抗议之举的事件并不罕见，此亦可视为是士人阶层挑战词臣群体的一种形态。我们可以略举数例予以展现。

如端拱元年（988）宋白主贡，"放进士程宿以下二十八人，诸科一百人。榜既出，而谤议蜂起，或击登闻鼓求别试。上意其遗才，壬寅，召下第人覆试于崇政殿，得进士马国祥以下及诸科凡七百人"。宋白此次贡举"罢黜者众，因致谤议"②。又如大中祥符元年（1008）晁迥主贡，"时南省下第举人周叔良等百二十人讼知举官朋附权要，抑塞孤寒，列上势家子弟四十余人文学浅近，不合奏名。上（按：即真宗）曰：'举贡谤议，前代不免。朕今召所谓势家子弟者，别坐就试（按：此指殿试）。'"③再如嘉祐二年（1057）欧阳修主贡，因排抑"太学体"而罢黜众多应试的太学生，由此引起强烈不满，以至有"嚣薄之士，候（欧阳）修晨朝，群聚诋斥之，至街司逻吏不能止"④。

上述三事之中，应试士子公开抗议知贡词臣，形式颇为激烈，但其内在所折射的其实

①　《宋登科记考》，第 236 页。
②　《续资治通鉴长编》卷二九，第 654 页。
③　《续资治通鉴长编》卷六八，第 1533 页。
④　《续资治通鉴长编》卷一八五，第 4467 页。

是相对宽松的政治氛围。这些事件中,士子能够较为自由地表达自身的诉求,朝廷时而也能予以正面的回应,甚而作出整改。在另一类政治高压的时代,士子对科场的抗议则要通过隐晦的方式表现出来,如《夷坚志》载:

> 壬戌(按:即绍兴十二年)省试,秦桧之子熺、侄昌时、昌龄皆奏名,公议籍籍而无敢辄语。至乙丑(按:即绍兴十五年)春首,优者即戏场设为士子赴南宫,相与推论知举官为谁,或指侍从某尚书某侍郎当主文柄,优长曰:"非也,今年必差彭越。"问者曰:"朝廷之上,不闻有此官员。"曰:"汉梁王也。"曰:"彼是古人,死已千年,如何来得?"曰:"前举是楚王韩信,信、越一等人,所以知今为彭王。"问者蚩其妄,且扣厥指,笑曰:"若不是韩信,如何取得他三秦?"四座不敢领略,一哄而出。①

绍兴十二年(1142)进士科考以给事中程克俊知贡举,中书舍人王鈇、右谏议大夫罗汝楫同知贡举②,其中王鈇所任为词臣之职。该年的考官团体依附权相秦桧,同时录取其子侄三人,为士林不满。但士子普遍慑于秦桧的高压政治,不敢诉诸公开的抗议,只能通过流传优伶戏谑考官之言予以暗讽。

四、士人在辞章之学上对词臣的诟病

上述两类情况直接涉及场屋之事,而至于士子就辞章之学对词臣发表的诟病指责,则与场屋的关系较为间接。不过其中依然存有科举的背景可供寻绎。在此可举张去华、李庆孙之事件以阐述。《玉壶清话》载:

> 张去华登甲科,直馆,喜激昂,急进取,越职上言:"知制诰张澹、卢多逊、殿院师顽,词学荒浅,深玷台阁,愿较优劣。"太祖立召澹辈临轩重试,委陶穀考之,止选多逊入格,余并黜之。时谚谓澹为"落第紫微",顽为"捡停殿院"。③

《庶斋老学丛谈》载:

---

① 洪迈撰,何卓点校:《夷坚志·支志》乙卷第四"优伶箴戏"条,中华书局 1981 年版,第 824 页。
② 《宋登科记考》,第 739 页。
③ 《玉壶清话》卷三,第 31 页。

李庆孙有文名,所谓"洛阳才子安鸿渐,天下文章李庆孙"。时翰林学士宋白亦以文名,庆孙尝谓(按:似当为"谒"之讹)白,弗为礼,曰:"翰长所以得名者,《仙掌赋》耳。以某观之,殊未为佳。"白愕然,问其故,曰:"公赋云:'旅雁宵征,讶控弦于碧汉;行人早起,疑指路于云间。'此乃拳头赋也。"白曰:"君行欲何?"云:"某一联云:'赖是孤标,欲摩挲于霄汉;如其对峙,应抚笑于人寰。'"白遂重之。①

上述两事并非直接的科举事件,但皆间接存在科举考试的背景。张去华为建隆二年(961)进士科考的状元②。短短三年之后的乾德二年(964)正月,其即在秘书郎、直史馆任上越级弹劾数名朝臣辞章荒浅,愿与之一较文字优劣③。其所劾数人中,即颇有知制诰的词臣之属。张氏能为此高调之举,颇可想见,其所凭依定然在于以往科考夺魁的卓越资历,然则此事可谓是曲折反映出了场屋优胜之士在文辞上对词臣前辈的指摘态度。李庆孙为咸平元年(998)进士④,时人以"天下文章"之才视之。其谒见宋白,称之为"翰长",即翰林学士承旨。宋白于至道元年至景德二年(995—1005)长期担任该职⑤,即此信息,尚难确考此一谒见之事具体的时间。然而李、宋二氏对答的话题集中于一篇曾令宋白得名的《仙掌赋》文,李氏诟病其赋的偶对文句,并别拟新句,为宋白认可。此番对答俨然是宋代士人相与议论律赋得失一幕典型的情境。律赋长期为宋代科举考试的重要科目,宋人勤加练习、好尚探讨律赋写作的风习,与科考背景密切相关。然则此事亦可间接视为是后进士人基于科举背景,以辞章之长指摘词臣的又一案例。

五、余论:不尚功名的士人群体对词臣的态度

上述科考背景下宋代士子挑战词臣的诸种情形,所引史料之中有不少词汇描述这类科场进取之士的举止作风,如"纷纭不定""无名嘲""哄然笑""群聚诋斥""喜激昂""急进取""弗为礼"等,历历描摹出他们急切甚而是躁动的入仕心态,皆可视为是前文所谓"佻薄"行迹的具体写照。

值得注意的是,除去以上进趋科场的士子,宋代士林之中更有一类不尚功名的士人,

---

① 盛如梓:《庶斋老学丛谈》卷下,见《景印文渊阁四库全书》第 866 册,台湾商务印书馆 1986 年版,第 549 页。
② 《宋登科记考》,第 1 页。
③ 《宋会要辑稿》选举三一(上海古籍出版社 2014 年版,第 5845 页)亦载其事,并载有其事的时间,以及张去华当时的职衔。
④ 《宋登科记考》,第 47 页。
⑤ 沈如泉:《宋白传》,见《宋才子传笺证·北宋前期卷》,第 41—44 页。

他们抱持自身为士之道的内在涵养,不以科考仕进作为立身处世的主要依靠。此类群体之中即有人物如此评价进士科考云:"士不自重,与千百人旅进坐轩庑下,献小艺规合有司,可耻也。与其冒耻以得禄,宁贫贱而肆志焉。"①这类士人与词臣群体亦存在分野,对词臣亦发表指摘意见,但其批评言论与场屋功名之士议论的角度有所不同,在他们崇尚内在修养的行止言谈下,词臣群体多显现出耽习文辞、趋于承奉、醉心仕进、涵养不足的道德缺陷,转而成为"佻薄"之士的典型。

探讨这类不尚功名的士人与词臣在人生态度上的分野,可以先举《涑水记闻》的一段记载:

> 王元之之子嘉祐为馆职,平时若愚骇,独寇莱公(按:即寇准)知之,喜与之语。莱公知开封府,一旦问嘉祐曰:"外人谓劣丈云何?"嘉祐曰:"外人皆云丈人旦夕入相。"莱公曰:"于吾子意何如?"嘉祐曰:"以愚观之,丈人不若未为相为善,相则誉望损矣。"莱公曰:"何故?"嘉祐曰:"自古贤相,所以能建功业、泽生民者,其君臣相得,皆如鱼之有水,故言听计从,而功名俱美;今丈人负天下重望,相则中外有太平之责焉,丈人之于明主,能若鱼之有水乎?此嘉祐所以恐誉望之损也。"莱公喜,起执其手曰:"元之虽文章冠天下,至于深识远虑,殆不能胜吾子也。"②

该事发生在咸平六年(1003)寇准权知开封府,即将进入中央朝廷任职之时③。王嘉祐为王禹偁长子,引文谓他其时担任馆职,实有讹误。王嘉祐终生未能进士及第,只是以门荫入仕为奉礼郎的微职④,从科举、仕宦、辞章的成就而言,王嘉祐与其父的差距可谓悬绝。然而,在《涑水记闻》的文本叙事之中,王嘉祐却展现出另一派人物的风格,颇可与其父的学宦成就分庭抗礼。寇准向其咨询仕途进退之道,特称道其"深识远虑",这里主要指士人对于自身出处大节、君臣相处之道有着清醒的认识。寇准认为在这一

① 陆心源撰,吴伯雄点校:《宋史翼》卷三六《隐逸传·王伯起》,浙江古籍出版社2016年版,第941页。
② 司马光撰,邓广铭、张希清点校:《涑水记闻》卷二,中华书局1989年版,第33—34页。
③ 王晓波著:《寇准年谱》,巴蜀书社1995年版,第74—75页。
④ 王嘉祐事迹可参见徐规著:《王禹偁事迹著作编年》,商务印书馆2003年版,第215页。宋代史料未见有王嘉祐登科之事。《续资治通鉴长编》卷五五载咸平六年(1003)其人事迹:"光禄寺丞李永锡、奉礼郎王嘉祐坐交游非类,不修检操,并责监酒税,永锡和州,嘉祐天长县。"(第1217页)其以后事迹无考。又王嘉祐岳父为张咏,张咏卒于大中祥符八年(1015)(张其凡:《张咏年谱》,见张咏著:《张乖崖集》附集卷六,中华书局2000年版,第296页),张咏卒后天禧四年(1020)被权葬于陈州,钱易为之撰《宋故枢密直学士礼部尚书赠左仆射张公(咏)墓志铭》称其嫁女于王嘉祐之事云:"女一人,适故翰林学士王公禹偁之子、奉礼郎嘉祐。"(《张乖崖集》附集卷一,第151页)于此颇能见出,奉礼郎当为王嘉祐平生所任的最高宦位。奉礼郎在北宋前期为寄俸官,多用于宰相公卿子弟初荫,品阶为从九品上,参见龚延明著:《宋代官制辞典(增补本)》,中华书局2017年版,第300—301页。

方面,王嘉祐颇有胜过其父之处。于此,王禹偁、王嘉祐虽份为父子,但彼此立身处世的凭依展现出不同特点:前者以富赡的词臣辞章进趋仕宦,后者以清谨的为士之道甘于自守。

有宋一代,王嘉祐这一类的士人一直存在,在南宋我们可举杨长孺之例。杨长孺为杨万里之子,平生亦未进士及第,长期沉沦下僚,至其五十余岁才担任州府的地方官①。如果说王嘉祐的言语只是间接映衬出词臣进趋仕宦的作风,那么杨长孺的议论则更直接指摘词臣道德涵养的不足。杨氏的乡邦后生罗大经《鹤林玉露》载:

> 杨东山(按:即杨长孺)尝谓余(按:即罗大经)曰:"文章各有体,欧阳公所以为一代文章冠冕者,固以其温纯雅正,蔼然为仁人之言,粹然为治世之音,然亦以其事事合体故也。……渡江以来,汪、孙、洪、周,四六皆工,然皆不能作诗,其碑铭等文,亦只是词科程文手段,终乏古意。"②

又载:

> 杨东山尝为余言:"昔周益公(按:即周必大)、洪容斋(按:即洪迈)尝侍寿皇(按:即宋孝宗)宴。因谈肴核,上问容斋:'卿乡里所产?'容斋,番阳人也。对曰:'沙地马蹄鳖,雪天牛尾狸。'又问益公。公,庐陵人也。对曰:'金柑玉版笋,银杏水晶葱。'上吟赏。又问一侍从,忘其名,浙人也。对曰:'螺头新妇臂,龟脚老婆牙。'四者皆海鲜也。上为之一笑。某尝陋三公之对。昔某帅五羊时,漕仓市舶三使者,皆闽浙人,酒边各盛言其乡里果核鱼虾之美。复问某乡里何所产,某笑曰:'他无所产,但产一欧阳子耳。'三公笑且惭。"③

前段言论中杨长孺论及两宋之际至南宋时期多名著名词臣汪藻、孙觌、洪适、洪遵、洪迈、周必大的文章造诣,认为他们的文笔不过是应对科举考试的"程文手段",远不如一代文宗欧阳修之文的"温纯雅正""仁人之言""治世之音"(按:欧阳氏在仁宗朝亦长期担任词臣,但其立身处世的凭依绝不止于此一仕宦身份,而更体现于在文化上引领诗文之风的文宗位望)。后段言论中其更具体言及周必大与洪迈,当二人被孝宗问及家乡特产之时,只

---

① 于北山著,于蕴生整理:《杨万里年谱》,上海古籍出版社2006年版,第722—741页。
② 罗大经撰,王瑞来点校:《鹤林玉露》丙编卷二"文章有体"条,中华书局1983年版,第264—265页。
③ 《鹤林玉露》乙编卷五"肴核答对"条,第205页。

会以五言偶对之辞答以饮食名类,以此趋奉君主,略不及仁义之道,这正是"程文手段"的具体弊端。言及自己被问类似问题时,则以文道并重的欧阳修答之。由这些言论,我们颇能体会出杨长孺对于词臣群体道德涵养不足的指摘之意。

（作者简介：许浩然，西安交通大学人文社会科学学院副教授。著有《周必大的历史世界：南宋高、孝、光、宁四朝士人关系之研究》等。）

南宋中兴诗人的清简仕宦心态与山林之诗

——以楼钥添差台州通判任上的文学活动考察为中心

赵惠俊

摘　要: 南宋孝宗中兴时代的士人逐渐兴起了清简的仕宦心态,如楼钥甫才中举,便在诗歌中表达起吏隐与退居情绪。这种清简的追求在楼钥出任闲散的添差台州通判之时得到实现,也为楼钥带来了丰富的文学交游。他在此时不仅拜会并认定了自己的诗学宗主吴芾,还与待阙官员李庚、台州诗人林宪、早岁致仕的鹿何等文学士人往来甚密,促成楼钥越来越熟习疏离庙堂的山林丘壑之诗,也使他的诗学门径从取法郊岛转变为师从晚年苏轼与陶、韦。楼钥的台州文学交游集中呈现了南宋中兴诗坛"诗在山林而人在城市"的诗学观念,不仅意味着晚唐体于永嘉四灵之前即已流行于浙东,而且还出现对晚唐之限的突破,贯穿其间的山林话语可谓元明诗学台阁山林之分途的滥觞。

关键词: 楼钥　南宋中兴诗坛　晚唐体　台阁山林　清简仕宦心态

　　南宋孝宗至宁宗嘉定改元之前的半个多世纪,出现了诗歌创作的中兴局面,被论者称为南宋中兴诗坛①。这段时期不仅活跃着尤袤、范成大、杨万里、陆游等重要的诗坛大家,而且道学诗人群体、江湖诗人群体等南宋重要诗人群体均在此时期出现,以姜夔、章甫、陈造等为代表的江湖诗人,还开启了宁宗嘉定改元之后"中小作家腾喧齐鸣而文学大家缺席"的时代先河。是以关于中兴诗坛的研究,也就主要集中在"中兴四大家"与江湖诗人群体之上,诗学方面则与之相应地以江西诗法为中心,重点探讨中兴诗人对其的继承与批

---

① 曾维刚:《宋孝宗与南宋中兴诗坛》,《文学遗产》2013 年第 6 期。

判，以及其间的晚唐体运用①。这样的研究重点相对冷落了四大家之外的士大夫诗人，而且在诗人群体的主要研究思路下，论者往往结合南北对立的时代大势，也会对士大夫诗人再作群体切分②，使得原本关注度就不高的士大夫诗人再受局限，他们的诗歌创作与诗学观念被限定于群体立场与趣味中，带来了研究全面性不足的问题。是以对于南宋中兴诗坛的士大夫诗人，需要退回到共通的士大夫身份角度予以考察，方能看到他们丰富的创作图景，以及在江西诗法、晚唐体之外的诗学宗趣。不过必须要承认的是，四大家之外的士大夫诗人整体水准并不高，诗歌本身的艺术性比较乏善可陈，因此需要更多地利用立身心态、文学交游等外部视角，方可有效地认识他们的诗歌创作及诗学观念。

楼钥于孝宗登基之初中举，仕宦生涯完整经历了孝宗、光宗以至宁宗嘉定改元的近五十年时间，是中兴诗坛极具代表性的士大夫诗人，足以扮演优秀的个案角色以供考察。特别是淳熙五年(1178)至七年(1180)的添差台州通判任上，楼钥获得了充裕的文学交游时间，结识了诸多文学前辈及同道，比较集中地展现了孝宗中兴时代士大夫有别于北宋的清简心态，受此心态影响下的诗歌写作以及逸出江西、晚唐之外的诗学观念。本文即拟以楼钥添差台州通判一任为中心，考察楼钥在此任期内的为官心态、文学交游与诗学观念，期望能够丰富对南宋中兴诗坛的认识，并为元明诗坛的重要诗学话语"山林"清理出早已包孕在南宋孝宗朝的渊源。

一、楼钥中举前后的吟情变化与
清简仕宦心态的萌生

孝宗淳熙五年(1178)，四十二岁的楼钥出任添差台州通判。他在是任上展现出的仕宦状态是很久之前便向往的，只不过至此方才获得了可以自由实践的机会。因此在论述楼钥台州时期的文学活动之前，需要对他的仕宦心态作一定的追溯式清理，这样可以更好地理解他在台州的言行。

孝宗隆兴元年(1163)，二十七岁的楼钥到临安参加省试。其父楼璩在上年末出任监诸军粮料院，备考中的楼钥便经常出入粮料院的办公衙署。由于本年是孝宗登基的第一年，孝宗按照惯例取消了殿试，进士排名一以省试为准，故而举子对本年的省试也就抱以

① 韩立平著：《南宋中兴诗风演进研究》第三章"中兴诗坛诗学思想"，华东师范大学出版社2013年版，第44—85页。

② 如曾维刚便将中兴诗坛的士大夫诗人分为道学士人群体、激进官宦诗人群体与保守官宦诗人群体，再予以分别立论。详见曾维刚著：《南宋中兴诗坛研究》，人民出版社2018年版。

了更多的期待与紧张。楼钥便在一日登上粮料院的葵向亭,望着临安之景,题写了这么一首小诗:

粮料院葵向亭

　　结屋苍崖昼不哗,峻嶒乱石绕帘牙。涛江渺莽三千顷,烟瓦参差百万家。雉堞环山余暮雪,龙楼耸阙焕朝霞。登临可是望都省,但有葵心向日华。①

　　观颈联"环山余暮雪"之语,知此番登临葵向亭当在早春残雪未尽之时。楼钥行迹与此时地相合者唯有隆兴元年(1163)初春,而他参加的省试恰于本年早春二月举行,故此诗的写作心态也就与省试密切相关。这首诗采用远近景相切换的笔法开篇,从首联的亭前苍崖怪石逐渐推向额联铺开的广袤烟景,临安帝居的恢宏气象就在远近对比间被映衬了出来。而独立于乱石之上的自己,在钱江潮水与参差巷陌间被衬托得更为渺小,初涉帝居的迷惘不安也就被悠悠带出。这次登临葵向亭并不是一次风雅的集会,而是重重心事下的姑作消遣,于是就带来了颈联复将视线聚焦于皇宫的转折。暮雪与朝霞的相对是一种旧去新来的设想,透露着对春日新貌的企盼。此刻最牵动楼钥心弦的春日之事当然就是发榜了,尾联中出现的尚书省旧名都省将这番所想点破,而且还用了一个明知故问的设问句子,将发榜前的焦虑、忐忑与憧憬生动呈现出来。楼钥在最后一句甚至自比葵花,几近迷狂地向朝廷表白自己的赤诚之心。这句颇显露骨庸俗的收尾却是当下心态最真切的表达,留下了一段南宋举子在发榜前的心曲。

　　尽管楼钥在试卷中偶触哲宗庙讳,但孝宗亲自下诏以末等头名录取,终是实现了他内心相当期待的折桂之荣。既然《粮料院葵向亭》一诗展现了他焦虑不安的发榜前心态,那么当其顺利中举后,应该会倍感兴奋,或许还会再写些豪言壮语以进一步表达向日忠心。但是实际情况却恰恰相反,楼钥在省试之后完全没有表达过蓬勃的功业追求,似乎从那位登览葵向亭的有志青年瞬间变为暮气沉沉的老官僚了。由于需要参加来年春的铨试,楼钥依然逗留临安,还是频繁出入父亲的办公衙署,但已经开始这样想象为官后的生活:

廨舍小轩

　　衮衮群山尾,横山更此岑。尘埃遮物外,风物宛山阴。作吏何妨隐,寻山不用深。

---

①　楼钥撰,顾大朋点校:《楼钥集》卷六《粮料院葵向亭》,浙江古籍出版社 2010 年版,第 145 页。

居然一丘壑,便足快登临。①

此诗拥有与《粮料院葵向亭》共同的官舍与青山,人景关系也是一致的诗人独顾,但诗中的想法与情绪却发生了陡转。出于对功名的渴望,《粮料院葵向亭》中的楼钥面对着官舍与青山,深感紧张与焦虑。但在获得功名后,《廨舍小轩》中的他却打量起此山能否成为大隐之所,似乎忘记了不久之前的惴惴不安,好像努力考取的进士只是换取吏隐生活的必要之物,而不是实现政治理想的起点。不到三十岁的楼钥在中举之后也不止一次地吟咏着为宦当隐的情绪,甚至还直接写下"曲栏频徙倚,归思渺东溟"②的句子,连吏隐的表面功夫也不做了,方才释褐的他,就想着东归四明,过上退居乡里的生活。

隆兴元年(1163)十月,楼钥不幸遭遇长兄楼锡之丧,丧事结束后他护送嫂侄前往乌戍依附外家。这场家庭变故给楼钥带来了极大的心理冲击,已经萌生的退居之意暂时性地强烈了起来。写于此时的《乌戍道中》诗即云:"田在港西家港东,断桥春水步难通。束芦挟瓮稳来去,不碍小船分钓筒。"③这首小诗看上去是士大夫在平淡地描写与自己无关的农家生活,抒发着偷得半日闲情的惬适,但束芦、挟瓮、钓筒这些意象却并非寻常农家之景,而是士大夫退居乡里时的日常之物,蕴含着因长兄去世而兴起的倦情归意。当楼钥送完嫂侄回到四明之后,更进一步深化着这番归情,向四方亲友发出同度丝纶的呼唤。隆兴二年(1164),楼钥与妻王迓同登四明香山,在唱酬诗中述说自己三年来经常梦见来此嬉游,今日终得所愿,惟叹不得常驻林泉④。可是三年前正是楼钥应解试之时,这样的诗句更会令人觉得他应举的最终目的,就是为了能够更加自如地心属山林。更令人感慨的则是本年他在和韵伯舅汪大雅的诗中写下的一句"贤劳休自叹,幢下本书生"⑤。此时宋金战事尚未完全停息,担任淮南运干的汪大雅需要身处战争前线,虽极凶险,但却拥有军功得志的机会。楼钥在去岁的送别诗中就热情讴歌了汪大雅的此番壮行,并祝愿他可以早日获取军功⑥。但新篇中却提醒伯舅我们本是书生,不必像武将那样出生入死、辛苦操劳,还是应该早日归乡适志。去年送行之时的楼钥尚未应省试,因而他的这番前后心态差异也就与士庶身份的改变有所关联。这种在中举之初即萌生的宦途倦意,楼钥也并不避讳在家人面前谈起,他在隆兴二年(1164)随妻归访余姚娘家时写过下面这首诗:

① 《楼钥集》卷六《廨舍小轩》,第 145 页。
② 《楼钥集》卷六《尺五亭》,第 145 页。
③ 《楼钥集》卷六《乌戍道中》,第 146 页。
④ 《楼钥集》卷六《游香山次王正言韵》,第 147 页。
⑤ 《楼钥集》卷六《次伯舅汪运干所寄韵》,第 146 页。
⑥ 《楼钥集》卷一《送伯舅汪运干》,第 6 页。

携家再游姚江

又作泛舟行，浮家一叶轻。潮生江外晚，月比夜来明。云尽天容彻，风高水气清。五湖乘兴去，何苦慕功名。①

既然何苦慕功名，那先前何必以苦读从举业，又何必在发榜前焦虑忐忑呢？这些诗句不过是说说而已。但即便如此，楼钥甫才中举便直露地赋咏归情也是一种在北宋不常见的新貌，说明一些南宋士大夫已经不再胸怀天下之志，科举功名只想浅尝辄止，在朝士人时刻挂怀胸中的烟霞丘壑会被清议所赏，当独善其身被这样无限地放大，兼济天下的热情也就相应地褪去了。这样的心态使得楼钥在为宦从政之时往往以清简为尚，在地方任职时尤是如此，也就促成了其诗歌所述之生活、所抒之情绪与为官的实际状态有着严重疏离。

二、楼钥清闲的添差台州通判之任

添差官是宋代重要的官制现象，即在已有正员的情况下依然除授的额外差遣。添差通判是添差官中级别较高的一种，在北宋时名额尚少，南渡后虽经省废，但自绍兴五年（1135）复置后便渐成惯例②，重要州郡的添差通判之额更常置不断。既然添差通判是在正员之外的增设，那么是员的执掌自然要比正员少得多。实际上，宋廷设添差通判本就是为了恩赏有功者或处置责降官、待次官，从而大量添差通判并没有厘务资格，如由宗室、外戚、归正等恩例陈乞者不予厘务③，安置的诸责降官亦不予厘务④。楼钥本次出任添差台州通判，主要与淳熙四年（1177）龚茂良罢相一事有关。其时以谢廓然为首的台谏弹劾龚茂良结党，并在龚茂良被责授宁远节副、英州安置后，大规模清算龚茂良党人，如著作郎兼权考功郎官何万、著作郎兼司封郎官傅伯寿、枢密院编修官叶世美、大理正柴尉、太学博士谭惟寅等皆在淳熙四年（1177）七月以龚茂良党人之名被罢黜⑤。到了淳熙五年（1178），曾受龚茂良举荐的在京官员也遭到牵连，大多被责以外任。尽管有司并没有将楼钥列入龚茂良党人之列，而且重新出任宰相的史浩也有意保全楼钥，但是楼钥却令人震惊地声明自己也受到过龚茂良的举荐，当与龚氏同进退，故而上表自请外任，遂有添差台州通判之

---

①　《楼钥集》卷六《携家再游姚江》，第 147 页。
②　脱脱等撰：《宋史》卷一六七，中华书局 1977 年版，第 3974—3975 页。
③　徐松辑，刘琳等校点：《宋会要辑稿》，上海古籍出版社 2014 年版，第 3037 页。
④　《宋会要辑稿》，第 4977—4978 页。
⑤　《宋会要辑稿》，第 4968—4969 页。

授。是以楼钥的添差台州通判之任,当遵循安置责降官之例,并没有厘务之责。

不仅如此,楼钥到任台州的时候,台州通判厅署其实已有在任的添差通判。楼钥有一首写于台州的律诗,题云《寄管叔仪通判并同官》。管叔仪即时任台州通判的管锐,他于淳熙四年(1177)十二月到任,七年(1180)二月替①,与楼钥添差台州通判的时间完全重合,从而"同官"一词就只能是指另一位同为添差台州通判的官员了。观是诗后两联云:"醉里不知身是客,酒阑无奈客思家。凭谁寄语三夫子,归路还须好句夸。"②更明确透露出此时在台州通判厅署内坐着三个人,也就是说除了通判管锐外,还有两名同官,那么算上出差的楼钥,此刻添差台州通判实有三员。尽管这是相当冗滥的官员名额,但在南宋也并不罕见,汪应辰就曾上疏批评过"诸州添差通判有至三员者"③的冗滥之象。汪应辰的这道奏札上奏于隆兴二年(1164)前后,孝宗也因此下诏要求各路州军认真执行添差通判只设一员的限额。但是楼钥这首诗透露出地方并未严格施行,从而孝宗在其后又屡屡下诏重申此令④。

正是在这样的为官背景下,供职台州的楼钥并无多少公家事务的烦扰,他得以纵情适意于仙居雁荡的清丽山水间,过上及第伊始就非常向往的烟霞丘壑式生活,于是他在台州两年的交游,也就主要以文学雅士之间的清游宴赏为主了。如与知州沈揆同游台州名胜钱园⑤,于旅途中与管锐等通判同官开开玩笑。再如拜访下僚临海县令彭仲则,并与之诗酒唱酬。楼钥非常欣赏彭仲则清静的治县方式,尤为羡慕他那叠书满楼的壮丽县斋,留下了"小亭真吏隐,县拥高山青"的诗句⑥,完全将其视作早已期待的理想为官模型。当然,楼钥此刻的通判生活与彭仲则相去不远,只是没有华丽的屋舍而已,他还是做到了在并未辞官的前提下自在享受山林野趣。如此的自适与惬意让他想到了此时正在临安供职于详定一司敕令所的仲兄楼锡,写下了一首《山中怀仲兄》的七律,对楼锡不能共享此情此景深表遗憾⑦。此诗尾联"起听朝鸡无恙否,兹游恨不与君同"反用祖逖、刘琨闻鸡起舞之典,表达着此刻不必再像少年时代那样发愤苦读的欣然之情。毕竟当初的苦读就是为了能够自由过上山中宰相式的生活,既然如今实现了当初的追求,获得了这片可供吏隐的空间,那当然应该尽情享受此中的悠闲。这样来看,楼钥在诗中反复吟咏的自我闲散超然的形

---

① 齐硕修、陈耆卿纂:《嘉定赤城志》卷十"通判题名",见《宋元方志丛刊》(第七册),中华书局 1990 年版,第 7368 页下。

② 《楼钥集》卷六《寄管叔仪通判并同官》,第 155 页。

③ 汪应辰撰:《文定集》卷三《论添差员阙》,学林出版社 2009 年版,第 23 页。

④ 《宋会要辑稿》,第 4288、4304 页。

⑤ 《楼钥集》卷七《陪沈虞卿使君游钱园》,第 160 页。

⑥ 《楼钥集》卷一《彭子复临海县斋》,第 25 页。

⑦ 《楼钥集》卷六《山中怀仲兄》,第 154 页。

象,就不仅是文学的夸张虚设,也切实反映出了他的为官心态,而闲散的添差台州通判一任,恰好给了他相宜的时空。

三、诗学尊尚的确立:吴芾与东坡晚年诗

作为一介清闲的地方官员,自然少不了与当地耆老硕儒的交往,此时的台州也正好有一位闲居的致仕要员,他便是自号湖山居士的吴芾。吴芾,字明可,台州仙居人,高宗绍兴二年(1132)进士,历知处州、婺州。孝宗即位后知绍兴府,复权刑部侍郎,迁给事中,改吏部侍郎,以敷文阁直学士知临安府。吴芾在朝风节凛然,虽与秦桧故交,然绍兴年间退然如未曾识,乾道年间更与陈俊卿同以刚直见忌于近习群体,有一代名臣的风范①。吴芾早在乾道六年(1170)就已致仕归乡,此前他曾累计六上章疏以请归田里,皆未获允,遂三和陶渊明《归去来兮辞》以见意,终在本年以龙图阁直学士致仕②。当楼钥来到台州的时候,他已经致仕八年了,不仅乡里声望日隆,当初那三篇和陶也成为士林的名篇佳话。

楼钥在淳熙五年(1178)刚刚抵达台州的时候,便修通启一封予吴芾,以求结识。这篇启文未提文学之事,多是常见的围绕治理州郡政务的客套文字③。在二人正式定交之后,发生了对楼钥来说意义非凡的文学事件。此事的缘起在于吴芾向楼钥出示了他颇具盛名的和陶诗原件,楼钥拜阅后佩服不已,遂写了一首《谢湖山居士示和陶诗》以明志。这首长诗先追溯了陶渊明的诗风以及苏轼和陶的创举,接着铺叙了吴芾在台州高逸的致仕生活,之后便出现了这么几联文字:

> 人生嗜欲深,山林不供烧。何当从公游,翛然宁荷蒉。小子敢言诗,未免事华藻。西施难效颦,邯郸恐贻笑。思欲焚旧稿,世味轻咀嚼。稍寻韦苏州,旁引孟贞曜。绝去翰墨畦,毋凿浑沌窍。尚或庶几焉,未暇期速肖。④

这些句子并不是泛泛地客套,而是宋人习见的尊前辈诗人为宗师的现象,特别是其间"何当从公游""思欲焚旧稿"两句,具有极强的符号性,是用尽废少作的极端方式来宣示自己的诗学法门。杨万里、陆游、姜夔等南宋著名诗人皆有过尽废旧稿的举动,而且都将此

---

① 《宋史》卷三八七,第 11887—11889 页。
② 朱熹:《晦庵先生朱文公文集》卷八八《龙图阁直学士吴公神道碑》,见朱杰人等主编:《朱子全书》第二十四册,上海古籍出版社 2010 年版,第 4113—4114 页。
③ 《楼钥集》卷五八《通吴给事启》,第 1045—1046 页。
④ 《楼钥集》卷一《谢湖山居士示和陶诗》,第 2 页。

行为视作得窥诗学正径的开始。除了这首诗中的符号性诗句,楼钥文集《攻媿集》的结集形态也能佐证这一点。按照写作时间先后的顺序排列作品是宋人诗文集的常见编次方式,但往往诗集开篇的第一首诗并非作者最早的诗作,而是一首语涉自我尊奉的诗学宗主的诗,具备开宗明义的意义。如黄庭坚《山谷诗集》第一首是《古诗二首上苏子瞻》,陈师道《后山诗集》第一首是写给曾巩的《妾薄命》,陆游《剑南诗稿》第一首是写给曾几的《别曾学士》等即是此例。这种文集编次现象在楼钥的文集中也能察见。《攻媿集》的编次即先按体归类,各体之下的作品则大致按照写作时间先后排列。诗歌收录在卷一至卷十,其中卷一至卷五为系年编次的古诗,卷六至卷十则为系年编次的律诗。然而卷一开头几首古诗在时间上并非楼钥最早的作品,第一首为《攻媿斋》,乃是陈述自号"攻媿"的大义,阐明自我立身之本。楼钥自号"攻媿"大约发生在绍熙年间,从而这首诗的写作时间就比较晚,但却完全符合开宗明义的编集要求。而第二首收录的便是上述这首写于淳熙五年(1178)的《谢湖山居士示和陶诗》,在南宋中后期道学已蔚为大宗的时代格局下,这首放在自述学养修身之诗后面的交代文学趣味的诗篇,应当是以文学见长的士人在开集明义时向时代做出的妥协,但依旧足以向后人展示着自己奉吴芾为宗主的诗学传承。

《谢湖山居士示和陶诗》不仅交代了楼钥的诗学尊主,而且"稍寻韦苏州,旁引孟贞曜。绝去翰墨畦,毋凿浑沌窍"数句更将其拜见吴芾后悟得的诗学法门具体陈述了出来。即参核韦应物的闲淡与孟郊的清寒,上升到陶渊明的浑融自然。实际上以孟郊为代表的中晚唐诗歌本是楼钥会见吴芾之前的取径对象,他于淳熙初担任敕令所编修的时候,就曾写过"坐欲研五言,所愧李与苏。君与工属联,灞桥去骑驴"[①]的诗句,可见楼钥早已对孟郊、贾岛等诗人心手追摹,只不过当时更为在意精细的声律与苦吟的字面,主要学习郊岛在遣词对属等形式层面的内容。因此结识吴芾对楼钥的诗歌写作具有着更为深刻的意义,不仅为楼钥的诗法取径在郊、岛的基础上增加了陶、韦,更使其获得了从形式技巧上升到意趣兴象的根本性超越。楼钥在结识吴芾之前的郊岛诗法与风靡南宋后期的晚唐体诗基本相契,可见永嘉四灵的诗歌门径早已在孝宗朝的两浙诗坛形成,他们其实是利用了中兴诗坛的创作经验以扭转江西诗风。而楼钥结识吴芾之后的转变更说明其时甚至出现了对晚唐体的反思与突破,而且以资借鉴的前代诗人也并不局限于韦应物与陶潜,首位写作和陶诗的苏轼也是重要的取法对象,钱锺书即由此敏锐地指出楼钥诗主学东坡晚年[②]。此外,楼钥在其后的诗歌写作与相关论述中,越来越重视对杜甫与黄庭坚的摹效。可见尽管江西

---

① 《楼钥集》卷一《同官登敕局小楼观雪》,第 20 页。
② 钱锺书著:《钱锺书手稿集·容安馆札记》,第 359 条,商务印书馆 2003 年版,第 573 页。

诗派大行于孝宗中兴诗坛,诸多诗人皆从江西诗法入,再以突破江西藩篱为基础方成自家面貌,但亦存在楼钥这样不循江西法门而专效晚唐的诗人,他们在自我突破的时候会寻求江西诗法的助力,却始终不奉山谷为圭臬,凭借晚年苏轼甚至陶渊明而成自家路数。于是孝宗中兴诗坛的面要比以往的描述更为丰富,对南宋中后期诗坛有着全方位的先导意义,只不过在江西诗派的群体规模与中兴四大家高大伟岸的身影下,诸如此类的众多较小关节被遮蔽住了。

诗法取径之外,《谢湖山居士示和陶诗》还体现了楼钥对吴芾生活方式的钦羡,从而拜于吴芾门下也就不单单是学诗,更是希望自己能够放下外在的功名利欲,一并效法吴芾林壑泉石、烟波耕钓的生活方式,这是楼钥一直以来的追求。因此面对已经完美实践此种生活八年的吴芾,楼钥很容易产生追慕的情绪。吴芾当然也察觉到了楼钥的个中情愫,但他并不同意尚处中年的楼钥如此处世,在接到楼钥的赠诗后便和韵酬答,如此解释了他的归隐原因:“岂谓暮年中,亦误蒙收召。曾未着微劳,遽使登华要。自度老无能,共知愚不肖。纵未遭人非,难逃天日照。倘不速休官,宁免渊明笑。”[①]显然归隐是有前提的,一方面是才难副任,另一方面则是已至暮年。观吴芾在乾道六年(1170)已经六十七岁,老而无能也并非完全的自谦之辞。然而对于年方不惑的楼钥,吴芾却有着不同的要求。他在诗歌的后半部分便进入对楼钥的规劝,先以“贰车真豪英,逸如千里骥。又如礼乐器,肃然在宗庙。有美颀而长,视容清且瞭”诸句称颂楼钥的秀采焕发,再以“自应辅明时,与国增光耀。胡为佐一州,从容陪坐啸。乘兴来湖山,欲看余把钓。濯足玩水云,纵目观野烧”诸句予以微讽,认为楼钥应该积极辅国安邦,而不应来陪他这位老头子垂钓坐啸。吴芾的谆谆教诲一直持续到了全诗的结尾:“余已学渊明,公方跂周召。出处既不侔,无由远相叫。愿公保令名,求贤行有诏。”完全挑明了效法陶渊明是他这个年纪、这样身份的士人才可以过上的生活,楼钥则应该以周公、召公为榜样,保持一颗积极进取以平天下之心。如果楼钥一味地追求湖山吏隐,将会大大折损他作为士大夫的令名,会给后人留下操行有亏的形象。吴芾的规劝足见一位耆硕旧臣的风采,作为第一代中举于南宋的士大夫,他还是保留了北宋士人以天下为己任的高昂气度,在出处进退方面坚持壮岁积极用世、晚年闲散超然的原则。吴芾的出处选择与和陶写作其实符合苏轼本人的样态,苏轼的和陶滥觞于黄州时期,至惠州时期方蔚然大观,那时的苏轼也已年过六十了,是混融着政治剧变与人至暮年的一种生涯寄托。不过对于完全成长于南宋立国后的士人来说,他们更愿意将苏轼的晚年状

---

　　① 　吴芾:《湖山集》卷三《和楼大防韵》,见《景印文渊阁四库全书》第 1138 册,台湾商务印书馆 1986 年版,第 464 页上。

态独立出来,使得从未经历政治挫折或人生动荡的自己可以坦然效法苏轼晚年的山林闲适与琴酒风流。这是士大夫群体发展至南宋的变化,与楼钥早已抱有的清简为官心态相契合。于是楼钥尽管以吴芾的诗学门径为自我尊尚,但并没有怎么接受他的这番用世规劝。

四、觞咏清唱:台州时期的其他文学交游

楼钥于台州的文学交游相当广泛,所涉诗友的身份跨度也极大,只要对方具备文学之长,便不惜折节相交。如落拓潦倒的孙应时,当时不过一介黄岩县尉,但楼钥却觉得他"学行吏事、词采翰墨动辄过人",从而与之定交①。他还与不习举业、以诗自适而不悔的戴栋相交甚笃,从而埋下了与其子戴复古一段师生之谊的伏笔②。不过江湖游士终究是少数,他在台州主要还是与吴芾这样的名士来往。也正是在与这一群体的诗歌酬唱间,楼钥得以深入观察与体认自己向往的清简生活,同时不断练习着刚刚悟得的诗学法门。

楼钥在台州重遇了不少长辈故交,李庚便是其中的一位。李庚,字子长,绍兴十五年(1145)进士,比楼钥年长十五岁左右。中举后曾任长沙尉,后历御史台主簿、监察御史,进兵部郎中,终于知州之任③。可见李庚的仕宦生涯主要通过法曹台谏的路径迁转,未能跻身台阁清选。楼钥对此表示相当遗憾,因为李庚在楼钥的伯父楼璹出任湖南转运使之时曾以长笺干谒,受到楼璹击节赞赏,遂有文名,是以楼钥认为由文学之选晋升才是李庚的理想路径,才能大展其才④。尽管如此,李庚的实际生活依然呈现着文学之士的风雅,而非实务官僚的豪奢。当楼钥在台州终于结识这位伯父旧赏时,李庚已在台州乡里买田造园、叠屋藏书,给楼钥提供了又一番退居乡里的生活展示。不过李庚此时并未像吴芾那样致仕乡居,由于他是在未赴袁州知州时不幸去世的⑤,所以他此刻当是待阙里中,倒是给了楼钥更符合期待的生活展示,即士大夫对于为官与山林的同时占有。

相较于李庚主要向楼钥展示了仕至知州级别的士大夫如何平衡吏隐关系,他与另一位台州诗人林宪的交往则是更为纯粹的诗文写作探讨。林宪,字景思,中进士特科,然未登宦途,仅监西岳庙。遂筑室乡里,吟诗度日,诗名日益隆盛,台州乡人拜于门下学诗者甚

---

① 《楼钥集》卷一一四《承议郎孙君墓志铭》,第 1973 页。

② 《楼钥集》卷七四《跋戴式之诗卷》,第 1323 页。按点校本题作"跋戴式之试卷",与题跋内容显然不合。宋刻本实为"跋戴式之诗卷",四库系统亦作"诗卷"。

③⑤ 《嘉定赤城志》卷三三"进士题名",第 7532 页下。

④ 《楼钥集》卷四九《诊痴符序》,第 919 页。

众,杨万里、尤袤等中兴诗人皆与其有着密切的交往①。可见他是一位地方风雅名士,与政治相当疏离,知识结构也广涉佛、道,如其自号雪巢,便取自元安禅师"鹭倚雪巢犹可辨,乌投漆立事难分"的机锋②,与楼钥颇显头巾习气的"攻媿"甚为不同。尽管如此,林宪尚未进入以禅喻诗的阶段,他的诗篇还是接近孟郊、贾岛的。不过楼钥已经认为林宪之诗虽"作诗穷益工,寒瘦逼岛郊",但却"落笔句惊人,不复寻推敲"③。这与楼钥从吴芾那里悟得的法门相契,就是利用杜诗甚至江西诗法挽救主学郊岛的晚唐体弊端,再次展示出四灵之前的浙东诗坛不仅早已流行晚唐体,更开始涌现突破苦吟之限的诗人。也正是因为他们是援江西入晚唐,而非如严羽那样极力诋斥江西,所以林宪并没有开妙悟说的先河,反倒是经常强调学问积累的重要。他在与楼钥谈论诗歌时曾这样表示过:只有胸中浩浩,包括千载,发言为诗时才能变化舒卷,不可端倪。是以书籍与学识对于作诗来说当如韩信点兵,多多益善④。尽管林宪的诗学路径与严羽不同,但是他也已经不再秉持专精一体便可名世的观念,而是要求诗人应当出入古今作者门户以众体兼擅。这就与严羽以降的元明诗学观念相合,在另一个层面上再次印证了孝宗中兴诗坛对后世的全面先导意义。

　　淳熙六年(1179)十一月,台州士人鹿何以五十三岁之龄从郎曹自乞休致。鹿何本就是一位醉赏烟霞的士人,为官时便在台州城外四十里一处叫鹿陂的地方设园建堂,取灵澈上人"林下何曾见一人"之句,名堂为"见一"。当他的休致申请获得批准后,就直接回到见一堂中,完全没有按照致仕官员的礼节,先入郡城通交知州⑤。这位士人既不同于吴芾的高龄致仕,亦非李庚那样居家待阙,而是在仕途上升期急流勇退,完全就是楼钥想做但从未真正去做的事。楼钥因此对鹿何格外钦佩,从而在鹿何刚刚回到见一堂的时候,就和居家待阙的周泊以及那位拥有富丽堂皇县斋的彭仲则一同登堂拜访,并与其定交⑥。鹿何对楼钥的诗歌创作有什么影响不得而知,但是他的辞归之举与杖履烟霏空翠的生活深深感染了楼钥,以至于在回到通判厅署之后楼钥犹感震撼,特为写就赋咏鹿何所建园林的绝句十三首以献⑦。这是楼钥诗歌中罕见的大规模园林清赏组诗,足见其对山林丘壑生活的艳羡。这场震撼的持续时间相当之长,楼钥在离任台州的时候,还要特为再赴见一堂与鹿何话别,拳拳之情,足可想见。甚至二十六年后,楼钥对自己还未能下致仕之决心而

　　① 《嘉定赤城志》卷三四"特科进士",第7551页上。
　　② 释道元著,妙音、文雄点校:《景德传灯录》卷一六,成都古籍书店2000年版,第314页。
　　③ 《楼钥集》卷一《林景思雪巢》,第3页。
　　④ 《楼钥集》卷四九《雪巢诗集序》,第926页。
　　⑤ 《楼钥集》补遗《宋金部郎鹿何墓志铭》,第2144页。
　　⑥ 《楼钥集》卷四九《见一堂集序》,第923页。
　　⑦ 《楼钥集》卷七《鹿伯可郎中园池杂咏》,第157—159页。

感到羞愧,依然以鹿何为榜样,写下"赤城鹿公以望郎显于淳熙间,当服官政之年,不以病不以故,致为臣而归。天子既宠褒之,朝之名卿大夫、学校之士争为歌诗以饯其行"的追忆文字①。可见在楼钥的心中,他其实更为欣赏鹿何的声名,而非吴苪期待的周召事业。这也足以使人相信,楼钥自中举以来时时表达的吏隐甚至归去的情绪,并非全然的故作姿态,而是内心真切而强烈的想法。

余论:南宋诗学的山林话语与相关批评

楼钥台州时期的文学交游涵盖了不同类型的清简士人,足见这种生活方式在孝宗中兴诗坛的广泛接受程度。只是在南宋的科举制度下,士人群体尚未获得明清时代的经济保障,从而像鹿何这般毅然放弃官职而投身山林者并不多,大部分士人还是类似楼钥的徒羡渔情。但也正因为这番心态,为孝宗中兴诗坛带来了大量疏离政治的内容,其时的士大夫作者相当普遍地将自我文章风流或林泉野趣的生活日常记录于诗,再次为后代诗坛开启先河。不仅如此,伴随着诗歌内容的这番新变,诗学观念也发生相应的转向,山林在诗歌批评中的地位越来越重要,逐渐成为与庙堂台阁举足轻重的批评话语与诗歌范式。

出处选择本是士大夫群体的永恒命题,面对着庙堂与山林,他们始终在追问自己应该选择哪一条道路,究竟哪一方是自我的最佳生存状态。在中唐之前,这个问题的答案往往非此即彼,士人通常需要作出只取一端的选择。但自杜甫于《清明二首》(其一)中写下"钟鼎山林各天性,浊醪粗饭任吾年"②的句子后,二者间的矛盾冲突逐渐减弱,士人逐渐能够自由地根据自身状态的变化切换着钟鼎与山林的偏好。宋代士大夫承继着杜甫的观念,并与上述清简的仕宦心态相结合,追求起钟鼎山林兼具的生活方式及诗歌表达。这种诗学趣味在徽宗朝即已初见端倪,廖挺在《演山先生文集序》中提到:

> 挺观先生平时所著则已慨然有经世之意,及志得位显,一篇一咏,凝情物外,笔下无一点尘埃,反如山林逸士之语,其所养有大过人者,或者以为谪仙中人,信不诬矣。③

身为状元的黄裳有意识地将其诗歌写作与仕宦状态相逆反,以此实现钟鼎与山林的

---

① 《楼钥集》卷四九《见一堂集序》,第 923 页。
② 杜甫著,仇兆鳌注:《杜诗详注》卷二二,中华书局 1997 年版,第 1968 页。
③ 陆心源撰:《皕宋楼藏书志》卷七八,中华书局 1990 年版,第 883 页下。

兼具。当其尚居下僚之时,便积极表达自己的经世之能与澄清天下之志;待终处高位之后,就转而陶写山林闲趣。黄裳的精神状态与诗歌实践深受孝宗中兴诗坛士大夫作者的认可,更被他们视作难能可贵的立身行世品质。周必大在《吴康肃公苕湖山集并奏议序》中即云:

> 才气可以任事,而以学术本之,未有不为名臣者也。龙图阁直学士天台吴康肃公以进士起家,受知高庙。爰及孝宗,在内为御史,历户礼刑少常伯、给事中,又尝典治内史,在外则五为帅守,处剧繁以平易,其才气何待言? 至于履正奉公,仁民爱物,如嗜饮食,发为诗文,身簪绂而心丘壑,此则学术之力也。[①]

在理学兴盛的时代背景下,学术在士大夫评价体系中显得更加重要,周必大便利用时代话语,将判断学术小大的标准定性为是否能够实现钟鼎与山林的统一,而非胜任朝堂内外的要职。有趣的是,周必大选择了吴苕立论,把他叙述为类似黄裳的人物,赞许他的诗文"身簪绂而心丘壑",完美地实现了庙堂与山林的统一。根据上文所述可知,周必大的评价显然不符合吴苕的本意,但却有力地说明了楼钥不接受吴苕的规劝并非他的个人偏好,而是孝宗朝新一辈士人的群体心态。陆游在《乐郊记》中亦云:"出处一道也,仕而忘归,与处而不能出者,俱是一癖,未易是泉石非钟鼎。"[②]陆游将只出不仕与只仕不出都视作偏执一端,只有做到出处统一才是可以被肯定的风神态度。这从对立面的角度解释了楼钥为何没有真的选择鹿何式壮年辞归,而是依旧在仕宦道路上浮沉摸索。这样一来,对于一位有所追求的孝宗朝士大夫而言,其既需要具备过人的为政能力,同时又需要不断通过山野林泉的诗歌表达以示学养,也就出现了如杨万里这般的论诗标准:

> 予假守毗陵,更未尽三月,移官广东常平使者。既上二千石印绶,西归过姑苏,谒石湖先生范公。公首索予诗,予谢曰:"诗在山林而人在城市,是二者常巧于相违,而喜于不相值。某虽有所谓《荆溪集》者,窃自薄陋,不敢为公出也。"[③]

可见孝宗中兴诗坛的士大夫诗人,就是以实际仕宦状态与文学表达趣味相矛盾为宗

---

① 周必大:《庐陵周益国文忠公集》卷五五,见四川大学古籍整理研究所编:《宋集珍本丛刊》(第 53 册),线装书局 2004 年版,第 553 页。
② 陆游:《渭南文集》卷一七,见《陆游集》,中华书局 1976 年版,第 2136 页。
③ 杨万里撰,辛更儒笺校:《杨万里集笺校》卷八〇,中华书局 2007 年版,第 3262 页。

尚,能够反映城市与山林的相违方是期待中的好诗。楼钥台州时期的文学交游与诗歌创作,恰是为上引的批评话语提供了完整的文学活动案例,在理论与实践两方面分别显示着诗学的山林话语在孝宗中兴诗坛的迅速凸显及其生成原因。尽管此时的诗歌创作与诗学观念还是要把山林与庙堂相系联,但士人清简的出处心态以及诗中与庙堂政治、天下抱负以及承平气象完全脱节的山林泉石生活描绘,还是为台阁与山林于元明诗坛的完全分途对立奠定了重要基础。

(作者简介:赵惠俊,复旦大学中文系讲师。著有《朝野与雅俗:宋真宗至高宗朝词坛生态与词体雅化研究》。)

宫观官制度视野下的陆游诗文创作[*]

张振谦　谭　智

摘　要:宫观官制度是宋代特有的官制,又称祠禄制度,是统治者尊崇道教的宗教政策和优待官员的政治政策相结合的产物,广泛地与文人士大夫的命运联系在一起。陆游一生五次担任宫观官,丰富的宫观官经历和优厚的俸禄为他的诗文创作积累了大量素材,提供了充足的时间和物质保障,他也因此创作了大量相关诗文作品,主要包括乞祠文书、领祠诗歌和奉祠诗歌。具体而言,陆游的乞祠文书是政治失意与生活窘境下的双重产物,领祠诗歌充分表现了他在现实生活与爱国理想之间的矛盾心理,奉祠诗歌则是他壮志难酬与仕途失意之时寻求精神慰藉的重要方式。这些作品承载着陆游对家国兴衰和个人沉浮的记忆,充分反映了他在宫观官制度下的心理进退和政治情怀。

关键词:宫观官制度　陆游　祠禄　诗文创作

　　宫观官制度是宋代特有的官制,又称祠禄制度^①。它创始于宋真宗大中祥符五年(1012),是统治者尊崇道教的宗教政策和优待官员的政治政策相结合的产物。《宋史·职官志·宫观》载:"宋制,设祠禄之官,以佚老优贤。……其戚里、近属及前宰执留京师者,多除宫观,以示优礼。时朝廷方经理时政,患疲老不任事者废职,欲悉罢之,乃使任宫观,以食其禄。"^②宋代宫观官除真宗时期尚有某些实际职责外,通常不担任具体职务,仅具有象征意义,实为无执掌的职事官,定期领取朝廷发放的俸禄,且可"任便居住"。这既体现出对官员"佚老优贤"的政治态度,也是罢黜官员、保证官僚队伍新陈代谢顺利进行的重要举措。在宋代,许多文人都曾充任宫观官,有过奉祠经历,宫观官制度广泛地与文人士大夫的命运联系在一起。已有学者以刘克庄与周必大为案例,对他们的文学创作与祠禄制

---

　　* 本文系国家社科基金项目"宋代宫观官制度与文学研究"(17BZW097)阶段性成果。

　　① 参阅梁天锡《宋代祠禄制度考实》(龙门书店 1978 年版)、金圆《宋代祠禄官的几个问题》(《中国史研究》1988 年第 2 期)、刘文刚《论宋代的宫观官制》(《宋代文化研究》第 7 辑,巴蜀书社 1998 年版)、张振谦《北宋宫观官制度流变考述》(《北方论丛》2010 年第 4 期)等。

　　② 脱脱等撰:《宋史》,中华书局 2000 年版,第 4080 页。

度之间的关系进行了周详研究①。陆游作为南宋文坛的重要代表,其在宫观官制度影响下的诗文创作尤其值得注意,本文拟对此进行较为全面而深入的探讨。

陆游一生五任宫观官,他曾在《夏日感旧》其二言及自己"五侍仙祠两挂冠,此生略有半生闲",并自注:"予仕宦屡历宫祠,崇道、玉局、武夷、佑神、太平,凡五任。"②具体而言,这五次宫观官经历分别为:淳熙三年(1176)九月,因臣僚言其主政嘉州时"燕饮颓放"③而被罢免,随即奉诏主管台州桐柏山崇道观;淳熙八年(1181)三月,因"不自检饬,所为多越于规矩"④被臣僚弹劾,遂主管成都府玉局观;淳熙十六年(1189)十一月,因被弹劾"前后屡遭白简,所至有污秽之迹"⑤而罢官,绍熙元年(1190)冬,提举建宁府武夷山冲佑观;嘉泰二年(1202),朝廷宣召陆游修撰国史,是年提举佑神观;嘉泰三年(1203),陆游上《孝宗实录》《光宗实录》,并上疏请守本官致仕,朝廷不允,提举江州太平兴国宫。这五次奉祠经历占去了陆游仕宦的将近一半时间,他晚年所作《自嘲》诗云:"是处登临有风月,平生扬历半宫祠。即今个事浑如昨,唤作朝官却自疑。"并自注:"予仕宦几五十年矣,历崇道、玉局、武夷,今又忝佑神之命。"可以说,乞祠、奉祠是他漫长仕宦生涯的重要组成部分,由此产生了大量诗文作品(词作几无涉及)。这些作品大致分为三大类:其一,乞祠文书,即他向朝廷请求宫观官时所作的札子、启文和奏状。其二,领祠诗歌,即在朝廷批准他的乞祠请求后所作诗歌。其三,奉祠诗歌,即陆游在山阴居家奉祠期间所作诗歌。

一、乞祠文书:政治失意与生活窘迫
的双重产物

在陆游留存丰富的宫观官相关诗文中,乞祠文书与政治的联系最为紧密。陆游的乞祠文书既展现了他在政治上进退维谷的状态,又反映了他生活之艰辛,同时也表达了他对政局的看法,因此是我们解读其面对政治失意和生活窘迫时复杂心态的重要文本。

首先是政治失意,乞宫观官以远离。"隆兴北伐"是南宋孝宗朝的重要政治和军事事件,宋孝宗即位后,任用了以张浚为首的一大批主战派,力图北伐,恢复中原,陆游在这次

---

① 参见侯体健《南宋祠禄官制与地域诗人群体:以福建为中心的考察》(《复旦学报(社会科学版)》2015 年第 3 期)、《论南宋祠官文学的多维面相:以周必大为例》(《文学遗产》2018 年第 3 期)二文。

② 陆游著,钱仲联校注:《剑南诗稿校注》,上海古籍出版社 1985 年版,第 3546 页。下引陆诗均出此,不再出注。

③ 徐松辑,刘琳等校点:《宋会要辑稿》,上海古籍出版社 2014 年版,第 4975 页。

④ 《宋会要辑稿》,第 4983 页。

⑤ 《宋会要辑稿》,第 4998 页。

事件中扮演了主战派和支持者的角色。隆兴元年(1163),张浚进枢密使都督江淮军马,陆游在《贺张都督启》中说:"仰惟列圣之恩,实被中原之俗。耕田凿井,举皆涵养之余;寸地尺天,莫匪照临之旧。岂无必取之长算,要在熟讲而缓行。顾非明公,谁任斯事?"①他支持张浚北伐,同时也提醒张浚要做好充分的准备。然而由于他对枢臣张焘言龙大渊、曾觌"招权植党,荧惑圣德",被孝宗知晓,"上怒,出通判建康府"②。由于张浚任人不当,北伐遭受"符离之败",投降派的主和论调又逐渐开始在朝廷中抬头。乾道元年(1165)六月,面对张浚的去世和"隆兴和议"的签订,在镇江府通判任上的陆游向朝廷乞请宫观官,作《上二府乞宫祠启》云:

> 白首而困下吏,久安佐郡之卑;黄冠而归故乡,辄冀奉祠之乐。恃廊庙并容之度,忘江湖远屏之踪。敬布忱诚,仰干造化。伏念某读书有限,与世无缘,岁月供簿领之劳,衣食夺山林之志。扪心自悼,顾影知惭,觉少适于饥寒,誓永投于闲散。顷以牵联而少进,惕然恐惧而弗宁,亟辞振鹭之廷,径返屠羊之肆。优游食足,敢陈楚些之穷;衰疾土思,但抱越吟之苦。伏望某官因材授任,与物为春。察其愚无所能,乏细木侏儒之用;哀其穷不自活,捐太仓红腐之余。特假闲官,使安晚节。弃窦宪如孤雏死鼠,宁足矜怜;譬杜牧以白骨游魂,少加恤养。某谨当收身末路,没齿穷山,玩仙圣之微言,乐唐虞之盛化。杜门扫轨,固莫望于功名;却粒茹芝,冀粗成于道术。虽无以报,犹不辱知。③

在这篇奏状中,陆游并无一句言及北伐等现实之事,既未提被贬,更未直言对朝廷任用的不满。他所陈述的请祠理由与大多数乞祠奏状相似,或出于个人学识有限,或思乡情切、冀安度晚年,或无意功名、志在学道,但这些理由只是用于上行公文中的托辞,并非真实原因。在文中,陆游以"孤雏死鼠""白骨游魂"自况,极言自己迂腐无能,以近乎乞讨的语气希望求得一份闲职,以领取微薄的俸禄维持生计,这些极度谦卑的话语一方面表现了他在遭受北伐失败、屡遭劾斥、被贬出京等一系列重大打击后的心灰意冷,另一方面表达了他对朝廷的极度失望。这篇奏状实质上是他政治失意的真实写照,在失望至极后,陆游一时间厌倦了这样的生活,选择收身归去,但最终并没有得到朝廷的允许。

我们再来看淳熙八年(1181)所作《上丞相参政乞宫观启》。淳熙六年(1179),陆游奉

---

① 陆游著,马亚中、涂小马校注:《渭南文集校注》第1册,浙江古籍出版社2015年版,第208页。
② 《宋史》,第9493页。
③ 《渭南文集校注》第1册,第228页。

命提举江南西路常平茶盐公事,次年,江西发生水灾,为赈济灾民,陆游"奏拨义仓赈济,檄诸郡发粟以予民",结局却是"召还,给事中赵汝愚驳之,遂与祠"①。《宋史》中既未言赵汝愚驳斥的具体事由,也未说明陆游奉祠的原因。据《宋会要辑稿》记载:"(淳熙八年)三月二十七日,提举淮南东路常平茶盐公事陆游罢新任,以臣僚论游不自检饬,所为多越于规矩,屡遭物议故也。"②如此看来,陆游此次奉祠的根本原因在于遭政客攻讦,被赵汝愚等人以"不自检饬""疏放"做文章③。陆游在遭到弹劾后,写下了《上丞相参政乞宫观启》:

> 　　年运而往,益知涉世之艰;职思其忧,独幸侍祠之乐。惓惓微志,恳恳自陈。伏念某臃肿凡材,聱牙曲学,既无甚高论足以哗世,岂有他缪巧用以致身?随牒半生,问津万里。虽誓图微报,不胜狗马之心;而俯迫颓龄,已惧霜露之疾。壮志累然而欲尽,残骸悴尔以难支。拉朽摧枯,竞为排陷;哀穷悼屈,孰借声光。敢图廊庙之尊,未弃门阑之旧。曲怜不逮,力谓无他。至于跌宕之文,辱在褒称之域。二百年无此作矣,固难称惬于奖知;万户侯岂足道哉,私亦激昂于衰懦。然而揣数奇之薄命,惧徒费于鸿钧。与其度越群材,留朱云于东阁;曷若稍捐薄禄,置陶令于北窗。伏望某官,仁风翔及物之恩,赫日照覆盆之陋。念前跋胡而后疐尾,惟当自屏于江湖;方上昭天而下漏泉,忍使独挤于沟壑。假以毫端之润,宠其林下之归。某谨当刻骨戴恩,刿心慕道。诵丹台之蕊笈,少尉素怀;拜玉局之冰衔,用华晚景。④

　　这篇乞祠奏状中充满了陆游的无奈与辛酸,一句"拉朽摧枯,竞为排陷"直言其遭到小人的诬告。他在文中自嘲没有真才实学,称自己是"凡材",没有什么高论能够让世人惊讶。因此请求朝廷能够批准让他奉祠,以领取些微薄的俸禄,安度晚年。他表面为自嘲昏庸无能,自愿外放,实质上是出于政治压力,被迫请祠赋闲,暂时避开政治斗争。这次乞祠终于得到了朝廷的批准,淳熙九年(1182),陆游奉命主管成都府玉局观,此后他回到山阴家中,居乡奉祠,直到淳熙十三年(1186)祠禄期满,才陈乞再任,起知严州。

　　其次是生活窘迫,请宫观官以自活。乾道五年(1169),陆游奉命通判夔州,而这并非陆游所愿,但由于家中"贫不自支,食粥已逾于数月;幸非望及,弹冠忽佐于名州。孰知罪

---

① 《宋史》,第 9493 页。
② 《宋会要辑稿》,第 4983 页。
③ 顾吉辰著:《〈宋史〉考证》,华东理工大学出版社 1994 年版,第 730—731 页。
④ 《渭南文集校注》第 2 册,第 6 页。

戾之余,犹在悯怜之数"①,迫于生活的压力,他不得不远赴蜀地任职。乾道八年(1172),陆游将要离开夔州任,而此时的他生活并没有因在蜀地为官而得到改善,甚至连回乡的路费都凑不齐,因此为了让自己回到家乡,养活家人,他向当时的丞相虞允文请求担任宫观官,领取祠禄,于是写下了《上虞丞相书》。此文分为两部分。在前半部分,陆游假托君子之言,将管仲、商鞅的治国之法与周公、孔子之政进行对比,指出前者录用人才的标准是"才"和"功",其根本在"利",后者录用人才的标准是"穷"和"德",其根本在"义",由此引出"王霸之分,常在于用心之薄厚"的观点。之所以要在第一部分以大量的笔墨对"王霸之辩"进行论证,实质上是为后半部分的请祠要求作铺垫,希望虞丞相能够效仿周公、孔子施行"王道","捐一官以禄之"。文章后半部分如下:

> 恭惟大丞相道学精深,力量广大,庶几以周公、孔子之政,而复三代之俗者,浑浑巍巍,不可窥测。平时挟功恃才、锱铢较计者,皆自失退听。若某之愚,不才无功,留落十年,乖隔万里,而终未敢自默,特曰,身之穷,大丞相所宜哀耳。某行年四十有八,家世山阴,以贫悴逐禄于夔。其行也,故时交友酿缗钱以遣之,箧中俸薄,某食指以百数,距受代不数月,行李萧然,固不能归。归又无所得食。一日禄不继,则无策矣。儿年三十,女二十,婚嫁尚未敢言也。某而不为穷,则是天下无穷人。伏惟少赐动心,捐一官以禄之,使粗可活;甚则使可具装以归,又望外则使可毕一二婚嫁。不赖其才,不借其功,直以其穷可哀而已。此气象,自秦以来,世以功利相高,没不见者累二千年,今始见于门下,所愿持之不摇,行之不疑,则岂独某之幸哉!②

在上文中,陆游首先夸赞了虞允文能够施行周公、孔子之政,赏识和同情穷寒之士。随后,他细数了自己生活的窘况,极言家庭拮据,甚至到了连入蜀路费都是靠亲友资助的地步,而更为窘迫的是他如果一日不领俸禄,生活就难以为继,也正是因此,自己的儿女到了二三十岁仍尚未敢言婚嫁。生活的沉重压力让他发出了"某而不为穷,则是天下无穷人"的感慨,出于生活的压力,他不得不放低身段,苦苦哀求虞允文能够给予一定的怜悯和同情,使其能够维持生活。这不仅反映了陆游因生活压力而乞祠时的复杂心态,同时也说明了宫观官制度的生活保障作用对宋代文人士大夫的重要性。

---

① 《渭南文集校注》第 1 册,第 238 页。
② 《渭南文集校注》第 2 册,第 84—85 页。

二、领祠诗歌:现实生活与
爱国理想的矛盾心理

　　乞祠文书受制于官方规定的体式和用途,总是包裹着一层政治的外衣,即使有所怨言也不能直言,因此表达情感的方式是朦胧模糊的,对心态的展现是隐性曲折的。而诗歌对心理的刻画较为显性,在情感的表露方面更为清晰直白。陆游的领祠诗歌主要分为两类,一类是在朝廷批准他的乞祠或任命他为宫观官后所写,主要用于谢君恩典,抒发得禄之喜;另一类则是在宫观官任期将满复请之时所写,表达自己空食君禄,心生愧疚之情。

　　在宋代,宫观官制度设立的初衷并不是用来外放官员或打压异己的,而是以管理道教宫观为名,实以国家俸禄赡养、优待士大夫。因此,它极大地缓解了宋代官员尤其是退休官员的生活压力,为他们提供了坚实的物质生活保障。面对如此丰厚的俸禄,陆游同其他文人一样,运用诗歌的形式,将内心的喜悦之情和对君王、朝廷和宫观官制度的感激之情表现出来。如其《拜敕口号》二首:

　　　　黄纸如鸦字,今朝下九天。身居镜湖曲,衔带武夷仙。日绝丝毫事,年请百万钱。恭维优老政,千古照青编。
　　　　扶病中庭拜,君恩抵海深。顿增新禄格,暂拂旧朝簪。心欲先营酒,儿言且赎琴。人生奉祠贵,喜色动山林。

　　绍熙三年(1192)秋,陆游提举武夷山冲佑观期满,但因疾病缠身,他准备上书再任冲佑。他作《夜坐》诗云:"瘦骨倚蒲团,灯前影自看。心清便独夜,酒尽怯新寒。病虎减精采,饥鸿摧羽翰。晚途堪笑闵,犹拟乞祠官。"在如此境况下,诗人只有通过乞求祠禄来供养自己日益衰老的身躯,正如他在《七十一翁吟》开篇所云:"七十一翁心事阑,坐叨祠禄养衰残。"朝廷同意了陆游的乞求,再次任命他提举武夷山冲佑观,他作《十一月十八日蒙恩再领冲佑,邻里来贺谢以长句》以记之。《拜敕口号》二首亦作于此时。其一首句由苏轼名作《和董传留别》结句"得意犹堪夸世俗,诏黄新湿字如鸦"化出,极写得到朝廷任命诏书后的兴奋之情。接着记述自己闲居山阴镜湖但身兼武夷山宫观官的生活现状,每天无所事事却可领受高额俸禄。对于"百万钱",诗中自注:"祠俸钱粟絮帛,岁计千缗有畸。"据《方舆胜览》记载,武夷山冲佑观"宋绍圣二年改赐今额,听秩二千石,奉祠者领之"①，由此可见宫观官俸禄之丰厚。正是这无须案牍劳形的宫观官待遇使作者深感朝廷对待老臣的政策优厚，因此他在尾联中表达了对君王恩典的由衷感激和对宫观官制度的高度赞赏。其二更是直抒胸臆，字里行间充满了对君恩的拜谢和称颂，对宫观官带来的生活改善喜形于色。

陆游得到充任宫观官诏命后的喜悦和感恩心情在其《上章纳禄恩界外祠遂以五月初东归》之二中也有类似反映，诗云："黄纸淋漓字似鸦，即今真个是还家。园庐渐近湖山好，邻曲来迎鼓笛哗。筐实傍篱收豆荚，盘蔬临水采芹芽。皇家养老非忘汝，不必青门学种瓜。"嘉泰三年(1203)四月，陆游修撰国史完毕，请求致仕，朝廷任命他提举太平兴国宫，这首诗就写于得祠之后，由临安返回山阴家中之时。诗的开篇与上引《拜敕口号》其一相似，并使用口语"真个"突显内心的喜悦。中间两联是他此刻愉悦心境的真实写照，且对即将到来的闲适惬意、无忧无虑的乡村生活进行了展望。尾联引用《史记·萧相国世家》中"召平种瓜青门外"之典，将内心的喜悦归结于"皇家"恩典，歌颂了宫观官制度的物质保障作用，表达了他对朝廷优待老臣的感激之情。陆游人生的最后二十年，贫病交加，祠禄的救济可谓雪中送炭，显得尤为可贵。

当然，陆游在领祠诗歌中流露出的喜悦之情有时也带有无奈与自嘲的意味。如他得到主管武夷山冲佑观的诏令后即作《纵笔》其二："一纸除书到海边，紫皇赐号武夷仙。功名敢道浑无意，暂作闲人五百年。"其中的自嘲、反讽之意甚明。其《喜事》诗又云："武夷老子雪垂肩，喜事何曾减少年。鹦鹉螺深翻细浪，辟邪炉暖起微烟。幽花滴露沾纱帽，乱絮凭风扑画船。虎豹九关君勿叹，未妨一笑住壶天。"陆游自称"武夷老子"，运用《楚辞·招魂》"虎豹九关"和道教"壶天"两个典故，在抒发得禄之喜的同时，夹杂着报国无门的不甘和远离朝廷的无奈。

面对丰厚的宫观官俸禄，陆游一边为能够解决生计而感到欣慰，同时又自感整日空食君禄，不能报效国恩而心生愧疚。陆游作于绍熙三年(1192)的《秋晚岁登戏作》其二："漫漫荞铺白，累累橘弄黄。未论痴腹饱，已觉醉魂香。曳杖行歌里，抛书倦枕傍。轩车虽已矣，终愧食官仓。"诗后自注："时方谋祠禄。"上文已提到，是年秋天，陆游再次向朝廷上书乞祠，希望能够继续居家奉祠，而此时的他与初次担任冲佑观宫观官时在对待祠禄的心态上有了很大不同，祠禄带来闲适生活的同时，也让他开始感到惭愧和内疚。诗的前三联着重写在祠禄保障之下的富足生活，陆游不仅能够凭借宫观官的俸禄衣食无忧，还能漫步山间、恣意读书，可谓优哉游哉。但整日无所事事的生活时间太长，让他感到终日只能徒食

---

①　祝穆编，祝洙补订：《方舆胜览》，上海古籍出版社 2012 年版，第 134 页。

俸禄,不能报却君恩,不禁将得禄之喜悦和奉祠之舒适放在一边,心生愧疚,深深自责。

绍熙五年(1194)冬,陆游第三次乞任冲佑得到允许之后作《岁暮感怀以余年谅无几休日怆已迫为韵》其六:

> 家世本无年,甲子近一周。小子独何幸,七十今平头。往者收朝迹,亟欲求归休。厚恩许奉祠,得禄岁愈优。三釜不及亲,顾为妻子留。何由洗此愧,欲挽天河流。

在诗中,他先简单地回顾了家世,感慨曾祖、祖父和父亲都没有自己幸运,能仰赖朝廷优厚的祠禄活过古稀之年。接下来笔锋一转,面对如此丰厚的俸禄,陆游想到自己既不能孝顺父母,又不能报效国家,深以为愧。诗中植入《庄子·寓言》中曾子"及亲三釜"典故表达"子欲养而亲不待"之憾,又化用杜甫《洗兵马》诗句"安得壮士挽天河",认为内心里的愧疚,需要用天河的水方能洗净,将这种自责上升到了顶点,表现了他处于现实生活与爱国理想之中的矛盾心理。再如其《病雁》诗云:

> 芦洲有病雁,雪霜摧羽翰。不辞道路远,置身湖海宽。稻粱亦满目,鸣声自辛酸。我正与此同,百忧双鬓残。东归忽十载,四忝侍祠官。虽云幸得饱,早夜不敢安。乃知学者心,羞愧甚饥寒。读我《病雁》篇,万钟均一箪。

诗题下自注:"祠禄将满,幸粗支朝夕,遂不敢复有请,而作是诗。"陆游自绍熙元年(1190)首次提举武夷山冲佑观,至庆元四年(1198)将近十年。此时正是陆游连续四次领任冲佑观宫观官期满之际。诗中作者自比"病雁",虽然宫观官制度能够较好地解决诗人晚年的"稻粱"之谋,但长时间闲居乡里,置身朝政局外,不能为国家分忧解难,不免悲从中来、羞愧难当。诗中充满了作者在感恩与惭愧之间徘徊的双重内心感受。作于同时的《三山杜门作歌》其五亦云:"宽恩四赋仙祠禄,每忍惭颜救枵腹。"陆游的这种心理在其诗歌中屡次出现,多因自己事业无成而愧对君国的恩惠。如"乞得奉祠还自愧,犹将名姓到中朝"(《奉祠》),"祠禄上还犹负愧,何功班缀冠仙蓬"(《寒雨中偶赋》其二),"奉祠累岁惭家食,谢事终身负国恩"(《舟中作》)。

当他内心的这种矛盾心理无法调和时,他往往选择安于贫苦,追求理想。这次奉祠期满,陆游不敢复请,祠禄也因此而停止。对这一选择,他在《祠禄满不敢复请作口号》其一写道:"今年高谢武夷君,饭豆羹藜亦所欣。参透庄生《齐物论》,扫空韩子《送穷文》。心如脱阱奔林鹿,迹似还山不雨云。犹幸此身强健在,乡邻争看布襦裙。"当他决定不再复请宫观官后,心情是相当轻松的,断然没有了之前的惭愧、内疚和自责,他想的更多的是践行庄子《齐物论》和韩愈《送穷文》中的抱贫守节思想,像三国时名士管宁一样,能够安贫乐道。但他同时也想到了今后的生活不能再依赖祠禄,而要自食其力,"赖有东皋堪肆力,比邻相唤事冬耕"(《祠禄满不敢复请作口号》其二),更不能向朝廷伸手乞食,决心"从今再草公车奏,惟有挂冠神武门"(《祠禄满不敢复请作口号》其三)。

面对现实生活的压力,陆游不得不向朝廷乞祠以求自活,面对自己一生追寻的爱国理想,他始终坚持、不肯放弃,当二者发生冲突时,他选择了后者。在陆游的领祠诗歌中,我们从多个角度看到了他对待祠禄的态度,无论是表达谢君恩典,抒发得禄之喜,还是感叹空食君禄,心生愧疚之情,都展示了他复杂的心路历程,将他身处现实生活与爱国理想之间的矛盾心理刻画得淋漓尽致。这不仅使得诗人形象逐渐饱满和立体,更让我们看到了一个全面而真实的宋代士大夫心态。

三、奉祠诗歌:壮志难酬与
仕途失意的精神慰藉

除了乞祠文书、领祠诗歌外,陆游在充任宫观官期间创作的诗歌更多,不妨称为奉祠诗歌。这些诗歌的写作目的主要有二:一是作为旁观者,写诗以安慰奉祠归乡的同僚,向外寻找知音,以求共鸣;二是作为亲历者,对自己归祠里居的闲适生活进行描写,向内寻求自我慰藉。

其一,送友奉祠,寻求精神共鸣。奉祠虽不等同于贬谪,但多多少少带有贬谪的色彩,当文人士大夫得到宫观官任命后,多数情况下内心情绪是低落的,在这个时段,他们的心灵最为脆弱、情绪最需要抚慰。因此在前往任所或者归乡之际,同僚、友人往往会作诗相赠,陆游也不例外。他的这类诗歌多为送别友人奉祠时所作,它们或表达对友人遭遇的同情,或是对友人受伤心灵的抚慰,或替友人充任宫观官感到高兴,既是陆游自己内心的写照,更是他与友人在情感慰藉上的共同指向。如其《送李德远寺丞奉祠归临川》诗:"送骑拥东城,烟帆如鸟轻。道行端有命,身隐更须名?旰食烦明主,胡沙暗旧京。临分一襟泪,不独为交情。"此诗乃是陆游送别友人李浩奉祠时所作。绍兴三十一年(1161),李浩等人向宋高宗赵构上书弹劾杨存中,言"宿卫大将杨存中恩宠特异,待之过,非其福",论罢杨存中之后,李浩以论事不合,"不安于朝,请祠,主管台州崇道观以归"[1]。在离别时,陆游为

① 《宋史》,第9389页。

他写下了这首诗。在诗中，陆游安慰李浩要有乐观豁达的人生态度，不要将浮名看得过重，言及失地未复等国事时，他感慨理想与现实之间的差距，一个"暗"字蕴涵着诗人对战争的无限忧虑。在尾联中，陆游的真情实感呼之欲出，他的"一襟泪"不仅替友人而洒，也替自己而流，这里面既有他对友人遭遇的深切同情，更有他对时局的无奈。

再如他的《张时可直阁书报已得请奉祠云台作长句贺之》一诗：

> 灯前一笑拆书开，喜见冰衔洗俗埃。丞相苦留犹不住，诸公欲挽固难回。玩鸥有约间何阔，敛版无聊归去来。千载伏波应太息，输君谈笑上云台。

淳熙十四年(1187)秋，张镃(字时可)"自临安通守以疾丐祠"[①]，提举华州云台观，作有《奉祠云台题陈希夷画像》，并写诗《长至前夕书寄陆严州》寄予陆游，告知已得祠禄，陆游时在严州任所，于是欣然写诗相贺。诗的首联开门见山，直言自己在得知张镃奉祠的消息后喜悦的心情，并替友人能够得到一个清要的职位而感到高兴。颔联与颈联则对张镃主动上书请祠的心态作了刻画，张镃时任承事郎、直秘阁、临安通判，即使丞相百官挽留也无法改变他决意奉祠归乡的想法，表现其意志坚定。在尾联中，陆游引用《后汉书》中伏波将军马援不能进入"云台二十八将"、其画像不能位列洛阳云台阁之事，高度赞赏张镃进退自如、潇洒随意的人生态度。其实，早在淳熙八年(1181)，陆游主管成都玉局观、闲居山阴期间，张镃就以所著诗集相赠，陆游作《谢张时可通判赠诗编》酬谢。绍熙元年(1190)至庆元四年(1198)冬，陆游提举武夷山冲佑观期间，张镃与他也有多次的诗文来往。绍熙三年(1192)，张镃寄诗至，陆游有和作《和张功父见寄》二首。庆元四年(1198)，陆游受张镃之请，为其弟张锓作《承议张君墓志铭》云："予与功父(张镃)交二十年，信重其言。"[②]可见两人交谊之深。

宫观官制度为陆游的酬唱诗作提供了充分的时间和空间条件，作为宫观官的陆游在奉祠期间，利用充裕的时间写作诗文，凭借自身的影响力，带动了周边文人的酬唱雅集，逐渐形成了以陆游为中心的地域诗人群体。

其一，归祠里居，描写闲适生活。宋代宫观官一般有"任便居住"的自由，这使得他们常常在得祠之后回到故乡，居家奉祠。陆游在充任宫观官期间几乎都里居山阴，在家乡，他能够远离政治斗争的险恶，没有了琐碎公事的烦扰，在优厚的祠禄保障下，可以自由支

---

① 张镃撰，吴晶、周膺点校：《南湖集》，当代中国出版社2014年版，第189页。
② 《渭南文集校注》第4册，第121页。

配自己的时间,或纵情于山水之间,或忙碌于田间农事,因此描写闲适生活成为他奉祠期间诗歌创作中的重要部分。如淳熙十年(1183)作于山阴的《六言》其二:"啜饭一箪不尽,结庐环堵犹宽。常得奉祠玉局,不须草诏金銮。"在诗人看来,安贫乐道、乡居清闲的生活甚至胜似朝堂上的大富大贵。又如其《北窗闲咏》诗云:

> 阴阴绿树雨余香,半卷疏帘置一床。得禄仅偿赊酒券,思归新草乞祠章。古琴百衲弹清散,名帖双钩搨硬黄。夜出灞亭虽跌宕,也胜归作老冯唐。

这首诗写于淳熙十五年(1188)的春天,时陆游在严州任上,严州发生水灾,赈灾完毕后,他任期将满,于是向朝廷上《乞祠禄札子》,在奏状中他自责赈灾不力,又自陈"年龄衰迈,气血凋耗,夏秋之际,痼疾多作",希望朝廷能够准许他"复就玉局微禄,养痾故山",以便他"及天气尚凉,早得就道"。实质上他是由于复返官场而身心俱疲,希望能够回归故园,暂养身心。此时他还作有《上书乞祠》:"上书又乞奉祠归,梦到湖边自叩扉。此去敢辞依马磨,向来真惯拥牛衣。致身途远年龄暮,报国心存气力微。誓墓那因一怀祖,人间处处是危机。"退居之心可见一斑。即使尚未得到朝廷的准许,他提前就在诗中对自己的退居生活进行了憧憬。陆游首先对自己退居后的住处和摆设进行了设想,绿树成荫、雨后留香、疏帘半卷等细节的描写,无一不表现出生活环境的舒适与宁静。接着,他又对每日的生活状态作了具体构想:等他的乞祠奏章被允许后,就可以拿着朝廷发放的祠禄去换取美酒,他虽然生活清贫,但是每日可以弹琴、临帖,这种文人士大夫的雅致情趣足以让他在苦中作乐,享受人生。再如陆游于庆元元年(1195)所作的《白首》:"白首称祠吏,清时作幸民。招呼林下客,游戏梦中身。山路乌骡稳,烟波画楫新。村村有花柳,无事即寻春。"明显透露出乡居时闲适自在的轻松心情。

庆元四年(1198),陆游又作《食新有感贫居久蔬食至是方稍得肉》一诗:"壮游车辙遍天涯,晚得祠官不去家。优老每惭千载遇,食新又叹一年加。出波鱼美如通印,下栈羊肥抵卧沙。扪腹笑歌仍索酒,不嫌邻舍怪欢哗。"在这年秋天,陆游的家乡迎来了丰收,生活条件也得到了一定的改善。当长期"贫居蔬食",终于能够吃上一顿肉时,他欣喜而作此诗。在诗的前半部分,他既感慨年轻时四处游历,足迹遍布各地,到晚年时享受千载难遇的优老政策——宫观官制度,能够居家奉祠不曾离开故乡,又感叹时光易逝,韶华难再。诗的后半部分描绘了一幅丰收的场景,极力赞美鱼羊之鲜美、肥壮。为了庆祝丰收,他与家人把酒言欢,纵情说笑,此时完全忘却了左邻右舍是否责怪他们过于喧闹,丰收的喜悦溢于言表。

同年冬天，陆游祠禄将满，七十四岁的他决定不再复请，准备告别宫观官身份和祠禄收入，于是写下了《新作火阁》二首，其一写道："旋设篝炉下纸帘，乐哉容膝似陶潜。囊中佩药无时服，架上堆书信手拈。似玉秋菰殊未老，如云宿麦不须占。扫空祠禄吾何欠，陋巷箪瓢易属厌。"在诗中自注："祠禄止此月。"面对即将停止的俸禄收入，陆游没有了前几次的担忧，而是以从容的心态坦然对之。在诗中，他自比陶渊明，以服药、读书来满足精神之需，而尚未成熟的稻谷、麦子也足以维持物质生活，因此不再需要祠禄，更不需因空食君禄而心生愧疚，表现了他豁达乐观、安贫乐道的人生态度。

从创作的根本原因来看，以上两类诗歌的写作与陆游的政治命运有着密不可分的关系。政治上的失意给他的内心带来了伤害，为了抚慰受伤的心灵，他向多方求助。作为旁观者，面对有着同样遭遇的友人，他给予同情和安慰，同时也希望能够从对方的回音中寻找到共鸣，以此鼓舞和激励自我。外部的抚慰虽使得他伤口暂时愈合，却难以根治心灵的孤寂，于是又向内寻求"精神之药"。当他遭遇弹劾贬谪、被迫奉祠、生活窘迫等系列打击之时，不得不将自己的注意力转移到了山野田间，以解除内心痛苦，抚慰平生遗憾。

综上所述，陆游的乞祠文书、领祠诗歌和奉祠诗歌，分别从乞祠、领祠和归祠三个时间段，组成了他宫观官相关文学作品的主要内容和基本结构，表现了他在各种政治事件中的复杂心态和矛盾心理，同时也充分说明了宫观官制度与文学创作的相互影响。宫观官视野下的诗文创作，不仅承载着陆游对家国兴衰和个人沉浮的记忆，而且展示了他复杂、矛盾的心灵世界和心路历程。由此我们可以管窥宋代文人士大夫在宫观官制度下的心理进退和政治情怀，以及宋代知识分子真实的生存状态与处世心态。

（作者简介：张振谦，暨南大学文学院教授，著有《道教文化与宋代诗歌》等。谭智，暨南大学中文系中国古代文学专业硕士生。）

河朔诗派的先声:刘荣嗣
《简斋先生诗选》考论[*]

王新芳　孙　微

摘　要:明末曲周诗人刘荣嗣及其好友卢世㴶、钱谦益、张镜心、瞿式耜等人形成了一个对杜诗颇为关注的文人群体,其中卢世㴶、钱谦益都是当时著名的注杜学者,故而刘荣嗣诗歌无论是思想内容还是艺术形式都有明显的学杜倾向。他继承了杜甫关心民瘼的诗史精神,在《简斋先生诗选》中多表现下层人民疾苦以及忠君爱国、忧谗畏讥之忧悃,其诗风高健苍浑,备受后人推崇,对清初河朔诗派的兴盛起到了发凡起例的作用。作为河朔诗派的先声,刘荣嗣在明末清初诗坛上产生了一定的影响,在燕赵诗学史上是一位具有承上启下意义的重要诗人。

关键词:刘荣嗣　《简斋先生诗选》　钱谦益　明末　河朔诗派

一、刘荣嗣生平事迹及著述简介

刘荣嗣(1570? —1638),字敬仲,号简斋,别号半舫,曲周(今属河北)四夫人寨人。万历四十四年(1616)进士,历官户部主事、吏部验封司主事、山东参政、光禄正卿、顺天府尹、户部右侍郎、工部尚书。在朝二十余年,反对阉党,政声卓著,甚有时誉。然其在工部尚书任上总督河道,因治河不利,下狱论死,卒于狱中。刘荣嗣因治河不利下狱一事与原兵部尚书霍维华有关。《明史·列传·霍维华》曰:

＊ 本文系山东政法学院项目"汉字文化内涵的逻辑研究"(2014Q10B)阶段性成果。

（崇祯）七年，骆马湖淤，维华言于治河尚书刘荣嗣，请自宿迁抵徐州，穿渠二百余里，引黄河水通漕，冀叙功复职。荣嗣然其计，费金钱五十余万，工不成，下狱论死，维华意乃沮。①

钱谦益《列朝诗集小传》曰：

以工部尚书总理河道，运道溃淤，起宿迁，至徐，别凿新河，分黄水注其中以通漕。三年绩用弗成，下狱论死。崇祯戊寅，狱未解而卒。敬仲为人淹雅，读书好古，敦笃友谊，河渠之任，本非所长。门客游士，创挽黄之议，耗没金钱，敬仲用是坐罪，父子俱毙，用违其才，良可痛也。②

《明词汇刊》于《简斋诗余》后有赵尊岳跋曰："累迁至工部尚书，总督河道，挽黄治洳，备极劳瘁，为忌者所中，逮系卒，士论惜之。"③可见刘荣嗣因错误地采纳了霍维华的建议，导致治河劳费甚大而功效甚微，并因此得罪下狱。在总督河务期间，刘荣嗣忠于职守，备极劳苦，曾数过家门而不入，然其却因公得罪，最终冤死狱中，故其遭遇甚为时人痛惜。成克巩《简斋先生集序》曰：

公以平台召对，天语谆详，遂叱驭河干，躬亲畚锸，念洳河淼漫，板筑难施，必先挽黄，而后洳可治。公岂不知任事之难而群辈之议其后哉！念陵寝民生之至重，是以置毁誉得失于度外而不辞也。乃费省而工成，工成而谤起。秉国者但知借端以快一己之私怨，而不顾千秋万世之是非，公顾已委之天而如彼谗人何哉！④

在序中为刘荣嗣之含冤被谤大鸣不平。南明福王朝曾下诏书，"予罪遣尚书刘荣嗣昭雪"⑤，刘荣嗣的冤案至此才得以平反。至于刘荣嗣所开之新河，并非对漕运毫无作用，顾炎武《天下郡国利病书》曰：

---

① 张廷玉等撰：《明史》卷三〇六，中华书局 1974 年版，第 7864 页。
② 钱谦益著：《列朝诗集小传》丁集下，上海古籍出版社 1983 年版，第 656 页。
③ 赵尊岳辑：《明词汇刊》，上海古籍出版社 1992 年版，第 1711 页。
④ 刘荣嗣：《简斋先生集》，见《四库禁毁书丛刊》集部第 46 册，北京出版社 2005 年版，第 343—344 页。此后《简斋先生诗选》《简斋先生文选》引用皆出自此书，只标页码，不再另出注。
⑤ 许重熙：《明季甲乙两年汇略》卷三，清初刻本。

明年漕舟将至,骆马湖之溃决适平,诸舟惟愿入泇,不愿入新河。荣嗣自往督之,以军法恐吓诸舟,间有入者,苦于浅涩,于是南科曹景泰上疏纠之,上命革职,刑部提问,任内支用钱粮抚按查勘。后骆马湖复溃,舟行新河,人无不思其功者。①

另外汪世铎《悔翁笔记》亦曰:"崇祯八年,泇河淤阻,刘荣嗣自宿迁至徐州别开新河二百余里。明年,骆马湖之淤适平,仍专行泇河,然骆马闲淤,则此河亦可行舟,其功不可没也。"②

刘荣嗣能诗,先后有《半舫集》《秋水谣》《剑映》诸集问世,皆为单行散刻,多有散佚。康熙元年(1662),其孙刘佑将这些诗集汇编为《简斋先生集》,其《简斋先生诗选跋》曰:

> 嗟乎!此予先大父司空之遗诗也。忆先司空自为诸生以迄宦成,所在辄有题咏。初刻有《半舫斋集》,乃未释褐时作,略不存;迨丙辰通籍,为农部天官郎,则有《延阁诗草》;继出参东藩,则有《曹风》《鲁吟》;入为光禄,则有《膳夫吟》;为大京尹,则有《京兆乘陟》;大司空受总河命,则有《秋水谣》;后为执政所诬,待罪请室,则有《剑映》。篇卷繁多,随时授梓,类不能合为一集。予小子薄宦浠川、海陵间,薄领之暇,因取诸集,细为编葺,即属黄子美中、邓子孝威详加较雠,付之剞劂,乃得汇为一帙,颜曰《简斋先生诗选》。(第 626 页)

刘佑将刘荣嗣生前陆续结集的《延阁诗草》《曹风》《鲁吟》《膳夫吟》《京兆乘陟》《秋水谣》《剑映》等重新进行了编排,最终纂成《简斋先生集》,其中《简斋先生诗选》十一卷、《简斋先生文选》四卷,有清康熙元年(1662)刻本,清华大学图书馆藏有此本,后收入《四库禁毁书丛刊》集部第 46 册。此外,刘荣嗣《简斋先生集》还有另一留存形式,即与其孙刘佑之诗文集合刻为《刘简斋祖孙遗集》,国家图书馆藏有康熙刻本。

二、刘荣嗣诗歌的思想内容与艺术特色

刘荣嗣《简斋先生诗选》的体例为分体编排,分别为五古、七古、五律、七律、四言、五排、七排、五绝、六绝、七绝、诗余。龚鼎孳《简斋诗选序》曰:

---

① 顾炎武:《天下郡国利病书》卷四一,见黄珅、严佐之、刘永翔主编:《顾炎武全集》第十二册,上海古籍出版社 2011 年版,第 1600 页。

② 汪世铎:《悔翁笔记》卷五,清光绪张氏味古斋刻本。

简斋先生生当晚季,望重清流,值节甫之专恣,悯蕃武之就戮,而且疆围日棘,桑土罕闻,故其为诗,曲而不靡,深而不细,壮凉顿激而不流于夔。其致叹瞻乌也,是俊顾之微情,而非开党锢之渐也。其深思制虎也,是元祐之伟算,而非同圣德之诗也。至闻金鼓则感愤无衣,望烽烟则沉忧漆室,虽当一觞一咏、折杨折柳,无不缠绵君父,缱绻苍生。故读其诗者,一唱三叹,仿佛如见其行吟憔悴、忧思忉怛之容。是先生之诗,非寻常流连花月、寄托酒茗、赠送酬答之繁制也。乃巨憝虽殄,阴霾犹伏,秉钧者方且谗肆青蝇、祸兴白马,先生虽身处请室,而怨慕悱恻,未尝一刻去诸怀。其与者□□诸先生琅琅和答,诗益高健苍浑,神似少陵,议者以为诗穷后工,而不知皆先生忠爱之悃所溢涌澎湃而出之者,是先生为千古之第一诗人,而孰知先生为千古之第一忠孝人哉!(第471 -473页)

龚鼎孳在序中总结了刘荣嗣诗歌的创作背景和思想内容,高度肯定刘荣嗣诗中体现出了忠君爱国之忧,并推其为"千古之第一诗人""千古之第一忠孝人",这真是前所未有的高度赞誉。刘佑《简斋先生诗选跋》曰:"嗟乎!先司空忠说之节、疏瀹之功,今学士家犹能言之,而歌咏所存,具见至性,非苟为作者。"(第626页)

刘荣嗣的朋友中钱谦益、卢世㴭都是当时的注杜名家,二人曾合作注杜,钱谦益有《读杜寄卢小笺》《读杜寄卢二笺》(是为《钱注杜诗》之前身),卢世㴭亦有《杜诗胥钞》。王士禛《戏仿元遗山论诗绝句三十二首》其五云:"杜家笺传太纷拿,虞赵诸贤尽守株。苦为《南华》寻向郭,前惟山谷后钱卢。"[1]对钱、卢之书非常推崇,认为二人之注杜可以和向秀、郭象注《庄子》相媲美。《杜诗胥钞》之《知己赠言》中第一篇便是刘荣嗣赠言。据王永吉《卢世㴭墓志铭》载,卢氏"称诗一遵少陵"[2]。另外,为《简斋先生集》作序的张镜心之子张潘亦有《读书堂杜工部诗集注解》二十卷,刘荣嗣之孙刘佑亦著有《杜诗录最》五卷。刘佑《杜诗录最自序》称,他有感于《杜诗胥钞》"落于清逸一格",遂"录其最者二百二十有六首,析为五卷,手自校录,间作评语。不敢求异于昔贤,亦不敢苟同于前哲,要以期于允当而已矣"[3],从中可见《杜诗录最》与卢世㴭《杜诗胥钞》之间也有着密切的关联。总之,刘荣嗣及其好友卢世㴭、钱谦益、张镜心、瞿式耜等人形成了一个对杜诗颇为关注的文人群体,因此刘荣嗣诗歌无论是思想内容还是艺术形式都有明显的学杜倾向。卢世㴭《杜诗胥钞》之《知己赠言》中有刘荣嗣赠言曰:

① 王士禛著,李毓芙、牟通、李茂肃整理:《渔洋精华录集释》,上海古籍出版社1999年版,第328页。
② 卢世㴭:《遵水园集略》卷首,见《清代诗文集汇编》第5册,上海古籍出版社2011年版,第156页。
③ 刘佑:《学益堂文稿初编》卷三,见《清代诗文集汇编》第136册,第309页。

少陵诗靡所不有,有爽彻胸臆、净洗铅华、亭亭独举者,有包举万物、勾稽典丽、八音奏而五采错者,有和邕浑噩、佩玉鸣裳、声容都雅者,有危侧嶙凛、历落纵横、如奔涛轰雷、断弦裂帛者,有托言寄兴、远致近含、骤而即之莫见形似者,有直纪世变如史传纪论、曲尽描画者。上之而汉魏六朝初盛,罔不备于少陵;即下之而中晚、宋元,少陵集中隐隐具一种变相,兹少陵所以为大与? 或乃曰:少陵之诗,讵其有中晚、有宋元? 政不知当日入少陵手何以绝无下格,惟学少陵之诗,不学少陵之学,故少陵而中晚也者,非少陵也者;少陵而宋元也者,非少陵也者。①

和元稹《唐故检校工部员外郎杜君墓系铭》所持"集大成"论一样,刘荣嗣指出少陵诗无所不有、罔所不备。针对明末诗坛关于学习初盛中晚以及宋元之诗的争论,他认为只有由少陵之学入手,才能学到少陵诗学之真谛。另外其《杜少陵》诗曰:

少陵本旷达,腹中蕴经济。所遭匪康时,兵戈满天地。挥涕哀王孙,洒血赴行在。击奸想鹡鸰,怀贤笃生死。飘泊望中兴,三叹武侯志。予钦百世师,世传千古事。(第514页)

诗中对杜甫忠君爱国的高尚情操极为推崇,并表示钦仰其为百世之师。正是基于此等认识,刘荣嗣在其诗歌中主动继承了杜甫关心民瘼的现实主义传统和"诗史"精神,用诗歌真实记录了明末的历史,表现出对国家命运的深切忧虑及对下层人民的深切同情。如《续圣标楚兵行涿州道中》曰:

夜读张子《楚兵行》,昼出道逢楚兵渡。尘沙满面不辨色,薄絮忍寒犯霜露。半携筐筥半刀斗,断枪拆弩劳远负。少者黄发稍齐眉,老瘦僵残嗟久戍。下车问劳感哀心,欲言不言泪如雨。去年征调几人来,小人敢问旋归路。近传樊虎乱西川,我足当前心反顾。南北惟命轻一身,所忧次丁重应募。致辞未竟听者集,后队催行不可驻。仆夫忾忾理前绥,风自北来日欲暮。(第522页)

此诗所表现的主题几乎和杜甫的《兵车行》、"三吏三别"毫无二致。朝廷征调楚兵出

---

① 卢世潅:《杜诗胥钞》卷首,明崇祯四年(1631)尊水园刻本。按,《简斋先生文选》卷三(第433页)亦收录此文,题作《杜诗胥钞序》。

关去抗击女真族的入侵,这些久戍将士在内忧外乱中为朝廷东挡西杀,风尘满面,衣不蔽体,精疲力竭,诗人看见队伍中"少者黄发稍齐眉,老瘦僵残嗟久戍",又听说"次丁重应募",不禁为之感到深深的忧虑。又如《病柏》《不寐》等诗都是直接使用杜诗原题,其中《不寐》曰:

> 人生七十古来稀,我今年已六十七。此心虽长时向短,满意适志日不足。一羁圜土九月余,连绵病困春夏失。西风荐爽肺气苏,旋闻边马逼都邑。烽火直达甘泉外,旁掠郊关陷辅翼。驰马陵园撼松楸,将帅旄倪供斧锧。修娥皓齿裸体来,千口齐拥春明泣。攻城略地何代无,屈辱惭愤至此极。杞人私忧不自已,请缨有愿恨无力。亦有孤忠思借箸,几被扼抑气转塞。观书拨闷眉稜重,出门十步倚壁立。客囊欲罄厨烟小,平生癖嗜堪判绝。喜道枢府亲诘戎,稍慰圣王焦劳色。胜负杂传日二三,徒使人情倍惶惑。风疾雨冷树颜瘁,夜悄砌凉虫语急。畴昔自许旷达人,拥衾不寐潜酸恻。(第528页)

此诗以崇祯八年(1635)清兵入关烧杀劫掠为背景,诗人在狱中闻知敌寇猖獗,辱我殊甚,然自己请缨无力,孤忠缱绻,为国事忧虑乃至夜不能寐,其忠爱之悃感人至深。此外,在刘荣嗣诗中可以看到许多化用杜诗的痕迹,如"云黑弥孤夜返魂"化自杜甫"魂来枫林青,魂返关塞黑"(《梦李白二首》其一),"但使樽前吟咏好,从教门外雪霜封"化自杜甫"但使闾阎还揖让,敢论松竹久荒芜"(《将赴成都草堂途中有作先寄严郑公五首》其一)等,限于篇幅,此不一一列举。

除了忧怀国事之外,刘荣嗣入狱以后的诗歌多抒发个人愤懑不平之怀,达到了其诗歌创作的一个高峰。杜浚《简斋先生诗选序》曰:"方先生晚年,意气不甚得,故所作皆纡郁愤懑,时见悲天悯人之意。"(第476页)张镜心《简斋先生诗选序》亦曰:"公诗温厚深婉,怨而思,有风人之致,尤弘壮变幻。于被征以后,摧于遇而增于感,譬之水然:触石则立,凭风则怒,倾洞溯湃,备天下之大观,有以也。"(第480页)他们都指出了刘荣嗣诗风激变与其入狱经历之间的关联。如《病柏》曰:

> 病柏病柏,有枝无叶。只尺一相望,三株何晔晔。其实累累柯泽泽,人乐其荫勿剪伐。尔独何为尔,枯槁立东侧。舜英一朝艳,李花三月白。寸草报春晖,梧桐挹秋月。尔具后凋姿,长松竞直节。此地适无灵,托根郁难发。嘉植有不幸,材大叹易折。既鲜山谷缘,亦无明堂役。尚为众所怜,未忍遽擗拆。为楔与为薪,视尔常恻恻。尔胡不为广漠樗,不材安享春八百。又胡不为雷阳竹,借气返魂旌节烈。嗟嗟律废刑未祥,含冤枉鬼尸枕籍。天心以尔示摧残,无数青磷作吊客。(第527—528页)

而杜甫《病柏》云:

> 有柏生崇冈,童童状车盖。偃蹇龙虎姿,主当风云会。神明依正直,故老多再拜。岂知千年根,中路颜色坏。出非不得地,蟠据亦高大。岁寒忽无凭,日夜柯叶改。丹凤领九雏,哀鸣翔其外。鸱鸮志意满,养子穿穴内。客从何乡来,伫立久吁怪。静求元精理,浩荡难倚赖。①

将二诗比较后即可发现,二者虽同是以病柏起兴,艺术构思却稍有差异。杜甫是以病柏作为大唐王朝由盛变衰的艺术缩影,慨叹盛衰倏忽,造化难凭;而刘荣嗣则转而将病柏作为个人命运的隐喻,"此地适无灵,托根郁难发。嘉植有不幸,材大叹易折""天心以尔示摧残,无数青磷作吊客",尽情倾吐了对崇祯帝摧残人才之不满,并借题发挥地质问道:"尔胡不为广漠樗,不材安享春八百。又胡不为雷阳竹,借气返魂旌节烈。"通过咏叹病柏表现出对自身所遭不公正待遇的强烈控诉。

刘荣嗣诗歌在当时能与钱谦益齐名,也是因为二人有着共同入狱并一起唱和的经历。钱谦益《列朝诗集小传》"刘尚书荣嗣"条曰:

> 敬仲为诗,用意冲远,自谓迥出时流。德州卢德水笃好而深解之,句诠字注,以为独绝,唐人之铸贾岛、宋人之宗涪州,无以过也。余在请室,与敬仲游处逾年,敬仲取往复次韵之作,都为一集,名曰《钱刘唱和诗》,以诒德水,又属余为叙其全集。敬仲生长北方而不习北食,嗅葱蒜之气辄喀呕不止,诗操南音,不类河北伧父,亦可异也。②

由于刘佑编纂《简斋先生集》时打乱了诗歌原来的编年次序,《钱刘唱和诗》的原貌已不易完全恢复。不过今检钱谦益《牧斋初学集》中确有《刘司空诗集序》,《牧斋初学集》卷十二亦有《雪夜次韵刘敬仲》《次韵刘敬仲寒夜六首》《再次敬仲韵十二首》《续次敬仲韵四首》等诗③,而《简斋先生诗选》中也有不少赠钱谦益的诗作,通过这些诗歌可以约略窥见《钱刘唱和诗》的概貌。如刘荣嗣《寒夜次牧斋韵》曰:

> 尚有黄花倚棘丛,自伤摇落对西风。柝烦铃急宵光惨,冰结云痴秋令穷。世法屡

---

① 杜甫著,仇兆鳌注:《杜诗详注》卷一〇,中华书局1979年版,第851—852页。
② 《列朝诗集小传》丁集下,第656页。
③ 钱谦益著,钱曾笺注,钱仲联标校:《牧斋初学集》卷一二,上海古籍出版社1985年版,第411—426页。

更多病后,狱情弥幻久羁中。方占篝动开商网,憎说流星入昴宫。星家占流星入昴,当有大狱。

半天赤气黯黄昏,槐棘萧森锁铁门。狱吏冤犹容问字,赍城严不禁归魂。暮年随地皆堪老,永夜多思讵可论。终日说闲闲未得,得闲今识主人恩。

点简平生涉世缘,真如瀚海失风船。读书未必从先是,得谤翻因学好偏。逾险无方徒问命,措躬何地却忧天。桃花流水容人住,不拟长年亦上仙。

秋冬圜土气常昏,絮折风严独掩门。避析遥空无雁过,告寒曲砌有虫言。月凉新觉炉添炭,云黑弥孤夜返魂。莫为阴凝倍惆怅,两年芳草未承恩。

二载幽栖厌晓钟,廿年淡友喜重逢。梦怜痞语犹无忌,偕浼同尘稍不恭。但使樽前吟咏好,从教门外雪霜封。古人缧绁何须叹,不是时坼自莫容。

乡思羁愁集寸肠,令寒景短夜偏长。青灯悄悄邻孤影,晓月娟娟共一床。头重如醒非病酒,叶干欲堕况飞霜。窗虚衾薄催人起,檐雀瓶花俱可伤。

尚忆当年作散人,天高不碍老头巾。一行束带臣心苦,二载搜罗吏议新。谁许乐羊偏任谤,我于司马独伤贫。中宵抚枕频三叹,同患犹虞感四邻。

六十八载陷艰危,迩复年年受绁羁。野鸟投笼生若寄,寒花倚槛乐无知。梦中麾手辞斯世,却御泠风叹不时。面壁著书非我事,僵眠差与懒心宜。(第 591 页)

这组诗歌作于狱中,真实地表现了刘荣嗣狱中生活感受及其复杂心态。钱谦益《次韵刘敬仲寒夜六首》其五曰:

皮岛传烽数夜惊,绿林铜马苦纵横。怜才可但旌当辙,使过终须赦绝缨。急缮稿街悬杂种,更营京观待长鲸。至尊自定金汤计,作颂休夸统万城。

其六曰:

结茧延伫自幽幽,解佩何当怨謇修。骐骥生难逃系绁,鲸鲵死不为吞钩。人间有赋难名别,天上无方可寄愁。投老王官寻二士,筑亭吾亦记休休。①

《再次敬仲韵十二首》其十二曰:

---

① 《牧斋初学集》卷一二,第 415—418 页。

每颂新诗可乐饥,连墙却喜并圜扉。焚膏东壁分余照,曝背南荣共夕晖。落落比邻如置社,纷纷朋好欲忘归。亦知昔梦聊相似,铜辇秋衾与愿违。①

《续次敬仲韵四首》其四曰:

夜赤漫天亘晓暾,关心象纬未堪论。兔知霜降先营窟,虫为苗蕃早蚀根。壁上画龙成底事,梦中案鹿竟谁冤。圆狴大有乾坤在,司寤无劳报夕昏。②

虽然钱谦益此时也身陷囹圄,但他在这些赓和诗中仍表现出对友人命运的同情和慰藉。对刘荣嗣来说,这份狱中的友情带来的些许温暖或许正是支撑他活下去的精神动力。钱谦益《刘司空诗集序》曰:

今年与刘司空敬仲先生相见请室,得尽见其诗。卢子德水之评赞,可谓精且详矣。而余独喜其渊静闲止,优柔雅淡,意有余于匠,枝不伤其本。居今之世,所谓复闻正始之音者与? 使世之学者,服习是诗,奉为指南,必不至悼栗眩运,堕鬼国而入鼠穴,余又何忧焉?③

钱氏在序中将刘荣嗣诗歌推许为"正始之音",认为其诗风淡雅娴静对明末竟陵派幽峭孤深的倾向具有矫正作用。杜濬《简斋先生诗选序》亦曰:"先生心手别具,悉不依北地、济南、弇州、公安、竟陵。"(第476页)可见刘荣嗣有意识地与明代诗坛诸种流派保持着距离,除了服膺杜诗之外,还有上溯汉魏六朝以矫时弊的艺术倾向。我们在刘荣嗣诗歌中还可以找到其对陶渊明乃至六朝诗歌学习模仿的痕迹,如《题扇头竹为贾宪仲》曰:

庭前有修竹,静对匪朝夕。旁有高槐阴,下有盈尺石。长安尘土面,暂向此中辟。我有同心友,去此岁初易。但闻竹间响,宛然见履屐。愁与我友笑,闲与我友适。嗜与我友澹,貌与我友泽。离则日相思,一日亦可惜。谁写竹簏上,领此情脉脉。置子怀袖间,莫问来与昔。(第500页)

---

① 《牧斋初学集》卷一二,第423—424页。
② 《牧斋初学集》卷一二,第426页。
③ 《牧斋初学集》卷三一,第907页。

此诗直抒胸臆,以意使气,不假雕饰,颇具六朝风韵。对于刘荣嗣诗歌的艺术特色,《剑映总评》引瞿式耜云:

> 敬仲诗大抵从五言古入,其静深澹雅处似陶,沉郁刻露处似杜。畅为七言则奔逸痛快,变化莫测,用古少而独创多矣。乃至近体,亦以古诗气脉为之,五言以安和胜,时妙言外之思。七言以雄丽胜,每出惊人之语。绝句小诗,亦在摩诘、昌龄之间。请室三年,为诗如许,遂与少陵秦州以后诸作同一闳放,此诗长留天地间,后来其有以知敬仲矣。(第 487 页)

瞿式耜对刘荣嗣诗歌的艺术风格进行了分体评述,所论具有较高的概括性。此外,瞿式耜《跋剑映》曰:

> 敬仲以大司空衔命治河,河工告成而谗者中之,遂至归司,败下请室,凡三更岁。籥矣老臣忧国苦心,不能见谅于明主,而气日和,心日恬,容日晬,绝无分毫愤懑不平见于词色。观其《剑映》一编,一何婉雅春容,哀而不伤,怨而不怒,沉郁悲壮而不邻于激,置之少陵集中,几不可辨。此非学识涵养已到二十分地位,能几是哉?余尝妄评敬仲之诗,幽芬异味,则芳兰也,早梅也,修竹也,芥茗也,绝代佳人也;妙想超情,则彩云也,轻霞也,春风也,秋月也,依稀羽化之仙,放形寄迹于佳水佳山之境也。(第 484 页)

瞿式耜此评主要是从刘荣嗣的生平经历与学识涵养的角度指出其诗歌具有“婉雅春容,哀而不伤,怨而不怒,沉郁悲壮而不邻于激”的特色,并以芳兰早梅修竹芥茗、彩云轻霞春风秋月比拟其诗歌之艺术风格。明人文秉《甲乙事案》“雪刘荣嗣罪”条曰:“先帝方以荣嗣未正法为恨,乃敢言雪乎?”[1]可见崇祯帝对刘荣嗣极为痛恨,本欲置之死地而后快,而刘荣嗣诗中“终日说闲闲未得,得闲今识主人恩”“谁许乐羊偏任谤,我于司马独伤贫”等句更是对崇祯帝之刻薄寡恩予以辛辣的讽刺与无情的揭露,故瞿式耜所谓“绝无分毫愤懑不平见于词色”并非实际情况,当是出于对刘荣嗣人品推尊而故为此言。此外钱谦益《续次敬仲韵四首》其二亦曰“偷得微生万事慵,灰飞缇室候初冬”[2],正可和刘荣嗣“终日说闲闲未得,得闲今识主人恩”等诗互相参看。

---

① 文秉:《甲乙事案》卷下,清钞本。
② 《牧斋初学集》卷一二,第 425 页。

三、刘荣嗣《简斋诗余》述略

刘荣嗣《简斋先生诗选》卷十一为《简斋诗余》,有词18首。另有《惜阴堂汇刻明词》本《简斋诗余》一卷,收入赵尊岳辑《明词汇刊》。《明词汇刊》之《简斋诗余》后有赵尊岳跋语曰:"(刘荣嗣)好宾客,诗文书画皆卓然名家,有《简斋集》行世,词则附载集中卷十一者也,乙亥仲春叔雍记。"①可知《惜阴堂丛书》本《简斋诗余》与《简斋先生诗选》卷十一所收刘荣嗣词完全相同。另外,王昶辑《明词综》卷五收录刘荣嗣《长相思》一首,上述两种《简斋诗余》均未收此词,当为刘荣嗣佚作,词云:

> 山悠悠,水悠悠。水远山长湘渚秋,衡阳天尽头。　　风满舟,雨满舟。细雨斜风生暮愁,谁登江上楼。②

陈廷焯《云韶集》评曰:"饶有神致,情景都不泛。"③

从内容来看,《简斋诗余》中有些词明显是其狱中所作。刘荣嗣忠而被谤,入狱数年,故其词作多牢骚愁怨之语。如《木兰花·旧衣装绵》云:

> 二年羁绁伤怀抱,有酒不堪长醉倒。身同病栢树头枝,发似催根霜下草。　　今年寒比前年早,单袄重缝成破袄。此时应是大家愁,觉我偏随秋色老。(第623页)

又如《浪淘沙·不寐》云:

> 长夜叹如年,不得安眠。邯郸枕上分缘悭。展转三更愁坐起,重理吟笺。清啸撚枯髯,怕泣南冠。人生何事不由天。此事问天天不管,满目荒烟。(第623页)

词中"二年羁绁""怕泣南冠"云云都是写狱中生活及感受。"人生何事不由天""此事问天天不管"二句都表现了对崇祯帝的怨怼之情,绝非"哀而不伤,怨而不怒"之作,可见瞿

---

① 《明词汇刊》,第1711页。
② 王昶辑,王兆鹏校点《明词综》卷五,辽宁教育出版社1997年版,第74页。
③ 陈廷焯:《云韶集》卷一三,清同治十三年(1874)稿本。

式粗所谓"绝无分毫愤懑不平见于词色"之评益不可信。

从艺术风格来看,刘荣嗣之词优柔雅淡,清空超脱,如幽兰芳草,独抒性灵。如其《踏莎行·中秋》云:

> 何处钟残谁家杵,急阶闲露。冷风萧瑟,浮烟尽敛月轮孤,明河半灭长空碧。蟋蟀微吟,秋棠暗泣。衰翁无语搔头立。不能乘兴上南楼,可无一醉酬今夕。①

邹祗谟评此词曰:

> 曩卢德水评司空诗云:"有一种异香,非沉水,非迷迭,如石如玉,不烟不火。"读此词亦复淡写空描,花明玉净,昔人谓陈简斋《无住词》语意超绝,可摩坡仙之垒,仆于《简斋集》亦云。②

其将刘荣嗣之词与陈与义相提并论,认为其词和陈与义的《无住词》一样"可摩坡仙之垒",对简斋词的艺术风格极其推崇。沈雄《古今词话》曰:"刘司空忠而被谤,三年请室,故生平多牢落侘傺语,有《简斋集》。人谓其《中秋·踏莎行》花明而月白者,如其人也。昔人谓陈简斋《无住词》语意超绝,可摩坡仙之垒,吾于刘简斋亦云然。"③《续修四库全书总目提要》之《简斋诗余》一卷提要曰:

> 是编自其《简斋集》中录出者,凡十八首。《踏莎行》云:"此身虽在亦堪惊,长才未展嗟空老。""桃源流水浪痕香,柴桑丛菊霜华晓。"《青衫湿》云:"江南倦客,不堪重听,高柳哀蝉。"《木兰花》云:"身同病柏树头枝,发似摧根霜下草。"《捣练子》云:"日暮天凉人落寞,砌间虫语伴孤吟。秋老花黄宵更永,可能不醉倚阑干。"皆集中可诵之句也。然浅鄙之处亦不少,如《青衫湿》云:"笑时同笑,闲时同闲。"《一剪梅》云:"身在园中,园在书中,刚是春风,又是秋风。"一篇之内,前后不伦,雅俗任心,瑕瑜互见,明人词集,往往如此也。④

---

① 《明词汇刊》,第 1711 页。
② 邹祗谟、王士禛:《倚声初集》卷一〇,见《续修四库全书》集部第 1729 册,上海古籍出版社 2002 年版,第 319 页。
③ 沈雄著,孙克强、刘军政校注/导读:《古今词话》,上海古籍出版社 2009 年版,第 352 页。
④ 中国科学院图书馆整理:《续修四库全书总目提要(稿本)》第 16 册,齐鲁书社 1996 年版,第 461 页。

其"瑕瑜互见"之评,大体还算客观,然此提要仅关注刘荣嗣词中的警句及前后雅俗不一致的现象,却不论刘荣嗣词的整体面貌及其中表现的思想内容,亦难免有失偏颇。

四、刘荣嗣诗歌的评价与影响

刘荣嗣诗歌在明末清初诗坛产生了一定的影响,特别是在燕赵诗学史上占据着重要的地位。龚鼎孳《简斋诗选序》曰:

> 先生没后,河朔之诗大振,滹沱、钜鹿、燕山、瀛海、高阳、鄚城之间作者林立,顾推崇首烈,必自先生。盖先生好贤下士,而又力以风雅之道倡示来兹,故至今天下士无论识与不识,闻先生名,谈先生佚事,读先生诗,无不慷慨泣下,愿为执鞭而购先生之集者,苦无成书。(第473—474页)

龚鼎孳甚至将清初河朔诗派大振的原因归结为刘荣嗣的开创之功,认为其"力以风雅之道倡示来兹",对清初燕赵诗坛的兴盛起到了发凡起例的倡导作用。其论虽有过度推尊的成分,然刘荣嗣明显的尊杜学杜倾向与其后河朔诗派申涵光、殷岳、杨思圣等人对杜诗的推尊无疑具有高度一致性。因此从这一角度来看,刘荣嗣与其后不久河朔诗派的兴起确实不无关联,将其视作河朔诗派的先声当无疑义。钱谦益在论及明末诗坛时亦曾云:

> 闽有能始(曹学佺),楚有小修(袁中道)、伯敬(钟惺),燕齐有敬仲(刘荣嗣)、德水(卢世㴶),皆以文章为心髓、朋友为性命。而余以菰芦下士,参预其间。于时海内才人胜流,咸有依止。……盛矣哉,彼一时也![①]

可见钱谦益亦将刘荣嗣作为燕赵诗坛的代表性人物,认为其可与曹学佺、袁中道、钟惺、卢世㴶等人并驾齐驱。卢世㴶曾对刘荣嗣诗集句诠字注,并加评赞,杜浚《简斋先生诗选序》称:"卢德水序先生诗甚详,其所扬榷,盖实录也……四十以前诗皆削去不传,而德水所钞,并皆其暮年所作,犹之书家所谓晚迹是求者也。"(第476页)按,卢世㴶之评赞本似未单独成书,检《简斋先生诗选》卷前有卢世㴶《简斋诗钞杂撰》十则,署曰"崇祯乙亥端午学人卢世㴶草于杜亭西枝",当即为卢氏之"评赞",其云:

---

① 瞿凤起:《旧钞本〈牧斋有学集文钞补遗〉记略》,见朱东润等主编:《中华文史论丛》,上海古籍出版社1983年第3期。

先生诗流传已久,世咸脍炙,其近体不减宾客、随州,自明溯唐,三刘鼎立。要先生根柢波澜,尤在古风,本诸性灵,建以骨髓,一切色泽步骤,若网在纲,有条不紊,诗中之天地得此始觉清宁。而后日月发光,云霞幻彩,山泽通气,草木怒生,庖丁解牛,文同写竹,均于此中,妙得关捩。先生既已观古人之象,遂尔抉诗人之髓,动刀甚微,泼墨更老,经营惨淡,和以天倪,挥霍既完,一张空纸,真《三百篇》之孝子,《十九首》之良臣也。嗟乎!古诗一道,世俱视如瓦棺土篆,即有作者,备数而已。其最号能手,仅驰骋于七言而止,一至五言,便如泥塑木雕,伴死假活,依样葫芦,全无生趣。或小黠大痴,跳匿诸理,夫既已陷身学究,乌足言诗!何哉?五言古之困人如此。独先生此际宽然有余,别具炉锤,自出手眼,掀翻间架,只说家常,气骨苍森,远追汉魏,玄扃一开,不从门入,意之所投,在在灵应。大而洞庭钧天,小而竹枝杨柳,高山鼓琴,沉思忽往,木叶尽脱,石气自青,古体如是,今体如是,长句如是,断句如是,徘徊婉转,自成文章,淡写空描,花明玉净。世能名先生而莫能名先生之所以先生,于是绝世独立,人人自远。然从此诗家知有本末源流、祖宗孙子,是先生继往开来,有功于艺林甚大也。学者必从此等处理会先生,斯足见先生之纯识、先生之大体。

国初有高季迪太史,其人诗人也,曾得其《缶鸣集》读之,各体俱工,一手而擅众妙,渊源甚远……窃意我明诗道,应以青丘为大宗,越二百六十余年而有简斋,觉季迪钟鼓一新,音徽如旦,司空太史,易地皆然。每见说明诗者,断自北地始,已而之济南焉,已而之太仓焉,已而之公安焉,已而之景陵焉,攘臂而仍,不遗余力。惜哉!其未尝偕之大道也。盖知其一说而不知其又有一说也。使捐去我见,善与人同虚心平气,静坐细论,餍饫优游,自寻原始,非季迪,吾谁与归?袁海叟具体而微,马仲良未见其止,若简翁者,可谓兼之矣。

……先生诗,有一种异香,非沉水,非迷迭,若有若无,不烟不火,或者太白所云"独立天地间,清风洒兰雪"乎!然则读先生诗者,宜如何洗心澹虑,通彻鼻孔,以导迎香气,又当作何香供以俎豆先生。

……先生诗,源于雅而剂以风,敛襟独谣,隐然有恤民之心。其旨远,其词文,可以勒铭,可以入告,可以作史,可以翼经,然体庄气和,思苦韵润,一日三复,具有"萧萧马鸣,悠悠旆旌""杨柳依依,雨雪霏霏"之意。(第485—486页)

卢世㴶将刘荣嗣与唐代诗人刘长卿、刘禹锡并称为"三刘",还将其与明初著名诗人高启并尊,认为其诗可兼袁海叟、马仲良诸人之长,具有继往开来的重要地位,这样的评价真可谓无以复加了,比之龚鼎孳"千古第一诗人"之评有过之而无不及。然而清初的朱彝尊却对刘荣嗣诗歌评价不高,其《静志居诗话》对刘荣嗣评曰:"其诗格卑卑,未能与古人方驾。"①其论似有偏颇,未称公论。陈田《明诗纪事》选刘荣嗣诗歌五首,分别为《游净业寺》《病中杂诗》《寄怀张圣标金吾》《凭栏》《寄怀聂章羽》,并征引朱彝尊《静志居诗话》"诗格卑卑"之评后加按语曰:"尚书诗格不耸高,而忧时伤怀,有萧瑟兰成之感。"②刘荣嗣生前陆续刊刻的《半舫集》《秋水谣》《剑唉》等集在明末的大动乱中已颇为罕见,《启祯两朝遗诗考》卷五即称刘荣嗣"诗传俱阙"③。其诗集幸赖其孙刘佑于康熙元年(1661)重新编刻的《简斋先生集》传世,然该本在清代一直被列为禁书,故刘荣嗣诗歌之特色及其成就鲜为后世所知,目前学界尚无一篇关于刘荣嗣诗歌之专论,这与其在明代诗坛的重要地位是极不相符的。

总之,刘荣嗣是明末诗坛的重要诗人,他与钱谦益、卢世㴶等注杜名家关系密切,其诗歌同情民瘼,关心下层人民疾苦,有明显的学杜倾向,很好地继承了杜甫的"诗史"精神。刘荣嗣之诗,风格高健苍浑,备受时人推崇,对清初河朔诗派的兴盛起到了发凡起例的先导作用。作为河朔诗派的先声,刘荣嗣在燕赵诗学史上是一位具有承上启下意义的重要诗人,其诗歌的风格特色及艺术成就,都值得引起学界的进一步重视。

(作者简介:王新芳,齐鲁师范学院文学院教授,著有《查慎行诗歌批评研究》等。孙微,山东大学儒学高等研究院教授,著有《清代杜诗学史》等。)

---

① 朱彝尊著,黄君坦校点:《静志居诗话》卷一七,人民文学出版社 1990 年版,第 511 页。
② 陈田辑撰:《明诗纪事》庚签卷二三,上海古籍出版社 1993 年版,第 2645 页。
③ 陈济生:《启祯两朝遗诗小传》附录,见周骏富辑:《明代传记丛刊·学林类 10》,明文书局 1991 年版,第 365 页。

论梅曾亮诗歌之风貌

孙车龙

摘　要：梅曾亮为引领一时文坛风向的文章大家，而诗亦甚佳。《柏枧山房诗集》存其诗近七百首，在桐城派诗人中数量显眼。因意兴高标，梅曾亮刈自己的诗作常汰择焚弃，精益求精。梅曾亮诗歌取材宽广，真切映照时代精神面貌，而又颇得诗教敦厚之旨。其诗歌风格多样，除晚年作品深浸"诗史"之味外，又具"坚致古劲"与"清妙自然"之不同面目，这是他熔铸百家而能自成一家的结果。

关键词：梅曾亮　诗歌　风貌　桐城派

在桐城派文学研究中，"桐城诗派"早已为广大学者认同并探讨。众学者梳理桐城诗学，探究桐城诗派之传绪，并积极发掘桐城派诸贤诗歌作品的艺术价值。桐城派发展中期，姚鼐高足梅曾亮成一时古文大家，引领文坛风向，增长了桐城派的势力影响。梅氏亦能诗，在传绪桐城先贤诗论的基础上，有自我独特的诗歌见解和诗歌创作，对桐城诗派的演进有推动之功。学界针对这一名家诗学诗作自有所研究，但尚有深入探讨的余地①。

曾国藩曾赞赏梅曾亮："只恐诗名天下满，九州无处匿韩康。"②虽不无过誉，但也说明了梅曾亮诗歌的艺术价值很高。梅曾亮诗歌被他本人依年次编入《柏枧山房诗集》中，存近七百首，数量在桐城派文人中可谓显眼。其意兴高标而对诗作常汰择焚弃以至精益求精，其《与容澜止书》云："尝除夕阅旧作，诗文不可者，裂下燃炉中，下布栗子数十，且燃且

---

① 针对梅曾亮诗歌的相关研究成果主要有：金庆国：《梅曾亮诗学思想论略》，《古籍研究》1007 年第 2 期；刘世南：《清诗流派史》，人民文学出版社 2004 年版；于慧：《清代嘉（庆）道（光）之际诗歌研究》，山东师范大学 2007 年博士学位论文；卢佑诚：《试论梅曾亮的诗学思想——"八蔽"说》，《皖西学院学报》2009 年第 4 期；代亮：《梅曾亮与道咸年间的宋诗风》，《山西师大学报（社会科学版）》2009 年第 6 期；朱天一：《清代学术视域中的"姚门四杰"诗论研究》，安徽大学 2012 年硕士学位论文；王启芳：《晚清桐城诗派研究》，山东大学 2014 年博士学位论文；蒋明恩《论梅曾亮对袁枚诗学的接受、批评及其意义》，《安徽大学学报（哲学社会科学版）》2020 年第 6 期。总的来看，目前这些研究用力之处多放在梅曾亮的诗论上。蒋明恩《梅曾亮诗歌创作及其诗学思想研究》（安徽师范大学 2018 年硕士学位论文）专注梅诗，其文材料较充实，考论用力也深，对梅诗及诗论等皆有所涉及，但仍有深入探究的余地。

② 曾国藩著：《曾国藩全集·诗文》（修订版），岳麓书社 2012 年版，第 71 页。

阅,遂尽无一纸存者。时栗子则大熟矣,作爆竹声,惊起触人面。"①这则材料记录了梅曾亮的一次焚诗举动,此时梅曾亮二十余岁,治学正处于由博转精的过渡阶段,而焚弃诗文的举动缘于好友王渭的点拨②。除自我汰择外,梅曾亮所作诗歌在其晚年避地期间也有过遗失。他尝言:"消寒诸诗,旧以题多慢戏,录之随笔中。避地时,未暇携出。计此数寸书,当不复在人世。一时意思所至,不欲自没,追忆得二十余首,多不复记忆矣。"③又在诗歌中说道:"儿时笔墨原游戏,应俗文章只臼科。遗忘已随春梦过,扫除犹似夏云多。"④可见,其作诗数量还远不止六百余首。故而,从数量与质量的双重角度出发,考察梅曾亮诗歌之内蕴风貌十分必要。

一、时代精神面貌的映照

"诗虽小道,然实足以觇国家气运之衰旺。"⑤反映社会国家演化面貌,是诗歌创作的价值体现之一。梅曾亮在诗歌取材上具有广阔的特性,上至国是国运,下到黎民生活,无不在其诗歌中展现。可以说,在梅曾亮手中,诗歌与时代紧密联系。梅曾亮出身贫寒,其家族有过一段光耀经历,梅文鼎、梅毂成祖孙凭借清帝恩遇而使金陵梅氏几十年境况优渥,然至梅曾亮时,梅家已生计困窘。梅曾亮少小即经历过贫苦生活,真切体味到生活的艰辛,故而深悟《诗经》"因事激风"的文学特性。他善用诗歌反映真实的现实社会,描绘社会演变的画面,并且将自己的诗心与自身深刻体验结合起来,奏响时代变幻的激音。尤其是太平天国动乱时期,国家之动荡,民生之艰困,在其诗歌中皆有生动的反映,因而梅曾亮的诗歌有不少真切映照时代精神面貌的作品。

梅曾亮夙有经世之志,其《上汪尚书书》云:"曾亮自少好观古人之文词及书契以来治乱要最之归,立法取舍之办,以为士之生于世者,不可苟然而生:上之则佐天子,宰制万物,役使群动;次之则如汉董仲舒、唐之昌黎、宋之欧阳修,以昌明道术、辨析是非治乱为己任。其待时而行者,盖难几矣;其不待时而可言者,虽不能逮,而窃有斯志。"⑥他认为作为士人要有立功立言有用于世的志向,故常借诗歌表现自己对国事民生的关注。梅曾亮文学思

---

① 梅曾亮著,彭国忠、胡晓明校点:《柏枧山房诗文集》,上海古籍出版社 2020 年版,第 27—28 页。
② 据《与容澜止书》文中梅曾亮自述,梅氏自恃"少日聪明"有文性,对书匆匆过读,便以为了解,实际上是未能"熟其神情词气"。后梅氏为王渭规劝,遂点定先秦子书与诸史,焚弃旧稿。
③ 《柏枧山房诗文集》,第 636 页。
④ 《柏枧山房诗文集》,第 590 页。
⑤ 洪亮吉撰,刘德权点校:《北江诗话》卷六,中华书局 1985 年版,第 72 页。
⑥ 《柏枧山房诗文集》,第 24 页。

想强调"因时",即文学反映时代。道光五年(1825),他在《覆上汪尚书书》说道:"夫君子在上位,受言为难;在下位,则立言为难。立者非他,通时合变、不随俗为陈言者是已。"①立德、立功、立言为儒家"三不朽",此处仅就立言而谈。在梅曾亮的认知中,立言困难,难在如何做到"通时合变、不随俗为陈言"。道光二十七年(1847),他在《答朱丹木书》中又言:

> 曾亮之文,直以无所事事,聊自娱悦销暇日耳,以古人期之,非所望也。惟窃以为文章之事,莫大乎因时。立吾言于此,虽其事之至微,物之甚小,而一时朝野之风俗好尚,皆可因吾言而见之。使为文于唐贞元、元和时,读者不知为贞元、元和人,不可也;为文于宋嘉祐、元祐时,读者不知为嘉祐、元祐人,不可也。韩子曰"惟陈言之务去",岂独其词之不可袭哉!②

可以看到,梅曾亮的"因时"是受韩愈"惟陈言之务去"启发,并有所创新。"因时"之论上升到梅曾亮的整个文学思想建构中便发展为"时代真"③这一重要理念。此处虽针对文章而言,但"因时"亦当作用于诗歌观念,这便使得他的诗歌蕴含了鲜明的时代精神。

首先,梅曾亮的一些诗歌表现出对民瘼的关心。如《郊行》:

> 皇天久不雨,野草池中生。园林亦枯槁,何以慰农耕?我行出东郊,涧溪无水声。村村出淘米,往反十里更。兹邦阻大江,蓄泻易亏盈。谁令百世后,水旱由天行?④

天久不降雨,池中生草,园林枯槁,但最重要的是农耕何慰?大旱还直接影响到村民用水,即使淘米也要往返十里。诗人内心煎熬,不禁发问:"谁令百世后,水旱由天行?"一番忧愁民生疾苦的拳拳之心溢于言表。此外,如《宣城归舟书所见》《途中即事》《避暑过管异之斋是日小雨未成同坐者朱干臣吏部马韦伯茂才侯振廷舅氏》《宣城水灾行时邑令为朱锦琮海盐人》等也是此类忧心民瘼的作品。这些心系民生的诗歌串联起来便形成了一幅刻画清代中晚期底层百姓生活状态的画卷,其细节入微而又鲜活生动,颇显生活气息和时代精神。

---

① 《柏枧山房诗文集》,第30页。
② 《柏枧山房诗文集》,第38页。
③ 彭国忠先生曾撰文归纳梅氏文学思想核心为一"真"字,"真"体现为"景境真""情事真""时代真""情性真"。具体可参阅彭国忠:《"真":梅曾亮文学思想的核心——兼论嘉道之际桐城文论的发展》,《文艺理论研究》2007年第2期。
④ 《柏枧山房诗文集》,第493页。

其次,梅曾亮也常借诗歌对现实弊端进行揭露批判。《爬沙谣》云:"河堤使者急分忧,欲仗金堤莫一州。不见尹忠蒙切责,翻疑孙禁有奇谋。未妨故道朝朝改,那意高门岁岁修。樵米频闻颁大使,定知赤子免鱼头。"①该诗深刻揭露了河漕诸病端,尤以"未妨故道朝朝改,那意高门岁岁修"之句警醒人心。又如《归舟至江东门》:"野老无船踏破扉,一篙欹侧傍墙隈。石头城上人如海,袨服新装看水来。"②诗歌先描写了野老等受灾百姓仓皇避难之情形,而与此形成强烈对比的是,城中贵人聚集在城头,衣着华丽,心情悠哉地观赏着水景。该诗在强烈对比中深刻讽刺批判上层显贵对底层民众的冷漠,暴露了这一泯灭人性阶层的腐朽。

再者,梅曾亮生活的时代社会动荡不断,其诗歌作品对发生的一些历史事件也多有描写。其《嘉庆七年冬宿州狂徒猝起秦君攀魁攀尊其乡豪也以杀贼得勇爵为余言其兄攀元死贼事因记之》有云:"一夫夜呼刀百口,剥鼓州前门不守。夫人从子不及走,健儿肘后印如斗。乃兄如虎心念乱,指挥谓可鸟兽散。十荡十决枪半段,有弟有弟终杀叛。"③诗歌记述了嘉庆七年(1802)宿州动乱之事,并宣扬杀贼者的英勇事迹。在避太平天国战祸期间,梅曾亮诗歌对历史事件的记述尤多,"以诗为目,存史之实"成为这一时期诗歌创作的主旨之一。《癸丑春避地居王墅村彭云墀都转许询臣中丞何亦民方伯王容甫大令同年张子畏太守助房价薪米衣物之费感叹有作》:

> 垂暮那知遇百忧,纵横豺虎困诗囚。身从间道栖同谷,天许全家出汴州。羞涩斋盐愁过日,频繁缟纻义凌秋。飞霞三阁能无恙,何日花枝共酒筹?
>
> 金陵一旦万家空,流落江村此秃翁。朱雀桥荒悲旧业,青龙山近想淳风。买邻幸有名卿助,踏海应无义士穷。北望篱门原咫尺,烽烟消息苦难通。④

咸丰三年(1853)三月,太平军攻破金陵,梅曾亮仓皇避乱逃亡,"茫如兽走野,兀若鸟离匹。躁如游釜鱼,困若处裈虱"。期间饱受"生计之愁""战乱之愁""客居之愁""孤独之愁"。为疏解内心愁痛,梅曾亮以诗消愁:"懒复拈文笔,消愁只赖诗","心坐一窗行万里,除诗是药更无方"。陈融在《颙园诗话》中说他:"己酉去官归金陵,未几遭乱,转徙吴地,身世之感,自比少陵,多激楚之音。"⑤孔宪彝也说道:"金陵乱后,依杨至堂河帅,河帅为刻诗

---

① 《柏枧山房诗文集》,第 453 页。
② 《柏枧山房诗文集》,第 508 页。
③ 《柏枧山房诗文集》,第 458—459 页。
④ 《柏枧山房诗文集》,第 637 页。
⑤ 《柏枧山房诗文集》"附录三",第 701 页。

文集。其续集皆被兵后作,诗境一变矣。"①所谓"自比少陵,多激楚之音""诗境一变",说的便是梅曾亮在避乱期间诗风一转,多以纪实手法叙写国家个人磨难,深得"诗史"之味。其《闰七月十日王墅有惊携家将赴盐城》《未至盐城至兴化止寓》《赴清江泊露筋祠》《至清江杨至堂留寓节署》《闻曾涤生侍郎以乡兵逐贼湘潭攻复武昌追贼至九江志喜》《悲张丙元吾友景堂子也》等诗在书写煎熬经历和惨淡心境的同时,记录下太平军动乱中的一些重要事件和民众在战乱中所承受的苦难,生动展现了当时社会生活巨变的广阔画面。《诗经·大雅·抑》云:"吁谟定命,远犹辰告。"此为诗者"雅人深致"之所在。梅曾亮的这些关乎庙堂社稷、民生休戚,具有强烈时代精神的诗歌是胸怀与才力的结合,是一己之情与国事民生的结合,也是对诗骚传统和老杜"诗史"精神的呼应,是梅曾亮展现诗者"雅人深致"的代表性作品。

二、深得诗教敦厚之旨

清代文治以"清真雅正"理念为宗尚。以程朱理学为基趾的桐城派,更分外强调文学的风雅之道与教化作用。这具体反映在诗歌理论和创作上,桐城派诗学传统不仅着眼于诗歌技艺的锤炼,还尤重诗歌匡扶风雅的社会意义。故而,以"熔铸唐宋"为诗歌标的的姚鼐在追求诗歌艺术表现的同时,高举"正雅祛邪"旗帜,这也分外契合他所主张的"道与艺合"的文学理念。"正雅祛邪"乃是姚鼐所编《今体诗钞》的编撰标准。其序《今体诗钞》云:

> 虽然,渔洋有渔洋之意,吾有吾之意,吾观渔洋所取舍,亦时有不尽当吾心者,要其大体雅正,足以维持诗学,导启后进,则亦足矣。其小小异同嗜好之情,虽公者不能无偏也。今吾亦自奋室中之说,前未必尽合于渔洋,后未必尽当于学者,然而存古人之正轨,以正雅祛邪,则吾说有必不可易者。世之君子,其亦以揽其大者求之。②

从这段话可看出,姚鼐对王士祯的《古诗选》不甚满意,《今体诗钞》的编选即在于"补渔洋之阙编"。而姚鼐不满意《古诗选》何处?为何竖起"正雅祛邪"之圭臬?"论诗如渔洋之《古诗钞》,可谓当人心之公者也。吾惜其论止古体,而不及今体,至今日而为今体者纷纭歧出,多趋讹谬,风雅之道日衰。从吾游者,或请为补渔洋之阙编,因取唐以来诗人之

---

① 《柏枧山房诗文集》"附录三",第699页。
② 姚鼐编选,曹光甫标点:《今体诗钞》"五七言今体诗钞序目",上海古籍出版社1986年版,第1页。

作,采录论之,分为二集,十八卷,以尽渔洋之遗志。"①可见,姚鼐不满《古诗选》未采"今体",而当下为"今体"者又讹谬漫滋,风雅日衰,因此作《今体诗钞》选唐宋以来代表性"今体"以"正雅祛邪"。

姚鼐既标举"正雅祛邪",故分外注重诗歌的雅颂传统,希望强化诗歌的诗教意义,此为后来桐城派诗人所踵武。"主流知识、思想与信仰世界也仍然维持着宋元以来逐渐形成并巩固的同一性,大多数士人仍然在四书五经的教育与阅读中,接受传统观念的熏染。"②梅曾亮虽追求"性情之真",但也秉承师训,且深受传统观念熏染,其诗学诗作与雅颂传统、敦厚诗教并不相悖。他的诗论中有一突出理念便是崇尚"古大臣之诗",其《抚吴草序》云:

> 昔召公、吉甫有行役宣劳及成功相慰勉之作,故曰:九功之德,皆可歌也,谓之《九歌》。若侔揣物象、穷闲适之趣,乃不得志于时者之所为诗,非古大臣之诗也。自三代以下,道器不全,或平进富贵,而忧思不能深远;或勋业烂然,文词不足以达其志。夫然,故憔悴抑厄之士得专其名,而诗之学不在上而在下,则其时人材之盛衰,与政事之修废,何如也?③

相对于"不得志者之诗",梅曾亮显然更称赏"古大臣之诗",认为有古大臣之心者方能创作。他激赏陶澍诗:"今诵公之诗,其忧劳元元、佐圣天子抚循之至意,以推美僚属,功利不专,悦使民而忘其劳,所以不动声色而指挥立成者,皆见于此。盖所以咏勤苦而宣膏泽,非与草野之士争一艺之名也,而诗之道乃崒然耸于盛汉之表。如是,而欲广其传,以彰诗教者,诚知言哉! 诚知言哉!"④他认为览古大臣之诗,可体悟古大臣之修美品性与拳拳之忧。而宣广古大臣之诗,又可使得诗歌风雅之道"崒然耸于盛汉之表",可彰诗教。朱尚斋有惠政,亦作诗。梅曾亮便欣赏朱尚斋有"急公忘己"之品性,解民倒悬,与陶澍"忧劳忠勤,以古大臣之心为心"深有契合,感慨两人"诗之工,其故岂诗之为哉"⑤! 把诗歌之工拙与诗人品性相勾连起来。

"古大臣之诗"是名臣气节善绩与诗人之风相结合的诗歌,是风雅之道的典型代表。梅曾亮对它的推崇,体现了他对儒家诗教观的承纳。唐宋以后"诗能穷人""穷而后工"等

---

① 《今体诗钞》"五七言今体诗钞序目",第1页。
② 葛兆光著:《中国思想史》第二卷,复旦大学出版社2001年版,第380页。
③ 《柏枧山房诗文集》,第100页。
④ 《柏枧山房诗文集》,第100页。
⑤ 《柏枧山房诗文集》,第94页。

为诗理念盛行不衰,然而这样的诗歌观念于雅颂敦厚之传统并无多少补益。相较不得志者的"穷苦"之诗与苦吟者的雕琢之诗,站在风雅的立场上,梅曾亮显然是倾向宣扬诗教的作品,这种理念也促使梅曾亮写有不少"美刺"作品,从而呈现出"中正敦厚"的面貌。

明道义、维风俗以昭明于世,乃君子之志。梅曾亮于"在心为志,发言为诗"的诗歌中尤注重对儒家所倡导的修美品行予以宣扬。《平湖朱椒堂侍郎祖某代兄拘狱……属曾亮题其后》诗云:

> 不忍兄罪弟代羁,子念父羁步省之。痛夫念子,有妇独处伤伊威,省父父安在?乃在蚕丛蜀道,阴云古木万里天西垂。望夫夫竟来,三十七年,少出而老归,家人不识闻者为嘘唏。呜乎孝子先逝矣,其有知而无知?弟友子孝妇义天所慈,侍郎起家光国仪。有图掩泪披,有诗泣血题,使我展读心神悲。呜乎孝义独行列传史,所司谁载笔者征此诗?①

梅曾亮在这首诗中以浅白语言描写了朱侍郎家中"弟友""子孝""妇义"的美行。兄触法而弟不忍,弟遂以自身代之被拘押,子心中亦有不忍而赴蜀地省亲看望,妇人也为此"痛夫念子",肠断泪出。在梅曾亮看来,朱侍郎一家事迹当为传奇,其中"弟友""子孝""妇义"颇为动人,故有"有图掩泪披,有诗泣血题,使我展读心神悲"的感叹。而诗末两句,则清楚地表达自己对这类品行予以褒扬的意愿。古代传统社会科学尚未启发人心,常出现"割肉救亲"的荒诞事件。然而"割肉救亲"在一些古人心中被视为孝行的最有力表达,梅曾亮也曾作诗描述过这种行为。如《陶孝女赞为云汀先生作》:

> 奇哉孝女勇报母,割肉为药医骇走。问年十三盖始有,少性天发无疑否。
> 我母疗翁药以肘,妹淑疗母失创拇。抚文感事自呫口,闻鄂人对每掉首。②

梅曾亮对孝女所为用"奇""勇"修饰,一是认为此事较奇,"割肉救亲"古时并不少见,然而这次割肉的主角却是十三岁少女,且少女家似乎视割肉救亲为常事,孝女之母、妹皆曾做过此事,这样看来,确实是"奇";之所以言"勇",只因孝女方十三岁,少性天发,故勇气可嘉。然而品味该诗,又可见梅曾亮对"割肉救亲"的态度比较微妙,一面是赞扬孝女孝

---

① 《柏枧山房诗文集》,第 601 页。
② 《柏枧山房诗文集》,第 524—525 页。

心,一面却也是呋口讶然。"骇""呋口""掉首"等诗语的加入,也说明梅曾亮对此类行为不太认同,他所赞赏的只是孝女之孝心,而不是孝女之举措,这表现出梅曾亮思想中的积极通达。

此外,在梅曾亮看来,诗歌当厚人伦、促教化,应有裨于世道人心。而在古代封建社会中,官员对一方社会的改变常发挥着重要的作用,因而以诗歌褒扬有惠政的官员事迹,无疑会促进社会不良风俗的扭转。梅曾亮诗歌中常出现对贤官能吏的描写。《过滕县作时县令赵毓驹贵州人》云:

> 驱车过滕县,榜示悬中街。上言今邑宰,乃自边鄙来。贤书遂筮仕,兹邦愧非材。岂无贤良辈,助我策驽骀?义夫与节妇,孝子及顺孙。孰以告邑宰,邑宰敢不尊!孰为官之虱,孰为民之蠹?愿以告邑宰,邑宰敢不去!何弊当速去?何利当速兴?愿以告邑宰,邑宰敢不能!知滕县事赵,敬告士大夫:道光初元年,二月某日书。我读心然疑,毋乃古人徒?旅食问主人:县官竟何如?主人叉手言:乃是大好官。自从上任来,廉洁不受钱。时时审官事,告期不拖延。笑问尔县官:得非急名誉?主人漫不解,说官但轩渠。请问官好名,百姓有害欤?智士好高论,愚民知近恩。古人重名教,今人多任真。世事有翻覆,愧此逆旅人。①

该诗以生动的笔触叙写滕县县令赵毓驹的惠政事迹,仅从一榜及旁人问答中侧面描写,便使得赵县令亲民而又有作为的形象跃然纸上。诗歌语言浅白而未及俚俗,汲取了以文为诗之妙法,在问答中成功展现贤官能吏之作为,达到了褒赏宣扬的目的。这类诗歌在梅曾亮诗集中尚有不少,如《栾城谣为故邑令朱承澧作》《赠李榆村》《宣城水灾行时邑令为朱锦琮海盐人》等皆是如此。此外,梅曾亮亦十分激赏忠节义士,尤其是那些为国捐躯的将士。其避地期间有多首诗歌如《悼徐晋希太守启山与鹤田皆以乡勇捍贼咸丰三年冬死事舒城》《悲张丙元吾友景堂子也》等对国殇者予以哀痛,并宣扬他们的英勇事迹。

再者,诗歌具有"著劝惩而昭美恶"的社会功用,通过讽刺现实劝善惩恶以达到"正雅祛邪"的目的。梅曾亮诗歌不乏一些讽刺揭露社会黑暗面的作品。《浮桥叹》:"官河浮桥截人路,逢船索钱不知数。钱少辄怒嗔,迟迟误行人,长年觳觫如鸡豚。君不见,官河今作长江注,屋角墙头听船去!"②对浮桥截路以索贿的行径大力批判。又如《热车行》:"车奔

---

① 《柏枧山房诗文集》,第495页。
② 《柏枧山房诗文集》,第508页。

马怒停不得,如飞直抵宣阳宅。入门一笑苍头喜,大钱一千赏车子。"①强烈鞭挞豪门弟子骄纵奢靡的行为。总之,梅曾亮的诗歌在抒发自我性情的同时,不悖儒家诗教传统,颇得诗教敦厚之旨,对仁孝忠节等美好品德大力赞扬,对社会不良风俗和弊端也予以揭露批判,这些诗歌因注入了梅曾亮的儒家诗学观念而展现出"中正敦厚"的面貌,故而徐世昌评价云:"诗不逮其文,然质直浑朴,得诗教敦厚之旨。此境亦未易几也。"②

三、诗风的不同面目

关于梅曾亮诗歌的风格特征,前人已有涉论。符葆森《国朝正雅集》引《韩斋诗话》言:"伯言丈诗天机清妙,不多着墨而自然有余意。金陵乱后,依杨至堂河帅,河帅为刻诗文集。其续集皆被兵后作,诗境一变矣。"③符葆森《寄心庵诗话》又评其曰:"诗则往来清气,用事无痕。"④李元度也持类似观点:"(梅曾亮)诗天机清妙,皆为同人推服。"⑤可见在他们眼中,梅曾亮诗当得一个"清妙自然"之评,至于金陵乱后,诗境一变,又颇有杜诗"诗史"之味。然而,同门兼好友的管同却认为:"伯言之于诗也,意欲其深,词欲其粹。一思之偶浅,必凿而幽之;一语之稍粗,必磨而精之。赋一诗或累日逾时而后出。"⑥道出梅曾亮作诗穷尽心力、雕琢精深。后刘声木引管同之语又进一步认为:"其故坚致古劲,神锋内敛,特以文名太盛,诗为之掩。"⑦点出梅诗"坚致古劲"的风格,但刘声木同时也认为梅曾亮"诗亦天机清妙"⑧。从以上材料可知,时人及后人对梅曾亮诗歌风貌的评定观点未得统一,其间虽有分歧,却也表明梅曾亮诗歌的艺术风格多样,不能一语而括。由于数量不占优势,对梅曾亮晚年避乱期间诗境一变的诗作暂且不作探究,本文重点对其诗歌"坚致古劲"与"清妙自然"两种诗风特征进行分析讨论。

梅曾亮曾自述学诗经历,其《澄斋来讶久不出因作此并呈石生明叔》一诗云:"我初学此无检束,虞初九百恣荒唐。稍参涪翁变诗派,意趣结约无飞扬。"⑨又说:"初从荆公、山

---

① 《柏枧山房诗文集》,第537页。
② 《柏枧山房诗文集》"附录三",第700页。
③ 《柏枧山房诗文集》"附录三",第699页。
④ 《柏枧山房诗文集》"附录三",第699页。
⑤ 《柏枧山房诗文集》"附录三",第703页。
⑥ 管同:《因寄轩文集·补遗》,道光十三年(1833)刻本。
⑦ 刘声木撰,徐天祥点校:《桐城文学渊源考·撰述考》,黄山书社1989年版,第244页。
⑧ 《桐城文学渊源考·撰述考》,第243—244页。
⑨ 《柏枧山房诗文集》,第538页。

谷入,则庸熟繁蔓无从扰其笔端。"①可见,梅曾亮作诗与师法黄庭坚分割不开。梅曾亮对黄庭坚很是敬仰,他在诗歌中有多处流露出这种情感。《读山谷集》诗云:"郁结复郁结,何以舒我情? 我读涪翁诗,明月青天行。"②《六月十二山谷生日……有诗属和》云:"我亦低首涪翁诗,最怜作吏折腰时。"③等等。诚然,黄庭坚诗歌的瘦硬奇峭对梅曾亮影响很深,然而从梅曾亮诗作的整体创作情况来看,他受韩愈的影响也不小。曾国藩曾赠诗梅曾亮云:"文笔昌黎百世师,桐城诸老实宗之。方姚以后无孤诣,嘉道之间又一奇。碧海鳌咕鲸掣候,青山花放水流时。两般妙境知音寡,它日曹溪付与谁?"④桐城派对韩愈宗尚如此,梅曾亮也追附其间。秦缃业在《答裘葆良书》便说:"望溪、姬传之文本于经,伯言独本于子,其精到处颇能窥昌黎门径。"⑤虽着眼梅氏之文章宗法渊源,但梅诗在创作上确实也向韩愈靠近。故而,梅曾亮之坚致古劲诗风的形成离不开对昌黎、山谷两人的学习,之后又有所脱离自化以成自家面目。钱基博论梅诗:"诗则汰肤存骨,由瘦得坚,以峻嶒出妥帖,以清削见识趣,盖亦衍韩退之、黄山谷一派;然无退之之大力控抟,亦无山谷之拗调诘屈,此其较也。"⑥认为梅曾亮诗风瘦硬,衍自韩愈、黄庭坚,因无大笔力而存有缺憾。钱基博正点出梅曾亮诗风形成的渊源所在。

桐城派诗歌素求韩愈"以文为诗"技法,此虽非韩愈首创,但在他手中得以光大。"既有诗之优美,复具文之流畅,韵散同体,诗文合一,不仅空前,恐亦绝后。"⑦梅曾亮信守"古文之法通之于诗,故劲气盘折"⑧,其诗歌风貌也由此受到影响。其《题徐廉峰问诗图》云:"任耳所触皆相谋,能者乃以六凿收。借我十指如过筹,或为雅颂为歈讴。问之其人不自由,无主可答宾谁诹? 道不可问剞可偷,安处无是此两叟,问者莫向图由求。"⑨又如《六月二十一日欧公生日……是日抚琴》云:

　　　　元和文章逮宋初,中间五代荒榛芜。已往者韩未来苏,艰哉一手公芸锄。我思其
　　　时执鞭趋,或从水涯伴山坻。子美曼卿介与洙,不彼弃或辱收余。牟佪运往不可俱,

----

① 杨钟羲:《雪桥诗话馀集》卷八,见沈云龙主编:《近代中国史料丛刊续编》第25辑,文海出版社1976年版,第1361—1362页。
② 《柏枧山房诗文集》,第492页。
③ 《柏枧山房诗文集》,第594页。
④ 《曾国藩全集·诗文》(修订版),第71页。
⑤ 秦缃业:《虹桥老屋遗稿·文一》,清光绪十五年(1889)刻本。
⑥ 钱基博著:《中国文学史》(下),上海古籍出版社2011年版,第931页。
⑦ 陈寅恪著:《金明馆丛稿初编》,上海古籍出版社1980年版,第295页。
⑧ 姚鼐撰,姚永朴训纂,宋效永校点:《惜抱轩诗集训纂》,黄山书社2001年版,第1页。
⑨ 《柏枧山房诗文集》,第535页。

高斋见公空画图。谓公生日不可孤,主人餚客皆英儒。公有至言非自诮,惟文字者无
穷欤？若使后人嗜好殊,今亦谁复知公乎？世人之寿百岁徂,公八百载犹须臾。神理
无尽不可诬,今日为寿良非迂。况公守滁翁自呼,其年四十未有余。一视老壮齐荣
枯,岂复形骸为有无。众宾一笑有是夫？更弹醉翁之操为公娱。①

全诗是为欧阳修贺诞辰,赞扬欧公之文学造诣,诗语间洋溢众宾客的仰慕和欢愉之
情,很有艺术感染力。诗歌将散文之字法、句法乃至章法融入,跌宕跳跃、变化多端,而有
奇峭错落的美感。又如《嘉庆七年冬……死贼事因记之》云："一夫夜呼刀百口,剥鼓州前
门不守。夫人从子不及走,健儿肘后印如斗。乃兄如虎心念乱,指挥谓可鸟兽散。十荡十
决枪半段,有弟有弟终杀叛。"与韩愈《汴州乱》绝类,同样是引入散文之谋篇布局,以散文
笔法描写事件、刻画人物,造就极强的视觉感,而又贯注散文起承转合之气势,使得诗歌于
流畅中见奇崛。

梅曾亮诗歌的坚致古劲也得益于对黄庭坚诗的模仿。他对黄庭坚"点铁成金""脱胎
换骨"的"以故为新"诗法十分推重,"古之能为文章者,真能陶冶万物,虽取古人之陈言入
于翰墨,如灵丹一粒,点铁成金也"(黄庭坚《答洪驹父书》)。"诗意无穷,而人之才有限。
以有限之才,追无穷之意,虽渊明、少陵不得工也。然不易其意而造其语,谓之换骨法；窥
入其意而形容之,谓之夺胎法"(惠洪《冷斋夜话》引黄庭坚语)。师前人辞意,师古而不泥
古,以故为新,融合自身诗心而成功予以审美创造是此间法度的精髓。梅曾亮《读山谷诗
作》云："山谷嵚崎语好生,煎茶佳句绕车声。若教成语消除尽,野马尘埃任意行。"②可见
他对黄庭坚作诗法度的体悟,并将其活用到诗歌创作中。他常袭用黄庭坚诗语,像《无锡
道中》"书生不惜被花恼"③句袭用黄庭坚"坐对真成被花恼"(《王充道送水仙花五十枝欣
然会心为之作咏》),而黄庭坚此诗中"出门一笑大江横"句也分别为梅曾亮《急雨歌》"出门
一笑波滔滔"④及《读山谷集》"一笑大江横"⑤所因袭。又如《寄小梧》"君但劝人勤读书,岂
乏高贤践台斗"⑥模仿黄庭坚"晁子抱材耕谷口,世有高贤践台斗"(《次韵晁补之廖正一赠
答诗》),等等。此外,梅曾亮也喜用黄庭坚诗语典故,如《赫藕香以龙井茶见馈并天露水赋

---

① 《柏枧山房诗文集》,第 598 页。
② 《柏枧山房诗文集》,第 645 页。
③ 《柏枧山房诗文集》,第 457 页。
④ 《柏枧山房诗文集》,第 505 页。
⑤ 《柏枧山房诗文集》,第 492 页。
⑥ 《柏枧山房诗文集》,第 458 页。

谢》句"团蒲车声听方寂"①用典黄庭坚"曲几团蒲听煮汤,煎成车声绕羊肠"(《以小团龙及半挺赠无咎并诗用前韵为戏》)。可见,梅氏对黄庭坚诗法、诗语的研学与推重促使了他坚致古劲诗风的形成。

除却昌黎、山谷的影响,梅曾亮的坚致古劲诗风也是因秉学其师姚鼐"阳刚美"的诗美理念而产生的结果。其《答邵位西读惜抱轩集见赠》诗云:"记年十八谒翁时,迢递桐乡感墓碑。昔日语言追悟晚,近来文字就订迟。瓣香自愧无余子,流别争传有大师。定论漫期千载后,喜君先已辨渑淄。"②已显露梅氏继承乃师的用心。梅曾亮学其师"以山谷之高奇,兼唐贤之蕴藉"③,在诗歌中往往布置对句以形成阳刚而不失雅致的审美效果。如《新城店中见吴兰雪先生题壁因寄》:"二毛人去七千里,万首诗增六十年。地似成都留陆子,人言太守得苏仙。"④又如《题容静止诗集》:"万里天山新乐府,三年人海故将军。惭余西笑重投迹,喜子南归得论文。"⑤等等。此种对句从黄山谷处来,为姚鼐所推重,于刚健中不失典雅,是"阳刚美"的最好体现。梅曾亮也有不以对句增强气势而又分外彰显"阳刚美"的诗句,如《赠李榆村》诗云:"世间快事那有此? 万口饥民无一死。世间奇事谁肯创? 十万官粮一朝放。官身散米官偿银,民身得活官身贫。艾子谈此不容口,一笑忻州旧吾友。"⑥写得气势昂然又不失理趣。

坚致古劲诗风之外,梅曾亮有部分诗歌独得天机而颇有"清妙自然"的风味。《六月十五日柏枧山飞桥纳凉作》:

柏枧山水好,兹桥踞其幽。追凉逐胜境,父老携我游。千峰共一谷,两槛俯双流。山僧喜客话,指点分林邱。

万木四山静,双泉终日喧。争先赴云壁,留媚当风轩。听满意多惬,静观难其言。何如吾宗老,煮茗汲清源。

轻鲦引人远,涧曲迷来踪。日暮百虫响,轻衫漾归风。在山景已餍,出谷意未终。心期十年后,收迹寄枝筇。⑦

① 《柏枧山房诗文集》,第 666 页。
② 《柏枧山房诗文集》,第 602 页。
③ 《惜抱轩诗集训纂》,第 1 页。
④ 《柏枧山房诗文集》,第 525 页。
⑤ 《柏枧山房诗文集》,第 527 页。
⑥ 《柏枧山房诗文集》,第 543 页。
⑦ 《柏枧山房诗文集》,第 506—507 页。

该诗移步换景,宏观、微观处皆予以着眼。以清净笔触描绘出柏枧山之美景和淳朴民风,有谢朓诗风之余韵。又如《村中晚眺》:"晚来风定好山光,一半青林一半黄。著树无声柯叶满,归鸦如雨落斜阳。"①这类诗歌常刻画自然风景,诗语清华而富含理趣,兼得陶潜之"任真"与谢朓之清丽。梅曾亮对陶渊明十分仰慕,曾在诗中言道:"千金狐裘饰羔袖,汉冠晋制兼唐装。"②其中就包括对陶渊明的师鉴。他称赞"渊明之诗和而傲。其人然,其诗亦然,真也"③。又说"古人精严有真放,下手得快天机张"④。又说"烟蓑雨笠画中身,古来独有渊明真"⑤。梅曾亮诗歌理念之"真"所包含抒发真情、描绘真境的成分,即受到陶渊明的影响。如上面所列《六月十五日柏枧山飞桥纳凉作》在意境上便有陶诗的痕迹。又如《雨泊采石》:"飞鸢避雨入山壁,雨坠复飞飞转急。纤夫冒雨疾无声,弥望水边如栲栳。苍茫已见翠微山,我与此山多往还。遥知灯火泊船处,尚隔津头第几湾?"⑥也颇有陶潜诗的理趣,此类诗做到了"素朴中见绮丽,平淡中见警策"。又如《回舟》一诗:"回舟春水依然绿,物态芳菲客意非。竟使鸥成今日舞,谁知鹤为故人归。抚躬尚惜怀中刺,顾影终惭身上衣。欲把长镵寻要术,南山还恐豆苗稀。"⑦所学陶渊明诗味更为明显。

梅曾亮这类诗,诗语清新,诗境净华,又得益于承纳谢朓之俊拔笔法。罗宗强先生总结谢诗之"清"是体现在意象的省净上。谢朓作诗喜爱选择澄净明透的意象,梅曾亮在这些具有"清妙自然"风貌的诗歌中亦是如此。梅诗中常出现"涧底""媚晴""芳菲""春水""桃李""清泉""芳洲""星河""青溪""翠微""绿野"等生意盎然、晶莹剔透的诗语。梅氏以纯净芳洁的审美趣味组合这些意象使得作品生机流动,尽显清新自然的意境。

值得留意的是,梅曾亮此类诗歌受谢朓影响而善用清新浅易的语言,展现明净天然的诗境,但并非不注重炼字造句,相反这正是精思后为力避艰涩以使得诗歌明快动人的结果。如《不觉》一诗:"不觉年年春带赊,戏看车马入邻家。心随胡蝶不知远,忽见含英兰蕙花。"⑧未悟消瘦,戏看邻家荣奢。心随物转,回视内心蕙质。诗语净简明快,却不乏深意理趣。又如《九月偕明叔赴安庆过芜湖王子卿丈招饮陶塘园》:"名绩黄楼著,家园绿野开。忘年商近律,话旧缓深杯。隔牖山先到,穿篱水暗来。一麾休自惜,居处尚蓬莱。"⑨这些

---

① 《柏枧山房诗文集》,第 511 页。
② 《柏枧山房诗文集》,第 539 页。
③ 《柏枧山房诗文集》,第 7 页。
④ 《柏枧山房诗文集》,第 538 页。
⑤ 《柏枧山房诗文集》,第 605 页。
⑥ 《柏枧山房诗文集》,第 503 页。
⑦ 《柏枧山房诗文集》,第 457 页。
⑧ 《柏枧山房诗文集》,第 460 页。
⑨ 《柏枧山房诗文集》,第 517 页。

诗句笔调轻快,而诗语平易,凝结了诗人对自然美、人文美的喜爱和称赏,而又于精炼深思后不趋晦涩,营造出了清新适意的诗境。此种用心正是梅曾亮师法谢朓而后以自立的结果。陈诗《尊瓠室诗话》有语:"(梅曾亮)诗笔俊拔,似谢元晖。"①正是准确捕捉到了梅氏创作中的机妙。

四、余论

身为古文大家的梅曾亮在诗歌方面所取得的成就不容忽视。他的诗歌在"精品"意识的主导下经数番汰择而大有可观之处。其诗歌深入社会,真切映照时代面貌,而主旨趋向"正雅祛邪",分外强化诗教意义。从其诗歌的整体面貌看,在其晚年慕学老杜而有"诗史"之味的作品外,又具"坚致古劲"与"清妙自然"之不同面目,似显化出"摇摆唐宋"的特点。这种"忽唐而忽宋",与姚门弟子创作显然不大相类。那么为何梅曾亮诗风屡变?

梅曾亮诗风忽唐忽宋有两方面的原因。首先,他幼承家学,尤其是深受舅氏侯云锦的影响而初学诗以苏黄为重,继之又多学唐代时贤格调,但在中年特别是留都期间,秉承桐城诗教,师法黄山谷而善用典故、好发议论,所作颇有宋诗之风。然至晚年颠沛流离,身逢劫难,学得老杜"诗史"之髓,有"沉郁顿挫"的诗味。简单来说,不同人生阶段的经历是其诗风变更的一大因素。其次,诗风的转变与其追求性情之"真"脱离不开。"真"是梅曾亮诗歌理论体系的构筑核心,在他看来,表现性情之"真"是自我诗歌有异于天下人之诗的决定要素。他有段时期诗风趋同唐人,即是遵循性情之真所致,其在《朱尚斋诗集叙》中言道:"尚斋先生以诗集见示,受而读之,盖以吾之性情合乎唐贤之格调,而于世之标领新异、矜尚奇博者,夷然不屑也。曰:吾所得之古者,不在是则莫吾易也。"②而中年师学苏黄,秉守桐城诗训之后,于晚年诗风又一转,诗境又一变,所作与其自身遭遇、身心体悟密切相关,都是抒发自我真性情的结果。总之,梅曾亮作诗不受限于门户流派,而更加注重自我性情的表达,他追求"真"的境界,努力自成一家面目,方创作出了具有自我独特风格的诗歌。

(作者简介:孙车龙,复旦大学中文系博士后。发表有《论中国古典诗学批评中的"快"》等。)

---

① 《柏枧山房诗文集》"附录三",第700页。
② 《柏枧山房诗文集》,第95页。

刘师培清代文章观研究[*]

黄春黎

　　摘　要：刘师培对清代文章的论述主要集中在三个方面：一是分辨文学之文与学术之文，他认为两者不可混淆，也非截然有别，欲为文学之文则必须工于文词；二是以学派论文章成就，他认为今文家与宋学家之文均不可与汉学家之文相提并论，从事诗文者多污行，而汉学家于道德最高；三是考校文之空与实，他鄙薄诸家之文多流于空，强调文要重实。刘师培的论述确能局部反映清代文章发展的状况，但实际上又以乡学为本位，着重攻击桐城派，实则是为宣扬扬州文派张本。

　　关键词：刘师培　清代　文章观

　　刘师培作为扬州学派的"殿军"，不仅对经学有着深湛的研究，同时又继承扬州文学的传统，对文章之学有着较为深入的思考，这一点尤其体现在他对清代文章发展历程的认识上。众所周知，早期的"文章"本为日用之工具，在政治、宗教等领域发挥作用，即使到了春秋、战国时代，时人于技法、风格的追求并不那么热衷。从根本上讲，楚辞、汉赋的兴起，促使人们思考文章形式的问题。无论楚辞还是汉赋，句式整齐，兼用押韵，与当时流行的接近于口语的散体文如史传、奏议是完全不同的，辞赋的整饬与散体的错落形成鲜明的对比，而这种齐整之美渐为文人所宗，逐渐形成唐前骈体文盛行的局面。唐宋两朝，无疑骈文仍然占据极其重要的地位，但韩、柳、欧、苏诸人高扬"古文"之体，由是另开文章之途。自宋至清，骈文的影响显然弱于"古文"，但在清代的扬州学人群中却又是另外一种局面，此为今日治文学史者所共知。刘师培服膺阮元，进一步推阐阮元文笔之辨的观念，声言"骈文正宗"的观点，钱基博尝言："仪征阮氏之《文言》学，得师培而门户益张，壁垒益固。"[①]这既有乡学熏陶的一面，又有其发扬国粹的一面。刘师培《中国中古文学史讲义》

---

　　* 本文系福建省社科基金项目"《国粹学报》文学类文献研究"（FJ2021BF021）阶段性成果。

　　① 钱基博主著：《现代中国文学史》，江苏文艺出版社 2008 年版，第 122 页。

开篇即言："俪文律诗为诸夏所独有,今与外域文学竞长,惟资斯体。"①乡学与国粹的交融,是刘师培看待清代文章发展历程的基点,这也是考察刘师培清代文章观时应当注意的地方。

刘师培是近代较早关注有清一朝历史及学术、文学的学者,这一点体现了他敏锐的学术嗅觉。刘师培论清代文学,以文章为重点,相关论述集中在《论近世文学之变迁》(《国粹学报》第 26 期)、《近儒学术统系论》(《国粹学报》第 28 期)、《清儒得失论》(《民报》第 14 号)、《近代汉学变迁论》(《国粹学报》第 31 期)等文章中,其中《论近世文学之变迁》论清代文章最详,但在其他著述中涉及亦多。

一、文学与学术的界限

刘师培《论近世文学之变迁》论清代文章,首在厘清"词章"即"文学之文"与语录、考据即"论学之文"的界限。众所周知,元明以来即有"一代有一代之文学"的说法,实则是言"一代有一代之文体",文体代兴本是文学发展的必然,但事实上,后一种文体的兴起,并不意味着前一种文体的消亡,如唐代之后,宋、元、明、清的诗歌仍然繁盛,宋代之后,元、明、清三代的词作依然层出不穷,所谓"一代"者,更在突出其"新时代与新崛起"的地位,但不是指向"唯一"。客观来说,于治文学史者言,汉、魏、六朝、唐、宋皆为文学鼎盛时代,究其原因,主要在于距时遥远,经过岁月的淘洗,经典化之路已经完成,丰碑既然树立,就可按图索骥。研究者往往将元代文学视为宋代之绪余,故亦认可其特殊的地位。但明清以来,由于印刷业的发达,各种著作流传至今者,汗牛充栋,即使寂寂无名者,存世文集也可有百卷之多,故近几十年来,明清文学的研究,虽经大家开拓与提倡,诗、词、文各体无不受到重视,但仍然很难让一般的研究者与接受者默认一两位作家能与马、扬、三曹、陶、谢、李、杜、欧、苏等比肩。质言之,前代经典的遮蔽与后人经典化的未及完成,直接造成研究者的无所依傍,进而缺乏构建一代文学之史的勇气。刘师培的一生,有很大一大部分是在清代度过,他出身学术世家,关于如何认识清代学术、清代文学,实际上也面临着"无所依傍"的局面。

清初士人鄙薄明人的空疏,因此转而在学风上走向质实考据一路,这一点直接影响到明清之际文风的转移,加之康雍乾时代文网日密,"文化积淀深厚,学术化倾向明显","注

---

① 刘师培撰:《中国中古文学史讲义》,上海古籍出版社 2006 年版,第 1 页。

重经世致用,轻视审美情趣"等成为清代文章的鲜明特色①。作为身兼学者与文人的刘师培,对此应是了然于胸的,那么"论学之文"是否可以视为文章呢? 刘师培在《论近世文学之变迁》中认为,近世以来,治宋学者,以语录为文,治汉学者,以注疏为文,这些都是不可取的,一方面,"以语录为文,而词多鄙倍""以注疏为文,而文无性灵",另一方面,"及其编辑文集也……均列入集部之中","学者互相因袭,以为文能如是,是亦已足,不复措意于文词",结果则是"学日进而文日退"②。因此,刘师培所在意者,一是文章有其特有的属性,二是学问不能代替文章。正如刘师培论两汉的"学术文章"时言:

> 惟两汉议礼之文,博引数说,以己意折衷,近于考据。然修词贵工,无直情径行之语。若石渠、白虎观之议,则又各自为书。唐、宋以降,凡考经订史之作,咸列为笔记,附于说部之中,诚以言之无文,未可伺于文学之列也。③

此处虽言考据,却也能与语录同观。实际上,刘师培并非一概否定论学之文,而在于强调,论学之文如欲登列文章之林,必须"言之有文",注重修辞且不过于直白是其内在的要求。语录不被视为"词章"较易接受,而考据之文似乎学养充足,堪登大雅之堂,但刘师培认为,如果仅仅列出证据得出结论,"又略与案牍之文同科",与狱吏断案无异,"盖行文之法,固不外征引及判断二端也"④,这就缺乏了文章应有的典雅与性灵。这一点其在《论文杂记》中说得更为明白:

> 秦汉以降,文与古殊。由简而繁,至南宋而文愈繁;由文而质,至南宋而文愈质。盖由简趋繁,由于骈文之废,故据事直书,不复简约其文词;由文趋质,由于语录之兴,故以语为文,不求自别于流俗。此虽文字必经之阶级,然君子之学,继往开来,舍文曷达? 若夫废修词之功,崇浅质之文,则文与道分,安望其文载道哉? 则崇尚文言,删除俚语,亦今日厘正文体之一端也。⑤

在刘氏看来,唐宋"古文运动"造成文章由简趋繁,宋代语录体的兴起造成文章由文趋质,"简而文"与"繁而质"是对立的,追求修词与文饰是文章的应有之义,这也是文以载道

---

① 刘世南、刘松来:《超汉越宋 别树一宗——清代古文研究的几个问题》,《文学遗产》2005 年第 6 期。
② 刘师培著,万仕国点校:《仪征刘申叔遗书》,广陵书社 2014 年版,第 4927—4929 页。
③④ 《仪征刘申叔遗书》,第 4929 页。
⑤ 《仪征刘申叔遗书》,第 2105—2106 页。

的前提,这与刘师培在《论近世文学之变迁》一文中的观点是一致的,"古人谓'文'原于'学',汲古既深,摛辞斯美"①,载道之"文"必须净洁、优美,而不显得冗杂、质木。无疑,这些观点都是刘师培用以评价清代文章的标准。

另外,刘师培也注意到,清代学术的蓬勃发展,直接影响到文学的发达。《论近世文学之变迁》认为:

> 故近世之学人,其对于词章也,所持之说有二。一曰鄙词章为小道,视为雕虫小技,薄而不为;一以考证有妨于词章,为学日益,则为文日损。是文学之衰,不仅衰于科举之业也,且由于实学之昌明。②

作者自注曰:"实学之明,以近代为最,故文学之退,亦以近代为最。"这里涉及作者对清代文章的基本态度。作者认为,形成强烈反差的是,清代学术的高度发达,造成清代文章发展的退化。当然,这一判断尚有值得商榷的地方,但事实上也表明了刘师培的态度,似乎对清代文章的发展成就是不满意的。综合言之,刘师培认为,面对有清一代学术极为发达的事实,区分文学之文与论学之文是极其必要的,否则文学将为学术所遮蔽。学问不能取代词章,而词章恰能传扬学术,此为刘氏之卓见,于今仍大有启益之处。

二、以学衡文的评价标准

从刘师培各种论述之中可以看到,其对清代文学的整体态度并不是肯定的,《近儒学术统系论》一文便指出,"理学而外,则诗文之学,在顺、康、雍、乾之间,亦各成派别,然雕虫小技,其宗派不足言"③。实际上,刘师培在行文中对清代文学各家多持鄙薄之态度。然而需要说明的是,刘师培的认识显然是存在偏见的,但在20世纪初便能对清代文学予以全面考察,却也是难能可贵的,在学术史上有其特定的价值。

通观刘师培相关论述,其评骘清代之文的鲜明特点是赋予了强烈的学派意识,以学术倾向来评价清代文章。在古文经学与今文经学之间,刘师培是站在古文经学这一边的;在汉学与宋学之间,刘师培是站在汉学这一边的。刘师培认为,"若治经之儒,或治古文家言,或治今文家言。及其为文,遂各成派别"(《论近世文学之变迁》)④,因此,刘师培非常

①②　《仪征刘申叔遗书》,第4929页。
③　《仪征刘申叔遗书》,第4633页。
④　《仪征刘申叔遗书》,第4930页。

注重以学术流派来评价文章之高下。

清代乾隆、嘉庆年间,朴学昌盛,而在学术的另一翼,常州学派以《公羊春秋》学为旗帜复兴今文经学,影响直至清末。常州学派的代表人物多为亲属,如庄存与、庄述祖、庄绶甲同出一门,刘逢禄、宋翔凤同为庄述祖外甥。今文经学在学术上注重发挥微言大义,因此才思较朴学家通达,及其用于文学领域,以致有"治《公羊》者必工文"的说法(《论近世文学之变迁》)①。清代文学的发展极其具有家族性、地域性特点,而常州学派在发展的同时,又涌现出阳湖文派。阳湖文派的代表人物包括恽敬、张惠言、李兆洛诸人。常州学派与阳湖文派之间有着千丝万缕的联系,刘师培称"翔凤复从惠言游,得其文学,而常州学派以成"(《论近世文学之变迁》)②,对于常州文派之文,刘师培的评价却是较为复杂的。他在《论近世文学之变迁》中论曰:

> 常州人士,喜治今文家言,杂采谶纬之书,用以解经,即用之入文,故新奇诡异之词,足以悦目。且江南之地,词曲尤工,哀怨清道,近古乐府。故常州之文,亦辞藻秀出,多哀怨之音,则以由词曲入手之故也。庄氏文词,深美闳约,人所鲜知。其以文词著者,则阳湖张氏、长洲宋氏,均工绵邈之文,其音则哀而多思,其词则丽而能则。盖征材虽博,不外谶纬、词曲二端。③

刘师培肯定"庄氏"之文,即使如张惠言、宋翔凤,刘师培亦赞其能得"丽则"之趣。西汉扬雄《法言·吾子》称"诗人之赋丽以则,辞人之赋丽以淫"④,因此,刘师培在此处对常州之文基本是持肯定态度的。但是在同一年发表的另外两篇文章中,刘师培又对常州之文进行了批判,他在《清儒得失论》中又言:

> 常州自孙、洪以降,士工绮丽之文,尤精词曲。又虑择术不高,乃杂治西汉今文学,杂采谶纬,以助新奇。……庄氏之甥,有刘逢禄、宋翔凤,均治今文……然宋氏以下,其说凌杂无绪,学失统纪,遂成支离。惟俪词韵语,则刻意求新,合文章、经训为一途,以虚声相煽,故刘工崇势,宋小奢淫。⑤

① 《仪征刘申叔遗书》,第4930页。
② 《仪征刘申叔遗书》,第4636页。
③ 《仪征刘申叔遗书》,第4931页。
④ 扬雄撰,汪荣宝注疏,陈仲夫点校:《法言义疏》,中华书局1987年版,第579页。
⑤ 《仪征刘申叔遗书》,第4647页。

前称张、宋之文"丽而能则",一变为"以虚声相煽"。不仅如此,刘师培在《近代汉学变迁论》一文中甚至将常州之学等今文经学归为"虚诬派"一类:

> 次为虚诬派。嘉、道之际,丛缀之学,多出于文士。继则大江以南,工文之士,以小慧自矜,乃杂治西汉今文学,旁采谶纬,以为名高。故常州之儒,莫不理先汉之绝学,复博士之绪论。前有二庄,后有刘、宋。……及考其所学,大抵以空言相演……①

显然刘师培对常州今文之学的态度发生了巨大变化,因此可以想见其对常州之文亦无太高评价了,所谓"工文之士,以小慧自矜"应该也包括了常州学派的文士。

关于宋学一派,刘师培选取桐城派加以痛斥。桐城派渊源于桐城,而传播天下,自方苞而下,声名日重,讲究"义法",提倡将义理、考据、词章融为一炉。桐城诸家重宋学,且所倡导的古文又与阮元、刘师培所主张的"骈文正宗"观念抵触,因此刘氏对桐城派的批评尤其用力。《近儒学术统系论》谓:

> 皖北之学,莫盛于桐城。方苞幼治归氏古文,托宋学以自饰。……惟姚范……不惑于空谈。及姚鼐兴,亦挟其古文、宋学,与汉学之儒竞名;继慕戴震之学,欲执贽于其门,为震所却,乃饰汉学以自固,然笃信宋学之心不衰。江宁管同、梅曾亮,均传其古文。惟里人方东树作阮元幕宾,略窥汉学门径,乃挟其相传之宋学,以与汉学为仇,作《汉学商兑》。故桐城之学,自成风气,疏于考古,工于呼应、顿挫之文;笃信程、朱,有如帝天,至于今不衰。②

察其所论,"托宋学以自饰""乃饰汉学以自固"等,颇有意气用事的味道。客观而言,学术与文章本不能同观,但在刘师培看来则是融为一体的。或者推进一步讲,刘师培从学术派系出发攻击桐城派,应是一种策略。在刘师培各种著作中,批判桐城派文章的地方极多,如《论文杂记》认为姚鼐选编《古文辞类纂》是不知辨名:"俗儒不察,遂创为'古文辞'之名,岂知'辞'字本古代狱讼之称乎?甚矣!字义之不可不明也。"③但这些意见都是似是而非的,若从学术角度言之,似乎直接提高了批判的力度与可信度。刘师培在《论文杂记》中甚至更为夸张地指出:

① 《仪征刘申叔遗书》,第 4655 页。
② 《仪征刘申叔遗书》,第 4636 页。
③ 《仪征刘申叔遗书》,第 2124 页。

　　凡桐城古文家,无不治宋儒之学,以欺世盗名,惟海峰稍有思想。若方东树、方宗诚、曾国藩,皆治宋学,复以能文鸣。①

《清儒得失论》又谓:

　　桐城方苞,善为归氏古文,明于呼应顿挫之法;又杂治宋学,以为名高,然行伪而坚,色厉内荏。姚鼐传之,兼饰经训以自辅。下逮二方,犹奉为圭臬。东树硁硁,尚类弋名;宗诚卑卑,行不副言。②

　　在他看来,方苞、姚鼐等人都是"托宋学以自饰""欺世盗名",未免太过偏激,直接显示出他借批判宋学进而否定桐城派的目的,将桐城派的"义法"简单归为"呼应顿挫",客观而言,也是不符合文学发展事实的,甚至对同一作家,也给出前后矛盾的评价。

　　在另外一面,刘师培对古文家之文、汉学家之文给予了肯定。《论近世文学之变迁》认为:

　　东原说经,简直高古,逼近毛《传》,辞无虚设,一矫冗长之习。说理、记事之作,创意造词,浸以入古。唐宋以降,罕见其匹。后之治古学者咸宗之,虽诂经考古,远逊东原,然条理秩如,以简明为主,无复枝蔓之词,若高邮王氏、仪征阮氏是也。③

　　因戴震治古学,因此抬高其文,甚至认为"唐宋以降,罕见其匹",显有夸大之嫌疑。究其原因,诚如其在《清儒得失论》中所言:"其言词章、经世、理学者,则往往多污行。惟笃守汉学者,好学慕古,甘以不才自全。"④"纯汉学者,率多高隐;金石、校勘之流,虽已趋奔竞,然立身行己,犹不至荡检逾闲。及工于词章者,则外饰倨傲之行,中怀鄙佞之实,酒食会同,惟利是逐。"⑤刘氏衡文,从学派出发。在他眼中,汉学家品行端正,而文学家人品低下,这就涉及刘师培论文,由"学"及"人"的一种思路。

---

① 《仪征刘申叔遗书》,第 2101 页。
② 《仪征刘申叔遗书》,第 4642 页。
③ 《仪征刘申叔遗书》,第 4931 页。
④ 《仪征刘申叔遗书》,第 4651 页。
⑤ 《仪征刘申叔遗书》,第 4652 页。

三、论文重"实"的倾向

文章需要学术的涵养,此自不待言。但是学术派别能否影响作家的创作成就,这是一个极难回答的问题。刘师培身处大变革的时代,既有学者的一面,又有文人的一面,同时还有作为革命家的属性。客观而言,清末民初诸多学者的许多学术观点是从政治出发的,学术为政治服务,不仅体现于政治学领域,甚至波及文学。刘师培论清代学术发达之原因,似又转换一种视角,他在《清儒得失论》中将龚鼎孳、钱谦益、吴伟业、王士禛、施闰章、潘耒、钱名世、徐乾学、高士奇、何焯、陈梦雷、张照、齐召南、赵执信、袁枚、赵翼、蒋士铨、王昶、沈德潜、曾燠、卢见曾、广陵二马(马曰琯、马曰璐)、王崇等全部加以否定之后,指出:

> 夫文士自轻既若此,故有识之士,多薄文士而不为,乃相率而趋于考证。①

刘师培认为,以上诸人人品皆不足论,具体表现则是若治金石、校勘之学,则无非是为达官显宦"帮闲"而已,至于擅长文学者,无一不是人品低劣。因此士风衰变,促成考证学的发达。客观而言,这种说法实难成立。但刘师培之所以发出如此激愤之言,一则是因为,但凡出仕清廷者,自清初直至清中叶,几乎一概遭到否定,唯独阮元、王氏父子等少数人得以幸免,无疑,这是作者出于革命所需,因而并非客观实际的判断;二者,作者以汉学作为标榜,排斥宋学、词章,甚至将汉学视为道德之学,这就是他所谓的"笃守汉学者,好学慕古""纯汉学者,率多高隐"。学术、人品、文章,三者关系,古人论述极多,难有定论,兹不赘述。而刘师培特意且又执着地强调汉学精神,实则体现出了他论文重"实"的倾向。

与实相对者为"空""虚",此为刘师培所力斥。《论近世文学之变迁》论曰:

> 顺康之交,易堂诸子,竞治古文,而藻丽之作,易为纵横。若商丘侯氏,大兴王氏、刘氏,所为之文,悉属此派。大抵驰骋其词,以空辩相矜,而言不轨则。②
>
> 望溪方氏,摹仿欧、曾,明于呼应顿挫之法,以空议相演;又叙事贵简,或本末不具,舍事实而就空文。桐城文士多宗之。……厥后,桐城古文,传于阳湖、金陵,又数传至湘、赣、西粤。然以空疏者为之,则枯木朽荄,索然寡味,仅得转折波澜。③

---

① 《仪征刘申叔遗书》,第 4644 页。
②③ 《仪征刘申叔遗书》,第 4930 页。

> 文学既衰,故日本文体,因之输入于中国。其始也,译书、撰报,据文直译,以存其真。……夫东籍之文,冗芜空衍,无文法之可言,乃时势所趋,相袭成风。①

由上可见,空辩、空议、空文、空疏、空衍,皆为其所不喜。当然,所评各种文字是否流于"空",是较难明确考定的,毕竟文学之法不能确证,但也代表了刘师培"求实"的一种观念。而他之所以强调文章的"实",直接体现了他的学术根底:

> 近代文学之派别,大约若此。然考其变迁之由,则顺、康之文,大抵以纵横文浅陋。制科诸公,博览唐宋以下之书,故为文稍趋于实。及乾嘉之际,通儒辈出,多不复措意于文,由是文章日趋于朴拙,不复发于性情。然文章之征实,莫盛于此时。特文以征实为最难,故枵腹之徒,多托于桐城之派,以便其空疏。②

实际而言,刘师培身处清末,当时文坛为桐城一派所占据,自方、姚而下,经曾国藩广大门庭,桐城派势力所及,绝非刘师培所乐见。诚如前文所言,刘师培笃信"骈文正宗",除了欲以"俪体律诗"与外人争胜,还要在国内文坛与其他文派一较高下。桐城派沿自明末归有光诸人,效法韩、柳、欧、曾,归纳出诸多"义法",便于学习,又因为方苞、姚鼐等人提倡以古文为时文,与科考相结合,还能与清朝官方推崇的程朱理学相融合,因此能够风行有清一代。刘师培论述清代文章,自清初至其所生活的时代,诸多文派早已消失在历史的长河里,唯独桐城一派历数百年而绵延不绝,在中国文学史上极为罕见,直接影响到刘师培所处文派的地位,因此综合来看,刘师培评论清人文章,对桐城派成见最深。

有清一代,以文章名世者实在不少,刘师培所评骘者皆有名于当时,且影响波及后世。名家之文,孰优孰劣,实难定论,而从学术入手,然后加以否定,则是刘师培批评各家文章的"秘密武器",显然带有"选择性执法"的意味。刘师培一方面批评考据之学破坏文学的发展,"文学之衰,由于实学之昌明";另一方面,又认为乾嘉考据之学对文章发展亦有益处,所谓"文章之征实,莫盛于此时""特文以征实为最难"。显然可见,刘师培要突出文学的本性,但他又抓住其他文派所谓的"空疏"之弊,不得不借以考据之学为重,从而否定注重义理的文派,其中尤以桐城派为代表。刘师培拥护古文经学,作为汉学传人,高扬汉学旗帜,专门挑出桐城一派注重宋学的特点,数次敲打,从汉学注重"征实"一面入手,强调文章之"实",放大桐城及其他文派"空"的特点,无疑是有与桐城一争高下的意图,但也影响

---

①② 《仪征刘申叔遗书》,第 4932 页。

到对其他文派的评价。无论是清初易堂九子、侯方域等，还是清末东洋文体，刘师培均斥其有"空"的特点，却也能反映出刘师培前后一贯的主张。

四、刘师培的乡学本位意识及其影响

钱基博在《现代中国文学史》中论刘师培的文章"雄丽可诵而浮于艳"，其文学主张源自阮元，以六朝文为旨归，"步武齐梁，实阮元《文言》之嗣乳……论文则考型六代，探源两京。……论小学为文章之始基，以骈文实文体之正宗，本于阮元者也。……阮氏之学，本衍《文选》"①，阮元重视六朝文章，标举《文选》，高扬骈文正宗的观念，影响直至民国，因此又有"《文选》派"的称谓。阮元尝作《文言说》《文韵说》，分辨文、言之别与文、笔之异，刘师培受其影响，曾作《广阮氏〈文言说〉》回应，以求广大阮氏学说，并在相关著述中一以贯之，热烈鼓吹，实则包括了发扬家乡文派的主张。

刘师培曾非常自信地认为，"天下文章在吾扬州耳，后世当自有公论，非吾私其乡人也"②，明显是与"天下文章出于桐城"相对抗③。这个结论自然有一厢情愿的乡情自恋在其中，致有"巧立名目"之讥："先生论文，严文笔之辨，以有韵偶行者为主，与其乡先辈阮元说同。此近人所称为仪征文派，与桐城角立者是也。实则论文言派，识者早议其非；必别仪征于桐城之外，以角立门户，未免巧立名目。"④因此刘师培所谓的天下文章在扬州，不过是一种美好的寄托，因刘师培为扬州仪征人，故有"仪征文派"之说，就刘师培的乡学本位立场言之，未若将刘师培视为"扬州文派"更为贴切，涵括也更广。论其影响，也不仅仅局限于扬州一域，甚至远播西蜀。综合来看，刘师培借评论清人文章，尤其着重攻击桐城派，其为扬州文派张本，欲为扬州文派争夺文坛最高地位的目的是至为明显的。在此，仅就刘师培与吴虞的文学交往对上述观点略作申论。

吴虞，四川新繁（今成都市新都区）人，字又陵，又作幼陵，新文化运动时期的重要人物，胡适赞他为"只手打倒孔家店的老英雄"，作为一位思想激进的人物，却也主张骈文正宗，并与刘师培一样，着力贬低桐城派。他在《爱智庐随笔》中曾认为，"至桐城派之文，天分低者可学之"⑤，因为桐城派注重文章义法的锤炼，以致吴虞认为只有天分低的人才去学习桐城派之文。不仅如此，吴虞甚至连韩愈的文章也否定了，他的《复王光基论韩文书》

---

① 《现代中国文学史》，第115—122页。
② 南桂馨：《仪征刘申叔遗书序》，见《仪征刘申叔遗书》，第78页。
③ 姚鼐《刘海峰先生八十寿序》引程晋芳、周永年二人语。
④ 王森然：《近代二十家评传·刘师培先生评传》，书目文献出版社1987年版，第287页。
⑤ 吴虞：《吴虞文续录·别录》，见《民国丛书》第二编96册，上海书店1990年版，第232页。

说："世俗弗察，贸然推许，至谓一言为法，百世为师，障川挽澜，起衰八代。誉美失实，毋亦以耳代目之弊欤？"否定前人对韩愈的评价，并进一步认为："而八家之后，更有所谓天下文章，莫大乎桐城者，则真不免徒便于空疏梏腹之辈矣！"①这显然是受到刘师培《论近世文学之变迁》一文的影响，刘氏谓"故梏腹之徒，多托于桐城之派，以便其空疏"，吴氏所论本此。实际上，吴虞确实与刘师培有着亲密的文学交往，在文论上的观点较为一致。

刘师培1911年随端方入蜀，端方被杀之后，则在四川滞留过一个时期。在此期间，曾与吴虞有一篇论文的书信。吴虞在民国八年（1919年）所作的《〈国文撰录〉自序》一文中交代：

> 刘君申叔昔年游蜀，不佞曾请其选文数十篇，用资法式，凡分明德、彻玄、衡往、揆今、议礼、辨物六类，都为六卷。②

刘师培《与人论文书》发表于1911年《四川国学杂志》的第3号上，时间为12月20日。刘师培的这封书信，又称为《与吴幼陵论文书》，文中言："明德、彻玄，斯曰析理；衡往、揆今，斯曰论事；议礼、辨物，斯曰考核。"③可见正与《国文撰录》相关。刘在书信中指出："文有恒范，翰藻斯符。欲副立言，持论斯贵。昔贤持论，弗废翰藻，六代金然，臻唐乃鲜。文弗逮昔，斯其一焉。"④其论点承袭自《文选序》之"事出于沉思，义归乎翰藻"，并以六朝文为典范，追求辞藻的富艳。后来吴虞又编《骈文读本》，作于1914年冬的《自序》言："共和草创，日不暇给……至乃词不达旨，文而无彩。"⑤他编选骈文是要弥补当时文章没有文采的弊端，而刘师培于本年为他所作的《〈骈文读本〉序》中指出：

> 物成而丽，交错发形，分动而明，刚柔象也；参伍磬折，莫水范也；率由仇匹，威仪极则也。在物金然，文亦犹之。……沉思翰藻，今古斯同，而美媲黄裳，六朝臻极。⑥

在此，刘师培依然在强调扬州学派之所以尊骈文为正宗的缘由，并再次申明六朝文登峰造极的地位。综合吴、刘之观点来看，他们认为骈文是最具"翰藻"的文体。如果结合二

---

① 吴虞：《吴虞文续录·别录》，见《民国丛书》第二编96册，第183页。
② 吴虞：《吴虞文续录·别录》，见《民国丛书》第二编96册，第157页。
③④ 《仪征刘申叔遗书》，第5125页。
⑤ 吴虞：《吴虞文续录·别录》，见《民国丛书》第二编96册，第166—167页。
⑥ 《仪征刘申叔遗书》，第5252—5253页。

十世纪初年《文选》派与桐城派的斗争来看,刘师培依然在继续宣扬扬州文派的主张,而吴虞可谓是刘师培的最好"助手"。成于"中华民国八年六月"的《〈国文撰录〉自序》言:

> 学者孰读是录,扩而充之,在其所得必有出于姚、曾、黎、吴、林诸氏所选之外者矣。①

刘师培卒于是年十一月,而吴虞正在此年大力标举《国文撰录》的重要价值。所谓"姚、曾、黎、吴、林诸氏所选"是谓姚鼐《古文辞类纂》、曾国藩《经史百家杂钞》、黎庶昌《续古文辞类纂》、吴曾祺《涵芬楼文钞》、林纾《中学国文读本》等选本,吴虞贬低诸家之选,而认为刘氏所选《国文撰录》之价值在六家之上,实则依然是在贬斥以桐城派为代表的古文,这一精神是从刘师培而来。刘师培作于 1911 年的《与吴幼陵论文书》在文中分明指出:

> 近则延陵文派,间侈奇佹;恢廮体势,奘驵寡要。……窃以情藻谊悑,两析斯惕。有实无文,焉资行远? 华而弗实,鞌悦庸殊?②

附在《吴虞文续录》中的《与吴幼陵论文书》在"延陵"二字下用小字注曰:"吴汝纶。"③延陵为春秋时期吴国公子季札的封地,吴氏又以季札为先祖,故有所谓"延陵文派"的称呼,而刘师培之指向则在吴汝纶。吴汝纶是晚清桐城派的大家,刘师培指斥他"有实无文""华而弗实",不过还是以六朝文、骈文的情采来评价桐城派文章。进一步思考,刘师培早年自号"激烈派第一人",吴虞又是新文化运动时期破坏旧文化的重要推手,所谓"只手打倒孔家店",他们却共同以骈文为正宗,可见思想上的激进与文学上的退守,在某种程度上又可相依相存。自 1917 年始,胡适、陈独秀等人以《新青年》为阵地提倡白话文,而钱玄同则直接挑出"选学妖孽""桐城谬种"的话头来,但钱玄同又是刘师培殁后《刘申叔遗书》的重要整理者之一。以钱刘关系而论,却也意味深长。

客观而言,正如陈子展所认为的,"桐城派的文章,'清淡简朴','屏弃六朝骈俪之习','选言有序,不刻画而足以昭物情',这是他们的长处。但到了末流,只抱着'宗派'的空招牌,守着'义法'的空架子,既不多读古书……又不随时代而进步……所以只能做出内容空疏,形式拘束,全无生气的文字来"④。桐城派确有弊端,但如刘师培所论,却又属于矫枉

---

① ③　吴虞:《吴虞文续录·别录》,见《民国丛书》第二编 96 册,第 159 页。
②　《仪征刘申叔遗书》,第 5126 页。
④　陈炳堃:《最近三十年中国文学史》,见《民国丛书》第一编第 58 册,上海书店 1989 年版,第 84 页。

过正,且挟意气之争。文学发展有其特有的规律,一种文体的极度兴盛之后,必有新的文体起来挑战,即在文章内部,亦是如此。韩愈倡导古文与扬州诸人推崇骈体,都是对当时处于优势地位文体的一种反动,因此桐城派与《文选》派的较量是文学发展的必然。唐宋以后,因韩、柳、欧、苏的提倡,散体复兴;然经由阮元、汪中、刘师培等人宣扬的骈文,能否最终取代古文却已无法证实。新文化运动兴起之后,白话文体崛起,桐城派与《文选》派渐次退出文坛,相应的主张只能停留于文论研究的层面,于创作已无实际意义,可谓是两派的斗争在新的语言、文体兴起的情势之下,消失于无形。刘师培的一系列主张,如拔高汉学家之文,指斥其他文派之文为空疏、华而不实等,确实存有门户之见,而他对文学之文与学术之文的区划,在当时显得尤为可贵。综合来说,刘师培对清代文章的认识,是时代风潮与个人喜好互相交融的结果,但又有相应的价值,值得进一步发掘。

(作者简介:黄春黎,华侨大学文学院讲师。发表论文《刘师培的白话创作及其民间视野》等。)

《容安馆札记》与钱锺书的陆游诗歌批评*

巢彦婷

摘　要：学界对钱锺书《宋诗选注》《管锥编》《谈艺录》等著作中的陆游诗歌研究已有较多讨论，但《容安馆札记》中的陆游诗歌注释与批评却尚未引起关注。钱锺书青年时代已展露出对陆游诗歌的兴趣，此后又逐步展开研究。《容安馆札记》是钱锺书撰著、补订的资料来源，与钱氏其他著作中的陆游研究构成"互著"。此书中的陆游诗歌研究内容丰富，包括文献的搜集考订、诗歌的补注品评，亦讨论了陆游与理学的关系。从钱锺书的陆游研究这一个案出发，可以重新认识其"文学本位论"的提出语境与具体实践。

关键词：钱锺书　陆游　《容安馆札记》　《谈艺录》　《宋诗选注》

陆游研究是钱锺书宋诗研究中的代表性成果。钱锺书的陆游研究也早已引起学界的持续关注，至今已有多篇论文，从各方面对钱锺书的陆游诗歌研究进行挖掘阐发①。但所关注的对象主要是《宋诗选注》《管锥编》《谈艺录》等著作，而《容安馆札记》中论及陆游诗歌的篇幅甚夥，至今尚无专门讨论。此种带有私密性的学术笔记，是钱锺书撰著、补订的资料来源，实为钱氏庞杂繁复的文学研究世界之基础。本文拟以《容安馆札记》对陆游诗的讨论为中心，系统地梳理钱锺书阅读与研究陆游诗歌的历程，讨论《容安馆札记》中钱锺书的陆游诗歌批评，并以钱锺书的陆游研究为个案，再次审视钱氏"文学本位论"的提出语境与具体实践。

---

　* 本文系华中科技大学自主创新研究基金项目"陆游诗歌专题研究"阶段性成果，受中央高校基本科研业务费项目"陆游诗歌研究"资助（HUST：2020kfyXJJS032）。
　① 论文如［日］三野丰浩：《关于〈宋诗选注〉所选的陆游诗》（《纪念陆游诞辰 880 周年暨越中山水文化国际研讨会论文集》，2005 年）、王水照与熊海英《陆游诗歌取径探源——钱锺书论陆游之一》（《中国韵文学刊》2006 年第 1 期）以及《陆游的诗歌观——钱锺书论陆游之二》（《中国韵文学刊》2007 年第 3 期）、季品锋《钱锺书与宋诗研究》（复旦大学2006 年博士学位论文）第二章第三节"关于钱锺书笔下的'两个陆游'"、吕肖奂《钱锺书的陆游诗歌研究述略——文学本位研究的范例与启示》［《四川大学学报（哲学社会科学版）》2006 年第 6 期］、张毅《回归历史情境来观察——从陆游接受史的角度理解钱锺书〈谈艺录〉的陆游批评成就》（《前沿》2010 年第 4 期）、郑永晓《〈管锥编〉论陆游举隅》（《南都学坛》2011 年第 3 期）等。专著如许龙《钱锺书诗学思想研究》（中国社会科学出版社 2006 年版）附录二"钱锺书论陆游诗"。

一、钱锺书的陆游阅读与研究历程

青年时代的钱锺书已展露出对陆游诗歌的兴趣,《槐聚诗存》中的多首诗皆"化用剑南"①。1938 年作《重过锡兰访 A Kuriyan 博士》"不殊风景人偏老",化用自《剑南诗稿》卷十二《六日小饮园中》"风景不殊人自老"。同年的《再示叔子》"未保群飞天可刺,且容独立世如遗",化用陆游《遣怀》"绝世本来希独立,刺天不复计群飞"。此外,1940 年《夜坐》、1941 年《留别学人》、1945 年《乙酉元旦》等诗,亦皆袭用陆游诗句而稍加点化。钱锺书对陆游诗句堪称信手拈来,此非谙熟陆游诗不能办也。

1946 年,伦敦约翰·默里出版公司出版了凯德琳·扬(Clara M. Candin Young)的英译陆游诗集《陆游的剑——中国爱国诗人陆游诗选》(The Rapien of Lu, Patriot Poet of China)。因其英译错误较多,钱锺书撰写了长篇英文书评予以纠正批评,刊发于《书林季刊》第 1 卷第 3 期。次年,美国读者鲍尔·博楠德(Paul E. Burnand)致信钱锺书,钱又撰写回信,与来信均刊发于《书林季刊》第 2 卷第 1 期。这两篇英文文章显示了钱锺书对陆游作品的高度关注。他后来对陆游的部分看法,文中已稍露雏形②。

1948 年,上海开明书店出版了《谈艺录》。此版《谈艺录》中,共有"吕东莱说诗讲活法""剑南仿宛陵诗"等 19 条论及陆游,约万言③。1984 年《谈艺录》再版时,以上内容多合并为"三二 剑南与宛陵"等六则④,并增加了大量补正、补订。《谈艺录》的补订本较之初版,多有变动。但钱锺书的宋诗整体观念是基本稳定的,对陆游的看法也并未发生实质性变化,基本前后一致。《谈艺录》对陆游诗歌的评价,迥异于当时文学研究领域对陆游"爱国志士""民族英雄"的片面认识,而是把握住陆游的性格气质特点,指出了其理论主张与创作实际的差异。其中对陆游的批评,如大量自我重复、崇尚梅尧臣但诗风与梅尧臣完全不同、学晚唐诗但又批评晚唐诗人、陆游善写景而杨万里善写生等,也都为学界广泛接受,

---

① 钱锺书《槐聚诗存》化用陆游诗例,已为潘静如《王国维、陈寅恪、钱锺书三家诗札记》(《诗书画》2017 年第 1 期)所揭櫫。
② 田健民,《钱锺书西篇英文文章所引起的论争》,《中国现代文学研究丛刊》2007 年第 6 期。
③ 其余条目为"论平淡","论放翁与诚斋诗","放翁之比偶组运"(此条后有"[附说十三]学诚斋诗者"),"放翁违心高论","放翁诗学中晚唐"(此条后有"附虚谷论晚唐与江西诗派","[补遗]南宋之晚唐与江西诗派"),"放翁诗意境屡变化而句法多复出","放翁诗之填凑抵牾","[补遗]放翁诗中的议论","赵瓯北论放翁未谛","俞理初论放翁失之凿","放翁诗工于写景叙事","放翁诗沾丐后人","[附说十四]内景与外景","放翁诗之二痴事二官腔"。
④ 两版《谈艺录》论陆游诗之条目及其分合,参见张毅《回归历史情境来观察——从陆游接受史的角度理解钱锺书〈谈艺录〉的陆游批评成就》。其余五则为"三三 放翁诗""三四 放翁与中晚唐人""三五 放翁诗词意复出议论违牾""三六 放翁自道诗法""三七 放翁二痴事二官腔"。

已成不刊之论。

1958 年,《宋诗选注》问世。此书选陆游诗 32 首,居两宋诗人之冠,远多于第二位苏轼(选诗 18 首)。选录陆诗数量居于首位,一是因为陆游作品基数大,可供选择范围广;二是可能受到当时政治因素的影响,考虑到陆游爱国诗人的公认形象以及毛泽东对陆游诗词的推崇。整体来看,钱锺书始终坚持艺术准则,所选都是陆游最具代表性的作品,涵盖其创作的早、中、晚期。各类风格兼备,"感激豪迈"类诗歌 19 首,"闲适诗"13 首。所选皆为七言,在选七律之外提高七绝和七古的比例,体现了钱氏鲜明的个人观念和审美倾向①。该书的陆游小传既继承了《谈艺录》中的观点,又指出陆游爱国诗的最大特色是诗人本身的高度参与感。对陆游诗爱国与闲适二分的定评、对清代以来陆游接受史的追溯,亦都极见功力。

《管锥编》1979 年印行,在钱锺书诸多重要著作中最为晚出。此书中论及陆游诗歌的篇幅不及《谈艺录》与《宋诗选注》多,内容也较为零散。且讨论已不再专注于陆游的诗歌,而旁及《渭南文集》《入蜀记》《老学庵笔记》等其他著作。《管锥编》论陆游主要围绕着陆游诗的用典和沿袭前人句法等问题,亦曾驳斥钱谦益等对陆游的误评②。

钱锺书对陆游十分重视,一生中花了大量精力和笔墨研究讨论陆游。钱氏对陆游的主要观点早年已基本成形,秉持其一向"瑕瑜互见"的评论模式,破除当时古代文学界对陆游"爱国诗人""不工藻绘"③这类片面刻板的认识,既肯定陆游独步南宋诗坛的卓绝成就,又正视陆游诗歌存在的缺陷。他的《谈艺录》《宋诗选注》《管锥编》等著作亦从各个角度体现了他的看法,并在不断增订中予以补充。一般来说,对其他作家的评论,或因时代背景与著作性质差异,态度稍显不同,程度略有区别。但对陆游的基本论断,可谓一以贯之。许多论述往往互相生发、见出新意。而《容安馆札记》的札记性质,使其在客观上成为钱锺书著作的资料库与草稿。读者若能如钱锺书"合观并置"的研究方法一般,将《谈艺录》《宋诗选注》《管锥编》与《容安馆札记》亦加以"合观并置",应当既能加深对钱锺书陆游研究观点的理解,又能增进对钱氏撰著方式和著作性质的认识。

---

① 《宋诗选注》选录陆游诗的特点,详见季品锋《钱锺书与宋诗研究》,第 75—85 页。

② 《管锥编》对陆游的讨论,详见郑永晓《〈管锥编〉论陆游举隅》。

③ 前者较为读者所熟悉,不再说明。后者代表观点如胡适《国语文学史》:"陆游自己有《读诗稿有感走笔作歌》一篇,说他做诗的变迁:我昔日学诗未有得……这是他个人诗史上的一大革命。他自从得了'天机云锦用在我,剪裁妙处非刀尺'的秘诀以后,他的诗便更近白话了。他晚年又有《示子遹》一篇,也是写他做诗的历史:我初学诗日……这诗更明白了。他不满意于那'藻绘'的诗,他又反对温、李以下的许多'诗玩艺儿'(黄庭坚、苏轼大概也在内)。他自己做诗只是真率,只是自然,只是运用平常经验与平常话语。所以他曾说,'诗到无人爱处工',这七个字可以作他自己的诗的总评。"(北平文化出版社 1927 年版,第 130 页)

二、《容安馆札记》与钱锺书其他著作中
陆游研究的互著

钱锺书遗存手稿中的《容安馆札记》,作于二十世纪五十年代以后,由于识读困难,长期未得到学界的充分利用①。据统计,《容安馆札记》共论及两宋诗文集三百六十种左右,北宋七十家,南宋近三百家,是研究宋代文学的宝贵材料②。如果说《谈艺录》与《宋诗选注》等著作构成"互文",则《容安馆札记》与钱锺书其他著作的关系更近于传统文献学中的"互著""别见"③。就钱锺书的陆游研究而言,互著的情况尤为突出,例证如下:

《容安馆札记》第六百十八则:"余《谈艺录》中论放翁诗甚详,今偶披寻,颇少剩义,稍附益一、二事。"这显是钱锺书的谦辞,盖因此条即以万余字篇幅专论《剑南诗稿》。下文中又详细列举了讨论陆游诗的条目:"……此类散见第四百三十则、第二百九十则、第五百九十八则等者,皆不复赘。又第二百二十二则、第二百二十七则、第二百九十五则、第四百五十六则、第四百五十八则、第四百八十八则、第四百九十六则、第五百二十八则皆有论放翁诗处。又见七百四则、七百五则。"此外,三百二则、四百五十三则中亦有较多论及陆游诗的部分。再加上其他零散议论,论陆游诗的篇幅已近三万字,在单个作家的论述中相当突出。

《容安馆札记》第六百十六则中,已积累了大量材料以备撰著之需。如:

> 卷三十三《羲农》:"羲农去不反,释老似而非。"按卷四十四《读老子》则云:"孰能试之出毫芒,末俗可复跻羲黄。"卷七十八《读老子有感》云"孰为武成二三策,宁取道德五千言。安得深山老不死,坐待古俗还羲轩",可补《谈艺录》第一四九页。④

① 王水照对《容安馆札记》中研究宋诗的材料较为重视,撰写了《〈钱锺书手稿集·容安馆札记〉与南宋诗歌发展观》(《文学评论》2012 年第 1 期)、《〈宋诗选注〉删落左纬之因及其他——初读〈钱锺书手稿集〉》(《文学遗产》2005 年第 3 期)、《〈正气歌〉所本与〈宋诗选注〉"钱氏手校增注本"》(《文学遗产》2006 年第 4 期)等论文。侯体健亦发表了《钱锺书〈容安馆札记〉批评宋代诗人许月卿发微——兼及钱先生之理学、气节与未木持歌》(《社会科学》2012 年第 7 期)等论文,初步利用了一些《容安馆札记》中的材料。本文中使用的《容安馆札记》文本,参考了季品锋《钱锺书与宋诗研究》中邓子勉对第六百十六则的整理文本以及网友"视今犹昔"的整理成果。关于《容安馆札记》第六百十六则的分析,部分参考了季品锋的简要说明,下文不再赘述。
② 王水照《南宋文学的时代特点与历史定位》(《文学遗产》2010 年第 1 期)中引邓子勉统计。
③ 侯体健《〈谈艺录〉:"宋调"一脉的艺术展开论》(《文学评论》2015 年第 2 期)一文中,将《谈艺录》与《宋诗选注》等钱锺书其他著作的关系定位为互文关系。
④ 钱锺书著:《容安馆札记》,商务印书馆 2003 年版,第 1104 页。

　　此条已注明可补《谈艺录》，实际为《谈艺录》第三五则补订二。又如对《剑南诗稿》卷十七《即事》诗的梳理，自注"可补《谈艺录》第一五二页至一五三页"，实际为《谈艺录》第三六则补订一、二。而同样用于《谈艺录》但未见注明的还有多条。计有《容安馆札记》第1102页"卷三《剑门道中微雨》"条，用于《谈艺录》第三五则补订一。第1103页"卷十《渔翁》"条，前半部分用为第三三则补订一处例证，后半部分未见使用。第1104页"卷十二《感昔》"条，全见于第三三则补订一。第1104页"卷十八《即事》"条，拆分后用于第三六则补订二。第1105页眉批"卷五十二《无客》"条，用于第三三则补订四、补正三、补订五、补正四。第1109页"卷十三《蔬圃》"条，用于第三三则补订二。第1109页"卷五十一《北斋书志示儿辈》"条，用于第三五则补订四。钱锺书于《容安馆札记》中所录材料，补订《谈艺录》时往往作了裁剪。读《谈艺录》时若以《容安馆札记》为参考，所得必将更为丰富。

　　除补订《谈艺录》外，《容安馆札记》第六百十六则中还有多处成为《宋诗选注》选陆游诗的注文。如第1103页脚批《五月十一日夜且半梦从大驾亲征》诗的部分，后作为《宋诗选注》中该诗注释之五。又如第1104页"卷十七《临安春雨初霁》"条，后改写为此诗注释之一，厘清了此诗的本事，并说明卖花声是临安"本地风光"。再如第1106页"卷二十八《斯道》"条后半，即《宋诗选注》中《醉歌》一诗之注文。札记改为诗注时，为便于普及，语言皆尽量浅近，且略去了部分例证材料。参看《容安馆札记》原文，颇能增进对《宋诗选注》的深入理解。

　　《管锥编》中论陆游篇幅虽不多，但也有可与《容安馆札记》对读的内容。如第二一八则"《全梁文》卷五四"：

　　【增订四】方东树《昭昧詹言续录》卷二："不解古文，不能作古诗，此放翁所以不可人意也，犹是粗才。"论高适征其见妄耳！放翁于"古文"之"解"不、"古诗"之"能"不，姑置勿论。杜甫洵"能作古诗"矣，方氏亦许其"解古文"耶？方氏之宗老名苞者，固所推为"解古文"之人，而丁诗无少分，《望溪集》所存寥寥数篇可按也。放翁评文，好快意高论，如《剑南诗稿》卷二五《夜观严光祠碑有感》至云："平生陋范晔，琐琐何足录。"身后遭方氏抹杀，盖亦有以召之也。①

　　此处对方东树的讥评，于《容安馆札记》中已露端倪：

　　《昭昧詹言》卷一谓放翁学坡而不能变，如空同学杜。又谓放翁多客气假象，自家却有面目,然不能出坡境界。《续录》卷二谓不能古文,不能作古诗,此放翁所以不可人意也,犹是粗才云云,皆妄语也,姑录之。①

钱锺书先在《容安馆札记》中抄录下方东树语,此时已形成观点,后于《管锥编》中对方东树加以驳斥,详细阐明观点。而第 1103 页"卷十《头陀寺观王简栖碑有感》"条,亦见于《管锥编》此则而详略稍异。由此二书对读,正可窥见钱氏的思考和成文经过。

《容安馆札记》中的材料与思考,用入正式出版著作时往往省去例证,剪裁文字,改写为符合著作风格的语言。但也存在著作中对《容安馆札记》抄录的材料加以发挥、阐释的情形。细节虽有不同,但钱氏著作与《容安馆札记》彼此勾连,已构成"贯通之势"②。这提醒我们在阅读钱锺书正式出版著作时,应当参考《容安馆札记》中的相关部分,以增进对钱氏观点的理解。而使用《容安馆札记》中的材料、论断时,也不能忽略钱锺书的正式出版著作,须注意读书笔记的表达语境和文体特质。若能就钱锺书文学研究中更多专题个案积累这样的系统梳理,必将有助于窥见其思考脉络,梳理其书写过程。

三、《容安馆札记》中陆游诗歌研究的价值

《容安馆札记》对陆游的讨论篇幅甚夥。为钱氏撰著、修订提供材料之余,还有大量值得注意的内容,大致可分为四个方面:

1. 搜集资料、考辨文献。《容安馆札记》中抄录了大量钱锺书寓目的资料,其中如隆无誉《宁灵消食录》卷四论陆游诗等多则,品评精当,但此前皆未曾为人注意。钱氏还考出陆游的多首诗被误收入今本《茶山集》卷四,以及《茶山集》失收曾几诗《张子公召饮灵感院》③,这些都是重要的宋诗文献考辨成果。又如第七百四则论姜特立诗:

> 然与人唱和,必附着其人之作,足资勘订……又如卷七《茧庵》、卷十一《放翁示雷字诗》(见《剑南逸稿》卷下,无来札)皆附放翁来札,放翁《寄题茧庵》七古后,有《两朝国史》、《太平广记》各一则,发明诗中故实,当是自注……考论《剑南诗稿》者,均未知此。④

---

① 《容安馆札记》,第 1101 页旁批。
② 张文江:《〈谈艺录〉补订本和〈七缀集〉分析》,《华东师范大学学报(哲学社会科学版)》1990 年第 2 期。
③ 《容安馆札记》,第 1106、1102 页。
④ 《容安馆札记》,第 1679 页。

钱锺书既留意到《梅山续稿》中的陆游佚诗，又提出注意其后所附的陆游信札以及材料。这些陆游的书信文献在《剑南诗稿校注》中未有引用，实则对陆游诗歌文本的解读极有帮助。

2. 补注诗歌、考订本事。钱锺书阅读《剑南诗稿》时，往往抄撮史料以考订诗歌的本事、用典。其中既有收入《宋诗选注》的部分（如《临安春雨初霁》之注），亦有未收入其他著作的条目。如读到《剑南诗稿》卷二十八《读杜诗偶成》时，拈出此诗实用《传灯录》之典。此处钱仲联《剑南诗稿校注》并未出注。《容安馆札记》中的注解，对理解此诗以及解读陆游的思想都有着重要意义。又如卷五十二《韩太傅生日》一诗的读书笔记中，大段摘录方回《桐江集》中涉及赵汝愚封驳陆游致其失官以及韩侂胄起用陆游修史的记载，并引用周密《齐东野语》和叶绍翁《四朝闻见录》等笔记作为对照和补充。钱锺书此处所引的史料，对了解陆游的仕宦经历和梳理陆游与韩侂胄的关系很有参考价值。

3. 追源溯流，品评优劣。钱锺书论诗，常将某一诗人的诗句置于文本沿袭与衍生的网络之中。既阐明此句诗之渊源由来，亦指出后世如何袭用此诗。如：

> 卷一《出县》：“归计未成留亦得，愁肠不用透吴门。”按此用《三国志》卷一裴注引《吴书》云：“母攘妊（孙）坚，梦肠出绕吴昌门。”而得之荆公《江东召归》七绝所谓“归肠一夜绕钟山”者，《后村大全集》卷一七四讥雁湖注未知荆公句出处，放翁盖默识之矣。《初学集》卷十二《狱中杂诗》第十六首：“美酒经时浇汉狱，愁肠终夜绕吴门。”曾王注仅引放翁诗。《樊榭山房集》卷七《自石湖至横塘》第二首：“为爱横塘名字好，梦肠他日绕吴门。”系用放翁句。[1]

经钱锺书梳理，初步勾勒出此句自《三国志》裴注引文至王安石、陆游、钱谦益、厉鹗的演变轨迹。从中既能见出陆游对前代诗人的继承，又能看到陆游对清代诗人的影响，可谓围绕这一特定诗歌表达所构筑起的微观诗歌史。而钱锺书的诗歌研究，正是以对无数微观个案的文学史梳理为基础。同时，《容安馆札记》因性质为私人读书笔记，其中品评诗人诗句优劣的部分较其他著作更为自由，充分体现了钱先生对诗人诗作的真实看法。如反驳《隐居通义》，而以陆游《题沈园》胜过王安石《题永庆寺雾遗墨后》[2]。又如直指陆游田园农事诗于全集中数量既少，艺术水准又不及范成大[3]。钱锺书的追源溯流、品评优劣，

---

① 《容安馆札记》，第 1101—1102 页眉批。
② 《容安馆札记》，第 1103 页。
③ 《容安馆札记》，第 1104 页。

皆极见功力眼光,还常引用国外诗歌或理论以互相参证①。他的评价对于当今读者阅读《剑南诗稿》仍有着重要的参考价值。

4. 讨论陆游与理学的关系。《剑南诗稿》中有为数不少的理学语,但陆游对理学的具体接纳程度如何,陆诗中提到的理学工夫与实际情形是否一致,这些问题至今尚未得到充分重视。赵翼认为陆游"虽不以道学名,而未尝不得力于道学也"②。钱锺书却并不赞同,他在《谈艺录》中已指出"夫南宋诗人,与道学差有分者,吕本中、杨诚斋耳;放翁持身立说,皆不堪与此"③,均是在论述陆游对理学并没有深入的了解。而《谈艺录》中又提出了钱锺书心目中宋代诗歌理学化的发展脉络:

> 山谷已常作道学语……曾茶山承教于胡康侯,吕东莱问道于杨中立,皆西江坛坫而列伊洛门墙。……张子韶亦龟山门人……名家如陆放翁、辛稼轩、洪平斋、赵章泉、韩涧泉、刘后村等,江湖小家如宋自适、吴锡畴、吴龙翰、毛翊、罗与之、陈起辈,集中莫不有数篇"以诗为道学",虽闺秀如朱淑真未能免焉。④

这是一个从曾几、吕祖谦、张九成至陆游、辛弃疾、洪咨夔、赵蕃、韩淲、刘克庄,乃至众多江湖小家以及女诗人朱淑真的南宋诗歌理学化谱系⑤。可见钱锺书认为陆游其人或并不深于理学,但其诗却在诗歌理学化进程中有其地位。这一观点在其他著作中均并未展开,《容安馆札记》中却以大量篇幅反复论证。如:

> 卷五十四《孤学》:"家贫占力量,夜梦验工夫。"按卷五十八《又明日复作长句自规》云"醉犹温克方成德,梦亦斋庄始见功";卷六十《勉学》云"学力艰危见,精诚梦寐知。众人虽莫察,吾道岂容欺";卷八十四《书生》云"梦寐未能除小忿,文辞犹欲事虚

① 如论卷六十六《晚春东园作》一诗时,从其中的"蜂酿蜜脾犹未熟,雨催梅颊已微丹"生发开去,围绕以脸颊微丹喻果实成熟这一写法,列举了孔毅父、苏迈、韩愈、杜甫等诗人写过的类似诗句。同时,引述大量外国诗人的类似诗句:Sir John Suckling:"Ballad of a Wedding":"For streaks of red were mingled there,/ Such as are on a Catherine pear /(The side that's next the sun)"; It. "vergognarsi": to turn red (cherries)——The Larousse It. Dict.; Robert Herrick,"The Maiden Blush":"So cherries blush,& Kathern pears,/ And apricots in youthful years"; Colette. "La pêche qui mûrit ses joues d'un fard trop lent"(H. A. Hatzfeld, Trends & Styles in 20th Cent. Fr. Lit.,p. 211),并称其意致相似。见《容安馆札记》,第 1110、1111 页。

② 赵翼著,江守义、李成玉校注:《瓯北诗话校注》,人民文学出版社 2013 年版,第 268—269 页。

③ 钱锺书著:《谈艺录》,生活·读书·新知三联书店 2001 年版,第 325 页。

④ 《谈艺录》,第 215 页。

⑤ 钱锺书完全没有列入理学家如程颐、程颢、邵雍、张载、周敦颐、朱熹等人。这显然与他痛恨理学对诗歌的消极影响以及鄙薄理学家的诗歌水准有关,以至于并不把理学家的诗歌当作值得被讨论的文学作品。

名",此理学功夫也。《尺牍新钞》卷十陈钟琠《与友》云:"……善读书人,只就梦寐一事,仔细思量,便识圣贤下手要路。"陈瑚《圣学入门》卷上曰:"梦寐之中,持敬不懈。程子云:'人于梦寐间,亦可卜所用之浅深。'省察至此,微乎!微乎!"卷下论妇德曰:"梦行善事为一善,梦行不善事为一过。"……特放翁亦只是口头道学而已。①

钱锺书将陆游涉及理学的诗在理学语境中重新审视,得出陆游"亦只是口头道学"的结论。与此同时,钱锺书还多次指出陆游在南宋诗歌理学化进程中的重要性:"焘夫(陈杰)诗句律整致,颇工属对……好于近体诗中作理学□言。山谷虽偶有此类句,江西社中人却只作禅语。放翁则喜为之,江湖派遂成习气。"②陆游成了继承黄庭坚又开启江湖诗派的关键人物。"盖放翁七律好为头巾语,《瓯北诗话》至推其得力性理。余如洪平斋、林竹溪、刘后村辈,莫不作近体诗借道学语以自重。"③又再次强调了陆游使用近体诗尤其是七律来进行理学书写。《容安馆札记》并非严谨的学术著作,其中观点可能仅为思考的雏形。但钱锺书破除了理学素养与理学诗歌成就之间看似天然的联系,完全以诗歌艺术的精微鉴赏为评价标准,既正视了陆游对理学的了解程度,又肯定了陆游理学诗对江湖派的影响力。钱锺书对陆游与理学关系的认识远比赵翼深入,《容安馆札记》中的这一系列观点对当下陆游研究仍极有参考价值。

四、重审钱锺书的文学本位论

1958年,钱锺书在《文学评论》上发文评价钱仲联《韩昌黎诗系年集释》。他提出四点意见④,其中第二点集中体现了他与钱仲联的分歧:

第二:有些地方"推求"作诗的"背境",似乎并不需要。笺注家干的是细活儿,爱的是大场面;老为一首小诗布置了一个大而无边、也大而无当的"背境",动不动说得它关系世道人心,仿佛很不愿意作者在个人的私事或家常琐事上花费一点喜怒哀乐。钱先生也颇有这个习惯。⑤

---

① 《容安馆札记》,第1110页。

② 《容安馆札记》,第508页。原手稿中此句有字经涂抹难以辨析,故从阙。

③ 《容安馆札记》,第713页。

④ 其中第三点就征引诗句发表了看法:"主要的是更应该多把韩愈自己的东西彼此联系,多找唐人的篇什来跟他的比较。"在《容安馆札记》中,钱锺书既多次引陆游自己的诗文,还引用了大量宋人诗文,贯彻了自己的这一理念。

⑤ 钱锺书著:《写在人生边上·人生边上的边上·石语》,生活·读书·新知三联书店2002年版,第343页。

钱仲联笺注韩愈与陆游诗歌时的一大特色即着力推求诗歌的"背境"①。陆游诗用典较为平易,又基本按照写作时间对作品进行编次,钱仲联也更侧重于对诗歌具体背景的分析,着力于名物制度的解释,并对每首诗进行极为详尽的系年。钱锺书的诗歌阅读和注释侧重于诗歌文本本身,最终指向是"窥古人文心所在"②,主张显然与钱仲联大为不同,但《容安馆札记》中却并未忽略诗歌的"背境"。

试以对《剑南诗稿》卷十二《乾道初予自临川归钟陵……复以雨中宿战平怅然感怀》的笔记为例。钱锺书先由"故人已作山头土,倦客犹郚陌上尘"生发至《沈园》诗的"此身行作稽山土,犹吊遗踪一泫然",而后指出李邦直《题江干初雪图》的"病骨未为山下土,尚寻遗墨话兴亡"数句,正是陆游诗的机杼所本。然而钱锺书并未止步于此处的诗语渊源,而是进一步指出《齐东野语》记陆游沈园事只引用了《沈园》二绝等诗,而未引卷六十八《城南》:"城南亭榭锁闲坊,孤鹤归飞只自伤。尘渍苔侵数行墨,尔来谁为拂颓墙。"此后钱锺书又大段摘抄了最早论及沈园事的笔记陈鹄《耆旧续闻》,以及亦早于周密的刘克庄《后村先生大全集》。在不长的注释篇幅中,钱锺书梳理了陆游沈园事的史源,并罗列了较有代表性的史料原文。他在解读陆游沈园相关诗歌时,并没有忽略这些诗歌的背景。相反,对史料和背景的重视,促使钱锺书发现了《城南》一诗的本事也为沈园之事,是相同背景之下的作品。

又如读卷五十二《韩太傅生日》时,钱锺书又大段引用了方回《桐江集》中关于赵汝愚封驳陆游致其失官以及韩侂胄起用陆游修史这两件事的记载,并引用周密《齐东野语》和叶绍翁《四朝闻见录》等笔记史料作为对照和补充。此处所引的多条文献,对了解陆游的仕宦经历和梳理陆游与韩侂胄的关系很有参考价值。钱锺书不厌其烦一一抄录,厘清本末,正可见他对诗歌背景、本事的重视。

由以上两首诗的读书笔记,可见钱锺书对历史背景和诗人生平重要经历皆有关注。钱锺书的文学研究,往往依据研究对象的特点而决定所采用的方法。陆游诗数量庞大且基本按照写作时间排列,诗歌的题序、自注等副文本中透露了大量信息,又有《渭南文集》《入蜀记》等诸多陆游著作以及诗话笔记等宋代文献可供参照,钱锺书完全可以考索出写作时、地和本事,以增进对陆游诗歌的理解。而若研究对象不具备这样的条件,钱锺书则

---

① 钱仲联在进行《韩昌黎诗系年集释》的工作时提出了四条"简例",其中的"笺"和"注"两条内容为:"二曰笺,于各诗之岁月背境,本知人论世之旨以推求……三曰注,凡使事之来源、缀文之诂训、奇辞奥旨,远溯其源,务期昭晰,无有所隐。"(钱仲联:《韩昌黎诗系年集释》,古典文学出版社 1957 年版,第 66 页。)既致力于训诂典实,又从"知人论世"的角度出发,对每首诗的历史背景和作者经历的重大事件详加考察。

② 《写在人生边上·人生边上的边上·石语》,第 340 页。

更侧重从作品中推求文心,发现线索①。他之所以特意指出不须太重视诗歌的"背境",是因为他作为文学本位论的提倡者,反对强行将作品与并无直接关系的背景相关联,而更希望读者加强对诗歌文本本身的重视。钱锺书本人在阅读诗歌时,"知人论世"、考察背景这一环节早已内化于文本细读的过程中,因而并不会特别加以标举。

事实上,如钱锺书这样多闻博览的学者,很难做到仅专注于文本本身,甚至常常主动向外拓展。他评论陆游诗《病起初夏》时,对"一瓯半酪荐朱樱"所写到的樱桃羊酪并食的习俗加以引申,先列举了陆游其他诗中写到的相同情境。随后引用《侯鲭录》《猗觉寮杂记》《唐摭言》《太平广记》中的多则材料,得出了樱桃羊酪同食乃是由于"宋承唐风,南移北俗"的结论。这种由名物及风俗的讨论,已上升至社会历史领域,完全适应近年来文化史研究的趋势,可谓得风气之先。再如:

> 卷五十六《对食戏作·之三》:"蒸饼犹能十字裂,馄饨那得五般来。"按《南唐书·杂艺方士节义列传》:"某御厨食味有五色馄饨。"读此诗方悟其非颜色,乃样色之色,如四色礼物之类。②

曾阅读的文献已成为钱锺书知识系统的一部分。于是在读到诗句时,很容易就与史书中的记载相联系,从而进行了一番"以诗证史"。尽管这个例子中的"诗"和"史"都来自陆游本人,对钱锺书而言可能只是"打通"理念的一个表现,但将"诗"与"史"沟通起来增进理解,却也已经是一种无须深思熟虑即能轻松应用的方法了。

钱锺书确对"诗史"说不以为然③,这与他反对过度推求诗歌的"背境"一脉相承。他反对的是将"背境"与作品强行发生联系以及对文学作品求之过深的解读;反对的是清代朴学传统与欧美实证主义相配合之下,将文学研究等同于考据又等同于"科学方法"的观念;反对的是"只有对作者事迹、作品版本的考订,以及通过考订对作品本事的索隐,才算是严肃的'科学的'文学研究"④,而并非排斥包括历史史实、作者经历、名物风俗等在内的

---

① 按,本文曾在中国古代文学理论学会第 22 届年会上报告,承复旦大学赵惠俊老师指示此点,在此表示感谢。
② 《容安馆札记》,第 1066 页眉。
③ "盖'诗史'成见,塞心梗腹,以为诗道之尊,端仗史势,附合时局,牵合朝政;一切以齐众殊,谓唱叹之永言,莫不寓美刺之微词。远犬吠声,短狐射影,此又学士所乐道优为,而亦非慎思明辨者所敢附和也。学者如醉人,不东倒则西欹,或视文章如罪犯直认之招状,取供定案,或视文章为间谍密递之暗号,射覆索隐:一以其为实言身事,乃一己之本行集经,一以其为曲传时事,乃一代之皮里阳秋。楚齐均失,臧谷两亡,妄言而姑妄听可矣……专门名家有安身立命于此者,然在谈艺论文,皆出位之思、余力之行也。"见《管锥编》第四册,第 2159—2160 页。
④ 《写在人生边上·人生边上的边上·石语》,第 179 页。

文学背景研究。在 1978 年的《古典文学研究在现代中国》一文中,钱锺书指出:

> 文学研究是一门严密的学问,在掌握资料时需要精细的考据,但是这种考据不是文学研究的最终目标,不能让它喧宾夺主、代替对作家和作品的阐明、分析和评价。①

至此,钱锺书为掌握资料进行的精细考据以及强调文学本位的理论主张皆已明了。

近年来,国内学者受到西方"文学内部""文学外部"二分理论的影响,常会误以为钱锺书只倾心于文学内部研究,而不提倡文学外部研究,不重视文学作品的背景。这是罔顾原始语境,而误读了钱锺书的文学观念。有学者认为钱锺书"无视诗之'背境',固守文本而不及历史""完全没有历史感",甚至得出了"从西方借来的钥匙事实上未能顺利地帮他打开中国传统诗学的大门,反造成他对中国诗学传统理解的隔膜与偏离"的结论。这实属观念先行之下,不了解钱锺书学术渊源和研究理念的厚诬②。

《容安馆札记》是连接《谈艺录》《宋诗选注》《管锥编》等的纽带,是补完、丰富钱锺书学术体系时不可或缺的拼图。《容安馆札记》中保留了大量钱锺书阅读时的细节。读者在翻阅《容安馆札记》时,比读《谈艺录》等正式出版著作时离钱锺书更近。我们可以选取个案,从这一宋代文学研究的宝库中获得对当下研究的参考;也可以从中窥见钱氏的读书方法和治学路径,修正和补充以往对钱锺书的认知。

(作者简介:巢彦婷,华中科技大学人文学院讲师。发表有《论陆游诗歌中"矛盾"的自我形象》等。)

---

① 《写在人生边上·人生边上的边上·石语》,第 179 页。
② 近年来学界对钱锺书的文学研究方法颇有所怀疑和否定,代表性的论文有刘皓明《绝食艺人:作为反文化现象的钱锺书》(《天涯》2005 年第 3 期)、周景耀《没有历史的诗学——钱锺书的宋诗研究及其诗学观念的变异》[《清华大学学报(哲学社会科学版)》2017 年第 1 期]、《"形象思维"论与钱锺书的宋诗研究》(《中国现代文学研究丛刊》,2014 年第 3 期)。

《尊前集》编撰时代考论

周海燕　马里扬

摘　要:关于《尊前集》的编撰时代,有唐五代说、明代说、宋初说与南唐说。宋人记述与今本《尊前集》几乎无有不合,黄丕烈藏明钞本中存有宋讳字,知今本即宋人所见之旧本。清人孔昭虔首倡南唐说,其由编者与西蜀词人的"同时异域"关系及李王与冯延巳词的"随时续入"断言编者之为"南唐遗老入宋者";今人曾昭岷先生揭出的"编次不紊中特重南唐"益可证成其说。黄藏本李王《望江南》二首前可见"续集"二字,是二见之李王至徐昌图等九人二十六首词为续补。由原选与续集体例之一贯性,可知二者时代相近;由南唐遗老之生年,可推《尊前集》至晚问世于宋仁宗康定(1040—1041)年间。卷首明皇非若昭宗、庄宗之称庙号或避宋圣祖玄朗讳,故其时代不早于诏讳圣祖名的真宗大中祥符五年(1012)。

关键词:《尊前集》　南唐　宋初

　　我国文学史上曾经出现过一批早期词总集,其作为"坊村小曲唱本"亦即"乐工歌伎之脚本"往往"随用随弃"[①],若《遏云集》《家宴集》《兰畹集》等皆无传[②],幸存至今的有四部,即《云谣集》《花间集》《尊前集》和《金奁集》。《尊前集》不著编者,其中收录四位帝王(明皇、昭宗、庄宗、李王)与三十二位文人(李白至徐昌图)的二百八十九首词作。宋人或将其与《花间集》并称;今人蒋哲伦先生指出,《尊前集》的主要价值在于"录《花间》之未录,补《花间》之不足,从而更全面、更广泛地反映了早期文人词的基本风貌及其发展过程,成为词史研究上的一份珍贵资料"[③]。《尊前集》堪称早期词史上的一颗"沧海遗珠"。

　　《尊前集》在历代的流传过程中未曾得到普遍的重视,《尊前集》研究近十年来处于沉

①　任中敏:《敦煌曲初探》,见任中敏著,张长彬校理:《敦煌曲研究》,凤凰出版社2013年版,第268—269页。
②　吴熊和著:《唐宋词通论》,上海古籍出版社2010年版,第327、330—331页。
③　蒋哲伦:《〈尊前集〉和早期文人词》,《上海师范大学学报(哲学社会科学版)》1983年第4期,第39页。

寂状态,以往对它的探讨多为序、跋和见于著作中的散论,主要围绕其成书问题展开,相关学位论文则多就词作内容与体式进行论述。总体而言,《尊前集》的编撰时代仍有探讨空间,部分版本的使用尚不够充分。探讨编撰时代,对《尊前集》的研究是必要的,甚至是首要的。其意义不仅在于确认《尊前集》之为早期词集,而且在于辨别今本是否即宋人所见之旧本。本文旨在于已有研究之基础上,运用《尊前集》的重要版本对诸说进行考辨、对今本与旧本之关系进行分析,以期就《尊前集》的编撰时代得出较为可信的结论。

一、关于《尊前集》编撰时代的古今观点

关于《尊前集》的编撰时代,自宋迄今有不下四种说法,蒋哲伦先生、肖鹏先生及刘少雄先生等皆做过或详或略的梳理①。这一问题的探讨将涉及《尊前集》的版本,兹先就现存版本及其相互关系进行简述。《尊前集》之版本有"一卷本"与"二卷本"两种类型。今存一卷本有明吴讷(1368—1454)辑《唐宋名贤百家词》钞本(简称《百家词》本),梅鼎祚(1549—1615)藏明钞本(简称梅藏本),黄丕烈(1763—1825)藏明钞本(简称黄藏本)以及依梅藏本刻成的《彊村丛书》本等四种;二卷本始于明万历十年(1582)顾梧芳序刻本(简称顾氏本),明末汲古阁《词苑英华》本重刻之,清《四库全书》钞本(简称四库本)与清《历代旧选词汇函》钞本出自《词苑英华》本。次以时间为序,列举前人之说法如下。

(一) 唐五代说

《历代诗余》卷一一二引《古今词话》曰:"赵崇祚《花间集》载温飞卿《菩萨蛮》甚多,合之吕鹏《尊前集》,不下二十阕。"②夏承焘先生论曰:"此条不见于沈雄《古今词话》,当出杨湜之书;是宋人以此书为吕鹏作也。刘毓盘曰:王灼《碧鸡漫志》亦谓吕鹏《尊前集》。又《花庵词选》卷一李白《清平乐令》下注云:'按唐吕鹏《遏云集》、载应制词四首,以后二首,无清逸气,疑非太白所作。'是以吕鹏为唐人,与张炎《词源》合;《尊前》之外,又有《遏云集》。"③吕鹏《尊前集》说可推源至王国维先生,顾氏本《尊前集》上卷末叶为王国维先生

---

① 《尊前集·说明》,见上海古籍出版社编,唐圭璋等校点:《唐宋人选唐宋词(上)》,上海古籍出版社 2004 年版,第 103 页;肖鹏:《群体的选择——唐宋人词选与词人群通论》,凤凰出版社 2009 年版,第 184—186 页;刘少雄:《〈尊前集〉考》,《中国文哲研究通讯》1993 年第 3 期,第 70—71 页。
② 沈辰垣等编:《历代诗余(下)》卷一一二,上海书店出版社 1985 年版,第 1338 页下。
③ 夏承焘:《〈四库全书〉词籍提要校议》,见夏承焘著:《唐宋词论丛》,上海古典文学出版社 1956 年版,第 235—236 页。

先后手书于光绪戊申（1908）仲夏与次月的两则跋文，其初稿见于《人间词话》手稿本，文字稍有出入，《庚辛之间读书记》"尊前集"条则在此基础上写成①。王国维先生据上引《古今词话》的记载，以《尊前集》为吕鹏所编，并由《花庵词选》注引唐吕鹏《遏云集》，提出《尊前集》一名《遏云集》。其后，冒广生《〈尊前集〉校记》所持意见与王国维先生如出一辙②。

任半塘先生提出《尊前集》为"晚唐选，假定公元九〇〇年"③，"清赵翼《檐曝杂记》据王灼《碧鸡漫志》及张炎《词源》说，早认为唐人所选。兹假定其出于晚唐，约早《花间》四五十年"④。其后，王昆吾先生先后于论文《唐代酒令与词》和专著《唐代酒令艺术》中重申并补充任先生之说，其云："根据赵翼《檐曝杂记》引《碧鸡漫志》和《词源》而作的推断，《尊前集》可能产生在晚唐，较《花间集》为早。经五代宋初人增删，集中遂有南唐君臣等五代人的作品参杂其间……《花间集》则辑于后蜀广政初年。欧阳炯序称：'在明皇朝，则有李太白之应制《清平乐》词4首，近代温飞卿复有《金筌集》。'李白《清平乐》4首，《花间》未载，而见于《尊前》；温庭筠曲子辞，《尊前》仅载《菩萨蛮》5首，《花间》收录其中4首，另补62首；欧阳炯序中又有'竞富尊前'和'迩来作者，无愧前人'之语：可见《花间》的编辑者曾见到《尊前集》，并有意从'近来诗客'的立场上作此补辑。"⑤是为唐代说。

王灼《碧鸡漫志》卷五"麦秀两岐"条谓："唐《尊前集》载和凝一曲，与今曲不类。"⑥罗泌《〈欧阳文忠公近体乐府〉跋》曰："今观延巳之词，往往自与唐《花间集》《尊前集》相混。"⑦张炎《词源》卷下开篇云："粤自隋、唐以来，声诗间为长短句，至唐人则有《尊前》《花间》集。"⑧施蛰存先生指出："宋人多称唐《尊前集》，以为唐人所撰。"⑨肖鹏先生、刘少雄先生则认为上述南宋人所说的"唐"指"五代"⑩。蒋哲伦先生的见解有所不同，其言曰："从集中所录作者的时代看，唐人占十五六人，五代人占大半，故王灼和张炎所说的'唐人'乃

①　谢维扬、房鑫亮主编，胡逢祥分卷主编：《王国维全集》第14卷，浙江教育出版社2010年版，第528页。

②　冒广生：《〈尊前集〉校记》，见冒广生著，冒怀辛整理：《冒鹤亭词曲论文集》，上海古籍出版社1992年版，第792页。

③　任平敏：《敦煌曲初探》，见《敦煌曲研究》，第417页。

④　任平敏：《敦煌曲初探》，见《敦煌曲研究》，第415页。按，检赵翼《檐曝杂记》，未见相关记载。

⑤　王昆吾著：《唐代酒令艺术》，东方出版中心1995年版，第231页。

⑥　王灼著，岳珍校正：《〈碧鸡漫志〉校正》卷五，巴蜀书社2000年版，第134页。

⑦　罗泌：《〈欧阳文忠公近体乐府〉跋》，见吴昌绶、陶湘编：《景刊宋金元明本词（上）·景宋吉州本欧阳文忠公近体乐府》，中国书店2010年版，第48页上。

⑧　张炎：《词源》卷下，见《丛书集成初编》，中华书局1991年版，第37页。

⑨　施蛰存：《北山楼词话》卷二，华东师范大学出版社2012年版，第136页。

⑩　《群体的选择——唐宋人词选与词人群通论》，第184页；《〈尊前集〉考》，第70页。

泛指集中作者为唐五代人,而非专指编集者。"①

陈振孙《直斋书录解题·歌词类》"阳春录一卷"条载:"高邮崔公度伯易题其后,称其家所藏最为详确,而《尊前》《花间》诸集,往往谬其姓氏,近传欧阳永叔词亦多有之,皆失其真也。"②此条虽未明言《尊前集》之时代,然其将《尊前集》与《花间集》并列,盖意在二者为同时前后之作,而后者据欧阳炯《〈花间集〉序》,编定于后蜀广政三年(940)。

梅鼎祚藏明钞本《尊前集》一卷曾入丁丙(1832—1899)八千卷楼,见录于《善本书室藏书志》卷四〇,今藏南京图书馆。其封底叶右下书"四十五叶"四字,押以印记;扉叶上之丁氏藏书记曰:"顾鼎祚去万历时甚近,如果为顾辑,必不郑重点写叶数,况所录之词皆属唐代,绝不下及宋初,似可信为五代时旧帙也。"是为五代说。

(二) 明代说

顾氏本上卷前附《〈尊前集〉引》,题"存一居士顾梧芳撰",落款"万历壬午春三月既望书于来凤轩"③。文中有言曰:"若玄宗之《好时光》、李太白之《菩萨蛮》、张志和之《渔父》、韦应物之《三台》,音婉旨远,妙绝千古。他如王、杜、刘、白,卓然名家。下逮唐末,群彦若干人。联其所制,为上、下二卷,名曰《尊前集》,梓传同好。"顾氏并于下文径称此书为"余斯编"。又,顾氏本上、下卷首叶次行并题"明嘉禾顾梧芳编次"。大抵由此造成毛晋之误解,明末汲古阁重刻顾氏本之时跋曰:"雍熙间,有集唐末五代诸家词,命名《家宴》,为其可以侑觞也。又有名《尊前集》者,殆亦类此,惜其本皆不传。嘉禾顾梧芳氏,采录名篇,厘为二卷,仍其旧名。"毛氏以为旧本无传,而今本为顾氏重辑而"仍其旧名"者。其后,朱彝尊《词综·发凡》将"顾梧芳《尊前集》"列于元许有孚《圭塘欸乃集》、明杨慎《词林万选》中间而未纳入"古词选本"④;朱氏《书〈尊前集〉后》有"金以谓顾氏书也"⑤之语,意谓众人皆以之出自顾氏。文渊阁、文澜阁与文津阁《四库全书》钞本《尊前集》二卷之底本并为毛氏汲古阁《词苑英华》本,文津阁本二卷开首并题"明顾梧芳辑"五字。直至晚清陈廷焯撰《白雨斋词话》,仍以《尊前集》为"顾梧芳所辑"而亦谓之"顾梧芳《尊前集》"⑥。近人冒广生举《直斋书录解题》之失录为据,认为撰自唐人者"久亡",而今本乃"顾辑",其言曰:"考之欧

① 《尊前集·说明》,见《唐宋人选唐宋词(上)》,第103页。

② 陈振孙撰,徐小蛮、顾美华点校:《直斋书录解题》卷二一,上海古籍出版社2015年版,第615页。

③ "万历壬午"即万历十年(1582)。

④ 朱彝尊:《词综·发凡》,见朱彝尊、汪森编,李庆甲校点:《词综》,上海古籍出版社2005年版,第11页。

⑤ 朱彝尊:《曝书亭集》卷四三《书〈尊前集〉后》,见《清代诗文集汇编》编纂委员会编:《清代诗文集汇编》一一六,上海古籍出版社2010年版,第351页下。

⑥ 陈廷焯著,杜维沫校点:《白雨斋词话》卷五,人民文学出版社1959年版,第127页。

阳公《近体乐府》,罗泌校《长相思》(深画眉)一首云:'《尊前集》作唐无名氏词。'今本无此首。《花庵》所见李白《应制词》为四首,今本乃添出一首。《历代诗余·词话》引《尊前集》云:'唐昭宗宫人作《巫山一段云》二首,或以为昭宗作。'今本径作昭宗。而于题下注:'上幸蜀宫人留题宝鸡驿壁'十一字。非复词话之旧。此皆顾辑,而非唐人原本之确证。"①

(三) 宋初说

《词综》初刻三年后之康熙辛酉(1681)冬,朱彝尊于吴下得见"吴文定公手抄本",遂撰《书〈尊前集〉后》,其中有言曰:"取顾氏本勘之,词人之先后,乐章之次第,靡有不同。始知是集为宋初人编辑,较之《花间集》,音调不相远也。"②宋初说即由此发端,至此,《词综·发凡》所谓"顾梧芳《尊前集》"方得初步之辨正。然四库馆臣犹未尽信其言,殿本《四库全书总目》"尊前集二卷"条曰:"考宋张炎《乐府指迷》曰:'粤自隋、唐以来,声诗间为长短句,至唐人则有《尊前》《花间》集。'似乎此书与《花间集》皆为五代旧本。然《乐府指迷》一云沈伯时作,又云顾阿瑛作,其为真出张炎与否,盖未可定。又陈振孙《书录解题》'歌词类',以《花间集》为首,注曰:'此近世倚声填词之祖。'而无《尊前集》之名。不应张炎见之,而陈振孙不见。彝尊定为宋本,亦未可尽凭。"③夏承焘先生论曰:"大抵其书宋时已不甚通行,为陈振孙所未见。《词源》当修《四库》时,全书未出,故《提要》误称为《乐府指迷》;然《碧鸡漫志》及《花庵词选》皆曾录入《四库》者,而亦未详检,可谓失之眉睫矣。"④后之通行者即此宋初说。王易先生以之"颇近理"⑤。施蛰存先生曰:"《直斋书录》歌辞类虽不著此书,然宋人称述此书者数见不鲜。"施先生由此认为"北宋时已有此书",下文举出的证据是"李王"为"北宋人语"——"盖后主卒于太平兴国三年七月,追封吴王也"⑥。

关于"宋初"的进一步定位,施蛰存先生云:"《尊前》《兰畹》二书皆坊间刊行之曲集。《兰畹》有欧阳修词,《尊前》时代稍早,要亦在仁宗朝。"⑦蒋哲伦先生谓:"《尊前集》中欧阳炯、徐昌图都是由五代归宋的作家,宋代词人众多,并无他人入选,可见此集成于北宋开国

---

① 冒广生:《〈尊前集〉校记》,见《冒鹤亭词曲论文集》,第792页。

② 朱彝尊:《曝书亭集》卷四三《书〈尊前集〉后》,见《清代诗文集汇编》一一六,第351页下—352页上。按,据汪森《词综补遗后序》,《词综》初刻于戊午,即康熙十七年(1678)(参考汪森:《词综补遗后序》,见《词综》,第5页)。

③ 纪昀等:《武英殿本四库全书总目》第58册卷一九九,见杜泽逊审定:《国学基本典籍丛刊》,国家图书馆出版社2019年版,第152页。

④ 夏承焘:《四库全书词籍提要校议》,见《唐宋词论丛》,第236页。

⑤ 王易著:《词曲史》,岳麓书社2011年版,第50页。

⑥ 《北山楼词话》卷二,第136页。

⑦ 《北山楼词话》卷三,第245页。

初年。"①吴熊和先生曰："据王仲闻考证,《尊前集》载李煜《蝶恋花》'遥夜亭皋闲信步'一首,《后山诗话》、杨绘《本事曲》《绝妙好词》,俱以为李冠作。李冠乃真宗、仁宗时人,因此《尊前集》结集不能早于仁宗。又元丰中崔公度跋《阳春录》已引《尊前集》,因此它亦不能晚于神宗。"②肖鹏先生云:"《尊前集》的编选和增补是宋真宗与宋仁宗年间的事情,其人当与晏殊、欧阳炯等台阁词人同时,不会相去太远。宋初人编选《尊前集》的判断,与台阁词人群前后的词坛氛围,是完全吻合的。"③此外,蒋哲伦先生推断编者为《〈花间集〉序》作者欧阳炯,其言曰:"欧序将词兴以来的文人词以温庭筠为界,划了一道杠子,称《花间》所收为'近来诗客曲子词',而明白指出在这之前'明皇朝,则有李太白之应制《清平乐调》四首'。《尊前集》的编次,先君后臣,第一名帝王即明皇,录其《好时光》一首;第一名文人即李白,录其《连理枝》等若干首。又,《〈花间集〉序》有'竞富樽前'之句,编者既有意与《花间》匹配,以'尊前'对'花间',题作书名,也很顺理成章。再说,《尊前集》中收录欧阳炯词达三十一首之多,使他成为集中作品最多的作家,也是值得注意的现象。"④所谓"编者既有意与《花间》匹配"指的是"《尊前》和《花间》有十三名词人相同,其作品互不重复,看来《尊前》的编者曾见到《花间》,只因《花间》的时代和地域过于集中,有意要在《花间》之外增选温庭筠之先的唐人词以及前、后蜀以外的五代词,再补充被赵崇祚遗漏的花间词,总为一集,与《花间》并行不悖"⑤。

(四)南唐说

南唐说由清人孔昭虔(1770—1849)《〈尊前集〉序》首倡。孔序见附于《历代旧选词汇函》本《尊前集》前,录入《嘉业堂藏书志》卷四,见于《唐宋词书录》者即从《嘉业堂藏书志》而来,然论者未曾就孔序加以关注。另,清人沈涛(1792—1861)《铜熨斗斋随笔》卷七曰:"今观张玉田《词源》云'自隋唐以来,声诗间为长短句,至唐人则有《尊前》《花间》集,迄于崇宁立大晟府'云云,则是编尚为南唐人所辑,王灼《碧鸡漫志》亦称'唐《尊前集》'。"⑥惜其言不甚明了。今人曾昭岷先生以"其编次不紊中特重南唐"亦持此见⑦,犹未引起注意。

① 《〈尊前集〉和早期文人词》,第 41 页。
② 《唐宋词通论》,第 329 页。按,吴先生的观点同于王仲闻先生,详下。
③ 《群体的选择——唐宋人词选与词人群通论》,第 186 页。
④ 《〈尊前集〉和早期文人词》,第 33、41 页。
⑤ 《〈尊前集〉和早期文人词》,第 41 页。
⑥ 沈涛:《铜熨斗斋随笔》卷七,清刻本,第 14b—15a 页。按,"花"字误作"夜",径改。
⑦ 曾昭岷:《冯延巳词考辨》,《词学》1989 年第 3 卷第 1 期,第 135 页。

二、今本《尊前集》与旧本之关系

以上诸说代表了古往今来关于《尊前集》之编撰时代的主要观点。或疑今本已经改窜而非复原本之旧,更甚者以今本为明人顾梧芳所辑。那么厘清今本与旧本之关系无疑是探讨《尊前集》之编撰时代的前提。关于这一问题,持增删说者较多。

(一)增删说的提出

景宋吉州本《欧阳文忠公近体乐府》卷一《长相思》(深画眉)之罗泌校语云:"《尊前集》作唐无名氏词。"①该词不见于今本《尊前集》,后人遂每每以此作为今本非复旧本之证。吴昌绶《〈尊前集〉跋》即曰:"惟罗校《长相思》(深画眉)一首云'《尊前集》作唐无名氏词'为今本所无。意宋以来,流传稍有删易,其非梧芳重辑,则确无可疑也。"②

王国维先生就《历代诗余》引《古今词话》"赵崇祚《花间集》载温飞卿《菩萨蛮》甚多,合之吕鹏《尊前集》,不下二十阕",提出:"今考此刻所载飞卿《菩萨蛮》五首,除咏泪一阕外,皆《花间》所有,知此书虽非梧芳自编,亦非复吕鹏所编之旧矣。"③王国维先生意为《花间集》录飞卿《菩萨蛮》十四首,而《尊前集》所载飞卿五首《菩萨蛮》中四首已见《花间集》,二者相加不足二十首,与《古今词话》不合。又,欧阳炯《〈花间集〉序》有言:"在明皇朝,则有李太白应制《清平乐》词四首。"④李白《清平乐》在今本《尊前集》中录存五首,王国维先生遂质疑道:"岂末一首为梧芳所羼入而非吕鹏之旧欤?"⑤

施蛰存先生结合今本《尊前集》无《长相思》(深画眉),亦不录无名氏词与李白《清平调》非如王灼所言作"清平词",提出:"由此可知此书自北宋以来,已经改窜,非当时之旧矣。且今本首列明皇、昭宗、庄宗、李王词,其次为李白以下至李珣词,先君后臣,编次不紊,而李珣词后又出李王《望江南》等词八首,其下又重出冯延巳词七首,其下又有李王词一首。疑此皆后人增入,非原本次序也。"⑥饶宗颐先生云:"然是集编撰之意有不可解者:如词已分人编录,何以李后主、冯延巳之词分列三处或二处;又如词之宫调,何以不注者多,所注者少,且何以不注于初见之阕;又如温庭筠《菩萨蛮》不见于《花间集》之一首,乃尘

---

① 《景刊宋金元明本词(上)·景宋吉州本欧阳文忠公近体乐府》卷一,第25页下。
② 吴昌绶:《〈尊前集〉跋》,见《景刊宋金元明本词(上)·叙录》,第10页下。
③ 《王国维全集》第14卷,第528页。
④ 欧阳炯:《〈花间集〉序》,见《唐宋人选唐宋词(上)》,第28页。
⑤ 《王国维全集》第14卷,第529页。
⑥ 《北山楼词话》卷二,第136页。

下不堪；皇甫松词不见于《花间集》之《怨回纥》二首，乃五言律诗；又所载李太白、白乐天二大诗人之词，乃有极其鄙秽之句；以上诸端，似有陆续增编，读者要须慎择。"①施蛰存先生与饶宗颐先生共同举以为"增编"之证的是李王和冯延巳二人的复现，此后的相关说法亦多就此展开，尤以肖鹏先生的观点最为引人注目，其将《尊前集》之"选阵"拆分为如下三部分②：

表 1 《尊前集》选阵的三部分拆分表

结构	入选词人及数量	选系
第一部分（原选）	明皇 1、昭宗 2、庄宗 4、李王 5、李白 12、韦应物 4、王建 10、杜牧 1、刘禹锡 38、白居易 26、卢贞 1、张志和 5、司空图 1、韩偓 2、薛能 18、成文干 10、冯延巳 3	续花间补人
第二部分（原选）	温飞卿 5、皇甫松 10、韦庄 5、张泌 1、毛文锡 1、欧阳炯 31、和凝 7、孙光宪 23、魏承班 6、阎选 2、尹鹗 11、李珣 18	续花间补词
第三部分（后补）	李王 8、冯延巳 7、李王 1、庾传素 1、刘侍读 1、欧阳彬 1、许岷 2、林楚翘 1、薛昭蕴 1、徐昌图 3	续尊前

肖先生就"后补"之说提出五项依据：

首先，所录李王与冯延巳二家，已见原编，此处另为补选若干作品。其次，原选注宫调至李白词而止，以下俱不详宫调。补出部分重新一一注明宫调，显然与正编非同时所为。其三，所补各词人大多只有一首、二首作品，又后蜀词人刘保义题作"刘侍读"，都是拾遗访阙的痕迹。其四，薛昭蕴系《花间》词人，原应列于第二部分韦庄之下，张泌之上（依《花间集》原序列），正编未及而置于此部分，也是后来增补的一个明证。最后，原编部分的选域以唐代和西蜀为主，而此部分所录的都是十国词人：庾传素、薛昭蕴是前蜀人，欧阳彬、刘保义和许岷是后蜀人，李煜、冯延巳是南唐人，林楚翘是荆南人，徐昌图是闽人。除了薛昭蕴录词一首《谒金门》其人其词皆已见《花间集》可以删去之外，其他人和词俱为《花间集》所无。可见这部分作为《尊前集补》，也是为补《花间集》而选的。至于是否也出于原编选者之手，则不得而知。总之，《尊前集》与《花间集》属于同一选系。③

---

① 饶宗颐：《词集考》，见《饶宗颐二十世纪学术文集》第十卷《目录学》，中国人民大学出版社 2009 年版，第 236 页。
② 《群体的选择——唐宋人词选与词人群通论》，第 186 页。
③ 《群体的选择——唐宋人词选与词人群通论》，第 187—188 页。

肖先生论述周详,唯"补出部分重新——注明宫调"非是,"补出部分"仅七调散注宫调。

(二)从宋人记述与今本《尊前集》的对应与否论今本与旧本之关系

无论是关于《尊前集》编撰时代的诸说,还是关于今本的"删易"云云,一定程度上是就相关著述尤其是宋人著述中的记载展开的,然则有必要就之与今本《尊前集》的对应关系进行梳理与辨析。

《金奁集》之清《唐宋八家词》钞本、清劳权钞本中,中吕宫《菩萨蛮》注曰:"二十首,五首已见《尊前集》。"实收《菩萨蛮》十五首。《唐宋八家词》钞本、劳权钞本《金奁集》卷中首叶并题"温飞卿庭筠",知编者以此为飞卿之专集。今本《尊前集》中,飞卿名下仅录《菩萨蛮》五首,与《金奁集》所注相合,二者所载《菩萨蛮》互不重出,正合"二十首"之数。

王灼《碧鸡漫志》卷五两度提及《尊前集》——"清平乐"条:"按明皇宣白进清平调词,乃是令白于清平调中制词……况白词七字绝句,与今曲不类。而《尊前集》亦载此三绝句,止目曰《清平词》"①;"麦秀两岐"条:"今世所传《麦秀两岐》,今在黄钟宫。唐《尊前集》载和凝一曲,与今曲不类"②。李白"三绝句"《清平词》、和凝《麦秀两岐》并见于今本《尊前集》,唯前者之调名作《清平调》,施蛰存先生曾因此质疑今本已经"改窜"。事实上,据岳珍先生《〈碧鸡漫志〉校正》,在其采用的十四个《碧鸡漫志》版本中,有七个"清平词"作"清平调"③,如是则难言宋人所见《尊前集》中的李白"三绝句"究作"清平调"与否。另,检钱曾校明钞本《碧鸡漫志》,《尊前集》之"尊"字悉作"樽"。

王国维先生考订《南唐二主词》"为孝宗淳熙中所编辑"④。明吴讷辑《唐宋名贤百家词》钞本、明万历庚申(1620)吕远墨华斋刻本《南唐二主词》中,《虞美人》(春花秋月何时了)注曰:"《樽前集》共八首后主煜重光词也。"⑤《蝶恋花》(遥夜亭皋闲信步)注曰:"见《樽前集》。《本事曲》以为山东李冠作。"⑥《菩萨蛮》(花明月暗笼轻雾)注曰:"见《樽前集》。《杜寿域词》亦有此篇,而文少异。"⑦王仲闻先生就此论曰:"此词(引者按,指《虞美人》)以下至《喜迁莺》共十首,《乌夜啼》《临江仙》二首不见于《尊前集》,余八首《尊前集》俱载之,

①　《〈碧鸡漫志〉校正》卷五,第118页。
②　《〈碧鸡漫志〉校正》卷五,第134页。
③　《〈碧鸡漫志〉校正》卷五,第119页。
④　王国维:《二牖轩随录》第41条,见《王国维全集》第3卷,第491页。
⑤　吴讷本《南唐二主词》"煜"字误作"烟"。
⑥　吕远本《南唐二主词》"樽前集"作"尊前集"。
⑦　吕远本《南唐二主词》"樽前集"作"尊前集","杜寿域词"作"杜寿域辞"。

与注相合。其间不知何故别羼入二词。又《蝶恋花》《菩萨蛮》各一首,注'见《尊前集》'而不计入八首之内,亦未知何故。"[1]加拿大汉学家白润德(Daniel Bryant)的《来源不明的信息:〈南唐二主词〉的文本传统》就《南唐二主词》的编辑进行详细分析,文章指出其中取自《尊前集》的李煜词也被分成与之相同的三组,唯其经过错杂与删略。兹据此文列表如下[2]:

表2　《南唐二主词》与《尊前集》中的李煜词之顺序对比

词作[3]	《南唐二主词》注	《南唐二主词》顺序	《尊前集》顺序
《虞美人》(春花秋月何时了)		5	A-5
《一斛珠》(晓妆初过)		7	A-1
《子夜》(人生愁恨何能免)		8	A-2
《更漏子》(金雀钗)	"《樽(尊)前集》共八首后主煜重光词也。"	9	A-3
《望江南》(多少恨)(多少泪)		11	B-1,2
《清平乐》(别来春半)		12	B-5
《羽调》(亭前春逐红英尽)		13	B-6
《喜迁莺》(晓月坠)		14	B-7
《蝶恋花》(遥夜亭皋闲信步)	"见《樽(尊)前集》。《本事曲》以为山东李冠作。"	15	B-4
《子夜啼》(花明月暗笼轻雾)	"见《樽(尊)前集》。《杜寿域词(辞)》亦有此篇,而文少异。"	20	C-1

题李王词在《尊前集》中前后凡三见,据此分成三组:A组即卷首的五首,B组、C组分别为二见、三见的八首、一首,共十四首。A-4、B-8李璟《浣溪沙》二首,B-3温庭筠《更漏子》(柳絮长)以外的十一首词全入《南唐二主词》的李煜词序列之中,《望江南》由单调二首合为双调一首。所谓"《尊(樽)前集》共八首后主煜重光词也",不含B-4《蝶恋花》(遥夜亭皋闲信步)与C-1《子夜啼》(花明月暗笼轻雾)。白润德认为二者由于真实性存疑而被移后,《虞美人》(春花秋月何时了)则作为后主最优美也最著名的作品之一而被提前[4]。余词排序皆沿袭《尊前集》。三组词中杂入《乌夜啼》(第6首)、《临江仙》(第10首)等词的最为合理的成因在于——"誊录'终版'钞本的准备工作,与后期的一些文本收集工

①　李璟、李煜撰,无名氏辑,王仲闻校订:《〈南唐二主词〉校订》,中华书局2007年版,第12页。

②　Daniel Bryant,"Messages of Uncertain Origin:The Textual Tradition of the Nan-T'ang erh-chu tz'V". Pauline Yu(ed.),Voices of the Song Lyric in China,Berkeley:University of California Press,1944,pp. 314—316.

③　调名与首句从黄藏本《尊前集》;《南唐二主词》之第一至四首为李璟词。

④　Messages of Uncertain Origin:The Textual Tradition of the Nan-T'ang erh-chu tz'V,pp. 316.

作可能并非由原先的编撰者负责,也许是由其他承担该集出版任务者来完成,其或打乱了一些纸张,或简单地在尚未完全写满的空白处增补新得的材料"①。此外,诚如白润德提出,《更漏子》(柳絮长)与《更漏子》(金雀钗)在《花间集》中并题温庭筠,而《南唐二主词》唯独排除前者,这一疏漏很可能源自《尊前集》的文本传统。《更漏子》(柳絮长)之注"《金奁集》作(温)飞卿"——"如可追溯到《尊前集》早期的文本传统,以至于并见毛本和吴本,那么注释可能在原始版本中就存在,或者至少在《南唐二主词》编辑之时,已进入文本之中"②。事实证明这一注释的确能够"追溯到《尊前集》早期的文本传统"——《百家词》本、梅藏本、黄藏本与顾氏本无不有之③。综上可知,《南唐二主词》注见《尊前集》者悉与今本相合,今本《尊前集》中的三组李王词之位置及每组内部之先后顺序宋世已然,题李王《更漏子》(柳絮长)之注亦由来已久。

景南宋庆元二年(1196)吉州本《欧阳文忠公近体乐府》卷二罗校《蝶恋花》(遥夜亭皋闲信步)曰:"《尊前集》作李王词。"④卷二罗校《玉楼春》(雪云乍变春云簇)曰:"此篇《尊前集》作冯延巳而《阳春录》不载。"⑤并与今本相符。唯卷一"《尊前集》作唐无名氏词"之《长相思》(深画眉)为今本所无。

景元本史容《山谷外集诗注》卷二《同尧民游灵源廖献臣置酒用马陵二字赋诗》"花柳轻娅姹"句注曰:"《樽前集》和凝词云:'娅姹含情娇不语。'"⑥是句出自《尊前集》中的和凝《江城子》(迎得郎来入绣闱)。

综上,《尊前集》又作《樽前集》,《百家词》本、梅藏本与黄藏本即俱作《樽前集》,是为今本承袭自旧本的关键证据之一。宋人之记述与今本不合者只罗泌所谓"《尊前集》作唐无名氏词"之《长相思》(深画眉)未见,而此条不排除为罗泌误记,罗泌误记者如卷三《应天长》(绿槐阴里黄莺语)校曰:"《花间集》作皇甫松词,《金奁集》作温飞卿词。"⑦实则《花间集》卷二作韦庄词。至于《历代诗余》转引《古今词话》"赵崇祚《花间集》载温飞卿《菩萨蛮》甚多,合之吕鹏《尊前集》,不下二十阕",一则其是否真出杨湜之书未知;二则"吕鹏《尊前

---

① Messages of Uncertain Origin: The Textual Tradition of the Nan—T'ang erh—chu tz'V, pp. 321.

② Messages of Uncertain Origin: The Textual Tradition of the Nan—T'ang erh—chu tz'V, pp. 317.

③ 《百家词》本、梅藏本、顾氏本并注"金奁集作温飞卿";黄藏本注"金奁集作飞卿";《词苑英华》本(即毛本)、四库本、《历代旧选词汇函》本并注"金荃集作温飞卿",臆改,非;《彊村丛书》本刊落此注。

④⑤ 《景刊宋金元明本词(上)·景宋吉州本欧阳文忠公近体乐府》卷二,第35页上。

⑥ 史容:《山谷外集诗注》卷二,见《四部丛刊续编》(五八),上海书店出版社1985年版,第10a页。按,"娅"字误作"婭",径改。

⑦ 《景刊宋金元明本词(上)·景宋吉州本欧阳文忠公近体乐府》卷三,第48页上。

集》"别无著录,难以尽信,况胡仔谓"《词话》所记,多是臆说"①。

是今本《尊前集》当与宋人所见者大同,唯其中末位词人徐昌图之作或脱漏一首,因《百家词》本、梅藏本与黄藏本并注"四首",《百家词》本与梅藏本之《〈尊前集〉总目》又于末调《河传》注"二首"②,然各本皆仅见《木兰花》(沉檀烟起盘红雾)、《临江仙》(饮散离亭西去)与《河传》(秋光满目)。疑其于流传过程中脱落最后一首——徐昌图《河传》或原为二首,今存一首,唯黄藏本每于调名后注词作数目,徐昌图《河传》则未见注"二"或"二首"。

(三) 从黄藏本《尊前集》一卷论今本与旧本之关系

在《尊前集》之现存版本中,唯黄藏本中保留有源于宋本的讳字,曾昭岷等编著之《全唐五代词》与唱春莲校点之《尊前集》曾取用是本,然其在相关研究中尚未得到充分关注与使用。兹先考述其版本,再就今本与旧本之关系进一步地说明。

黄藏本《尊前集》一卷,半叶九行,行十四至十六字,有框无格;至少有二人笔迹,文字残缺者若干。首叶钤"复翁""黄印丕烈"白文方印,为黄丕烈原藏;又钤"季贶"白文方印、"茂苑香生蒋凤藻秦汉十印斋秘箧图书"朱文方印,是曾经周星诒、蒋凤藻递藏。周星诒《传忠堂书目》卷四著录:"《樽前集》二卷,一册,不著编辑人,明钞本。"③蒋凤藻《秦汉十印斋书目》著:"《尊前词》,一本,明抄本。"④周星诒是晚清著名藏书家,周氏藏书"一毁咸丰辛酉之变","二迫于丁日昌制造的'蚊船案',让售于蒋香生的心矩斋"⑤。蒋凤藻字香生,此书或即周氏"让售"于蒋氏的藏书之一。又钤"翁斌孙印"白文方印、"北京图书馆藏"朱文方印,是后为翁斌孙所得,今藏中国国家图书馆。《北京图书馆善本书目》卷八著录:"《樽前集》一卷,明抄本,一册。"⑥

此黄藏本中有六半叶错叶:庄宗《一叶落》末结"往事思量着"以下至李王《浣溪沙》(手卷珠帘上玉钩)"风里落花谁是主"之"风"字(四半叶)错叶在卷末徐昌图《河传》上片末结"眉黛蹙"后;白居易《宴桃源》(前度小花静院)"记取钗横鬓乱"之"钗"字以下至张志和《渔父》(松江蟹舍主人欢)末结"醉宿渔舟不觉寒"(二半叶)错叶在薛能《杨柳枝》(洛桥晴景覆

---

① 胡仔纂集,廖德明校点:《苕溪渔隐丛话·后集》卷三九,人民文学出版社 1962 年版,第 326 页。按,杨湜或将《金荃集》误记为《花间集》。

② 《百家词》本与梅藏本之《总目》"河传"俱作"何传",非。

③ 周星诒《传忠堂书目》卷四,见《丛书集成续编》第 71 册,上海书店出版社 1994 年版,第 346 页下。按,二卷本始于顾氏本,二卷本《尊前集》之"尊"字无有作"樽"者,故知《传忠堂书目》"《樽前集》二卷"之"二卷"为误。

④ 蒋凤藻藏并撰:《秦汉十印斋书目·集部》,清稿本。

⑤ 范凤书著:《中国著名藏书家与藏书楼》,大象出版社 2013 年版,第 280 页。

⑥ 北京图书馆善本部编:《北京图书馆善本书目》卷八,中华书局 1959 年版,第 72a 页。

江船)末结"水蒲风絮夕阳天"后。

肖鹏先生曾论证李珣以下诸人诸词为"后补",由黄藏本前、后钞写形态之稍异亦可作出相同的推断。首先,《尊前集》中宫调散见于卷首与李珣词以下:黄藏本卷首之宫调俱冠于调名之上(图1);后者除李王《羽调》外,皆附于调名之下(图2)。其次,黄藏本中,作者姓名并词作总数与首词之调名往往同书一行,调名在前,如"好时光 明皇一首"(图3)。唯李珣后二见之李王与冯延巳者分书两行;三见之李王者作"李王一首 子夜啼",调名在后(图4)。此外,全书只庾传素、刘侍读、欧阳彬左丞、许岷、林楚翘、薛昭蕴之词作总数未出(图4),此六人亦皆位于李珣之后。综上可知李珣以下诸人诸词似非比寻常。

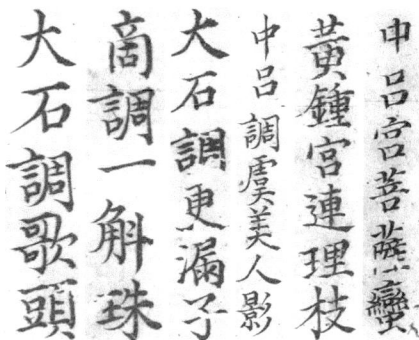

图 1　黄藏本原选之宫调形态图

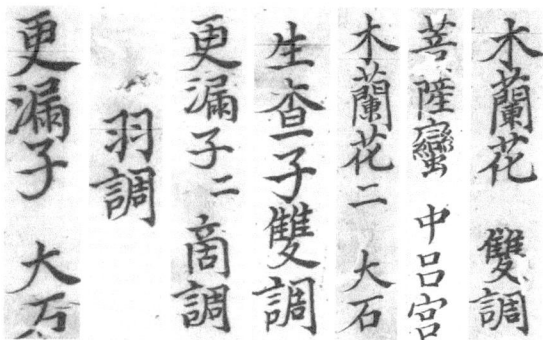

图 2　黄藏本续集之宫调形态图

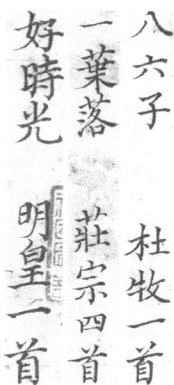

图 3　黄藏本原选之钞写形态图

图 4　黄藏本续集之钞写形态图

黄藏本李珣词末首《西溪子》(金缕翠钿浮动)结尾"燕喃喃"后一行正可见"续集"二字(图5),唯"续集"二字仅见于此本,即《百家词》本与梅藏本亦无有也。然则《尊前集》共采录三十六位词人的二百八十九首词作——原二十九人,二百六十三首词作;续九人,二十六首词作;李王与冯延巳重出。

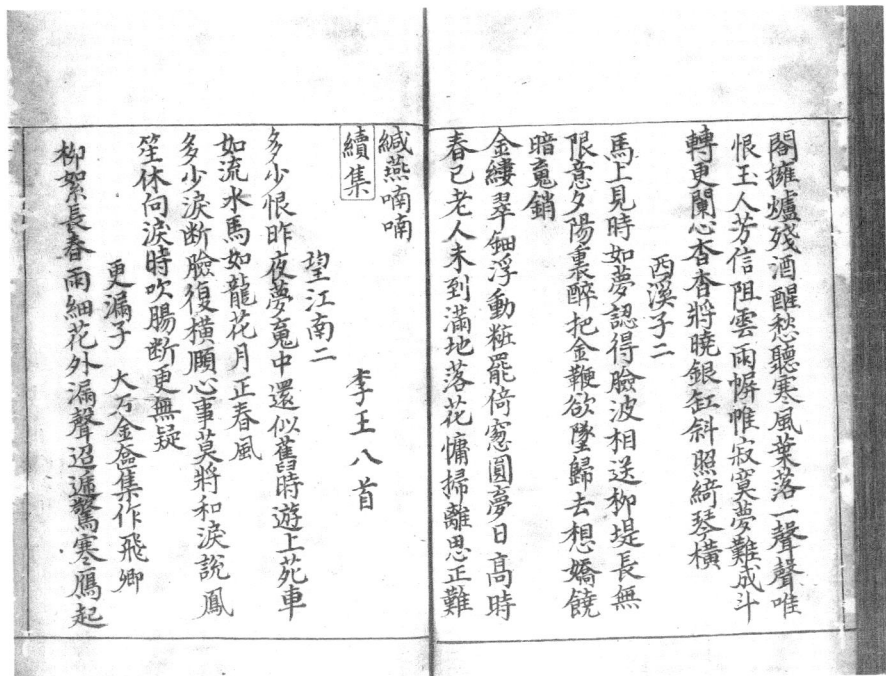

图 5　黄藏本之"续集"二字

与此同时,有七处宋讳字亦独于黄藏本得见(图6、表3):

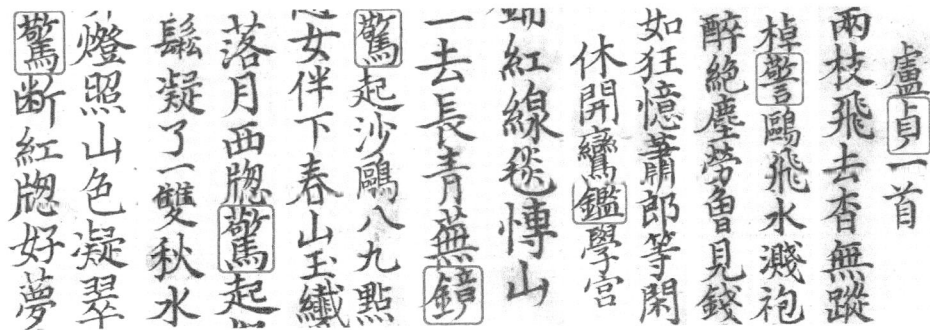

图 6　黄藏本中的避讳字

虽其避讳不严，"惊"字(6个)、"镜"字(5个)、"竟"字(1个)犹有完全者若干，然其所依底本为宋本则无疑。宋英宗赵曙(1063—1067年在位)之嫌名"树"字(24个)无一回避，宋仁宗赵祯(1022—1063年在位)之嫌名"徵"字(1个)亦不避，唯卢贞之"贞"字末笔缺，疑其底本为仁宗朝之宋本。

以上讳字皆为原选所有，则原选无疑即宋人所见者；至于续集，由前论《南唐二主词》依《尊前集》收录之三组李王词中之二组皆在续集，可推测续集亦为宋人所见者。至于原选与续集前后相距的时间，由二者体例之一贯性，知其不至相去太远，文章第四部分将就此具体论述。

表3　黄藏本的避讳情况

出处	避讳方式	说明
杜牧《八六子》(洞房深)"惊断红窗好梦" 白居易《宴桃源》(落月西窗惊起)"落月西窗惊起" 李珣《南乡子》(登画舸)"惊起沙鸥八九点"	"惊"字(繁体作"驚")上半缺末笔	避宋翼祖赵敬嫌名
欧阳炯《更漏子》(三十六宫秋夜永)"镜尘鸾彩孤"	"镜"字右半缺末笔	
李珣《中兴乐》(后庭寂寂日初长)"休开鸾镜学宫妆"	"镜"字作"鉴"①	
李珣《渔父》(棹警鸥飞水溅袍)"棹警鸥飞水溅袍"	"警"字上半缺末笔	
卢贞	"贞"字缺末笔	避宋仁宗赵祯嫌名

三、诸说之考辨及《尊前集》编撰时代之下限

宋人之记述几乎悉与今本《尊前集》相合，而黄藏本中存有宋讳字，由此可知今本《尊前集》出自宋本。那么全面考察今本即探讨《尊前集》之编撰时代的不二途径。

(一)唐五代说与明代说的推翻

王昆吾先生持晚唐说，关于集中"南唐君臣等五代人的作品"，其认为乃"经五代宋初人增删"之故。此说实难成立。在上引肖鹏先生列出的三个选阵中(表1)，无不有五代词人词作。或以《尊前集》为五代选，饶宗颐先生驳曰："集中载南唐李后主亡国后之词，究不能称为五代旧本也。"②刘少雄先生则提出，若后主入宋后诸词为后人增补，则原选可能在

<hr>

① 《百家词》本、顾氏本亦作"鉴"，他本并作"镜"。
② 饶宗颐：《词集考》，见《饶宗颐二十世纪学术文集》第十卷《目录学》，第236页。

五代①。其实原选与续集皆载有后主亡国后之词,《子夜》(人生愁恨何能免)、《虞美人》(春花秋月何时了)见于原选,《望江南》(多少恨)(多少泪)见于续集,而由黄藏本中的"续集"二字,知唯二见之李王至徐昌图词为增编。换言之,增编说的成立只限于二见之李王至徐昌图等九家二十六首作品。

至于明代说,则更不堪一击。朱彝尊《书〈尊前集〉后》以"吴文定公手抄本"与顾氏本"词人之先后,乐章之次第,靡有不同"而推断"是集为宋初人编辑"。正如孔昭虔《〈尊前集〉序》指出:"文定科目在成化壬辰,计前万历壬午,百有十年,安所得顾氏之书而写之?""吴文定公手抄本"未知存佚,今传《尊前集》之最早版本为《百家词》本一卷。秦惠民、邓子勉和刘少坤皆指出,天津图书馆藏明钞本《唐宋名贤百家词》非吴讷之原编,而是钞成于吴讷卒后五十余年②,则《百家词》本《尊前集》较顾氏本早出七十余年。蒋哲伦先生指出:"至于明万历间顾梧芳所刻《尊前集》,实非顾氏'采录名篇'径自编定,因早在正统年间吴讷所编《唐宋名贤百家词》(《百家词》)中,《尊前集》已赫然存在,两相对照,所列作家、篇数、目录编次无不相同,毛氏之说当为未见《百家词》所致。"③蒋先生所云大体不误,唯《百家词》本有《总目》,顾氏本则无。二者之篇数与编次各有一处不同——王建《江南三台》(扬州池边少妇)不见于顾氏本;《百家词》本中,李王词前后凡三见,而顾氏本将三见之李王词一首亦即《子夜啼》(花明月暗笼轻雾)附于二见之八首李王词后。另,孔昭虔《〈尊前集〉序》提出:"若前蜀之庾传素,后蜀之户部郎、诸王侍读刘保义,尚书左丞欧阳彬,以及许岷、林楚翘辈,此无论其遗篇,即姓名亦未见宋元词家著录,顾氏何由得之?"今据宋人之相关记载与今本《尊前集》的对应关系以及出自宋本的黄藏本,则顾梧芳《尊前集》说益不攻自破。

(二) 南唐说与宋初说的成立

诸说中以南唐说与肖鹏先生提出的"《尊前集》的编选和增补是宋真宗与宋仁宗年间的事情"最堪征信,二者实际并不抵牾。《历代旧选词汇函》本《尊前集》前附孔昭虔《〈尊前集〉序》,孔氏首倡南唐说,堪称发前人之所未发。兹先考述其版本,次就孔序进行分析。

《历代旧选词汇函》,十二种,七十二卷,二十二册,清钞本④。框高 17.7 厘米,宽 12.2

---

① 《〈尊前集〉考》,第 71 页。
② 秦惠民:《〈唐宋名贤百家词集〉版本考辨》,《词学》1985 年第 1 期,第 149—150 页;邓子勉:《宋金元词籍文献研究》,上海古籍出版社 2008 年版,第 218 页;刘少坤:《天津图书馆藏〈百家词〉性质考实》,《文献》2015 年第 3 期,第 132 页。
③ 《尊前集·说明》,见《唐宋人选唐宋词(上)》,第 103 页。
④ 浙江图书馆古籍部编:《浙江图书馆古籍善本书目》,浙江教育出版社 2002 年版,第 622—623 页。

厘米。其中《尊前集》二卷,半叶九行,行二十字,白口,左右双边,双黑鱼尾。版式从《词苑英华》本而来,唯版心题字略有出入,此本上鱼尾上方处题书名,上鱼尾下方处书卷次,下鱼尾上方处记叶码。卷前为四半叶《尊前集》序。首叶钤"吴兴刘氏嘉业堂藏书记""浙江省立图书馆藏书印"朱文长方印;上、下卷首叶次行并题"宋失名编辑";《目录》分见各卷之前。下卷末移录朱彝尊《书〈尊前集〉后》(无"书尊前集后"五字),文字与载于《曝书亭集》者无别,落款"秀水朱彝尊"。此本字迹工整,差讹较少;序言、卷中及跋语之字迹各不相同。旧藏刘承干嘉业堂,今藏浙江图书馆。嘉业堂系近代藏书家刘承干所建,中华人民共和国成立初期捐献国家,由浙江图书馆接管①。

《〈尊前集〉序》题"阙里孔昭虔撰"。孔昭虔(1770—1849),字符敬,号荃溪,曲阜人。孔广森子。嘉庆六年(1801)进士②。此本将二见于原文中的"颙"字更改,盖避嘉庆帝颙琰名讳③。又,据李清志先生《古书版本鉴定研究》,"'宁'字之避改,道光帝之诏令是改写成'寍'字;自咸丰四年后,又谕令改为'甯'字。就调查清版得知,道光时作'寍'字者较多……自咸丰以后大多改作'甯'字"④。此本中,尹鹗《秋夜月》(三秋佳节)"语丁宁"之"宁"字作"寍",惜"寍"字只此一见,且正如李清志先生指出:"将'宁'字俗写成'寍'字,自东汉王羲之即已有此种写法,未必即避道光讳,须就其他讳字以判之。"⑤据此虽不足以定此本之年代,但若结合孔昭虔之生年,则此本当钞于嘉庆(1796—1820)或道光(1821—1850)年间。

以此本与《词苑英华》本相校,异文不多,且多系挖改造成,如庄宗《歌头》,"惜惜此光阴"之"惜惜"剜作"暗惜","且且须呼宾友"之"且且"剜作"旦旦";李白《清平乐》(禁庭春昼),"折旋笑得君王"之"笑"字剜作"消";和凝《麦秀两岐》,"脸边红"之"边"字剜作"莲","娇娆不奈人拳局"之"奈"字剜作"禁"等。知此本盖以《词苑英华》本为底本,钞写完毕后又参以他本。

孔昭虔《〈尊前集〉序》全文如下:

　　《尊前集》撰自宋雍熙间,失其名氏。明万历十年,顾梧芳序而刻之,隐跃其辞,似出己手,故汲古毛氏竟以为顾氏书矣。迨我朝朱竹垞检讨得见前明吴文定公手写本,与顾本正同。文定科目在成化壬辰,计前万历壬午,百有十年,安所得顾氏之书而写

①　韦乐平:《刘承干与嘉业堂藏书楼捐献考略》,《浙江档案》2016年第8期,第52—54页。
②　王绍曾、沙嘉孙著:《山东藏书家史略》,齐鲁书社2017年版,第210页。
③　孙光宪《生查子》(密雨阻佳期),"尽日颙然坐"之"颙"字作"萧";尹鹗《菩萨蛮》(锦茵闲衬丁香枕),"颙坐遍红炉"之"颙"字作"凝"。
④　李清志著:《古书版本鉴定研究》,文史哲出版社1986年版,第219页。
⑤　《古书版本鉴定研究》,第219页。

之？始知此本即宋人原书也。今就本书细为寻绎，益知断非出于明人。有唐诸钜公篇什及南唐君臣乐府，传播古今，无难抄撮。若前蜀之庾传素，后蜀之户部郎、诸王侍读刘保义，尚书左丞欧阳彬，以及许岷、林楚翘辈，此无论其遗篇，即姓名亦未见宋元词家著录，顾氏何由得之？且欧阳兼书其官，非本书体例，意似别于南唐之同名而异官者；刘则并遗其名，且不著本官，而转以所兼领称。若非同时异域，闻见未审，不应疏略若此。《花间》十八人，此缺其五，二牛、顾、鹿诸君小词俱脍炙人口，何以在所摈弃？而所载十三人之词出于《花间》之外者，初不必胜此五家，何以转得入选？且又采自何处？岂非同时异域，有得见、不得见之故耶？即依顾序所云专录小令，两宋亦不少名篇，何以止收太祖朝徐昌图一阕？而李亚子慢词采入，又何称焉？卷首唐诸帝不系何朝，已非后人追述前代之体。后主书为"李王"，与《花庵》《草堂》及元明人各选称号独异，且既殿诸帝之末，而又与冯延巳均前后两见，似是随时续入，意其人必南唐遗老入宋者。后主殁于太平兴国三年，下距雍熙改元才五载，其时尚无"后主"之称，而以国姓冠宋封王号，于故君亦可无嫌也。凡此数端，确为非异代撰述之明征，然则此书必成于宋初太宗雍熙之年为无疑矣。

南唐故有《兰畹》一集，惜已亡佚，幸此书得与孟蜀《花间》并存，犹是唐人遗响，实倚声家所当宝贵。明人每自撰一书，伪托古人，而真古书转不确著所自来，即如《草堂》，尽人知为宋本，沈刻竟归之顾从敬，与所载诸序自相矛盾，亦可异也。然文定写本，今未之见，此本非顾氏序刻，或竟不传，则顾氏亦诚《尊前集》之功臣哉！

孔序收入《嘉业堂藏书志》卷四，"于故君亦可无嫌也"句，《嘉业堂藏书志》作"于故君亦无嫌也"，此外全同。孔序可一分为二，第一段要在结合编者与西蜀词人的"同时异域"关系及李王、冯延巳词的"随时续入"论证编者之为"南唐遗老入宋者"。"同时异域"与"随时续入"并为孔氏之创见。

关于"同时异域"，孔氏首先举"欧阳彬左丞"与"刘侍读"为证。《尊前集》中可见官职者别无第三家，官职之称确若孔氏所言"非本书体例"，其认为"欧阳彬左丞"之称"意似别于南唐之同名而异官者"。吴任臣《十国春秋》卷二九《南唐十四·列传》载·"欧阳彬字可封，吉州人。仕元宗父子，为武昌令、吉州军事衙推官，至检校右散骑常侍，兼御史大夫……年九十有四。"[1]又，周必大《闲居录》载："彬在南唐为武昌宰，即文忠公曾祖也。"[2]

---

① 吴任臣撰，徐敏霞、周莹点校：《十国春秋》第1册卷二九《南唐十四·列传》，中华书局1983年版，第424—425页。

② 周必大：《闲居录》，见顾宏义、李文整理标校：《宋代日记丛编（三）》，上海书店出版社2013年版，第919页。

知此欧阳彬为江西人，仕南唐，为欧阳修之曾祖。西蜀"尚书左丞相"欧阳彬之事迹则见载于《五代史补》与《十国春秋》①。是编者可能身处南唐或西蜀，否则不易通晓两地之同名人士，亦无须指实其人之官职以示区分；而相对于西蜀人士，编者更有可能为与欧阳彬左丞"同时异域"之南唐人士，若编者身处蜀地，则欧阳彬自当指向本地其人，"左丞"二字不必出也。

刘侍读者，清李调元《全五代诗》卷五九、陶樑辑《词综补遗》卷一、孔昭虔《〈尊前集〉序》以为即后蜀之刘保义。《全五代诗》并注云："《九国志》作刘保义。又云转给事中，人以其课诸王，端方不挠，称为刘侍读。"②《尊前集》中位于刘侍读前后的词人分别为庾传素、欧阳彬左丞和许岷。据《十国春秋》，庾传素仕前蜀与后唐③，欧阳彬左丞仕前、后蜀④，二人皆可确指与蜀地相关；许岷者，《全五代诗》列入后蜀；加之刘侍读，此四人或构成一个蜀地词人序列。保义，或作保乂，其人事迹见载于北宋张唐英《蜀梼杌》、北宋孙逢吉《职官分纪》、清吴任臣《十国春秋》⑤。孔昭虔认为"侍读"之称是由于"同时异域，闻见未审"。又，孔氏由《尊前集》但录十三位花间词人（温庭筠、皇甫松、韦庄、张泌、毛文锡、欧阳炯、和凝、孙光宪、魏承班、阎选、尹鹗、李珣、薛昭蕴），而此十三家之词未必胜于未见载之五家词（牛峤、牛希济、顾敻、鹿虔扆、毛熙震），提出对其人其词入选原因及来源的质疑，最终归结于"同时异域，有得见、不得见之故"。"同时"者，说明编者曾生活于五代；刘保义仕后蜀，据陈尚君先生《"花间"词人事辑》，《尊前集》未录之五位花间词人亦皆与蜀地相关，然则"异域"者，说明编者未入西蜀。下文曰"卷首唐诸帝不系何朝，已非后人追述前代之体"，见于卷首的四位帝王依次称"明皇""昭宗""庄宗"及"李王"，孔氏由其"不系何朝"，提出"非后人追述前代之体"，换言之即"非异代撰述"，遂进一步证明"同时"之说。

孔氏紧接着由冯、李词的"前后两见"，指出"随时续入"之现象。由其作序的《历代旧选词汇函》本《尊前集》出自《词苑英华》本，其中李王词确"前后两见"，而《子夜啼》（花明月暗笼轻雾）注"一本别见"，所谓"一本别见"指在一卷本中，李王词前后凡三见——原选卷首一见，录五首词，复于续集中冯延巳前、后二见，分别录八首词和一首词（即《子夜啼》），

---

① 陶岳撰，黄宝华整理：《五代史补》，见上海师范大学古籍整理研究所编：《全宋笔记》第八编八，大象出版社2017年版，第107—108页；《十国春秋》第2册卷五三《后蜀六·列传》，第779—780页。

② 李调元编：《全五代诗（附补遗）》卷五九，见《丛书集成初编》，中华书局1985年版，第890页。

③ 《十国春秋》第2册卷四一《前蜀七·列传》，第608页。

④ 《十国春秋》第2册卷五三《后蜀六·列传》，第779页。

⑤ 张唐英撰，王文才、王炎校笺：《〈蜀梼杌〉校笺》卷四，巴蜀书社1999年版，第357页；孙逢吉：《职官分纪》卷三二，中华书局1988年版，第609页下；《十国春秋》第2册卷五三《后蜀六·列传》，第784页。

如是则愈见出"随时续入"之现象。续集之九家词中,以李王词(九首)和冯延巳词(七首)为最多;徐昌图词(三首)位居第三,吴梅先生曰:"徐籍莆田,是为南唐人无疑也。"①是"随时续入"偏重南唐词人词作,故孔氏由此断言编者为"南唐遗老入宋者"。与此同时,孔氏以编者之将"故君"称作"李王"为相宜,是为旁证②。结合上文"欧阳兼书其官,非本书体例,意似别于南唐之同名而异官者",则此说益信而有征。今人曾昭岷先生之言更可证成孔氏之见:

> 《尊前集》,宋人多称"唐本"……又《历代诗余》卷一百一十二引《古今词话》有"合之吕鹏《尊前集》不下二十首"之说;黄昇《唐宋诸贤绝妙词选》卷一录李白清平乐令二首,注云:"按唐吕鹏《遏云集》载应制词四首。"则《尊前集》为唐吕鹏所辑矣。《遏云集》之名仅此一见,别无著录,实可疑也。花庵所云李白清平乐令应制词皆在《尊前集》中,所云《遏云集》抑为花庵所误记耶?今本首列明皇、昭宗、庄宗、李王词,其次为李白以下至李珣词,先君后臣,编次不紊。惟李珣词后又出李王词八首,其下又重出冯延巳词七首,其下又李王词一首,疑此皆后人增入,非原本次序也。其编次不紊中特重南唐。南唐词人成文干、冯延巳皆先于温庭筠及花间词人,列诸五代词人之首。吕鹏殆南唐人耶?③

曾先生指出的"编次不紊中特重南唐"是《尊前集》体例上的一大特点。在肖鹏先生所列第一部分选阵中(表1),帝王依次为唐明皇李隆基、唐昭宗李晔、后唐庄宗李存勖、南唐后主李煜,此四帝王皆可谓与"唐"相关。观卷首李煜《子夜》(人生愁恨何能免)、《虞美人影》(春花秋叶何时了)之内容,知其作于后主被俘入宋之后,上文已得出编者曾生活于五代,则其人或为由"唐"入宋者。第一部分选阵中的文人先列李白至薛能等十一位唐人,次列南唐成文干与冯延巳。第二部分选阵方为花间词人。合第一、二部分而观之,则正如曾昭岷先生所言"南唐词人成文干、冯延巳皆先于温庭筠及花间词人,列诸五代词人之首"。南唐以"唐"为国号,《尊前集》采取的编排方式正合乎南唐以李唐王室后裔自诩的倾向。

---

① 吴梅著:《词学通论》,中华书局 2010 年版,第 60 页。
② 孔氏以"李王"之称作为旁证是恰切的。或以"李王"为"北宋人语"(参见《北山楼词话》卷二,第 136 页;《冯延巳词考辨》,第 135 页),然据夏承焘先生《南唐二主年谱》,显德六年(959),后主二十三岁之时,"自郑王徙吴王"(夏承焘:《南唐二主年谱》,见《唐宋词人年谱》,上海古籍出版社 1979 年版,第 107 页),则其称"李王"更在此之前,故"李王"未必为"北宋人语"。
③ 《冯延巳词考辨》,第 135 页。

第三部分选阵亦即续集中,首列李王与冯延巳,又李王一首,其下为四位西蜀词人①。是亦见其"编次不紊"与"特重南唐"。

以下试就上述前辈学者的观点略做补充。据刘尊明先生《唐五代词作者队伍的定量分析》,南唐共有七位词人,分别为韩熙载、冯延巳、成彦雄、杨花飞、李璟、卢绛、李煜。其中,韩熙载、杨花飞、卢绛三人各存词一首(另有南唐无名氏存词一首),而《尊前集》收录了此三人以外的所有南唐词人,即冯延巳、成彦雄(字文干)、李璟和李煜②。其中,成彦雄之存词即载于《尊前集》的《杨柳枝》十首;李璟存词四首,《尊前集》录二首,即题李王之《浣溪沙》二首。此外,徐昌图由闽入南唐,其存词亦为见于《尊前集》的三首。这意味着《尊前集》对于保存南唐词起到了重要作用。又,历来论唐五代词者必及西蜀与南唐,两地词风之盛不难获知,若吴梅先生即曰:"五季时词以西蜀、南唐为最盛。"③刘尊明先生曾据曾昭岷等编《全唐五代词·正编》统计得出结论,其一南唐在五代时期的词人数量仅次于西蜀;其二,"就时间分布与创作活动来看,大致可分前、后两个时期,前期主要是前蜀(907—925)一枝独秀,词人云集……后期则是后蜀(934—965)与南唐(937—975)同时并进,相互辉映"④。由此可知五代"后期",南唐是除了后蜀以外歌乐最兴盛、最有条件产生词集的地域。孔昭虔已揭出《尊前集》之编者与蜀地词人"同时异域",然则南唐极有可能为其人所处之地域,至于其人是否如曾昭岷先生所推断之为吕鹏,以及《尊前集》与《遏云集》的关系由于记载绝少,故不易论定。

综上,若编者为"南唐遗老入宋者",其人至多生活至宋仁宗朝中期左右,这一节点即《尊前集》编撰时代的下限。

四、原选与续集之时间差及《尊前集》
编撰时代之上限

"欧阳彬左丞"之称"意似别于南唐之同名而异官者"是孔昭虔南唐说的例证之一,其人见于续集。又,曾昭岷先生指出的"编次不紊中特重南唐"为原选与续集体例上的共同特性——原选中"南唐词人成文干、冯延巳皆先于温庭筠及花间词人,列诸五代词人之首"(曾昭岷先生语);续集中亦先列李王与冯延巳。另,白居易、成文干《杨柳枝》,阁选《谒金

---

① 徐昌图之次于最末或由于其人之时代较晚,且为闽人。
② 题李王《浣溪沙》二首为中主李璟词。
③ 《词学通论》,第 61 页。
④ 刘尊明:《唐五代词作者队伍的定量分析》,《兰州大学学报(社会科学版)》2011 年第 3 期,第 44 页。

门》,欧阳彬左丞《生查子》各次于他人之同调词后,其调名于黄藏本中径作"同前"。《杨柳枝》《谒金门》在原选中,《生查子》在续集中,是亦见原选与续集体例之一贯性。综上可推断原选与续集在时间上接近。

宋太宗(939—997)名讳炅,初名匡义,改名光义。开宝九年(976)十月继位,是年十二月改元太平兴国,二年更名炅①。陈垣先生《史讳举例》举出的相关讳例为:"义改为毅,义兴县改宜兴,富义监改富顺,杨美本名光美,祁廷训本名廷义。"②诸例皆载于元脱脱等撰《宋史》。据此可推测刘保义(义)之称"刘侍读"或因避宋太宗旧名,如是则《尊前集》之成书不能早于太平兴国元年(976)。

又,见于卷首的四位帝王依次称"明皇""昭宗""庄宗"及"李王"——唐昭宗李晔、后唐庄宗李存勖皆以庙号称,唯唐玄宗李隆基称其谥号"明皇"而非庙号"玄宗",此或避宋圣祖玄朗名讳。据《续资治通鉴长编》卷七九,真宗大中祥符五年闰十月壬申日(1012 年 11 月24 日)"诏:'圣祖名,上曰玄、下曰朗,不得斥犯。'"③由此可推断《尊前集》问世于大中祥符五年(1012)之后,此即其编撰时代的上限。

综上,宋真宗大中祥符五年(1012)至宋仁宗康定(1040—1041)的三十年间即为《尊前集》编撰的时间段。最后需要特别提出的是,《全宋词审稿笔记》附录收有由王仲闻先生之孙王亮执笔的《王仲闻先生生平著述简表》,其中记载 1957 年即先生五十六岁这一年,"四月三日,《读唐宋词论丛》《论〈尊前集〉之选辑时代》二文寄达夏承焘,定《尊前集》当编于北宋,不能早于仁宗,晚于神宗。夏次日日记谓'此君治学细心踏实,自愧不如'"。④ 检《夏承焘年谱》,同年四月三日,"接王仲闻函及文章两篇,一为《读唐宋词论丛》,一为《论〈尊前集〉之选辑时代》"⑤。次日,"细读王仲闻《论〈尊前集〉之选辑时代》。认为'此君治学细心踏实,自愧不如'"⑥。王先生之遗稿多于二十世纪六七十年代散佚,此文或亦未能幸免。今存先生关于《尊前集》之选辑时代的看法,仅有《〈南唐二主词〉校订》中的寥寥数语,先生云:"《尊前集》辑于北宋何时尚未经前人考定。惟《尊前集》误收李冠词以为后主作,其编辑时代当不能早于仁宗时。又元丰中崔公度跋《阳春集》已引《花间》《尊前》(见《欧阳文忠

---

① 《古书版本鉴定研究》,第 168 页。

② 陈垣著:《史讳举例》卷八,中华书局 2016 年版,第 211 页。

③ 李焘撰,上海师范大学古籍整理研究所、华东师范大学古籍整理研究所点校:《续资治通鉴长编》第三册卷七九,中华书局 2004 年版,第 1801 页。

④ 王亮:《王仲闻先生生平著述简表》,见王仲闻撰,唐圭璋批注:《全宋词审稿笔记·附录》,中华书局 2009 年版,第 630 页。

⑤ 李剑亮:《夏承焘年谱》,光明日报出版社 2012 年版,第 181 页。

⑥ 《夏承焘年谱》,第 181 页。

公近体乐府》罗泌跋及《直斋书录解题》），是其选辑时代，亦不能晚于元丰。"①所谓"《尊前集》误收李冠词以为后主作"指《蝶恋花》（遥夜亭皋闲信步），《南唐二主词》注："见《尊前集》。《本事曲》以为山东李冠作。"《唐宋诸贤绝妙词选》卷六、《类编草堂诗余》卷二、《词的》卷三、《古今词统》卷九、《词综》卷八载此词并作李冠。《后山诗话》《词品》卷二、《渚山堂词话》卷二亦以之为李冠作②。据《宋史·石延年传》及后附《刘潜传》，李冠与刘潜"同时"，而刘潜与石延年为友③。石延年生于宋太宗淳化五年（994），卒于庆历元年（1041），主要活动于真宗、仁宗朝④。刘潜卒年据钱建状考证，在景祐四年（1037）⑤。是李冠应亦为真宗、仁宗时人。即使《蝶恋花》词确出自李冠，本文得出的《尊前集》辑于宋真宗大中祥符五年（1012）至宋仁宗康定（1040—1041）年间亦符合其人之生年。

五、余论：《花间》《尊前》与《金奁》之关系

正如肖鹏先生指出，《金奁集》"没有独立的选源"⑥。其中词作除卷末《渔父》十五首外，全从《花间集》而来，同一作者名下同调诸词的排序除韦庄《归国遥》外，亦全同《花间集》。吴昌绶谓其"盖宋人杂取《花间集》中温韦诸家词，各分宫调，以供歌唱"⑦，所谓"各分宫调，以供歌唱"甚是，所谓"杂取"似未允。《金奁集》主要收录《花间集》中温庭筠、韦庄与欧阳炯三人的词作。其录飞卿词六十二首，而《花间集》中飞卿词为六十六首，貌似缺遗之四首为《菩萨蛮》其十一至十四，其实不然，《金奁集》于《菩萨蛮》注"五首已见《尊前集》"，此五首中之其二至其五即《花间集》卷一温飞卿《菩萨蛮》其十一至十四，因此可以说《花间集》中之飞卿词皆为《金奁集》所收。《花间集》卷二、卷三韦庄词四十八首亦悉入《金奁集》。此外，《花间集》卷五有欧阳炯词四首，卷六又十三首，唯卷五《三字令》一首未见《金奁集》，取而代之的是卷四的张泌《浣溪沙》一首。加上卷末题张志和《渔父》十五首，即为《金奁集》的所有一百四十七首词作。

吴昌绶《〈金奁集〉跋》有言："其意欲为《尊前》之续，故《菩萨蛮》注云：'五首已见《尊前集》。'《尊前》就词以注调，《金奁》依调以类词，义例正相比附。"⑧如上文所述，《尊前集》所

① 《〈南唐二主词〉校订》，第 26 页。
② 《〈南唐二主词〉校订》，第 32 页。
③ 脱脱等撰：《宋史》卷四四二，中华书局 1977 年版，第 13071 页。
④ 陈志平：《石延年年谱》，见陈志平：《北宋书家丛考》，上海书画出版社 2014 年版，第 31—61 页。
⑤ 钱建状著：《宋代文学的历史文化考察》，福建教育出版社 2012 年版，第 153—156 页。
⑥ 《群体的选择——唐宋人词选与词人群通论》，第 190 页。
⑦⑧　吴昌绶：《〈金奁集〉跋》，见《景刊宋金元明本词（上）·叙录》，第 10 页下。

录五首飞卿《菩萨蛮》与《金奁集》不相重复,二者相加正合《金奁集》之注"二十首"。又,《尊前集》收录张志和《渔父》五首,《金奁集》卷末收录题张志和《渔父》十五首,其实为张志和《渔父》和词。曹元忠《钞本〈金奁集〉跋》云:"疑此集所载,当是同时诸贤倡和,或南卓、柳宗元所赋者,本题'《渔父》十五首和张志和',传钞本以为衍'和'字而去之,不然,此集于韦庄、张泌、欧阳炯之词犹且以为飞卿,岂有《渔父》词明知非张志和所作,而强题其名之理哉。"①后人多从其说。是从《菩萨蛮》之附注及张志和《渔父》和词与《尊前集》之间的照应,知《金奁集》之编者必目及《尊前集》。

《尊前集》之续集中,李王《更漏子》(柳絮长)注曰:"《金奁集》作(温)飞卿。"由此则《尊前集》应续成于《金奁集》之后。《尊前集》之内容则若肖鹏先生所言,既"续花间补人",又"续花间补词",中与《花间集》互见者仅十一首,即题李王《更漏子》(金雀钗),《花间集》作温庭筠词;题李白《菩萨蛮》(游人尽道江南好),《花间集》作韦庄词;温飞卿《菩萨蛮》其二至其五;题欧阳炯《春光好》(蘋叶嫩),《花间集》作和凝词;李珣《西溪子》(金缕翠钿浮动);题李王《更漏子》(柳絮长),题冯延巳《更漏子》(玉炉烟),《花间集》并作温庭筠词;薛昭蕴《谒金门》(春满院)。

综上,《尊前集》与《金奁集》谅为同时前后编辑。《尊前集》系就《花间集》补人补词;《金奁集》于内容上既依附《花间集》,又参照《尊前集》。体例上,《金奁集》"依调以类词",《花间集》《尊前集》则"以人而系词"②,后者并散注宫调,是三者于体例上互补。

结　语

《唐宋名贤百家词》本、梅鼎祚藏明钞本与黄丕烈藏明钞本《尊前集》之"尊"字悉作"樽",是为今本出自旧本之重要依据;宋人记述与今本《尊前集》几乎无有不合;黄藏本中并保留有宋讳字,由此可知今本亦即旧本,明代说自无从成立。黄藏本中李珣词末首《西溪子》(金缕翠钿浮动)结尾之后一行有"续集"二字,是二见之李王至徐昌图等九家二十六首词续补。原选与续集皆收有李王亡国入宋后所作之词,则唐五代说亦不足信。

清人孔昭虔《〈尊前集〉序》首倡南唐说。孔氏主要由编者与西蜀词人的"同时异域"关系及李王、冯延巳词的"随时续入"推断编者之为"南唐遗老入宋者"。今人曾昭岷先生揭出的"编次不紊中特重南唐"可进一步证明其说——原选先列帝王,其次为唐人与南唐人

①　曹元忠:《钞本〈金奁集〉跋》,见朱孝臧辑校编撰:《彊村丛书》,上海古籍出版社1989年版,第370—371页。
②　《金奁集·说明》,见《唐宋人选唐宋词(上)》,第157页。

（成文干、冯延巳），再次为花间词人；续集先列李王、冯延巳，其次为西蜀词人。由原选与续集这一体例上的共同特性，可知二者时代相近。

南唐遗老之生年当不逾宋仁宗朝中期，是宋仁宗康定（1040—1041）为《尊前集》编撰时代的下限。卷首明皇非若昭宗、庄宗之称庙号，或因避宋圣祖玄朗名讳，故其编撰时代不早于诏讳圣祖名的宋真宗大中祥符五年（1012）。

（作者简介：周海燕，中国社会科学院大学文学院博士研究生。马里扬，上海师范大学人文学院教授，著有《词史考微》《内美的镶边：宋词的文本形态与历史考证》。）

黄公度词集文献考述*

邓子勉

摘　要：黄公度词集宋代就已经刊行于世，有单行本，也有诗文别集本。前者宋以后不存，后者宋刊本清代仍存，另有影宋本。此就黄氏词集在宋以后的传抄、刊印、庋藏等情况，依别集本、单行本，略为排比考论，以见传承演化。

关键词：黄公度　词集　传抄　刊印　庋藏

黄公度（1109—1156），字师宪，号知稼翁，莆田（今属福建）人。宋高宗绍兴八年（1138）进士第一，签书平海军节度判官，除秘书省正字。后被秦桧诬陷，罢职，主管台州崇道观。桧死复起，仕至尚书考功员外郎兼金部员外郎。著有《知稼翁集》《知稼翁词》等。

黄公度词集宋时已刊行于世，陈振孙《直斋书录解题》卷二十一著录有《知稼翁集》一卷，提要云："考功郎官莆田黄公度师宪撰。绍兴戊午大魁，坐与赵忠简往来，得罪秦桧，流落岭表。更化，召对为郎，未几死，年财四十八。"①此为宋长沙坊刻《百家词》本，元马端临《文献通考》卷二百四十六据以著录。

宋曾丰《缘督集》卷十七《知稼翁词序》云：

> 淳熙戊申，故考功郎黄公公度之子沃通守临川，明年，临川人士得考功乐章，其题为《知稼翁词》，请锓之木。通守重于诺，于余乎质焉。余谓乐始有声，次有音，最后有调。商《那》、周《清庙》等颂，汉《郊祀》等歌是也。夫颂类，选有道德者为之，发乎情性，归乎礼义，故商、周之乐感人深。歌则杂出于无赖不羁之士，率情性而发耳。礼义之归与否耶，不计也，故汉之乐感人浅。本朝太平二百年，乐章名家纷如也。文忠苏

---

* 本文系国家社科基金年度项目"词籍文献通考"（14BZW083）阶段性成果。

① 陈振孙：《直斋书录解题》，见许逸民、常振国编：《中国历代书目丛刊》（第一辑）本，现代出版社1987年影印，第1479页。

公文章妙天下,长短句特绪余耳,犹有与道德合者。"缺月疏桐"一章,触兴于"惊鸿",发乎情性也,收思于"洲冷",归乎礼义也。黄太史相多,大以为非口食烟火人语。余恐不食烟火之人口所出仅尘外语,于礼义遐计欤!考功所立不在文字,余于乐章窥之,文字之中所立寓焉,泉幕之解,非所欲去,而寓意于"邻鸡不管离情"之句;秘馆之除,非所欲就,而寓意于"残春已负归约"之句。凡感发而输写,大抵清而不激,和而不流,要其情性则适,揆之礼义而安,非欲为词也。道德之美,腴于根而盎于华,不能不为词也。天于其年,苟夺之晚,俾更涵养,充而大之,窃意可与文忠相后先。顾余非识者,人未必以为然,尝试志卷端以归通守。通守于家为贤子,于时为才士。夫有志扬其先而不惮镂之木,则传者日益广,当有大识者出,为考功重其价焉。十二月五日,奉议郎、新知静江府义宁县、主管劝农公事、赐绯鱼袋曾丰序。①

淳熙戊申为宋孝宗淳熙十五年(1188),公度之子沃通守临川时辑录此书,刻于淳熙十六年(1189)。据序,黄氏词思想内容是符合"发乎情,止乎礼"要求的。依《全宋词》,黄氏今存词不到二十首,无艳情之作。

《直斋书录解题》著录的宋刊词集情况不明,除此外,黄氏还有宋刊诗文别集,附载有词。洪迈《知稼翁集原序》云:

高宗一马化龙,讫于巽位,自丁未至壬午,三十六年间,策进士数千计,擢居大龙甲者十有一人。科名巍峨,副以属望,视富贵岐辙若长风挂席,一息万里。于是文靖梁公至宰相,景明陈公冠枢极。位尚书者三:汪圣锡、刘文孺、王宣子也。它侍从者五:李顺之、张子韶、赵庄叔、张安国、王龟龄也。惟莆田黄公师宪名声最卓卓,而财至尚书郎,寿不满半百,梦幻覆手,天歼此良,大车云徂,出门折轴,人到于今伤之。爰初登第,以行卷忤秦相,君旋为赵忠简公礼接,益衔之弗令。坎壈摧摭,无复有为天下惜人材之意。一旦遇主,则死及之。呜呼!公既以词赋压英躔,故于诗尤精。大氐铿锵蹈厉,发越沉郁,精深而不浮于巧,平澹而不近俗,与强名作诗者直相千万。风樯阵马,不足呈其勇;犀渠鹤膝,不足侔其珍。《悲秋》之句曰:"迢迢别浦帆双去,漠漠平芜天四垂。雨意欲晴山鸟乐,寒声初到井梧知。"吾不知谪仙、少陵以还,大历十才子尚能窥其藩否?公既没,其嗣子邵州君沃收拾手泽,汇次为十有一卷,诗居大半焉,它文悉从肺府,源深流长。迨乐府词章,宛转清丽,读者咀嚼于齿颊间而不能已。惟其不

① 曾丰:《缘督集》,见《景印文渊阁四库全书》第1156册,台湾商务印书馆1986年版,第198页。

沽于用,身不到銮坡凤阁中,铺扬太平之闳休,其所表暴,如是而已。魏国陈丞相既序其首,而邵州又欲予赘语于后。忆四十年前与公从容于番禺药洲之上,予作《素馨赋》,公盖戏而反之,异于不相知闻者,兹不宜辞。若平生事业,则有参知政事龚公、吏部尚书林公之铭在。庆元二年十月庚申,焕章阁学士、宣奉大夫、提举隆兴府玉隆万寿宫、魏郡公、鄱阳洪迈序。①

序作于宁宗庆元二年(1196),知为诗文别集,凡十一卷,附有词。又陈俊卿庆元四年(1198)序云:"乾道五年冬,顺昌令黄君沃书抵中都,来告曰:先君考功力学半世,虽得一第,而仕不克显。平生所为文仅十一通,愿得序引以冠其首。"②知诗文集或编成于孝宗乾道五年(1169)。《知稼翁集》卷末黄沃识语云:

> 公既南归,适秦益公薨,于是大魁张九成、刘章、王佐、赵逵等以次除召。公在一辈中最久,最滞,故首被命登对便殿,言中时病,上喜,劳问再三,面除尚书考功员外郎。朝论美其亲擢,知眷奖之渥,继见朝夕。亡何,公得疾,卒于位,享年四十八。吁吁痛哉!在时号知稼翁,因以名集,凡十一卷,先已命工锓木。而此词近方搜拾,未得其半,姑录而藏之,以传后裔,谨毋逸坠云。淳熙十六年重五日,男朝散郎、权通判抚州兼管内劝农营田事、赐绯鱼袋沃谨择手识于卷末。③
>
> 庆元乙卯假守邵阳,逾年,谨刊《知稼翁集》于郡斋,并以词一卷系其后。④

知孝宗淳熙十六年(1189)刊刻《知稼翁集》凡十一卷,不载词。宁宗庆元元年(1195)刊刻时,凡十二卷,其中附有词一卷。

宋刊本清代仍存,清朱绪曾《开有益斋读书志》卷五著录有《知稼翁集》,提要云:

> 《知稼翁集》十一卷、词一卷,宋尚书考功员外郎莆阳黄公度师宪撰,录入《四库》者仅二卷,此为其子知邵州沃汇次,其孙惠安县主簿处权校勘,宋庆元二年刊本。文集首有陈俊卿、洪迈二序,词有曾丰序。曾丰《缘督集》,余得宋刊四十卷本,此序目次在第十八卷中。⑤

---

①②③ 黄公度:《知稼翁集》,见《景印文渊阁四库全书》第 1139 册,第 542—543、610 页。

④ 黄公度:《莆阳知稼翁文集》,民国南城李氏宜秋馆刊《宋人集》本。

⑤ 朱绪曾:《开有益斋读书志》,清光绪六年(1880)金陵翁氏茹古阁校刊本。

知为宋庆元刊本,民国时李之鼎据影宋抄本,刻入《宋人集乙编》中,为《莆阳知稼翁文集》十一卷附录一卷校记一卷,李之鼎跋云:

> 向年避地沪渎,徐积余君以余编刊宋集,出此本及《龙学文集》、《陈简斋外集》三种禅移录付刊,以广流布。此集原分十二卷,卷七以前为诗,八卷至十一卷为文,末卷为词,后有附录,乃景宋钞本也。每叶二十行,行十八字,卷末间有其孙处权衔名校勘一行,实为宋刊原式,与库本稍有不同。盖库本乃据明天启裔孙崇翰所刊著录,并为二卷,诗文次序虽无大异,惟中有全句及数十字彼此互异者。盖宋时已有二刻本,一刊于家塾,一刊于邵阳,见师宪子沃跋中。处权所刊,殆家塾之本欤。鼎别有丁氏所藏传钞库本,以之相校,尚不惬心,因丁氏本讹误太多也。戊午冬,邮寄京师,乞周子干用文津阁库本复校。乙未秋,亲携写定本至京,再以库本重校,始臻完善。至题字上下不同、诗文互异之处,不复更易,以存宋本之旧。有宋本实误者,从库本间易数字,别作校记附后,各还两本之面目。黄师宪硕学巍科,以言事切直斥窜岭表。交赵鼎,忤秦桧,其气节有足多者,文章尔雅,尚其余事。洎秦桧既死,高宗召还,方当柄用,年仅四十有八,遽以病卒,读是集不禁为之三叹息焉。己未冬月,南城李之鼎跋。[①]

跋作于民国八年(1919),是以影宋抄本为底本,校以丁氏传抄《四库全书》本和文津阁《四库全书》本,其中附录一卷为词,存十五首。

又有《四库全书》本《知稼翁集》二卷,提要云:

> 宋黄公度撰,公度字师宪,莆田人。绍兴八年进士第一,历官考功员外郎。《书录解题》载公度集十一卷,卷端洪迈序称公度既没,其嗣子知邵州沃收拾手泽,汇次为十有一卷,卷末载有沃跋,亦称故笥所存,涂乙之余,才十一卷,均与陈氏所载合。又《书录解题》词曲部别有公度《知稼翁词》一卷,合之当为十二卷。此本为天启乙丑其裔孙崇翰所刊,称嘉靖丙午得于陕西谒选人,乃前朝秘府之本,尚有御印,然并词集合为一编,仅一百三十四页,分为上下二卷,似不足十二卷之数,岂尚有佚遗欤? 公度早掇巍科,而卒时年仅四十八,仕宦不达,故《宋史》无传。《肇庆府志》称其为秘书省正字时,坐贻书台官言时政,罢为主管台州崇道观。过分水岭,题诗有"谁知不作多时别,依旧

---

① 黄公度:《莆阳知稼翁文集》,民国南城李氏宜秋馆刊《宋人集》本。

相逢沧海中"之句,时赵鼎方谪潮阳,说者谓此诗指鼎而言,遂触秦桧之怒,令通判肇庆府云云,殆亦端悫之士,不附时局,故言者得借赵鼎中之欤? 其诗文皆平易浅显,在南宋之初,未能凌跞诸家,然词气恬静而轩爽,无一切漶泐龌龊之态,是则所养为之矣。公度别有《汉书镌误》,今已佚。此本从他本掇拾二段并佚词一首附之卷末,今亦并录之焉。①

所据为明天启五年(1625)刊本,为两淮盐政采进,后有黄崇翰跋云:

> 《知稼翁集》目载《文献通考》及《八闽通志》,更宋、元之变,无存者。嘉靖辛卯,主政敬甫公刻监簿四如公集,其序慨《知稼集》不可见矣。丙午岁,先司空任翰撰,司徒君辨公任文选,有陕中谒选人持是集赘,册有御印,盖前朝秘府流落人间者。得之,喜从天坠,与先考百叩交庆。乙卯,考以官洗谪倅衡州,刻于衡。壬戌倭变,板复毁,乃就榕城陈环江公索回一部,崇翰等誊较多年,迤俟孙鸣俊自会稽寄俸四金,遂图命梓。窃念吾宗唐宋来著作载郡乘者凡二十五种,今存惟御史公及公、监簿公集耳。语曰:文字可爱,祖宗文字尤可爱,苟后人知爱□传未艾也。役竣,谨告之先灵,尚一慰焉。董役则倅泰儿、胤星,天启乙丑长至不肖世孙崇翰顿首志。②

知有明嘉靖刻本,又嘉靖三十四年(1555)衡州刻本,又天启五年(1625)黄崇翰刻本,诸本当二卷,系明时所为。书后录黄沃诸跋,除前文已引录的二则外,另有一则云:

> 沃尝见昌黎伯叙张中丞传,攻责张、许二家子弟不能通知父志,以至史家不为许远立传,而雷万春事已失首尾。窃为仕宦功名,史家不及知,所托为千百年计者,门生故吏与之撰述耳。门生故吏亡意斯作,为儿亦无所托,则湮没无闻也固宜。先君考功再举攉上管,官不过郎曹,安得门下士? 沃所以求状丐铭为不可缓者,诚有感昌黎之一语也。虽埋石幽壤,陵谷难迁,而石之隐秘初不可睹,孰若以未干之墨寄之纸上,传一为百,传百为千乎? 先君在时号知稼翁,文成辄为人取去,故笥所存,涂乙之余,才十一卷。沃于暇日泣而次之,名之曰《知稼翁集》,已刊于家塾,今复刊于邵阳郡斋,而求序于年家父执者,成先志也。柳柳州以垂绝之时抵书于刘梦得,曰:"我不幸死,以

① 永瑢等:《四库全书总目》,中华书局 1965 年版,第 1363—1364 页。
② 黄公度:《知稼翁集》,见《景印文渊阁四库全书》第 1139 册,第 613 页。

遗稿累故人。"此先君之意,沃所不能言也。使地下闻之,当喜身后无封禅书。庆元二年丙辰蜡月哉生霸,嗣子朝散大夫权知邵州军州,兼管内劝农营田事,兼沿边溪洞都巡检使兼提举义勇民兵借紫沃谨书。①

序作于庆元二年(1196),与前黄沃庆元元年(1195)题识文字所云有相同处,而此跋略有增饰,盖庆元元年(1195)题识云已刊刻,而实际问世当在次年。

库本卷下附有词,存词十五首,所载与影宋本同。库本又据《词律》补《菩萨蛮·闺情》"牡丹带露真珠颗"一首。清朱彝尊《词综》卷十三小传云有《知稼翁集词》一卷,又《御选历代诗余》卷一百四"词人姓氏"云有《知稼翁集词》一卷,子沃编辑行世。所指均为别集附词本。

前文知,宋人提及的黄氏词集单行本,一名《知稼翁集》,一名《知稼翁词》。见于宋以后著录的,明钱溥《秘阁书目》载有《知稼翁集》,未言版本。除此外,其他则均著录为《知稼翁词》,计有刊本、抄本、未言版本者,具体见下。

一、刊本

1. 明末毛氏汲古阁刊《宋名家词》本,其中有《知稼翁词》一卷,前有曾丰序,又毛晋跋云:

> 知稼翁,字师宪,世居莆田。代多闻人,唐御史滔,即其先也。先是,莆中有谶云:"拆却屋,换却椽,望京门外出状元。"绍兴八年,孙守益改创谯门,规模雄伟,甫成,公果以文章魁天下。公年四十有八,宅边有大木可蔽亩,忽仆,又自梦雷电震闪,旗帜殷赫,拥椽而去,金书化字以示。迨属纩之夕,果雷雨大作,人甚异之。其父静,以本州首贡,作南庙省魁,中上舍两优之选,既以公贵,赠中奉大夫。从兄泳,以童子召见,徽宗赐五经及第。季弟庚,以文艺知名,将试礼部,适公捐馆,不忍独留京师,同护丧归殡。子五人:沃、泮、洧、洙,皆力学;南僧,幼,未名。有文集十一卷,子沃编以行世,丐序于莆田陈俊卿、鄱阳洪迈。洪迈评其词云:"宛转清丽,读者咀嚼于齿颊间而不能已。又诵其悲秋之句曰:'迢迢别浦双帆去,漠漠平芜天四垂。雨意欲晴山鸟乐,寒声初到井梧知。'吾不知谪仙、少陵以还,大历十才子尚能窥其藩否?"可谓赞扬之极矣。

---

① 黄公度:《知稼翁集》,见《景印文渊阁四库全书》第1139册,第612—613页。

其居官始末详于龚茂良《行状》、林大鼐《墓志铭》中。近来闽中镂版甚善，末幅有讳崇翰者，纪录详挚。倘历代先贤名集，尽得文孙各为表章如知稼翁者，不大快邪？古虞毛晋识。①

所据或为明闽中刻本，陈俊卿、洪迈二序见于黄氏别集前，所收词实同影宋本。汲古阁本又见于清郑德懋辑《汲古阁校刻书目》之《宋名家词》第六集著录，云凡十六叶②。

2.《景汲古阁抄宋金词七种》本，民国阳湖陶氏据明毛氏抄本景印，其中有《知稼翁词》一卷，所载同汲古阁刊本。

二、抄本

今存抄本丛书数种，收有黄氏词集，计有：

1.《典雅词》本，毛氏汲古阁影宋抄本，原为清陆氏皕宋楼藏书，今藏日本静嘉堂文库，其中有《知稼翁词》一卷。按：清陆心源《皕宋楼藏书志》卷一百十九著录有《知稼翁词》一卷，云汲古影宋本。并移录曾丰序、黄沃跋文。所载即此书，《皕宋楼藏书志》析出著录。

2.《典雅词》本，传抄汲古阁本《典雅词》本，原为清丁氏八千卷楼藏书，今藏南京图书馆，其中有《知稼翁词》一卷。

3.《典雅词》本，传抄汲古阁本《典雅词》本，原为北平图书馆藏书，今存台湾，其中有《知稼翁词》一卷。

4. 明吴讷辑《唐宋名贤百家词》本，明抄本，有梁启超跋。今藏天津图书馆，其中有《知稼翁词集》一卷。前有曾丰序，后有黄沃题识二，所载同影宋本，然多阙讹字。

5.《宋元名家词》本，明紫芝漫抄本，清毛扆校，唐晏跋。今藏北京大学图书馆，其中有《知稼翁词》一卷。

6.《宋元明词》本(存二十一卷)，明抄本。今藏绍兴鲁迅图书馆，其中有《知稼翁词》一卷。

7.《宋金明人九家词》本，清抄本。今藏国家图书馆，其中有《知稼翁词》 卷。

8.《四库全书》本《知稼翁词》一卷，提要云：

① 黄公度：《知稼翁词》，见毛晋辑：《宋六十名家词》，上海古籍出版社1992年版，第580页。
② 郑德懋：《汲古阁校刻书目》，见《丛书集成续编》，上海书店2014年版，第727页。

宋黄公度撰，公度有《知稼翁集》已著录，所作词一卷，已见集中。此则毛晋所刊别行本也，词仅十三调共十四阕。据卷末其子沃跋语，乃收拾未得其半，录而藏之，以传后裔者。每词之下系以本事，并详及同时倡酬诗文。公度之生平本末可以见其大概，较他家词集特为详备。至汪藻《点绛唇》词"乱鸦啼后，归思浓于酒"句，吴曾《能改斋漫录》改窜作"晓鸦啼后，归梦浓于酒"，兼凭虚撰一事实，殊乖本义。沃因其父有和词，辨正其讹，自属确凿可据。乃朱彝尊选《词综》犹信吴曾曲说，改藻原词，且坐《草堂》以擅改之罪，不知《草堂》惟以"归思"作"归兴"，其余实未尝改，彝尊殆偶误记欤？①

据毛氏汲古阁本录入，为安徽巡抚采进。按：汲古本所收实十五首，提要云十四阕，当误。黄氏《点绛唇》"嫩绿娇红"一词序云：

汪藻彦章出守泉南，移知宣城，内不自得，乃赋词云："新月娟娟，夜寒江静山衔斗。起来搔首，梅影横窗瘦。好个霜天，闲却传杯手。君知否，乱鸦啼后，归兴浓如酒。"公时在泉南签幕，依韵作此送之。又有《送汪内翰移镇宣城》长篇，见集中。比有《能改斋漫录》载汪在翰苑屡致言者，尝作《点绛唇》云云，最末句"晓鸦啼后，归梦浓如酒"，或问曰："归梦浓如酒，何以在晓鸦啼后？"汪曰："无奈这一队畜生何？"不惟事失其实，而改窜二字，殊乖本义。②

据吴曾《能改斋漫录》卷十六载：

汪彦章在翰苑，屡致言者，尝作《点绛唇》云："永夜厌厌，画檐低月山衔斗。起来搔首，梅影横窗瘦。好个霜天，闲却传杯手。君知否？晓鸦啼后，归梦浓如酒。"或问曰："归梦浓如酒，何以在晓鸦啼后？"公曰："无奈这一队畜生聒噪何？"③

与黄氏词序引录的汪氏词作文字出入颇多，据黄氏词序所言，汪氏词作的时间地点也是不同的，一云在知宣城时所作，一云在翰林院时作。《钦定续通志》卷一百六十三据文渊阁著录有《知稼翁词》一卷，当与库本同。

---

①　《四库全书总目》，第1818页。
②　黄公度：《知稼翁词》，见《景印文渊阁四库全书》第1488册，第247页。
③　吴曾：《能改斋漫录》，清乾隆武英殿活字印本。

此外见于藏家著录的抄本有：

1. 清钱曾《钱遵王述古堂藏书目录》著录有《知稼翁词》一卷①，又钱氏《也是园藏书目》卷七著录有《知稼翁词》一卷②。按：清韩应陛《读有用书斋藏书志》著录有《知稼翁词》一卷，明抄本。云："卷首有钱遵王墨书二行云：戊午又三月十四日述古主人钱遵王雠对一过，补录阙文二十三字。"③戊午为清康熙十七年(1678)。又见于《云间韩氏藏书目附书影》，云："《知稼翁词》一卷，旧抄本，钱遵王旧藏。"④又见《韩氏藏书目》，云："《知稼翁词》一卷，旧抄本。"又"国立中央"图书馆善本书目(第一次)》著录《烘堂集》一卷，一册。云："明抄本，清韩应陛朱笔题记。"又云："附《审斋词》一卷，宋王千秋撰；《杜寿域词》一卷，宋杜安世撰；《知稼翁词》一卷，宋黄公度撰，清钱曾手校。"⑤又见"国立中央"图书馆善本序跋集录》著录。知是书今藏台北。

2. 清丁丙《善本书室藏书志》卷四十著录有《知稼翁词》一卷，云精抄本。提要云：

> 公度，绍兴八年进士第一，除秘书省正字。秦桧诬以事，罢归。后官至尚书考功员外郎。此本末有淳熙十六年其子沃识云："公享年四十有八，在时号知稼翁，因以名集。凡十二卷，先已锓木，而此词近方搜拾，未得其半，姑录以传后裔。"前有曾丰序。毛晋曾刊入《六十家词》。此则康熙间旧抄也。⑥

知为清初抄本。

3. 清陈徵芝《带经堂书目》卷四下著录有《知稼翁》《蔡友古词》，二卷，云："黄荛圃先生手校本，宋黄公度、蔡伸撰。公度号稼翁，伸号友古，均莆阳人。此二种乃明人旧抄，黄荛圃从钱遵王旧抄本校补。"⑦陈徵芝，字世善，一字兰邻，号韬庵，福建闽侯人。清嘉庆七年(1802)进士，知会稽县，道光初权九江同知。好聚书，藏书处为带经堂、陶舫等。著有《带经堂日记》《韬庵剩稿》等，又有《带经堂书目》。

陈氏藏书后多为清周星诒所得，周氏《传忠堂书目》卷四著录有《知稼翁词》一卷一册，云陆敕先钞校本⑧。又清蒋凤藻《秦汉十印斋藏书目》卷四著录有《知稼轩(当作翁)词》一

① 钱曾：《钱遵王述古堂藏书目录》，见《四库全书存目丛书》史部第 277 册，齐鲁书社 1996 年版，第 720 页。
② 钱曾：《也是园藏书目》，见《丛书集成续编》第 68 册，第 684 页。
③ 韩应陛：《读有用书斋藏书志》，稿本。
④ 《云间韩氏藏书目附书影》，石印本。
⑤ "国立中央"图书馆特藏组编：《"国立中央"图书馆善本书目(第一次)》，稿本。
⑥ 丁丙：《善本书室藏书志》，清光绪二十七年(1901)钱唐丁氏刻本。
⑦ 陈徵芝：《带经堂书目》，民国顺德邓实校刊本。
⑧ 周星诒：《传忠堂书目》，见《丛书集成续编》第 5 册，台北新文丰出版公司 1988 年版，第 408 页。

卷,云陆敕先钞校本①。又见蒋氏《铁华馆家藏书目》著录,有《知稼翁词》《友古居士词》,云一本,陆敕先钞校本②。按:周星诒(1833—1904),字季贶,一字曼嘉,号巳翁,又号窳翁,先世为浙江绍兴人,后徙居河南祥符。清咸丰十年(1860)以同知分发福建候补,同治时补邵武府同知。藏书处有书抄阁、传忠堂。购得陈氏带经堂所藏,所藏益富。编著有《书抄阁行箧书目》(后罗振常改为《周氏传忠堂藏书目》)、《窳横旧藏书目》、《窳横诗质》、《勉熹词》等。蒋凤藻,字香生,一作芗生,长洲(今江苏苏州)人。家世货殖,清光绪八年(1882)纳资为郎,为福宁知府。蒋氏与周氏为同年友,周氏藏书多归其有。藏书处为书抄阁、铁华馆、心矩斋、秦汉十印斋等。编著有《秦汉十印斋藏书目》《铁华馆家藏书目》《铁华馆藏集部善本书目》等。又《双宋书斋善本书目》著录有《知稼轩(当作翁)词》《友古居士词》,云:"合一本,陆敕先校本。"③所载为同一书。

此书后又归李盛铎,李氏《木犀轩收藏旧本书目录》著录有《知稼轩词》一卷、《友古居士词》一卷,云旧抄④。又见《木犀轩收藏旧本书目》著录,有《知稼翁词》一卷,云:"旧抄本,黄莞圃旧藏,一册。"⑤

4. 缪荃孙《目录词小说谱录目》著录有《知稼翁词》一卷,云影写《典雅词》本。⑥

三、未言版本者

1. 明陈第《世善堂藏书目录》卷下著录有《知稼翁词》一卷⑦。

2. 明董其昌《玄赏斋书目》卷七著录有《知稼翁词》⑧。

3. 明毛晋《汲古阁毛氏藏书目录》著录有《知稼翁词》一卷⑨。

4. 清朱彝尊《词综》"发凡"云有《知稼翁词》一卷⑩。

5. 清徐元文《含经堂藏书目》著录有《知稼翁词》一卷⑪。

---

① 蒋凤藻:《秦汉十印斋藏书目》,抄本。
② 蒋凤藻:《铁华馆家藏书目》,抄本。
③ 《双宋书斋善本书目》,抄本。
④ 李盛铎:《木犀轩收藏旧本书目录》,稿本。
⑤ 李盛铎:《木犀轩收藏旧本书目》,见煮雨山房辑:《中国著名藏书家书目汇刊》,商务印书馆 2005 年版。
⑥ 缪荃孙:《目录词小说谱录目》,见《中国著名藏书家书目汇刊》。
⑦ 陈第:《世善堂藏书目录》,见《续修四库全书》第 919 册,上海古籍出版社 2002 年版,第 533 页。
⑧ 董其昌:《玄赏斋书目》,见冯惠民等选编:《明代书目题跋丛刊》,书目文献出版社 1994 年版。
⑨ 毛晋:《汲古阁毛氏藏书目录》,抄本。
⑩ 朱彝尊、汪森:《词综》,中华书局 1975 年版。
⑪ 徐元文:《含经堂藏书目》,铁琴铜剑楼传抄本。

6. 叶德辉《叶氏观古堂藏书目》著录有《知稼翁词》一卷①。

7. 傅增湘《藏园群书经眼录》卷十九著录有《知稼翁词》一卷,云前有曾丰序,后有男沃手记②。

以上著录的均未言版本,所载当以善本居多。据前文知,影宋本诗文别集附词与单行本词集不仅存词数一样,而且先后次第也不爽。黄沃辑录词成卷时,至少是在诗文集成编刊行的五六年之后,其后附于诗文集后,一并重刊,也就是说词集原本是可以独自成行的。

(作者简介:邓子勉,江苏第二师范学院文学院教授。著有《宋金元词籍文献研究》等。)

---

① 叶德辉:《叶氏观古堂藏书目》,见《中国著名藏书家书目汇刊》。
② 傅增湘撰:《藏园群书经眼录》,中华书局1983年版。

宋南渡后岭南词坛的地域书写
及其审美意蕴[*]

宋秋敏

摘　要：宋室南渡以后，随着大量流亡、寓居、贬谪词人的涌入，岭南词坛逐渐繁荣。岭南迥异于中原的人文和自然景观引发词人们极大的兴趣和创作热情，由此，岭南的自然风景、城市风光和风土人情开始较频繁地出现在南渡后的岭南词作中，表现为具有浓郁岭南风味的地域书写倾向。这不但扩大和更新了宋词的意象群，提供给读者不同于以往的审美新感受，也促进了南渡后地域多元化词坛格局的形成。

关键词：南渡　岭南词坛　地域书写　审美意蕴　词坛新格局

宋室南渡以后，随着政治、经济中心南移，文化版图和格局也发生相应变化，这种变化对词人群的地域分布产生重要影响。由于岭南远离中原战火，加之区域经济地位不断提升，大量流亡、贬谪文人涌入，被岭南风情所感染，创作出表现岭南地域风光及风土人情的词作。本文力图从内容、艺术表达、意义等方面对南渡后岭南词坛的地域书写作初步探讨。

一、南渡后岭南词坛的地域书写倾向

南渡以后，北方大量士大夫文人避难或迁居于岭南。一方面，由于岭南天高地远，避地于此比较安全，如庄绰《鸡肋编》云："自中原遭胡虏之祸，民人死于兵革水火疾饥坠压寒暑力役者，盖已不可胜计，而避地二广者，幸获安居。"另一方面，建炎、绍兴初年，北方士民集体南迁，导致两浙等东南富庶之地人口急遽膨胀，物价飞涨："四方流徙者尽集于千里之

＊ 本文系国家社科基金重大项目"全宋词人年谱·行实考"（17ZDA255）阶段性成果。

内,故以十五州之众当今天下之半。计其地不足以居其半,而米粟布帛之直三倍于旧,鸡豚菜菇、樵薪之鬻五倍于旧,田宅之价十倍于旧。"①由此,则"江北士大夫,多避地岭南者"②,这其中不乏如吕本中、曾几、朱敦儒、陈与义等著名文士。他们的到来,壮大了岭南文学的创作队伍,在一定程度上提升了岭南地区的文学创作水平。比如建炎四年(1130)初,吕本中避乱南行,至连州,后又流寓全州、桂州、柳州、贺州等岭南诸地,历数载,绍兴三年(1133)北归。其在岭南创作的诗词不仅描写异地风土人情,还抒发了避难者的颠沛流离之感和家国之痛。又比如靖康元年(1126),金兵攻占汴京,宋室南渡,朱敦儒随大批难民辗转流离逃至岭南,在粤西泷州暂住。其词集《樵歌》之中,有十三首词即作于岭南。由于岭南偏远的地理位置、落后的自然经济环境以及长久以来蛮荒未化的人文历史背景,加之国亡家散的遭遇,其"天涯沦落"的漂泊疏离心态和思乡之情始终挥之不去。如"悲歌醉舞,九人而已,总是天涯倦客。东风吹泪故园春,问我辈、何时去得"③(《鹊桥仙·康州同子权兄弟饮梅花下》),"泷州几番清秋。许多愁。叹我等闲白了、少年头。人间事。如何是。去来休。自是不归归去、有谁留"(《相见欢》),"北客相逢弹泪坐,合恨分愁。无酒可销忧。但说皇州。天家宫阙酒家楼。今夜只应清汴水,呜咽东流"(《浪淘沙》),"伊是浮云侬是梦,休问家乡"(《浪淘沙·康州泊船》),等等,词人通过今昔对比,抒写了亡国之痛和去国离乡的悲苦,这也是南渡初期大部分流寓岭南词人的普遍心态。

同时,岭南迥异于中原的人文和自然景观引发词人们极大的兴趣和创作热情,由此,岭南的自然风景、城市风光和风土人情开始较频繁地出现在南渡后的岭南词作中,表现出具有浓郁岭南风味的地域书写倾向。

首先,词人善于展现岭南优美的自然风景和繁华的都市风光。作为广南东路的治所、全国三大港口之一,广州是南宋时期岭南最繁华的大都市,当时已有著名的羊城八景,即扶胥浴日、海山晓霁、菊湖云影、蒲涧濂泉、大通烟雨、光孝菩提、石门返照、珠江秋色。洪适寓居广州时,为知州方滋僚属,曾作《番禺调笑》,以联章体形式分咏广州的羊仙像、药洲、海山楼、素馨巷、朝汉台、浴日亭、蒲涧濂泉、贪泉、沉香浦、清远峡十处名胜古迹及其神话传说。

如"羊仙":

> 黄木湾头声哄然。碧云深处起非烟。骑羊执穗衣分锦,快睹浮空五列仙。腾空昔日持铜虎。

---

① 叶适著,刘公纯等点校:《叶适集·水心别集》,中华书局 1961 年版,第 655 页。
② 李心传撰:《建炎以来系年要录》卷五六,中华书局 1988 年版,第 986—987 页。
③ 唐圭璋编:《全宋词》,中华书局 1999 年版。本文所选宋词皆用此版本,以下不再一一注明。

嘉瑞能名灼前古。羽人叱石会重来,治行于今最南土。

南土。贤铜虎。黄木湾头腾好语。骑羊执穗神仙五。拭目摩肩争睹。无双治行今犹古。嘉瑞流传乐府。

古代神话传说中有五位仙人乘五色羊、拿六穗降临广州,其由此得名"羊城"。此词为总起,渲染广州的嘉瑞气象,为下面联章组词之歌舞升平氛围定下基调。

如"浴日亭":

扶胥之口控南溟。谁凿山尖筑此亭。俯窥贝阙蛟龙跃,远见扶桑朝日升。蜃楼缥缈擎天际。鹏翼缤翻借风势。蓬莱可望不可亲,安得轻舟凌弱水。

弱水。天无际。相去扶胥知几里。高亭东望阳乌起。杲杲晨光初洗。蓬莱欲往宁无计。一展弥天鹏翅。

今广州黄埔区庙头村,古属扶胥镇。村中南海神庙西侧,有一座十多米的小山丘,古时叫作章丘。宋时这里三面环水,"前临大海,茫然无际",山丘上建有小亭,被称为看海亭。清晨,红霞初升,万顷碧波顿时染上一层金光,一轮红日从海上冉冉升起。此时,日映大海,海空相接,霞光万道,这就是宋代羊城八景之首的"扶胥浴日"。

如"蒲涧":

古涧清泉不歇声。昌蒲多节四时青。安期驾鹤丹霄去,万古相传此化城。依然丹灶留岩穴。桃竹连山仙境别。年年正月扫松关,飞盖倾城赏佳节。

佳节。初春月。飞盖倾城尊俎列。安期驾鹤朝金阙。丹灶分留岩穴。山中花笑秦皇拙。祠殿荒凉虚设。

蒲涧是白云山中的一条山涧,《广州记》云涧中盛产一寸九节的菖蒲。《南越志》称"此菖蒲安期所饵,可以忘老"。蒲涧中有高崖滴水,滴水受山风吹散,化为雨点,自三四十米高崖飘下,飞溅如雾。雨时水大,成为水帘。据载,宋时该处风景如世外桃源一般。

如"沉香浦":

炎区万国侈奇香。稇载归来有巨航。谁人不作芳馨观,巾箧宁无一片藏。饮泉太守回瓜戍。搜索越装舟未去。蕙苡何从起谤言,沉香不惜投深浦。

深浦。停舟处。只恐越装相染污。奇香一见如泥土。投著水中归去。令公早晚回朝著。无物迟留鸣舻。

"沉香浦"在广州市西郊的江滨。相传晋广州刺史吴隐之曾投沉香于其中,因而得名。宋时已成为商贾云集、万舟竞航的港口。避难岭南的朱敦儒也曾作《南歌子·住近沈香浦》。

如"药洲":

传闻南汉学飞仙。炼药名洲雉堞边。炉寒灶毁无踪迹,古木闲花不计年。惟余九曜巉岩石。寸寸沦漪湛天碧。画桥彩舫列歌亭,长与邦人作寒食。

寒食。人如织。藉草临流罗饮席。阳春有脚森双戟。和气欢声洋溢。洲边药灶成陈迹。九曜摩挲奇石。

"药洲"为南汉皇帝炼丹之地,有人工湖曰"西湖",湖中建洲,洲中奇石林立、花香馥郁,沿湖桥、亭、楼、馆、榭连绵不绝,是风景绝佳的园林胜地。南渡以后,药洲成为广州士民游览避暑、泛舟觞咏之所。嘉定元年(1208)经略使陈岘又在湖面种上白莲,并建爱莲亭,"药洲"由此更加热闹繁华。到了明代,"药洲春晓"已成为羊城八景之一。

如"海山楼":

高楼百尺迓严城。披拂雄风襟袂清。云气笼山朝雨急,海涛侵岸暮潮生。楼前箫鼓声相和。戢戢归樯排几柁。须信官廉蚌蛤回,望中山积皆奇货。

奇货。归帆过。击鼓吹箫相应和。楼前高浪风掀簸。渔唱一声山左。胡床邀月轻云破。玉尘飞谈惊座。

海山楼是宋代广州名楼,下临珠江。在海山楼上眺望珠江,近岸白鸥翻飞,百舸云集,帆影错落如阵;远处江流浩渺,水天一色,尤以天刚亮及雨过天晴时为最美。

番禺(广州)人李昂英的《水调歌头·题斗南楼和刘朔斋韵》对南宋时期广州风光进行全景式描绘:

万顷黄湾口,千仞白云头。一亭收拾,便觉炎海豁清秋。潮候朝昏来去,山色雨晴浓淡,天末送双眸。绝域远烟外,高浪舞连艘。　　风景别,胜滕阁,压黄楼。胡床老子,醉挥珠玉落南州。稳驾大鹏八极,叱起仙羊五石,飞佩过丹丘。一笑人间世,机动早惊鸥。

词人立于斗南楼上,波涛万顷的黄湾口,高耸入云的白云山,无限风光尽收眼底。而"绝域远烟外,高浪舞连艘"则更反映了广州作为南宋第一大港口,其商业贸易的繁盛,颇具地方特色。

乾道元年(1165年),张孝祥出任静江府(治所在今广西桂林)兼广南西路经略安抚使,赴官途中即作《南歌子·过严关》:"路尽湘江水,人行瘴雾间。昏昏西北度严关。天外一簪初见、岭南山。　北雁连书断,秋霜点鬓斑。此行休问几时还。唯拟桂林佳处、过春残。"行进于瘴雾之间,作者兴奋之情却溢于言表。而当其于桂林任上时,更深深陶醉于当地自然人文风光,挖掘出岭南的别样风情,如其《水调歌头·桂林集句》:

> 五岭皆炎热,宜人独桂林,江南驿使未到,梅蕊破春心。繁会九衢三市,缥缈层楼杰观,雪片一冬深。自是清凉国,莫遣瘴烟侵。　江山好,青罗带,碧玉簪。平沙细浪欲尽,陡起忽千寻。家种黄柑丹荔,户拾明珠翠羽,箫鼓夜沈沈。莫问骖鸾事,有酒且频斟。

桂林的奇山秀水和繁华的城市风光让人徜徉其间、流连忘返,难怪张孝祥要发出慨叹:"老子兴不浅,聊复此淹留。"(《水调歌头·桂林中秋》)。

又比如,南渡贬谪词人李光,以中原士人的眼光描绘了海南岛的风光,如其《水调歌头》二首:

> 自笑客行久,新火起新烟。园林春半风暖,花落柳飞绵。坐想稽山佳处,贺老门前湖水,欹侧钓鱼船。何事成淹泊,流转海南边。　水中影,镜中像,慢流连。此心未住,赢得忧患苦相缠。行尽荒烟蛮瘴,深入维那境界,参透祖师禅。宴坐超三际,潇洒任吾年。

> 独步长桥上,今夕是中秋。群黎怪我何事,流转古儋州。风定潮平如练,云散月明如昼,孤兴在扁舟。笑尽一杯酒,水调杂蛮讴。　少年场,金兰契,尽白头。相望万里,悲我已是十年流。晚遇玉霄仙子,授我王屋奇书,归路指蓬邱。不用乘风御,八极可神游。

在荒烟蛮瘴、群黎蛮讴的海南岛,依然有"风定潮平如练,云散月明如昼"的独特自然风光,展现了较为浓郁的南方风情与岭南特色。

南渡词人对岭南地区自然和都市风光的关注和摹写,多侧面多角度地展示了当地政治、经济、风俗等多方面内容,不但具有文学价值,而且颇具史料价值。

其次,具有岭南地域特色的各类意象也是词人们喜爱描写的内容。比如,荔枝作为岭南佳果,有着悠久的种植历史。据晋稽含《南方草木状》所载:"荔支树,高五六丈余,如桂树,绿叶蓬蓬,冬夏荣茂,青华朱实,实大如鸡子,核黄黑似熟莲,实白如肪,甘而多汁。"①又据蔡襄《荔枝谱》载:"荔枝之于天下,唯闽粤、南粤、巴蜀有之。汉初,南粤王尉佗以之备方物,于是始通中国。"②作为岭南特产,荔枝以其艳丽的外观及鲜嫩可口的味道备受词人青睐。如"正枝头荔子,晚红皱、袅熏风"(曾觌《木兰花慢》),"唤起封姨清晚景,史将荔子荐新圆"(张孝祥《浣溪沙》),"正火山槐夏,黛叶细枝,荔子新摘"(赵长卿《醉蓬莱》),"金芝秀,蒲涧碧,荔枝香"(徐鹿卿《水调歌头》),"两岸荔枝红,万家烟雨中"(李师中《菩萨蛮》),"华堂清暑榕阴重,梦里江寒。火齐星繁。兴在冰壶玉井栏。风枝露叶谁新采,欲饱防悭。遗恨空盘。留取香红满地看"(张元干《采桑子·奉和秦楚材史君荔枝词》),等等。又比如原产波斯,晋代传入广州的素馨花(即茉莉),在宋代被岭南居民普遍种植,广州周边有多个素馨花生产基地。南宋方信孺《南海百咏》中《花田》一首曰:"在城西十里三角市。平田弥望,皆素馨花。"屈大均《广东新语》亦载素馨"乃粤中之清丽物也,庄头人以种素馨为业"③。由于素馨花香气浓郁独特,故而在番禺的制香业中大量使用,也是制作化妆品、美容品的优选香料,著名"心字香",就是"番禺吴家"的产品。南宋岭南本土词人刘镇《念奴娇》"赋咏茉莉"云:

> 调冰弄雪,想花神清梦,徘徊南土。一夏天香收不起,付与蕊仙无语。秀入精神,凉生肌骨,销尽人间暑。稼轩愁绝,惜花还胜儿女。　　长记歌酒阑珊,开时向晚,笑泡金茎露。月浸栏干天似水,谁伴秋娘窗户。困殢云鬟,醉敧风帽,总是牵情处。返魂何在,玉川风味如许。

此词笔法细腻,写出生于南国的茉莉清香洁白、夏夜开花的特色。结尾更辅之以典故,令人有回味不尽之意。

---

① 稽含撰:《南方草木状》,广东科技出版社 2009 年版,第 68 页。
② 蔡襄:《荔枝谱》,中华书局 1985 年版,第 41 页。
③ 屈大均:《广东新语》,上海古籍出版社 2002 年版,第 637 页。

　　其他如榕树、桄榔、木瓜、甘蔗、龙眼、香蕉、橄榄等中原地区罕见,在词中更是绝少出现的岭南风物,也开始较为频繁地出现在南渡后的岭南词。如"榕叶桄榔驿枕溪。海风吹断瘴云低"(张元干《浣溪沙》),"山晓鹧鸪啼,云暗泷州路。榕叶阴浓荔子青,百尺桄榔树"(朱敦儒《卜算子》),"枕畔木瓜香。晓来清兴长"(朱敦儒《菩萨蛮》),"九日江亭闲望,蛮树绕,瘴云浮。肠断红蕉花晚、水西流"(朱敦儒《沙塞子》),"槐阴密,蔗浆寒。荔枝丹。珍重主人怜客意,荐雕盘"(曾觌《春光好》),"香露滴芳鲜,并蒂连枝照绮筵。惊走梧桐双睡鹊,应怜。腰底黄金作弹圆"(《南乡子·龙眼未闻有诗词者,戏为赋之》),"十月南闽未有霜。蕉林蔗圃郁相望。压枝橄榄浑如画,透甲香橙半弄黄"(李洪《鹧鸪天》),"最怜几树木芙蓉。手栽才数尺,别后为谁红"(刘克庄《临江仙·潮惠道中》),"却爱素馨清鼻观,采伴禅床"(刘克庄《浪淘沙·素馨》),等等。此外,岭南特有之"瘴云蛮烟""荒烟蛮瘴"等自然现象,由于当时医疗条件落后,容易对人的生命造成严重威胁,也给南渡词人留下极为深刻的印象,频频出现于词作中:

　　　　自是清凉国,莫遣瘴烟侵。(张孝祥《水调歌头·桂林集句》)
　　　　行尽荒烟蛮瘴,深入维那境界,参透祖师禅。(李光《水调歌头》)
　　　　清江瘴海,乘流处处分身。(李光《汉宫春·琼台元夕次太守韵》)
　　　　谁知瘴雨蛮烟地,重上襄王玳瑁筵。(向子諲《鹧鸪天》)
　　　　瘴气如云,暑气如焚。病轻时、也是十分。(高登《行乡子》)
　　　　如今憔悴,蛮烟瘴雨,谁肯寻搜。(黄公度《眼儿媚》)
　　　　到于今、天定瘴云开,伊谁力。(陈纪《满江红》)

　　词人们以词作为书写、记录之具,向读者展现了岭南与中原截然不同的别样风貌,其以独特的异乡风情,为我们提供了不同以往的审美感知和感受,从而实现了唐宋词创作题材的更新,开拓了词的新境界。

二、南渡后岭南词坛地域书写的情感意蕴

　　由于五岭的阻隔,且与中原路途遥远,岭南地区虽在上古时期即为百越居住之所,秦汉时又成为南越、闽越等诸藩国的属地,然而交通闭塞,经济文化落后,被视为蛮荒、瘴病之乡,历来是朝廷贬谪犯官、流放罪人之地。唐代韩愈因谏"迎佛骨"被贬潮州,发出"一封朝奏九重天,夕贬潮阳路八千""知汝远来应有意,好收吾骨瘴江边"的绝望哀叹。有宋以

降,各项佑文政策加之太祖"不得杀士大夫及上书言事人"的誓约,士大夫因获罪而遭贬岭南者尤多。如北宋绍圣时期,苏轼、苏辙、孔平仲、秦观等人就因在激烈的党争中受政敌的排挤而被贬岭南,出于对岭南气候、风土的排斥畏惧心理,他们中大多数人笔下的谪居生活往往愁苦难堪,令人避之不及,诸如"山林瘴雾老难堪,归去中原茶亦甘"(苏辙《和子瞻过岭》),"海氛朝自暗,山气昼常昏。虫穴风来毒,蛮溪水出浑"(孔平仲《偶书》),"岁晚瘴江急,鸟兽鸣声悲。空蒙寒雨零,惨淡阴风吹"(秦观《自作挽词》),等等,极写岭南的蛮荒凄凉之状。南渡以后,岭南词作中的地域书写则更多地呈现出不同于前的艺术特点。

首先,南渡以后,词人继续借岭南景物发故国之忧思,但多了乐观淡定,少了些焦虑和窘迫。

南北局势逐渐稳定后,以秦桧为代表的主和集团,开始疯狂地排斥异己,对主战大臣打击报复,胡铨、李光、赵鼎、胡寅等直臣谏臣先后被贬岭南。在恶劣的自然环境与严酷政治环境的双重重压下,贬谪词人群忧虑国事以及对自身"忠而被谤"的沦落之感依然存在。比如"群黎怪我何事,流转古儋州"(李光《水调歌头》),"天涯万里,海上三年。试倚危楼,将远恨,卷帘看。举头见日,不见长安。谩凝眸、老泪凄然"(赵鼎《行香子》),"征鞍南去天涯路。青山无数。更堪月下子规啼,向深山深处"(赵鼎《贺圣朝·道中闻子规》),"囊锥刚要出头来,不道甚时节。欲驾巾车归去,有豺狼当辙"(胡铨《好事近》),等等,抒写亡国之痛和贬谪之苦的词句并不少见。又比如,南渡流落岭南的著名词人朱敦儒,面对新奇的异乡风土,他毫无欣赏的意趣,始终无法摆脱自己飘零客居的身份,如:"竹西散策,花阴围坐,可恨来迟几日。披香不觉玉壶空,破酒面、飞红半湿。悲歌醉舞,九人而已,总是天涯倦客。东风吹泪故园春,问我辈、何时去得。"(《鹊桥仙·康州同子权兄弟次梅花下》)其厌倦飘零、思归盼归之情溢于言表。即便是旷怀达观的词人,当其在岭南偶遇中原风物,怀旧思乡之情也会被触发,比如李光《渔家傲》:

> 海外无寒花发早。一枝不忍簪风帽。归插净瓶花转好。维摩老。年来却被花枝恼。 忽忆故乡花满道。狂歌痛饮俱年少。桃坞花开如野烧,都醉倒。花深往往眠芳草。

李光在词前做小序,云:"三春未尝见桃花,每以为恨。今岁寓昌江,二月三日与客游黎氏园,偶见桃花一枝。羊君荆华折以见赠,恍然如逢故人。归插净瓶中,累日不雕。予既作二小诗,同行皆属和。忽忆吾乡桃花坞之盛,每至花发,乡中人多酿会往游。醉后歌呼,今岂复得,缅怀畴昔,不无感叹,因成长短句,寄商叟、德矩二友。若悟此空花,即不复以存没介怀也。"由此可见,词人对国家和家乡的"介怀"已深入骨髓,从未远离。

当然,从整体而言,同是天涯沦落人,南渡词人群的生活态度和文学表现与前代贬谪文人相比较,表现得更为超脱豁达、坦荡乐观。如李光在被贬岭南后,曾作书与胡铨共勉,曰:"儋耳,天下至恶弱之地,吾二人居之,能不以为陋,内有黄卷圣贤,外有青衿士子,或一枰之上,三酌之余,陶然自乐,是非荣辱,了不相干。故十五年之间,虽老而未死,盖有出乎生死之外者。"①在此种心态和信念的支持下,南渡后岭南词坛此类苦中作乐的词作不在少数,且往往颇具地域色彩。如"崖州何有水连空。人在浪花中。月屿一声横竹,云帆万里雄风"(胡铨《朝中措·黄守座上用六一先生韵》),"青箬笠,绿荷衣。斜风细雨也须归。崖州险似风波海,海里风波有定时"(胡铨《鹧鸪天·癸酉吉阳用山谷韵》),"山浮海上青螺远,决眦归鸿。闲倚东风。叠叠层云欲荡胸"(胡铨《采桑子·甲戌和陈景卫韵》),"谁念新州人老。几度斜阳芳草。眼雨欲晴时,梅雨故来相恼。休恼。休恼。今岁荔枝能好"(胡铨《如梦令》),"驭风去,忽吹到,岭边州……老子兴不浅,聊复此淹留"(张孝祥《六州歌头·桂林中秋》),等等。南渡初期的谪宦词人群以潇洒超然的心态,既来之则安之,从容地徜徉于岭南雄奇秀美的山光水色之间,展示出从容淡定、超旷豁达的情怀。

其次,南渡以后,随着岭南经济地位的攀升和城市经济的日益繁荣,一些仕宦或寓居于岭南的词人,生活变得更加舒适安逸。因此,他们的文学创作既多在绮罗丛中吟风弄月,对于岭南的地域书写也更多表现出及时行乐和惬意享受的特征。

靖康以来,由于南北分治,西北陆路贸易受到重创,东南海路贸易的重要性由此得以彰显。广州作为广南东路的治所,是整个岭南地区的政治、经济、文化中心,城市之繁华不言而喻,官方迎来送往的接待工作也颇为繁忙。"粤俗好歌,凡有吉庆,必唱歌以为欢乐"②,知州方滋延揽寓居词人洪适、傅雱以及地方官黄公度等人,将官方宴饮与词学创作以及表演娱乐活动相结合,对南渡后岭南词坛之应和酬答的唱词风气起到了推波助澜的作用。洪适的《盘洲文集》,其卷七八、七九、八十为乐章,存词共 138 首,在岭南所作多为庆贺寿辰、侑酒应歌、雅集应社等娱乐社交之词。如《生查子·收灯日次李举之韵》《满江红·席上答叶宪》《减字木兰花·太守移具饯行县偶作》《好事近·为钱处和寿》《临江仙·送罗倅、伟卿权新州》《浣溪沙·钱范子芬行》《满庭芳·辛丑春日作》等,从题目就可以看出,词人寓居岭南生活之丰富多彩。为配合当地经常举办的乐舞、戏曲等表演活动,洪适还创作联章体词,如歌舞词《渔家傲引》、鼓子词《盘洲曲》、转踏歌舞词《番禺调笑》等。

---

①　李光:《庄简集》,见《景印文渊阁四库全书》第 1128 册,台湾商务印书馆 1986 年版,第 601 页。
②　《广东新语》,第 358 页。

洪适《盘洲文集》有乐语四十五篇,其中四十三篇创作于其寓居岭南期间,如其《番禺调笑》结尾处破子两首:

> 南海。繁华最。城郭山川雄岭外。遗踪嘉话垂千载。竹帛班班俱在。元戎好古新声改。调笑花前分队。

> 高会。尊罍对。笑眼茸茸回盼睐。蹋筵低唱眉弯黛。翔凤惊鸾多态。清风不用一钱买。醉客何妨倒载。

形象再现了当时广州的繁华以及宴会中高朋满座、觥筹交错、歌舞萦回的盛况。

南渡以后,无论数量方面还是质量方面,以桂林为中心的广西词坛创作,也较之前代有所提升。张孝祥仕宦广西时,曾作《水调歌头·桂林集句》《水调歌头·桂林中秋》等词作,描写桂林"家种黄柑丹荔,户拾明珠翠羽,箫鼓夜沉沉"的美景,和自己在此"莫问骖鸾事,有酒且频斟"之怡然自得的仕宦生活。范成大在广西任职期间,其吟咏桂林风光的《满江红》《破阵子》《鹧鸪天》《水调歌头》等多首词作在当地流传甚广,以至于出现"妓园窈窕,争唱舍人之词"①的场面。

此后数十年,又有崔与之、刘镇、李昴英、葛长庚、陈纪等岭南本土词人相继登场,他们或以词抒发直臣的浩然正气,或以词抒写遗民之恨,或以词赋闲情,或以词论道,内容丰富、风格多样,对后世岭南词学的发展影响巨大。

三、岭南词坛地域书写的审美意蕴

靖康之变、宋室南渡是中国历史上一个重大事件,文学创作风气也不可避免地随之发生转变。着眼于岭南的地域书写作为南渡后岭南词坛新变的一部分,有着重要的审美意蕴。

首先,岭南地域书与扩大了唐宋词的表现内容,开拓了词体的新境界。黑格尔说:"客观事物的某些特殊情境可以在心灵中唤起一种情调,而这种情调与自然的情调是对应的。人可以体会自然的生命以及自然对灵魂和心情所发出的声音,所以人也可以在自然里感

---

① 孔凡礼著:《范成大年谱》,齐鲁书社 1985 年版,第 266 页。

到很亲切。"①岭南特殊的地理环境和秀丽奇美的自然风光以及其独特新异的历史文化和风土人情，南渡后都较为频繁地出现在词作中。这在前代词中绝少出现，也是以往词人所疏于关注的，不仅更新和扩大了宋词的意象群，还提供给读者不同于以往的审美感受。

其次，南渡后岭南词坛的地域书写，因中原词家，尤其是一些著名词人的染指，加之岭南词人群中彼此频繁的酬答往来，使得岭南风光和新奇事物为越来越多的读者所知晓和接受，在为词作提供更多受众的同时，也扩大了岭南地区在中原的影响力。一方面，宋词中的岭南地域书写，其数量上的不断增加和表现手法的日趋繁复，丰富了宋词的内容和风貌；另一方面，词体固有的特性，又使其在思想内容、表现手法、写作视角等诸多方面呈现出与诗歌书写判然有别的艺术风貌。比如，南渡后岭南词坛进一步强调词体的娱乐、抒情功能，充分发挥歌词应歌、侑觞、佐欢等实用价值，这在当时的广州词人群中表现尤为突出，其大量歌舞词的创作，也为南宋初年联章体歌舞词研究提供了丰富资料。同时，各类用于迎合酬答的寿词、送别词、应社词、各种场合的次韵应和词等，在创作于岭南的各类文人词中也屡见不鲜。相较南渡前宋代诗歌，文人对岭南生活的地域书写往往愁苦难堪，令人避之不及，南渡后的词作与之形成了巨大的反差。因此，宋词的岭南地域书写，无论对于词体自身的发展，还是对于宋代南渡士人文化心理考察以及对宋代历史的记录，都是值得重视的另一种文学书写形态。

最后，南渡以后，词体的文人化倾向愈发显著，岭南词坛的地域书写也在一定程度上体现了南渡词人群对岭南文化的接受方式和方法。一方面，他们从岭南自然山水永恒而又和谐的律动中体悟到生命的真谛，获得天人合一的愉悦感以及对人生命运的豁然达观和理性反思；另一方面，国家的残破、金瓯的缺失以及对个人往昔美好生活的怀念，又使得他们无法真正融入当地的文化和生活，因此浅层次的欣赏享受之余，终难掩词人内心对中原的眷恋和漂泊天涯的心灵伤痕。

随着宋南渡后词人群地域分布的重组，原有词坛空白进一步被填补。此后数十年，又有崔与之、刘镇、李昴英、葛长庚、陈纪等岭南本土词人相继登场，他们或以词抒发直臣的浩然正气，或以词抒写遗民之恨，或以词赋闲情，或以词论道，内容丰富、风格多样，对后世岭南词坛的发展影响巨大。随着蜀、闽、岭南等地词坛的逐渐繁荣，南渡词坛新格局慢慢形成，中国文学、文化生态也同时实现了由北而南的重心转移。

（作者简介：宋秋敏，东莞理工学院教授。著有《唐宋词与流行歌曲》等。）

---

① 黑格尔著，朱光潜译：《美学》，商务印书馆1981年版，第118页。

论宛敏灏诗词

邓小军

摘　要:宛敏灏诗词反映了中国现代史七十年之历程与自己之心灵历程,笔力之大,包罗巨细,深弘博丽,取得了卓越之成就,允称大家。宛诗最突出之成就,在于韵味与神韵;诗史之深致;咏史诗之深致;长篇叙事诗、叙情诗波澜壮阔,刻画出人物形象之鲜明性格特征等四个方面。宛词最突出之成就,在于写景抒情,宛然北宋小令,而别有自家之深致;词中有史,"溟溟波浪阔";山水词笔妙传神;怀人词情致深永等四个方面。韵致与深致,出之以明白如话,此是诗歌语言艺术极高明之造诣,亦是宛敏灏诗词之根本艺术特色。

关键词:宛敏灏　诗　词　卓越之成就

一、绪论

宛敏灏先生(1906—1994),字书城,号晚晴,安徽庐江人,著名词学家、古典文学学者、诗人、词人。1929 年考入国立安徽大学中文系,受业于姚永朴、李大防、周岸登等名师,1934 年国立安徽大学中文系第一名成绩毕业。历任国立女子师范学院、国立音乐学院、国立安徽大学、安徽师范学院、合肥师范学院、安徽师范大学等校教授、中文系主任、副教务长、图书馆长。著有《二晏及其词》《张于湖评传》《于湖词编年笺注》《宋四十词人述评》《词学概论》《唐宋词选》等词学著作,《从敦煌曲子词和花间集谈词的发展》《北宋两位承先启后的词人——张先和贺铸》《南宋两种不同的词风——慷慨愤世和感喟哀时》《张孝祥研究中的几个问题》《张孝祥怀念弃妇词考释》等词学论文。

抗日战争时期,宛敏灏曾经为抗战而钻研兵学,著有《抗战与大时》[①]、《抗战与地利》[②],列入《抗战丛刊》,1939 年中山文化教育馆出版。《抗战与地利》系兵要地志著作,提

---

　　① 宛书城:《抗战与天时》,《抗战丛刊》第 82 种,中山文化教育馆 1939 年 3 月版。北京图书馆编《民国时期总书目(1911—1949)军事》,著录于"军事气象学"类,书目文献出版社 1994 年版,第 371 页。

　　② 宛书城:《抗战与地利》,《抗战丛刊》第 93 种,中山文化教育馆 1939 年 11 月版。北京图书馆编《民国时期总书目(1911—1949)军事》,著录于"中国军事地理"类,书目文献出版社 1994 年版,第 432 页。

出"须持久以定胜负""须凭有利之地形""以为持久敝敌之资"①；书中融兵要地志与相关战史为一体，指出利用西部形势之险要，资源之雄厚，"抗战有必胜的把握"②。宛敏灏所学并非军事或地理专业，他是怀抱爱国之心和从头学起的雄心壮志，来完成这一份兵学业绩，奉献于抗日战争。在宛敏灏诗词中，对战史和兵要地志的熟知，时有流露；对抗战时期的怀念，则刻骨铭心，皆平添一份深情与深致。

宛敏灏诗词，六十岁以前所作大多数毁于"文革"。宛敏灏诗词今存近七百首，其中诗约四百四十首，词约二百四十首，大多数是"文革"中后期和改革开放时期所作，且大多数第一次公布于世。

宛敏灏诗词反映了中国现代史七十年之历程与自己之心灵历程，笔力之大，包罗巨细，深弘博丽，取得了卓越之成就，允称大家。

二、论宛敏灏诗

宛敏灏诗最突出之成就，在于韵味与神韵；诗史之深致；咏史诗之深致；长篇叙事诗、叙情诗波澜壮阔，刻画出人物形象之鲜明性格特征等四个方面。

（一）韵味与神韵

中国诗的基本题材是触景生情、托物言情，崇尚的标准是主要由此而来的韵味，尤其是神韵。韵味与神韵，谈何容易，虽名家、大家，亦并不能多有之。诗家擅场，首先在此。宛诗颇有韵致，亦有神韵。

《新春偶成》（1942年初春于东川白沙）：

　　一从西走避胡沙，道路流离到处家。底事新春动乡思，他乡胡豆又开花。

　　（自注：四川呼蚕豆曰胡豆。俗以农历正月初一扫墓，由于节候较早，其时已开花。）

四川胡豆，种植于田间田埂，早春开花，紫花白边，风姿绰约，饶有乡土气息。"底事新春动乡思，他乡胡豆又开花"，胡豆花开，优美，韵致。韵致之中，包含抗战西迁、道路流离之家国时事，对花思乡之兴发感动，是有深致。

---

① 《抗战与地利》，第1页。
② 《抗战与地利》，第42页。

韵致与深致,出之以明白如话,此是诗歌语言艺术极高明之造诣,亦是宛敏灏诗词之根本艺术特色。

《晓望散花坞》(1956 年 8 月 7 日在黄山):

> 深山幽谷鸟相呼,松石玲珑秀气殊。应是昨宵天女过,千红万紫散云衢。

唐王勃《滕王阁序》"虹销雨霁,彩彻区明",宋谢维新编《古今合璧事类备要》之《别集》卷十六作"虹销雨霁,彩散云衢"。宛诗"应是昨宵天女过,千红万紫散云衢",熔为新辞,画出黄山瑰丽曙色,画面气派、韵致。

《骤雨》(1976 年 6 月 10 日后):

> 飞沙折木走风雷,倒泻银潢骤雨来。天地低昂摧腐朽,湖山瞬息荡尘埃。霞明柳外蝉鸣润,水漫桥头蛙鼓催。好是晚凉香满径,玉簪栀子一时开。

"霞明柳外蝉鸣润",柳外霞明,写景设色,层次分明。"蝉鸣润",从听那蝉鸣之声,感觉出夏天雨后蝉子之滋润,天地万物之湿润,是神来之笔,诗之韵致,臻于神韵。此意境,似从未有人道出过。后三句亦美,饶有韵味。

前四句写骤雨,气势磅礴,如怒涛振海;后四句写雨霁,韵致无穷,如微波荡漾。七律气韵跌宕顿挫,变化如此。

《庄子·人间世·心斋章》云:"无听之以耳而听之以心,无听之以心而听之以气。""霞明柳外蝉鸣润",可谓听之以耳,进至听之以心、听之以气矣。

《初试空调戏作》(1992 年夏):

> 月喘吴牛舌吐龙,鸭惊水暖沸长江。喜闻塘上轻雷动,秋意潜滋夜入窗。
>
> (自注:曩作《新凉》诗有"人间有味是新凉,秋意潜滋夜入窗"一联,庐江县志办转来《庐江诗选》稿,承采拙作,编者改为"秋夜潜滋悄入窗",以"夜"易"意",意境全失。"潜""悄"亦有重复之嫌。新秋入夜,凉气阵阵入窗,此正予生活体验。若谓"潜滋"指秋夜渐长,则时间应限于秋分节以后,其时长江流域已盖棉被,并非新凉。昼夜改变,尤非关门、闭户所能抵挡得住,用不着"悄"也。)

《新凉》诗"秋意潜滋悄入窗",写出感觉到新秋凉意潜滋,尤其是从窗户入室,而无声无息,传神,韵致。亦可谓听之以耳,进至听之以心、听之以气矣。

由诗人自注,可见读诗解人之难。

《悼陈雪尘教授(二首)》(1972 年 12 月):

> 饮恨轻生与世辞,书生悻悻抑何痴。秋坟从此凭君唱,独坐江头数雨丝。
>
> 邂逅江南记赠诗,一生低首小山词。重来故地人何在,添得刘郎两鬓丝。
>
> (自注:1949 年秋,初识陈雪尘教授于芜湖安徽大学。暇日以得意断句"独坐江头数雨丝"相
> 示,并赠诗云:"一生低首小山词。"其后以分校,不相闻问逾十年,"文革"中传自经于安农。曾口占
> 一绝,顷偶忆及,更续一章。)

陈雪尘教授(1898.1—1966.9)[①],据《北京林业大学校史》第一章《学校前身历史简述及部分知名校友简介》第三节《本校前身部分知名校友简介》载[②]:

陈雪尘(1898—1966),字虚白,江苏萧县(今安徽萧县)人。1919 年毕业于国立北京农业专门学校林学科。历任芜湖第二农校教员、徐州师范学院教师,江苏省农产所技士、国民政府中央民运会农人科第一股干事、国民政府中央社会部专员、中央模范林区委员会委员兼课长、农矿部设计委员会委员、江苏省政府参议员、无锡江苏教育学院教授等。中华人民共和国成立后历任安徽大学农学院、安徽农学院林学系教授。1966 年逝世。

郭照东《雨花台烈士传丛书·陈履真传》载[③]:

> 在徐州省立七师,陈雪尘老师是陈履真的班主任。陈雪尘,萧县人,毕业于北京
> 农业大学,理科、文学皆出众,其诗清新,尤为人称道。在陈履真入学后的首篇作文
> 上,陈雪尘老师毫不犹豫地批注了"横扫千军"四个字。

《林散之书法集·陈雪尘〈游采石矶〉诗》载[④]:

> 故友陈雪尘能诗,与余为诗友,惜已物化。曾游采石矶,作诗一首,诗亦逼近青
> 莲,兹录之,以供后人之吟哦耳。
>
> 青山脚下太白墓,黄土长埋旷世才。唤起诗魂同一醉,请邀小谢过江来。

---

① 陈雪尘生卒年月,据黎健图等编《陈雪尘先生纪念集》卷首陈雪尘照片配文。

② 北京林业大学校史编辑部:《北京林业大学校史》,北京:中国林业出版社 1992 年版,第 54—55 页。

③ 郭照东著:《雨花台烈士传丛书·陈履真传》,江苏人民出版社 2017 年版,第 12 页。

④ 林散之研究会编:《林散之书法集》,文物出版社 2006 版,第 36 页。陈雪尘诗题《游采石矶》,系本文笔者根据诗内容及林散之题款而拟。

甲寅(1974年)冬暮,书为健图暨其爱人元岭(原注:雪尘长女)同政,以志不可忘也。林散之,时年七十有七矣。

综上所述,可知陈雪尘教授是卓有建树的林业科学家,天分极高的诗人,亦是出色的教师。

《悼陈雪尘教授》:"饮恨轻生与世辞,书生悻悻抑何痴。"伤痛1966年9月陈雪尘含恨自尽。"悻悻",愤恨难平貌。《孟子·公孙丑下》:"予岂若是小丈夫然哉!谏于其君而不受则怒,悻悻然见于其面。"

"独坐江头数雨丝",用陈雪尘原句。独坐江头,看雨丝初起,若有若无,一丝,两丝,三丝,故曰"数"。意境优美,空灵,闲逸,神韵淡荡。但是,冠之以前三句叙事"饮恨轻生与世辞,书生悻悻抑何痴。秋坟从此凭君唱",是此神韵化为悲剧性之神韵矣。

此悲剧性之神韵,是韵致与诗史之合一。

(二) 诗史之深致

《诗序·大序》:"以一国之事,系一人之本。"能以个人之生活,反映国家之命运,即是诗史。自李白、杜甫而后,中国诗特重诗史,诗史乃与韵味、神韵并列为诗之最高评价标准[①]。宛敏灏《晚晴轩诗词选·序》:"十年动乱,旧稿散佚殆尽。"[②]今存宛诗,或多或少地反映了他亲身经历的七十年中国现代史历程,从"五卅"运动、北伐战争,到抗日战争、解放战争、中华人民共和国成立,以至"文化大革命"、改革开放。今存宛诗,以1960—1990年作品为多。

《声援"五卅"反帝运动,参加游行并编〈淝水怒潮〉专刊》(1925年6月于合肥):

九州奋起志成城,叱咤风云百万兵。漫道睡狮犹未醒,请听淝水怒潮声。

《读报知北伐胜利,军阀溃逃》二首(1925年、1926年):

汀泗桥南血战场,惊心风鹤遁仓皇。洛阳霸业今安在,落日孤城剩武昌。
坐断东南五省强,霸业直欲继孙郎。奈何粤海雄风劲,遗恨空随江水长。

---

① 通常认为自杜甫而后,中国诗特重诗史,诗史乃与韵味、神韵并列为诗之最高评价标准。根据笔者之研究,应该加上李白。进一步说,自曹植、阮籍、陶渊明起,诗史就已经成为中国五七言诗之最重要组成部分。

② 宛敏灏著:《晚晴轩诗词选》,安徽师范大学图书馆1986年版,第2页。

《参加抗日，诸生出手册嘱题》(1937 年于安庆)：

> 腥风挟雨袭江楼，萧瑟宜城一片秋。家国兴亡吾辈责，先鞭喜见誓中流。
> 漫伤明日两茫茫，投笔临歧意气扬。待得凯旋同一醉，菱湖重赏好风光。

《自四川江津迁寓白沙，夜宿舟中》(1940 年 12 月)：

> 晓发江浦宿雾迷，白沙在望夕阳低。乡心一夜随流水，岁暮移家更向西。

这些诗篇，是青年诗人亲身参加或亲身经历"五卅"运动、北伐战争、抗日战争的当时记录与心声，弥足珍贵。

虽然诗人早期诗今存者不多，但是晚年回忆早期抗战时期生活之诗却不少，点点滴滴，难以磨灭，笔端流注深情。

《纳凉闲话渝州旧事，戏成五绝句》(1975 年 7 月)：

> 万家灯火到渝州，两度移家更上游。哀乐中年忙里过，驴溪风月又中秋。
> (自注：1938 年夏，余以薄暮抵渝，旋移家江津，越年复徙白沙新桥。)

> "狄人所欲"费猜疑，"淡趣芭菰"语出奇。阵摆龙门忘日暮，耐人寻味是"玻璃"。
> (自注：沙坪坝至瓷器口道旁岩壁上有两神像，额题"狄人所欲"，盖"土地"的歇后语。"狄人之所欲者，吾土地也"，语见《孟子》。 "芭菰淡趣"见于烟肆条幅，似由"淡芭菰"译音而来。 据卢鼎丞先生语余，曾在茶楼索"玻璃"一杯，良久始悟其义即白开水。)

> 长林雾散喜秋晴，橘熟橙黄点万金。千树木奴应亦老，垂垂龙眼忆山岑。
> (自注：寄寓新桥桂花庄，庄后有桂圆桂木数百林。隔溪有徐氏橘林，据称始植于清光绪三十二年，盖与余同庚也。)

> "盐水花生"下酒香，"金钩抄手"怯初尝。"帽儿头"与"阳春面"，喜更"相因"胜故乡。
> (自注：初不知其为何物，谓虾米为"金钩"，尚不难理解；称馄饨为"抄手"，则至今未悉其得名由来。)

问讯船期未有期,归来硕鼠过桥驰。几声"炒米糖开水",正是山城入暮时。

（自注:重庆候船所见。）

"万家灯火到渝州,两度移家更上游",写出抗战备尝流离艰苦。"阵摆龙门忘日暮,耐人寻味是'玻璃'","'帽儿头'与'阳春面',喜更'相因'胜故乡","几声'炒米糖开水',正是山城入暮时",写出四川良多生活趣味。"长林雾散喜秋晴,橘熟橙黄点万金",美丽宛如童话境界。

宛诗抒写抗战时期渝州生活,虽苦犹甜,一事一物、一饮一啄、一言一语,诗情画意,留在心间永远回味。

《忆东川白沙桂花庄》(1976年7月24日):

驴溪曲处小山楼,风雨新桥几度秋。龙眼枝底零晓露,箭滩声急泻奔流。滋兰种蕙空陈迹,落月流萤动客愁。西望巴山如梦寐,梦中无计到渝州。

（自注:抗战期间,任教国立女师学院,宿舍在驴溪对岸桃花庄,新桥、箭滩皆附近地名,1946年迁重庆,余始东归。）

回顾抗战时期,任教国立女师学院,小山急流之一山一水,滋兰种蕙之教学生涯,看似寻常,又不寻常,以至于数十年后,犹念念不忘,梦寐求之,"梦中无计到渝州"矣。

少怀(宛敏灏)《抗战中的国立女子师范学院》(1941年):

这里本是三溪环绕的小冈。……比较大的是驴子溪,他发源于黑石山,蜿蜒经过本院门前,下流注入大江。(江津)白沙夙以产酒著称,实赖有此甘洌的溪水。溪流湍急,在本院附近有箭滩,冬季水落石出,使人领略到白居易"幽咽流泉水下滩"句正是写实。……校后有橘林绵亘里许,苏东坡谓"一年好景君须记,最是橙黄橘绿时",其实橘熟时景色尤胜,隔驴溪相望又有一龙眼林,每届新秋,甘实累累。

……

每日晨光熹微,一声角号,全院师生以至工友都活跃起来,在朝霞绮丽或晓雾迷离中升旗,在白鹤回翔,山光如画中工作。在教室里,每人有宽大而有靠背之课椅一张,听讲确很舒服。……天黑了,大家都进到自修室,黄卷青灯,颇觉古色古香。①

---

① 少怀(宛敏灏):《抗战中的国立女子师范学院》,《民意》1941年第172期,第10—12页。

原来,宛诗中,小山急流之一山一水,滋兰种蕙之教学生涯,"橘熟橙黄点万金"之美丽童话境界,都是写实。

《抗战中的国立女子师范学院》叙述全面、生动,是一篇珍贵的国立女子师范学院校史之原始文献。

《吊戴安澜将军》(1986 年):

> 雄师转战越关山,大树飘零竟不还。草没墓门谁为扫,独留浩气翠微间。
>
> (注:外孙蔡劲随其父登小赭山,归言山上荒凉,惟见戴安澜将军墓,因叹芜湖市中小学生每年清明扫墓循例赴神山,其中甚至混有"武斗英雄"而封为烈士者,何如改扫戴安澜将军墓,尚可进行爱国主义教育也。)

"大树",代大树将军,原指东汉名将冯异,后常指不居功自傲的将领。典出《后汉书》中冯异本传:"诸将并坐论功,异常独屏树下,军中号曰'大树将军'。"此指抗战名将戴安澜。"大树飘零竟不还",喻指戴安澜将军牺牲于缅甸抗日战场(详下文论宛词《满江红》)。

诗人俯仰抗战名将戴安澜将军身前身后事,回肠荡气。起句"雄师转战越关山",气势磅礴。次句"大树飘零竟不还",转为悲壮激烈。三句"草没墓门谁为扫",再转为哀伤低回。四句"独留浩气翠微间",复振奋而起,浩然之气,长留青山翠微,以景结情,余音不尽。短幅七绝,已尽气韵跌宕回翔之能事。谋篇布局,精心结撰。兴发感动,有深情焉。

《悼史颂民伉俪》九首其三、其四(1988 年):

> 八载流离历苦辛,渝州乍晤倍情亲。浔阳江上风波恶,往事惊心记尚新。
>
> (自注:"1921 年秋,与君同学于安徽省立第六师范学校。""1946 年夏始与君在重庆复员候船时相遇,承邀同乘拖船,并代预约舱位,盛意可感,但因另有联系而辞谢。旋闻该船在九江遇险,世兄庆幸落水获救,愚夫妇惊愕多日,待确息始安。")

> 沧海横流劫余身,曾望并州哭故人。最是江南重晤日,惊呼牛鬼遇蛇神。
>
> (自注:"浩劫"中闻君在太原被折磨谢世,不知已被遣回皖。1970 年春,予以合肥师院与皖南大学合并,重来芜湖,忽承过访,乍见惊疑,君问"不认识吗",我脱口答以"活见鬼了"。)

第三首追述抗战时期,诗人与友人史颂民颠沛流离。

第四首追述"文革"之中,闻史颂民去世,遥哭故人,后与诗人重逢,疑是"活见鬼了"。

"沧海横流劫余身,曾望并州哭故人",沉痛。"最是江南重晤日,惊呼牛鬼遇蛇神",黑色幽默。此等黑色幽默,包含诗史之深致。可与前揭《悼陈雪尘教授》合观。

《偶感口占一绝》(1992年1月19日):

> 湖山不老春常在,雨露无私木向荣。寄语儿曹休迫促,兴阑我自就归程。
>
> (自注:昔人谓生寄死归,老病侵寻,对生死早无所谓,病中闻有因予好转而失望者,人情毋乃太薄,口占一绝慰之。)

"湖山不老春常在,雨露无私木向荣。""湖山",身边之镜湖、赭山,皆在芜湖。"雨露无私木向荣",典出杜甫《次空灵岸》:"青春犹无私,白日亦偏照。"《北征》:"雨露之所濡,甘苦齐结实。"陶渊明《归去来兮辞》:"木欣欣以向荣。"其终极依据,乃是中国哲学之本体论——"万物并育而不相害"(《中庸》)。"万物并育而不相害",表示天道之作用,是使所有个体生命获得生存发展,相互之间不施亦不受伤害,个体生命权利不受侵害。此即是杜诗"青春犹无私"、宛诗"雨露无私木向荣"之意义。

"寄语儿曹休迫促,兴阑我自就归程。"看似说旅行归期,宛如家常之语,观自注"病中闻有因予好转而失望者,人情毋乃太薄",却原是揭露现实人心险恶。字面委婉、诙谐,其实深刻、犀利。此诗揭露、讽刺现实人心之险恶,超越了嵇康《与山巨源绝交书》"七不堪"。

诗人直面人心险恶,履险如夷。此种无畏精神,来自中国传统文化、中国哲学之熏陶。害人之心,违背天道、反人性,其能久乎?又何足畏也。诗人精神境界之高度与深度,由此可见。

《苏联宇航员欲归不得》(1992年):

> 碧海青天日夜飞,嫦娥悔恨苦思归。那堪下望人寰处,故国飘零事已非。
>
> (自注:报载正在和平号空间站的前苏联宇航员克里卡廖夫接受美广播公司电视采访时说:国内经济困难,迫使他太空滞留的时间延长半年。见《解放日报》1992年2月25日第4版。《长恨歌》:"回头下望人寰处,不见长安见尘雾。"不知此君见莫斯科否?"故国飘零事已非"记为明袁凯《白燕》诗句,予十余岁时读过,附录于此:"故国飘零事已非,旧时王谢见应稀。月明湘水初无影,雪满梁园尚未归。柳絮池塘香入梦,梨花庭院冷侵衣。赵家姊妹多相忌,莫向昭阳殿里飞。")

"碧海青天日夜飞,嫦娥悔恨苦思归",借典出自李商隐《嫦娥》:"嫦娥应悔偷灵药,碧海青天夜夜心。"其余用典,已见自注。

诗史扩至世界,写苏联宇航员克里卡廖夫太空欲归不得之时事,而出之以嫦娥飞天之典故,温柔敦厚之字面。"碧海青天日夜飞,嫦娥悔恨苦思归",苏联宇航员飞天欲归不得,事比较小。"那堪下望人寰处,故国飘零事已非",欲归不得之原因,乃是1991年苏联之解体,此则是20世纪末叶人类历史上之大事。一如苏联之建国,乃是20世纪初叶人类历史上之大事。以小见大,诗史深致。

《甲戌春深喜逢八十九初度口占(二首)》(1994年):

> 苍颜白发骨嶙峋,俯仰人间又一春。花落闲庭如有待,不堪回首忆前尘。
> 词多情致思秦七,老更痴顽笑宛三。自是河清人亦寿,来年春色满江南。
> (自注:1994年3月14日,予以八十九岁生辰,大儿适因公南来马钢参加会议,趁便省视,信宿即去。仲子□□□□□□□,其同有关单位询问国务院特殊津贴消息,据答93年上半年早到,要等候下半年续到才发,于是改变常规。　宛三,早年所用笔名。结句谓来年九十春光将满时,予亦晋入九十晚景矣。)

日常生活,亦可能是史。由作者自注,可知1994年3月14日此诗"自是河清人亦寿,来年春色满江南"之句,寓托着作者1993年国务院特殊津贴被借口拖延不发之本事以及不平之感慨。至1994年作此诗时情况如何,不得而知。比兴之微婉,亦可以体会矣。

(三) 咏史诗之深致

《江上偶感,用陆游〈小舟游近村舍舟步归〉原四首诗韵(二首)》(1976年3月):

> 三家村外几家庄,古往今来剧一场。春水方生闻杜宇,江东何处觅孙郎。
> 赵家庄外几家村,浩劫余波亦及门。今日澄江静如练,人间何必问桃源。

《咏史》(1983年2月):

> 悲歌垓下霸图空,刘季还乡唱大风。成败到头同下泪,难论若个是英雄。
> 虎踞龙盘自古争,孙郎年少负英名。一篙春水曹瞒走,坐断东南鼎足成。
> 武昌建业去留难,铁锁沉江强自宽。辜负金陵龙虎地,晋元南渡亦偏安。
> 邯郸道上古今地,梦断黄粱亦可伤。陈涉沉沉忘故旧,是非听唱赵家庄。
> (第一首自注:始皇东巡,项羽曰"彼可取而代也",刘邦曰"大丈夫当如是也"。及霸王别姬,高

祖还乡,竟皆泣下数行,令人欲以成败论英雄而不可得,宁不为祖龙所窃笑耶?)

诗人咏史,感慨系之,故有深致,绚为奇光异彩。

"古往今来剧一场","成败到头同下泪,难论若个是英雄","是非听唱赵家庄",寄托了一种超越于历史之上的超越感。皆非寻常之思。"今日澄江静如练,人间何必问桃源",则表达了一种人间即是桃源、当下即是超越的哲思。尤为难能可贵。

"春水方生闻杜宇,江东何处觅孙郎","虎踞龙盘自古争,孙郎年少负英名。一篙春水曹瞒走,坐断东南鼎足成","武昌建业去留难,铁锁沉江强自宽。辜负金陵龙虎地,晋元南渡亦偏安",是有感于三国东吴孙策、东晋元帝创业江东之历史。

唐李吉甫《元和郡县图志》卷二十五《江南道一·润州》:"《吴志》曰:'汉献帝兴平二年,长沙桓王孙策创业江东。'"

陈寅恪《述东晋王导之功业》:"东晋元帝者,南来北人集团之领袖。吴郡顾荣者,江东士族之代表。……南人与北人戮力同心,共御外侮,而赤县神州免于全部陆沉,东晋南朝三百年之世局因是决定矣。"①

诗人再三称叹孙郎"一篙春水曹瞒走,坐断东南鼎足成","晋元南渡亦偏安",而感慨东吴末代皇帝孙皓"辜负金陵龙虎地",当与自己身处江东之地有关。盖身在其地,易感其史,此亦是读史之一良法。此亦与诗人早年抗日战争时期曾治兵要地志之学养有关,盖孙郎、晋元之兴盛,乃至东晋南朝三百年之定局,以及孙皓之败亡,皆与能否利用江东之军事地理条件有关。江东军事地理之最主要条件,就在于这"一篙春水曹瞒走"的一江春水——长江天堑。

(四)长篇叙事诗、叙情诗波澜壮阔,刻画出人物形象之鲜明性格特征

中国诗最重要的艺术评价标准,除了韵味与神韵、诗史,隐然还有第三项评价标准,此即是长篇叙事诗、长篇叙情诗(指兼有叙事叙情之长诗),尤其是长篇叙事诗之佳篇杰作(不曰名篇,是指未必已流传于世;曰佳篇,是指衡量其艺术造诣而定名),不仅故事情节波澜壮阔,而且能刻画出人物形象之性格特征。诗人是否能成为大家,有没有长篇叙事诗、叙情诗佳篇杰作,是一个重要的评价因素。中国现代学者诗人,往往以诗词为学术工作之余事,长篇叙事诗、叙情诗往往付诸阙如,更难说其佳篇杰作。宛敏灏早年、中年诗大多已佚,其中有多少长篇叙事诗、叙情诗,不得而知。但是,当"文革"后期,宛敏灏又颇作长篇

---

① 陈寅恪著:《金明馆丛稿初编》,生活·读书·新知三联书店 2001 年版,第 59 页。

叙事诗、叙情诗,佳篇杰作,硕果累累,赫然在焉。足见老人对于诗,是有心人,是用心人,是有志之士,迥然而非视诗词为余事者矣。

《正谊二中、六师诸同乡毕业锦归诗以赠别》(1925 年):

> 先鞭示我青云路,数年淝水萍踪驻。春来秋去曾几时,销魂复咏江郎句。四月清和日正长,骊驹声里伯劳忙。榜花既开身不系,柳条未折心已伤。古来骨肉斯文重,回头欢聚浑短梦。有如社燕与秋鸿,相逢未稳仍相送。送君远腾万里足,莺迁乔木出幽谷。长公早受欧阳知,李白但愿荆州瞩。君不见香花墩畔鹧鸪鸣,一年一度饯行舣。今年此际送君去,他年此日我将行。又不见巢湖水清蜀山崛,钟毓英奇盛文物。于今先达几登龙,后来名士应如鲫。愿君勿复心恻恻,相期努力春华惜。草檄须凭倚马才,匡时伫待凌云笔。别后相望各勉旃,两心千里如一室。噫嘻乎,两心千里如一室,又何怅乎天之南兮地之北。①

诗题"正谊二中、六师"两校,均在合肥。宛敏灏《老去园丁忆合肥》:"1920 年冬,我以 3 年期考六连冠的成绩从庐江县第一高小毕业,次年又认真复习了一学期,满怀信心去报考号称难取的合肥省立第六师范学校……侥幸录取在第四名。六师校址在前大街上的大书院,原是庐州府的科举考棚。""1926 年冬,由于北伐战事的影响,安徽省立中等学校停办。次年,省立二中、六师合并为省立第六中学。我们应届毕业生即以历年考试分数平均数作为毕业考试成绩,我得留六中附小任教。"②

诗中"香花墩",在合肥城南,包公祠在焉;"蜀山",孤峰卓立合肥城西,为合肥最高点;"巢湖",从东南直至合肥城下,是我国五大淡水湖之一。这些风景山水名胜,妆点合肥如花似玉,亦使诗篇锦上添花。

此篇七古,为今存宛敏灏诗最早作品,作诗时年 19 岁,叙同乡同学毕业之事,抒送别惜别之情,才华横溢。"四月清和日正长,骊驹声里伯劳忙。榜花既开身不系,柳条未折心已伤",春光明媚,优美;伤离别,顿挫。"古来骨肉斯文重,回头欢聚浑短梦",上言毕业同乡急于回家与骨肉家人团圆,笃厚;下言同学分离回首几多欢聚如梦,虽少年,亦悲欣交集。又顿挫。"送君远腾万里足,莺迁乔木出幽谷",言远行,优雅。"长公早受欧阳知,李

---

① 宛敏灏:《正谊二中、六师诸同乡毕业锦归诗以赠别》,《学生文艺丛刊》第 2 卷第 7 期,1925 年 9 月版,诗第 4 页,总第 84 页。作者姓名前署"安徽六师"。

② 宛敏灏:《老去园丁忆合肥》,见合肥市政协文史资料委员会、合肥市教育委员会编:《合肥文史资料》第 10 辑《教育专辑》,1994 年,第 132—136 页。

白但愿荆州瞩",言前途,气派。"今年此际送君去,他年此日我将行",句法颇有刘希夷"年年岁岁花相似,岁岁年年人不同"、张若虚"人生代代无穷已,江月年年望相似"风味,然而自是少年气象。"草檄须凭倚马才,匡时伫待凌云笔",写出民国早期一代少年之壮志凌云,警策。"别后相望各勉旃,两心千里如一室。噫嘻乎,两心千里如一室,又何怅乎天之南兮地之北",大有王勃"海内存知己,天涯若比邻。无为在歧路,儿女共沾巾"意趣,同一警策,然而意境焕然一新,气势磅礴展开,并不逊色于初唐气象也。全诗浑灏一气,浏漓顿挫,句句可圈可点,音节铿锵调谐,尤可贵者,写出了民国早期少年气象。

《春日与老伴闲话,有怀颂民伉俪,章成寄奉一粲》(1976 年 2 月 15 日):

> 百年谓已分,子桓良可嗤。七十古来稀,我辈偶得之。八十固在望,九十未可期。莫谓桑榆晚,来者犹可追。春风陌上来,花开蝴蝶飞。长夏蝉惊梦,荷花香溢池。秋山红叶艳,矫首雁南归。冬夜鸡鸣早,梅窗月上迟。四时皆可乐,此乐两心知。借问何能尔?老去际明时。忽忆宋与史,偕老广阳陲。平生重素交,长记少年姿。当年君初婚,故乡访鸾居。啜茗泉水口,游目眺黄陂。匆匆五十年,南北各奔驰。中间消息断,存殁费猜疑。白头惊忽遇,执手大江湄。相对如梦寐,悲欢不自持。昨夜春雷动,江南雨万丝。遥想陈村水,应亦泓涟漪。溶溶鱼鸟乐,苍苍松柏奇。岁月不我待,离思又暗滋,何时重把晤,樽酒漫谈诗。人生不满百,多忧无乃痴。儿孙各得所,远念亦非宜。裁笺报故人,何以慰相思。走笔难尽意,不暇更修辞。

此诗五古长篇,叙事叙情,兴会淋漓,作于"文革"末期。开篇叙述老来之喜欢大自然风光,四时万象更新,"春风陌上来,花开蝴蝶飞。长夏蝉惊梦,荷花香溢池。秋山红叶艳,矫首雁南归。冬夜鸡鸣早,梅窗月上迟",几乎是一片欢天喜地。再追叙五十年来与故人之情谊,"文革"中生死存亡之难以确知,以及后来之悲欢离合,"中间消息断,存殁费猜疑。白头惊忽遇,执手大江湄。相对如梦寐,悲欢不自持",划然转为悲欣交集。"昨夜春雷动,江南雨万丝。遥想陈村水,应亦泓涟漪。溶溶鱼鸟乐,苍苍松柏奇",再写出眼前大自然之春天,遥想对方之同一春天,画面优美、韵。最后叙述相思深情,"岁月不我待,离思又暗滋"。全诗俯仰今昔,娓娓道来,叙事叙情兼具,笔卜波澜壮阔。

《走笔寄刘泽长、史颂民两老太原》(1977 年重九前五日于芜湖):

> 汉祖还乡唱大风,余风千载几诗雄。文房梦得承公干,并世今数泽长翁。童颜鹤发八十四,下笔犹能作小字。携壶健步日行吟,十里八里浑闲事。老去订交得颂民,

一樽相对细论文。清词时亦示伧父,江东遥望不胜情。一年好景重阳近,蟹肥姜嫩黄花韵。读罢瑶章兴有余,寄言欲把题糕问。

"题糕",典出宋邵博《邵氏闻见后录》卷十九:"刘梦得作《九日》诗,欲用糕字,以五经中无之,辍不复为。宋子京以为不然,故子京九日食糕,有咏云:'飙馆轻霜拂曙袍,糗糍花饮斗分曹。刘郎不敢题糕字,虚负诗中一世豪。'遂为古今绝唱。"

"一年好景重阳近,蟹肥姜嫩黄花韵。读罢瑶章兴有余,寄言欲把题糕问",诗言读罢寄示清词瑶章,兴致有余,今逢重阳佳节将近,还盼新的佳作。

以上两篇五古、七古,皆叙事叙情长篇,兴会淋漓,前一篇作于 1976 年粉碎"四人帮"之前,莫非是已预感到时代即将改变耶? 后一首作于 1977 年改革开放之初,万象更新,更自然是有此等兴会淋漓。

《无题》(1970 年代初):

> 侧艳篇章,多传往事;风流人物,还数今朝。破旧立新,摧封建之残垒;同心永好,寄希望于来兹。爰赋无题,以坚有志。江郎好事,竟忘才尽之年;张叟打油,聊博茶余一粲。
>
> 春秋迭代悲欢续,人生万事何时足。女娲不解补情天,天上从来月一圆。月圆朗照江波碧,江头年少心胆赤。恨不相逢未嫁时,同病相怜情脉脉。脉脉无言几度春,江南淮北两情深。岂期淝上重相见,疑是三生石上盟。山盟海誓竟何益,恨海不填精卫石。罗敷一怒谢故夫,使君有妇归未得。有妇数载不相闻,鬼蜮含沙苦弄人。巢湖秋雨延陵病,唯有阿娇知此心。知心千载诚难遇,患难不忘生死俱。夜奔非为凤求凰,仓促相携五湖去。五湖浩渺卷狂澜,水远山长行路难。浪迹江东艰一死,尽欢甘把一生拼。拼将一切同殉爱,待月重圆须月在。此理难与俗人言,翩然归来众嗔怪。归来倏忽几经秋,阅尽人间苦与愁。雨覆云翻何足道,欲加之罪集愆尤。匹夫怀璧原无罪,日月昭昭食暂晦。下塘风月苦撩人,相见常稀心欲碎。月明又复照江干,岁暮过江风雨寒。旧地重游伤老大,花开花谢几悲欢。悲欢本自无凭据,咫尺天涯天不曙。但期饮水共长江,聊慰相思无着处。君不见,天上双星岁一逢,胜却人间朝暮同。又不见,移山愿遂有愚公,不信人生长恨水长东。

《无题》是七古长篇叙事诗,叙述主人公"延陵诗老"吴昭铭之爱情故事(参看下文),作于"文革"后期。"女娲不解补情天,天上从来月一圆","拼将一切同殉爱,待月重圆须月在",抒发爱情之主题思想,警策,优美,似从未经人道出。"脉脉无言几度春,江南淮北两情深。岂期淝上重相见,疑是三生石上盟","夜奔非为凤求凰,仓促相携五湖去","匹夫怀璧原无罪,日月昭昭食暂晦。下塘风月苦撩人,相见常稀心欲碎","悲欢本自无凭据,咫尺天涯天不曙。但期饮水共长江,聊慰相思无着处",历叙男女双方之悲欢离合,回环婉转,极富于故事性、情节性。"巢湖秋雨延陵病,唯有阿娇知此心","知心千载诚难遇,患难不忘生死俱",笔端熔铸至情,回肠荡气,刻画出女主人公人物形象爱情高于生死之鲜明性格特征,尤为难得。洵为大手笔也。

《无题》七古叙事长篇,故事情节千回百转,波澜壮阔,回肠荡气;字面清辞丽藻,词句警人,余香满口;风格哀感顽艳;雅近《长恨歌》《圆圆曲》一路叙事诗,而所写故事、人物,焕然一新,全然是自家面目。尤能刻画出女主人公人物形象爱情高于生死之鲜明性格特征,比之占人,未尝逊色矣。

同时有三首七律,系同一题材之作,而自注大略述及本事,当一并观之。

《次韵奉和延陵诗老〈读无题〉二首》(1970 年代初):

> 千秋佳话白头吟,无限温馨儿女情。王令授琴殊解事,长卿作赋早知名。阴晴圆缺原常见,离合悲欢证凤因。应是芳香终不灭,君看捣麝纵成尘。

> 穷士聊为梁甫吟,风流人物总多情。春深铜雀犹余梦,年少周郎早擅名。咫尺天涯无限意,三生石上有前因。吴蚕到老莹如玉,吐尽芳丝不染尘。

> （自注:此二首录自一纸片,为拨乱反正之前所作。延陵诗老谓吴昭铭,相恋者则某某也。合师尽知其事,昭铭告予尤详。因以"无题"诗纪闻,和诗已佚,此则再步原韵也。好事多磨,其后卒为恶势力所阻,及昭铭以肺癌赴蚌埠就医,某在医院陪伴直至病故。）

《新秋纳凉口占,再步前韵》(1970 年代初):

> 老去狂生学苦吟,春花秋月并关情。云深巫峡欢难续,珠系罗襦恨莫名。水皱一池干底事,桥成七夕岂无因? 天台不远刘郎瘦,应为新诗感旧尘。

> （题下署:南阳逸叟。）

其中第一首中的"延陵诗老"即吴昭铭,何伟成主编《枞阳风雅》吴昭铭条:

吴昭铭（1927—1979），高甸乡人。皖南大学毕业，留校工作，任教学研究科科长。[①]

此书所录吴昭铭《和章士奇寄赠原韵》等诗三首，才力、工力可观[②]。

柏晶伟《为农业大包干报户口的人——王郁昭》第三章《教育生涯》：

> 教务处工作人员吴昭铭……的正楷毛笔字非常工整。[③]

宛敏灏《追念吴昭铭同志》（1982 年 9 月）：

> 秋风袅袅大江波，木落淮南鬼夜歌。有志未酬挥手去，用才不尽惜君多。中年哀乐迷情网，豪气纵横困宿疴。泽畔同吟追往事，下塘月冷奈愁何。
>
> （自注：① 君以 1980 年 9 月卒于蚌埠，回忆 1969 年同在下塘集农村参加"斗批改"，不胜人琴俱渺之感。② 平生以才华横溢见忌，甚至个人婚姻问题亦屡为好事者所阻，腰椎又于十年动乱中受损，终以忧伤致肺疾转为癌症而殁。）

郑永钤、郑莓《诗意的沉浸 郑震艺术人生》中卷：

> 1967 年年底，造反派又把郑震他们集中到长丰下塘集农村，离合肥五六十里路。这些"牛鬼蛇神"跟革命群众放在一起，革命群众住的比较好，"牛鬼蛇神"则十来个人住在一个房子里，房子里放个尿桶，晚上还把门锁着。在下塘集的劳动和学校里牛棚劳动不同了，每天日出日落和当地农民一样规规矩矩劳动。[④]

郑震时任合肥师范学院艺术系教授、美术教研室主任。安徽省长丰县下塘集位于合肥北偏西，距离合肥有 40 余公里。

由上可知，吴昭铭，安徽枞阳县人。他能诗、多才多艺，为宛敏灏先生所赏识。在 1967—1969 年，宛敏灏、吴昭铭同在安徽省长丰县下塘集劳动改造，又同患难。吴昭铭自

---

① 何伟成主编，枞阳诗词学会编：《枞阳风雅》，安徽人民出版社 2006 年版，第 953 页。"皖南大学毕业"一语似误。

② 《枞阳风雅》，第 953—954 页。

③ 柏晶伟著：《为农业大包干报户口的人——王郁昭》，中国发展出版社 2007 年版，第 67 页。

④ 郑永钤、郑莓：《诗意的沉浸 郑震艺术人生》，安徽师范大学出版社 2018 年版，第 132 页。

号"延陵诗老",当取义于延陵为古吴地。《史记·吴太伯世家》:"季札封于延陵,故号曰延陵季子。"

第三首中的"南阳逸叟"是宛敏灏自号。按《明一统志》卷三十《南阳府·南阳县》:"本周申伯国,战国为韩宛邑,秦为宛县,南阳郡治。汉因之。"诸葛亮《出师表》:"臣本布衣,躬耕于南阳,苟全性命于乱世。"可知宛敏灏以南阳逸叟自号,取义于南阳为古宛地。1967—1969年合肥师范学院"牛鬼蛇神"在下塘集农村躬耕劳动改造时,当并取义于诸葛亮"躬耕于南阳,苟全性命于乱世"。

《次韵奉和延陵诗老〈读无题〉二首》《新秋纳凉口占,再步前韵》,与前述长篇叙事诗《无题》皆为吴昭铭悲欢离合之爱情本事而作。在"文革"时期中,当宛敏灏、吴昭铭都受到冲击,但宛敏灏仍然不顾风险,慨然而为吴昭铭爱情本事之悲欢离合而创作此一系列旧体诗,足见宛敏灏为人之风义。

这三首七律以优美之象征和典故营造意境,缠绵悱恻,沉博绝丽,雅似李义山之无题诗,而镕辞造句,抒情叙事,的是自家面目,与长篇叙事诗《无题》桴鼓相应,推波助澜。《次韵奉和延陵诗老〈读无题〉二首》其一"千秋佳话白头吟,无限温馨儿女情","阴晴圆缺原常见,离合悲欢证夙因","应是芳香终不灭,君看捣麝纵成尘",其二"咫尺天涯无限意,三生石上有前因","吴蚕到老莹如玉,吐尽芳丝不染尘",《新秋纳凉口占,再步前韵》"水皱一池干底事,桥成七夕岂无因",揭橥爱情主题,句句警策、优美。其中"君看捣麝纵成尘""吐尽芳丝不染尘"等句,笔势腾挪跳掷,而收笔极稳,雅近清曹学诗七律《读西青散记和贺双卿秋吟原韵九首》之句法,此境亦不易到。盖大手笔之间,有不期而暗合者也。

三、论宛敏灏词

宛敏灏词最突出之成就,在于写景抒情,宛然北宋小令,而别有自家之深致;词中有史,"滇深波浪阔";山水词笔妙传神;怀人词情致深永等四个方面。

(一) 写景抒情,宛然北宋小令,而别有自家之深致

清周济《介存斋论词杂著》言北宋词"浑涵",又云"北宋词多就景叙情,故珠圆玉润,四照玲珑"。王国维《人间词话》:"严沧浪《诗话》谓:'盛唐诸公,唯在兴趣。羚羊挂角,无迹可求。故其妙处,透澈玲珑,不可凑泊。如空中之音,相中之色,水中之影,镜中之象,言有尽而意无穷。'余谓北宋以前之词,亦复如是。"又云:"词之为体,要眇宜修。"北宋词婉约秾丽,意在象外,无迹可求,故珠圆玉润,要眇宜修。北宋词此等体性,尤见于小令。宛词

写景抒情,宛然北宋小令,而别有自家之深致。此与词人早年精研二晏词,当大有关系。

《浣溪沙》(1992 年 4 月 6 日):

> 雨暴风狂节序更。杜鹃啼微送春声。残红满目总无情。　万点桐花飘荡漾,一双燕子舞轻盈。留春小住伴春醒。

词写春尽、惜春。上片言春夏之交,雨暴风狂,但见残红满目,但听见杜鹃啼声,声声渐微,送春远去矣。过片"万点桐花飘荡漾",桐花象外之意,包含两层,一是字面之春尽,因为桐花飘落,是春天最后的花落。《全唐诗》卷八百一崔仲《古意》:"桐花落尽春又尽。"宋赵蕃《淳熙稿》卷十九《三月六日》:"桐花最晚开已落,春色全归草满园。"二是蕴含之悼亡。典出李后主见桐花发而伤怀周后。宋马令《南唐书》卷六《昭惠周后传》载:后殂,后主哀苦,"每于花朝月夕,无不伤怀,如:'又见桐花发旧枝,一楼烟雨暮凄凄。凭栏惆怅人谁会,不觉潸然泪眼低。'"

宛敏灏先生夫人章敬泰女士,生于 1907 年 11 月 9 日,逝世于 1985 年 12 月 5 日。夫妇俩六十年伉俪情深,宛敏灏诗词集中,悼亡之作极多,而当以此词为最含蓄不露。

桐花之典,纯是意象,无迹可求。如前所述,韵致与深致,出之以明白如话,此是诗歌语言艺术极高明之造诣,亦是宛敏灏诗词之本色。

"一双燕子舞轻盈",续写春尽。清郝懿行《燕子春秋·二月》:"来降。自海外来,莫知处所,犹天降然。"[①]燕子乃春天之天使,虽然花落春尽,但是燕子犹在眼前,下意识中是希冀留住燕子,即留住春意也。故结笔曰:"留春小住伴春醒。"

"留春小住伴春醒",是双关语,亦是痴情语。"留春小住",字面言希冀犹能稍微挽留住春天,下意识实是希冀犹能挽留住亡灵。"春醒",是相对于"春睡""春醒(酒醉)""春醉"而言,皆宋词常语,例如宋祁《蝶恋花·情境》"春睡腾腾",欧阳修《蝶恋花·春情》"半醉腾腾春睡重",柳永《木兰花慢·清明》"画堂一枕春醒",朱淑真《鹧鸪天》"千钟尚欲偕春醉",李玉《贺新郎·春情》"渐玉枕、腾腾春醒"。词言"留春小住伴春醒",希冀犹能稍微挽留住春天,自己无醉无寐,愿以全副清醒之心神来陪伴春天,唯恐一霎儿辜负春天——下意识则惟愿春天未逝也。

此词字面写春尽、惜春,整首词几乎纯是凄美哀婉之自然意象,所寄托的悼亡之意,意在象外,无迹可求,而极尽缠绵悱恻之能事,乃臻于词体小令艺术之极高境地。虽说是宛

---

① 本社编:《禽鱼虫兽编》,上海古籍出版社 1993 年版,第 87 页。

然北宋小令,而别有自家之深致矣。

《浣溪沙》(1992 年 3 月 29 日):

> 几日轻寒闭小楼。无边细雨润如酥。柳丝袅娜划春柔。　　寂寂落花迷曲径,萋萋芳草满园幽。一双燕小语帘钩。

《菩萨蛮》(1992 年 4 月 18 日):

> 落后飘尽归何处。泪眼问花花不语。啼鸟怨东风。　　春踪已冥蒙。天涯芳草遍。来去双飞燕。燕子总情深。画梁岁岁临。

《虞美人(二首)》(1992 年 4 月 29 日):

> 红销香断春残了。燕子归来早。小园伫立只吁嗟。恼恨东风吹散树头花。凄凉满目愁无数。飘散将何去。幸遗独子隔年生。怕为多情不作菊花人。
>
> 落花随水东流去。满眼伤离绪。几番风雨倍销魂,叶底莺啼转瞬入残春。欲将心事从君诉。只恐芳心苦。开时易见落难寻。长记绮年连理便同心。

这一系列小词,皆写惜春、伤春,几乎纯是出以凄美哀婉之自然意象,皆臻于"北宋浑涵","就景叙情,故珠圆玉润,四照玲珑","要眇宜修",几乎"无迹可求"之境。

北宋小令艺术境界,乃是词体创作之灵根。宛词一切艺术造诣与文学成就,皆基于此。宛词写景抒情,宛然北宋小令,而别有自家之深致,尤为难能可贵。

宛词小令并非一味神似宋词,而是别开生面,开拓了词体之新天新地。

《浣溪沙·首都体育馆观及球赛》(1973 年 10 月 9 日晚):

> 璀灿华灯泻水明,寒光一片照层冰,银刀闪烁技翻新。　　掠地飞来春燕疾,冲霄倏逝雪鸿惊,横戈骤马扫千军。

[吴孟复《书城先生词读后》曰:"此题极难作,盖古无其事,无可依傍,更无典故可用也。作者用白描手法,曲传神态,状难写之景,如在目前,惊心动魄,一字千金。五十年来,从报刊上读过若干写现代新事物之诗词,几无一首是诗,更无一首是词。今读此作,心眼大开。始知非新事物之不可以入诗词,而是由于作者功力之不足。有志'旧瓶装新酒'者,不可不读此词。"

史颂民《爱吾庐漫志》曰："'掠地'一联刻画神似；'扫'字用于冰球亦确切。"（评语录自《当代词综》）]

此词写冰上舞蹈表演，婀娜中含刚健，句句生动传神，当然是词体艺术世界中之所开创出之崭新境界。

(二) 词中有史，"溟深波浪阔"

词中有史，蔚为大邦，始盛于南宋，再兴于明末清初，复再兴于晚清民国。宛词词中有史，包含着中国现代史七十年之历程，其内容、境界借用杜甫诗句以言之，洵为"溟深波浪阔"。

《菩萨蛮》（1929 年秋于安庆）：

> 新秋游菱湖公园，登湖心亭，吊姜高琦、周肇基墓，两烈士系在 1921 年安徽六二惨案中牺牲。
> 湖心亭外波光渺，田田莲叶兼葭绕。红蓼绚前汀，菱歌互答清。　　郊原佳丽处，郁郁姜周墓。日夜大江流，英风浩荡秋。

1921 年 6 月 2 日，安徽省会安庆各校学生代表为抗议北洋政府克扣教育经费，赴省议会请愿，遭军阀倪道烺镇压，安徽省立第一师范学校姜高琦、安徽省立第一中学周肇基被士兵刺伤致死，造成举国震惊的安徽六二惨案。安徽各界掀起抗议浪潮，安庆商人罢市、工人罢工，全国人民纷纷通电声援，终于推翻第三届贿选议会，驱逐行贿任命的省长李兆珍。亦称六二学潮、六二运动。

《申报》1921 年 6 月 5 日第七版《皖学界亦起大风潮——议会请以军队压迫学生　学生受刀伤数十人　一人已死》：

> 昨日省学生会以新加之教育预算案议会无表示，且闻夏历五月初二日为倪嗣冲生祠落成之日，议员有赴蚌庆贺者，恐此案一时不能成立，或因此而停滞，遂开会派代表至议会要求答覆，并由各校推举代表十人，分至各议员公寓疏通。讵是日议会正公宴马联甲与倪炳文，故对于学生质问无圆满答复，学生以议会既无结果不散，于是议会议员请求马使保护，以电话调各处军队弹压，并下临时戒严令，断绝交通，如临大敌。而学生方面均得报告，各校遂率队围议会，孰料行至中途即被军队阻止，遂发生绝大冲突，学生被刀伤者数十人，惟一师姜高琦与戴文秀危在旦夕（闻姜君今午已

故）。……（六月三日）

> 《字林报》三日安庆电云：昨夜学生若干人赴省议会责问教育经费移充军费事，省议会令卫队攻击学生，致学生受伤多人，内有一人生命难保，现有三人在医院疗伤。今日各学校罢课，即圣保罗教会学生亦不上课，学潮有蔓延之象。学生已上书省长陈诉。

自1921年6月5日至1925年6月5日，仅《申报》所发表包含"姜高琦"三字的有关六二惨案的报道、通电等，就有102篇。6月21日上海《民国日报》副刊《觉悟》发表了胡适的诗《死者——为安庆此次被军警刺伤身死的姜高琦作》。8月，胡适在安庆省立一师、省立一中作《好政府主义》等演讲，宣传新文化运动，提倡好人政府。

"湖心亭外波光渺，田田莲叶蒹葭绕。红蓼绚前汀，菱歌互答清。"上片写出安庆菱湖绮丽风光，笔下饱含对于家乡安徽的深情。

"郊原佳丽处，郁郁姜周墓。日夜大江流，英风浩荡秋。"下片写出绮丽风光怀抱姜周二烈士墓，和大江奔流，英风浩荡；烈士精神永在，和对烈士无限爱敬的象外之意，有如日月朗照。

《浣溪沙·秋登安庆迎江寺振风古塔》（1932年秋于安庆）：

> 漠漠秋阴护晓寒，强从雾里认湖山。塔铃声咽诉时艰。　　塞雁北来何处去，大江东去几时还。中流击楫问谁先。

1931年九一八事变爆发，日本驻中国东北的关东军攻占沈阳，并侵占东北全境，炮制伪满洲国。1932年一·二八事变（淞沪抗战）爆发，日本海军进攻上海，国军奋起抵抗，痛击日军。5月5日，中日双方签署《淞沪停战协议》。此词作于1932年秋，发抒国难当头、抗日救国之精神，而出之以比兴之描写、用典之字面。

"漠漠秋阴护晓寒，强从雾里认湖山"，描写登高望远，秋阴漠漠，词人努力从云雾茫茫中，辨认大好湖山，隐然象喻四夷交侵，万方多难，自己全神贯注地看着祖国的版图。"塔铃声咽诉时艰"，语出苏轼《大风留金山两日》"塔上一铃独自语，明日颠风当断渡"，描写塔铃声咽，好像诉说着自己忧国伤时之悲愤。

"塞雁北来何处去"，典出杜牧《早雁》："金河秋半虏弦开，云外惊飞四散哀。仙掌月明孤影过，长门灯暗数声来。须知胡马纷纷在，岂逐春风一一回。"描写秋雁南飞，象喻东北同胞之流亡关内。"中流击楫问谁先"，典出《晋书·祖逖传》："中流击楫而誓曰：'祖逖不能清中原而复济者,有如大江!'辞色壮烈,众皆慨叹。"表达出驱逐日寇、光复东北、光复失地之坚定决心。

《南歌子》(1946 年 9 月):

> 抗战胜利,越年始得辗转东归。旧时城郭,已荡然无存矣。
>
> 　避寇流离久,还乡阻滞迟。归心时共水东驰。好是昨宵乘月渡黄陂。　　旧郭无从觅,新邻乍见疑。娇嗔女问母为谁。最喜椿庭秋爽满芳菲。
>
> (自注:黄陂:湖名。〇予夫妇西去时小女郁如甫数月,留在家乡哺乳。)

词写抗战,胜利后还乡,悲欣交集,叙事细节描写极富于戏剧性,包含着甚深的兴发感动。"旧郭无从觅,新邻乍见疑",旧时城郭,已毁于战火。新邻乍见,反猜疑屋主。"娇嗔女问母为谁",抗战初夫妇西去,小女留在家乡哺乳,此时反问妈妈:"你是谁呀?"真不知是喜,是悲? 宛词"娇嗔女问母为谁",较唐诗"儿童相见不相识,笑问客从何处来",悲欣交集,更加深刻,因为此包含着抗战之生离死别、悲欢离合。宛词开辟了中国诗词可能是前未有的新画面、新意境。抗战胜利还乡,虽是悲欣交集,终归是欢天喜地。"最喜椿庭秋爽满芳菲",此欢天喜地,遂化为满庭怒放的鲜花。

《满江红》(1984 年 3 月):

> 读《戴安澜将军传》,其墓在芜湖小赭山。
>
> 　千古英雄,埋骨处、江山生色。追往事、少年奋起,驰驱南北。勇夺昆仑寒贼胆,威扬缅甸援盟国。越炎荒、壮烈裹尸还,风瑟瑟。　　霓虹志,忠毅魄。昭史传,彰勋绩。问戚家军后,谁能几及。郁郁佳城松柏花,蒸蒸禹域云霞赤。看今朝碧海颂同春,春无极。
>
> (自注:传见《安徽文史资料》,吴振潮撰。戴初驻军古北口防倭,旋南调作战,趁春节奇袭昆仑关。日寇败走入缅后,雄镇东南,完成支援盟军任务后,奉命率远征军回国。归途中犹能略取棠吉,卒以日寇围困,不得不取道炎荒突破,在野战中壮烈牺牲。时国共第二次合作,毛主席、周总理、朱总司令俱有悼词,解放后①追认为烈士,自全州移葬于芜湖小赭山。)

戴安澜(1904—1942),安徽无为风和村人,1926 年黄埔三期毕业,1939 年初任陆军第200 师少将师长,抗日名将。参加长城抗战(1933 年)、台儿庄战役(1938 年)、徐州会战、

---

① 作者自注,现一般称为"新中国成立后"。

武汉会战、昆仑关战役(1939 年),战功卓著。1942 年率第 200 师作为中国远征军先锋部队赴缅甸抗战,指挥固守同古、攻克棠吉等役,守必固、攻必克,重创日军,为中国军队树立国际声威。5 月 26 日在缅北毛邦指挥突围战斗中负重伤殉国。被追赠其为陆军中将。1948 年 5 月 26 日之前,戴安澜灵柩安葬于安徽芜湖小赭山之阳①。

"壮烈裹尸还",典出《后汉书·马援列传》:"男儿要当死于边野,以马革裹尸还葬耳,何能卧床上在儿女子手中邪?"

"风瑟瑟",形容风声凄厉,语出刘桢《赠从弟》诗:"亭亭山上松,瑟瑟谷中风。"

《戴故师长最后遗函》一《致夫人书》(1942 年 3 月 22 日):

亲爱的荷馨:

　　余此次奉命固守同古,因上面大计未定,其后方联络过远,敌人行动又快,现在孤军奋斗,决以全部牺牲,一报国家养育! 为国战死,事极光荣。所念者,老母外出,未能侍奉,端公仙逝,未及送葬。你们母子今后生活,当更痛苦。但东、靖、澄、篱四儿,俱极聪俊,将来必有大成,你再苦得数年,即可有出头之日矣。勿望以我为念,我要部署杀敌,时间太忙,望你自重,并爱护诸儿,侍奉老母。老父在皖,可不必奉闻。②

《中央日报》记者《戴故师长(安澜)传略及殉国经过》(1942 年):

　　棠吉克服二日,即有腊戌被陷消息传来,乃奉命转进,并相机打击敌人,然横亘在我前进路线之前者,为五道包围线……在到达细色通莫哥公路上,与敌遭遇,激战两昼夜……(将军)亲赴火线指挥,不幸竟为敌流弹所中。……延至五月二十六日下午五时四十分……在缅境毛邦村与世长辞。③

李颖忆述、魏英民整理《戴安澜将军入缅抗战殉国记》:

① 《申报》1948 年 5 月 4 日第二版;《戴安澜氏灵柩昨移芜郊基园,定本月廿六日安葬》(本报芜湖三日电),1948 年 5 月 26 日第二版;《戴氏灵柩在芜安葬》(本报芜湖廿五日电)。

② 《缅甸作战时期戴安澜将军日记　附:殉国经过及各方哀思录》,第 33 页;安徽省政协文史资料委员会:《戴安澜将军》,安徽人民出版社 1985 年版,第 141 页。今据前本录文,前本略去抬头一句,"因"字后省略三句(系涉及当时抗战军密),用七个××号代替,兹据后本补录;此外仅有细微异文,兹从略。《缅甸作战时期戴安澜将军日记·编后》:"本报特别感谢戴师长之遗族,将此抗战史上之文献——可珍贵的日记,在国内首先交由本报发表","日记中涉及军事","本报曾加以省略"。

③ 《缅甸作战时期戴安澜将军日记　附:殉国经过及各方哀思录》,第 5—6 页。

我在二百师任师野战医院中校院长。①

由于中英、中美间的矛盾，指挥上的混乱。局势出现了危急。②

约十多天光景，来到靠近公路的一个小镇——矛帮。日军已预测到我军要通过此镇，早已调遣了一个师的兵力在此堵截。……激战数小时，日军火力相当猛烈。戴将军为掌握战况、发现第一手资料，带上参谋长，两名副官和我，亲自到前线观察指挥。在离公路二里多远的一条山路上，趁着夜色，望得见日军机枪的火舌交叉着封锁了几道山口。突兀间，一排机枪的毒舌从我们几个人的身侧扫过，这时，正默然行走.在山路上的戴将军轻声道"不行"，随即用手捂住了胸口，步履有些踉跄。身后的副官忙伸手扶持。我下意识地用手掌摸挲他的胸膛。立刻触到了一种粘、热的不祥之物。……

行军中，戴将军被担架抬着走，虽说重伤，神志始终清楚；他面色惨白，能缓声说话。我把师部仅有的一点点大米熬成粥，再就是喂他几口白开水。我按时给换药，敷药时，尽管伤口还在涌血，他丝毫没有皱眉和呻吟一声。在生命弥留之际和每一天里，他总是把师部几个人叫到身边，询问行军路线、军纪、生活等情况，唯一没有提及过孩子、夫人，没有留下一句安排后事的话。伤后第三天，戴将军怀着满腔忧国忧民的深情和对全师官兵的倾向（心）关切，渐渐沉入睡乡，默默地去了。时年三十七岁。

守候在他遗体旁的师部长官、副官、医护人员等战友，悲痛欲绝，潸然泪下。参谋长周维瀚，团长郑庭笈竟痛哭失声。

山川置身于垂云沉雾里，俄顷，天公垂泪，溪水呜咽，山岳摆簸，林莽悲鸣。宇宙万物也仿佛有知，为抗日殉命的英灵深致哀悼。③

师部研究决定，实行秘密火化，带骨灰回国。④

确指戴安澜将军致荷馨书所说"为国战死，事极光荣"及其壮烈殉国之今典，用典可谓精湛。

词言1942年5月缅甸盟军失利，第五军经缅北野人山原始森林退回祖国，途中激战

---

① 中国人民政治协商会议河北省邢台市委员会文史资料研究委员会：《邢台文史资料》第3辑，1987年，第17页。

② 《邢台文史资料》第3辑，第20—21页。

③ 《邢台文史资料》第3辑，第21—22页。

④ 《邢台文史资料》第3辑，第22页。

于缅北矛帮,戴安澜将军不幸壮烈殉国,乃是实践了他致荷馨书所说"为国战死,事极光荣"。雨潇潇,风瑟瑟,"天公垂泪,溪水呜咽,山岳摆簸,林莽悲鸣",天地亦为之变色矣。此四句,叙事惊天地、泣鬼神,意境悲壮、苍凉,俱是写实。

全词尽美矣,又尽善也。洵为宛词之一杰作。

(三) 山水词笔妙传神

宛词山水词,词中有画,笔妙传神。其中突出之造诣与特色,是在设色点染,饶有韵致;意象描写,白描传神;并且擅于描写边角之景,留白晴空一碧或云烟缥缈,朦朦胧胧,空灵澹宕。所写皆仁兴而就,笔妙传神,韵味无穷,神韵出焉。

《浣溪沙·黄山玉屏楼前晚眺》(1956 年 8 月):

一抹斜阳映玉屏。文殊台下万峰青。却看来路细如绳。 亦险亦奇真大巧,曰山曰海本无名。今宵倚枕听涛声。

(自注:玉屏峰有"云海奇观"摩崖大字。"不险不奇""大巧若拙"则题于楼前石山青狮上,耐人寻味。)

玉屏峰映斜阳,金光灿灿,文殊台上,俯瞰万峰青翠,辨识来路细如绳;设色金碧辉煌,展现"一览众山小",写出黄山之高、之美。词中有画,绕有韵致。

《南歌子》(1962 年 1 月):

黄山雨后,小立白龙潭上观人字瀑

前日银钩瘦,今朝玉臂肥。擘窠书就势如飞。底怪昨宵运笔走风雷。 晚霁喧知了,斜阳染翠微。白龙夭娇下山溪。更与多情明月伴人归。

(吴孟复《书城先生词读后记》曰:妙从"人字瀑"之"字"字着想,运用拟人手法,复以"瘦""肥"写出雨前、雨后之不同;而"银钩""玉臂""擘窠""运笔",又皆与写字有关,构思极为精巧。

史颂民《爱吾庐漫志》曰:人字瀑经白龙潭入溪,下片第三句语言生动形象,与上片有首尾相应之妙。过变以"风雷""晚霁"暗通,意脉亦佳。)

吴、史两评甚是。还可以说,"斜阳染翠微",仁兴而就,深得王维辋川诗意,而全然是自出新辞。设色点染,"染"字传神,韵味不尽。

《南楼令·登小补旧亭》(1962 年 9 月)

谁系木兰舟。溪山胜处留。六年前,曾此清游。犹记惊心风雨夜,涛怒吼,石奔流。　　小立断桥头。凉飔入袂柔。喜重来,狎浪中洲。最是晚凉天宇净,亭角外,月如钩。

此词意象描写,皆用白描。"凉飔入袂柔",伫兴而就,"柔"字传神。

《浣溪沙·越丛山至太平,遥望黄山一角》(1962年9月):

峻岭悬桥一线通。飙轮辗转碧山丛。当头时见插云峰。　　林密岩阴惊昼晦,峦开视展又晴空。黄山一角有无中。

《鹧鸪天·早发黄山返合肥》(1962年9月):

残月如钩恋晓风。轻车待发恨匆匆。征轮似解行人意,故故迂回下碧峰。千个竹,万针松。问君此去几时逢。青山一路如相送,回首天都缥缈中。

《鹧鸪天》(1962年9月):

自黄山出席知识分子会议回合肥,道经青阳,望九华山作。
绰约莲华出水初。亭亭九蕊望中舒。名山一见惊神采,太白刘郎意不殊。
奇亦秀,信非虚。竹舆揽胜忆于湖。相看未是车尘远,凝伫烟霄幻有无。
(自注:九华之名改自李白,以"其上有九峰如莲华",诗谓"天河挂绿水,秀出九芙蓉"。刘禹锡亦盛称"九峰竞秀,神采奇异",诗有"奇峰一见惊魂魄"。　张孝祥《于湖词》有《水龙吟·望九华山作》,其起结句云:"竹舆晓入青阳……匆匆又去,空凝伫、烟霄里。")

"黄山一角""回首天都""亭亭九蕊",皆只写出黄山、九华山之一角或山巅,隐隐约约,似有若无。此外全幅画面,均为"晴空"一碧或云烟"缥缈"之大面积留白,朦朦胧胧,空灵澹宕。伫兴而就,笔妙传神,韵味无穷,神韵出焉。

南宋画家马远、夏圭,喜作边角小景,构图常取半边,被称为"马一角,夏半边"。清朱彝尊《曝书亭集》卷十九《西湖》诗自注:"远尝有水墨西湖十景册,画不满幅,人称'马一角'。姚云东诗'宋家内院马一角'是也。"厉鹗《南宋画院录》卷七引录之。金埴《不下带编》卷七:"郭恕先于绢素一角作远山数峰。马远水墨西湖十景册,画不满幅,人称为马一角。(姚云东诗'宋家内院马一角'是也。)彼非不能布满也,盖方寸具千里之势耳。"

宛词"黄山一角有无中","回首天都缥缈中","绰约莲华出水初,亭亭九蕊望中舒",擅于描写边角之景,留白"晴空"一碧或云烟"缥缈",乃是远眺黄山、九华山之写实,伫兴而作。词家之心,师从造化,而与南宋画家不谋而合。

(四) 怀人词情致深永

宛词怀人词情致深永。情,本体。致,韵致,艺术。

《乌夜啼·亡妻忌日》(1988 年 12 月 5 日):

> 江楼怅望三年。悄无言。回首春花秋月渺云烟。 天不老,情难了,恨绵绵。漫道"曾经沧海识桑田"。
>
> (自注:词人宋亦英同志赠句。)

宛词悼亡之作甚多,其深蕴不露,无迹可求,如《浣溪沙》,已如前述。此词直写出春花秋月,云海沉沉,悄然无声,奈何天,伤怀日,寂寥时之悼亡意境。

"曾经沧海识桑田",是宋亦英赠句,包含着词人伉俪六十年共患难饱经沧桑,深沉、苍凉。"漫道'曾经沧海识桑田'",词言休道曾经沧海识桑田,意为即使共患难饱经沧桑,如今亦已成空。语似解脱,其实更加深沉、苍凉。

《临江仙·悼念唐圭璋教授》(1990 年 12 月):

> 楚尾吴头遥望,十年契阔关情。那堪一夕竟星沉。霜凝词苑冷,木落学林惊。
> 长忆渝州西子,相逢频接殷勤。劫余重晤快平生。只今江月白,不见晚峰青。

宛敏灏先生与唐圭璋先生(1901—1990),两位词学家数十年友情深笃。

唐圭璋《宛敏灏〈张于湖评传〉序》(1943 年):

> 于湖先生先稼轩九年生,天姿卓异,胸襟浩荡。年二十三擢进士第一,学问宏博,指陈周至,所为词二百余首,大抵感怀君国,声响彻天,真民族词人也。曩年书城兄尝撰《二晏及其词》,精密无间,兹复为先生评传,于其家世、里居、交游、学艺,政论分明,又排比时事,系以年谱。正史籍之讹,纠方志之谬。显微阐幽,激励忠义,其有功词

苑，良非浅鲜。噫！岛夷纵恣，神人共愤，展读是册，庶足以坚敌忾同仇之志，而为全民抗战之一助欤！癸未秋唐圭璋序于白沙。①

宛敏灏《浣溪沙·寿唐圭璋先生八旬晋五大庆》(1985 年)：

> 早岁神交仰霁光，巴山初晤话西窗。

由上可知，唐、宛之友谊，包含着抗战西迁相逢渝州，同仇敌忾、患难与共所结下的深厚情谊。

《临江仙·悼念唐圭璋教授》"楚尾吴头遥望，十年契阔关"，缅怀"文革"十年，出生入死，与唐老之间的契阔关心。"霜凝词苑冷，木落学林惊"，写出现在惊闻唐老溘然逝世，词学界为之深悲剧痛。"长忆渝州西子，相逢频接殷勤"，则遥远地追叙抗战时期两人之密切交谊。"劫余重晤快平生"，再回顾到十年浩劫之后重逢，真是平生之快事。笔法之时空错综交织，回环往复，正是潜气内转地配合表现心潮之汹涌澎湃，思绪之千回百折。"只今江月白，不见晚峰青"，以景结情，比兴精深。唐老晚年定居南京，于钟山之麓，长江之滨，而为词学重镇，精研不已，诲人不倦，故喻之以"晚峰青"，优美、贴切。如今不得见矣，沉痛。唐老学人品格，淡泊宁静，故喻之以"江月白"，长江上高高、皎洁之明月，则永远在焉，象喻其精神永在，亦最为优美、贴切。结句情深永永不尽。

（作者简介：邓小军，首都师范大学文学院教授。著有《董小宛入清宫与顺治出家考》等。）

---

① 宛敏灏：《张于湖评传》卷首，文通书局 1949 年 3 月版，序第 1 页。唐圭璋序原无标题，此为笔者酌拟。

"果实互相寻觅"：以李子为中心的
网络词群扫描

马大勇

摘　要: 作为网络词坛的一杆大旗,李子的出现不是孤峰独峙、天外飞仙式的,那是时代精神、文学风会发展到一定阶段的必然结果。以他为中心,可以扫描到相当一批审美立场、创作祈向类似的词人,足以组构成一个相当规模的松散群体。这些词人有的于李子为前辈,与其不谋而合、不期而遇,有的则颇受李子影响,改弦更张,同气相求。本文即对蔡世平、象皮、杨弃疾、殊同、沙子石子、无以为名、崔荣江、小崔等构成的这一群体进行散点透视式的扫描,力图呈现当下词坛的一个重要截面。

关键词: 网络词坛　李子　蔡世平　杨弃疾　沙子石子　无以为名

在 21 世纪初登台亮相的网络诗词尽管还不甚为大众熟知,其研究也处于雾里看花、琵琶遮面的状态,远远没有进入到学界较普遍的聚焦视域,但从另一个层面看,网络诗词也早以其灵跃卓绝的艺术品质磁吸了诸多关注的目光。从远在海外的田晓菲、杨治宜,到国内著名学者王兆鹏、彭玉平、刘梦芙、胡晓明、周啸天、李遇春等,都从各种角度对网络诗词给予了高度肯定与切实剖析①。

我在 2011 年初正式介入网络诗词研究,在引发我"惊艳""惊为天人"感觉的诗人、词人中,李子无疑是极为突出的一个②。此后不久,我完成《网络诗词平议》一文,遂借用了

---

① 杨治宜、刘梦芙、李遇春有综论性文章或选本,田晓菲、周啸天有李子词专论,王兆鹏有蔡世平、李子词专论,彭玉平、胡晓明则分别为胡马(徐晋如)、嘘堂(段晓松)诗词集作序。此处不一一详举其论著。

② 兹引拙著《网络诗词三十家》(未刊稿)之小传:"李子梨子栗子,本名曾少立,祖籍湖南,1964 年生于赣南山区,工学硕士,现居北京,曾主持两届中华诗词青年峰会和两届诗词'屈原奖'。1999 年开始写作诗词,风格独异,被称为'李子体',引发较强关注与较大争议。如 2009 年,哈佛大学教授田晓菲在美国发表长文,认为黄遵宪、聂绀弩、曾少立等共同构成了'现代汉诗的另类历史'。网络诗词中,李子是一面大旗,受好评最多,攻讦也几乎等量,其实正可见出其开新法门之才力、勇力与魄力。曰可构成'另类历史',甚允当。李子居北京香山,地僻景幽,而招邀朋好、交接豪英于网间,四方慕名来谒者亦多,隐然如孝义黑三郎故事。《点将录》及时雨一席,似亦近之,但四壁萧然,无宋江之拥赀货也。"

他《风入松》中"种子推翻泥土，溪流洗亮星辰"二句作为文章的主标题，以为它们"既隐喻着网络诗词满蕴张力的现状，也预言着网络诗词充溢光芒的未来"①。2013 年，在编选《网络诗词三十家》时，我推李子为"天魁星呼保义宋江"，虽半是戏言，也足见对其"开新"努力的赞肯与对其领军席位的确认，而在近年撰写的《近百年词史》中，我更是以一节两万字以上的篇幅详尽论析了李子词的"日常生活"与"平民立场"、人文温度与哲学品格、语言特质与诗体交涉等多方面的问题②。在这部拙著的规划里，这是只有夏承焘、顾随、启功等寥寥可数的"大"词人才"享有"的待遇。

在"余论"部分，我提出李子创作的高峰期虽已过去，但仍努力新变、偶尔灵光乍现仍使人惊喜不已等判断，并写下这样一段话：

> 从这些情况看来，我们宁可相信李子创作正处于一个"积淀潜藏"期，同时，依据目前的创作状况也已经可以作出比较清晰的判断：只有"寒酸"的百余首创作量，李子就提供了从日常生活、平民立场到人文温度、哲学品格再到语言特质、诗体交涉等几乎全方位的理论分析价值。放眼千年词史，以"开新"气派达到如此水准的词人能有多少？他的词史位置应该摆在何处不是很容易得出结论么？在回答百花潭"你认为你的诗词能否流传"的问题的时候，李子显得相当淡定而自信。他说："我认为我的诗词流传的可能性还是有的……当代诗词普遍对现代审美的拓展不足，对日常生活的抒写严重不足……这两点……是流传的重要因素，我虽然做得还很不够，但……毕竟有所尝试，时机赶得好，矮个里拔高个，没准就拔到我了。"
>
> 但愿李子的预言能够成真，但愿他能如推翻泥土的种子、洗亮星辰的溪流，在芬芳的词苑里生动透亮地开花结果、淙淙作响。

这是由衷的期冀与祝福，同时我们还应该看到，李子的出现不是孤峰独峙、天外飞仙式的，而是时代精神、文学风会发展到一定阶段的必然结果。以他为中心，我们可以扫描到相当一批审美立场、创作祈向类似的词人，足以组构成一个相当规模的松散群体。这些词人有的于李子为前辈，与其不谋而合、不期而遇，有的则颇受李子影响，改弦更张，同气相求。本文即对这一群体进行散点透视式的扫描，力图呈现当下词坛的一个重要截面。

---

① 马大勇：《种子推翻泥土，溪流洗亮星辰—网络诗词平议》，《文学评论》2013 年第 4 期，第 63 页。
② 此节已发表于《心潮诗词评论》2018 年第 4 期，题为《"远离青史与良辰"：论李子词——兼论网络诗词的流向与形态》。

一、网络词坛"旧头领":蔡世平的《南园词》

作为一个学术概念的"网络诗词",其实隐含着对创作者不甚严格的年龄划定。网络诗词作者绝大多数为六零、七零一代,对于网络,他们有着足够的敏感和接纳能力,因而可以在新技术传播平台兴风弄潮。相比之下,"五零后"的网络活跃度与依存度显然要迟钝疏松一些。从此意义上说,"网络诗词"一般不会包括"五零后"作者,只有极少数活跃度较高者例外,如1956年出生的张智深就被笔者选入《网络诗词三十家》中。

还有另一种例外。论年龄,蔡世平出生于1955年;论"网络化"程度,蔡世平也显得偏低,但一个有意思的事实是,他以散文、新诗写作收获文名,却突然在2002年"勒马回缰作旧诗",几年中即声名鹊起,受到诸多诗人、学者的高度肯定,甚至被称为"为今后词的创作开辟了一个新的方向,建立起一种新的审美范式,提供了一个词体复活的成功样本,展现出词体艺术发展的乐观前景"①。如果我们把"网络诗词"理解得宽泛一点,认为可以包括所有"网络时代的诗词创作"的话,那么,蔡世平当然是"网络词坛"一个值得关注的特殊存在。同时因为上述原因,我们姑且引"点将录"之例,称之为"旧头领"。

蔡世平,湖南湘阴人,高中毕业后回乡务农,旋入伍戍边,驻扎西北边陲多年,转业后历任《岳阳晚报》副总编、岳阳市委宣传部副部长、中华诗词研究院副院长,现供职于国务院参事室国学研究中心。著有《大漠兵谣》《回忆战争》等,词作结集为《南园词》,以《南园词话》三十七则作为代序。

单以词话而论,《南园词话》也是极具神采、不容忽视的一种。作者以散文诗的语言传递出了特属于词的"生命感",它构成了蔡世平词创作的指导性理念,并由此散射出"总是星星点点地亮着"的"词意"②。且看下面这几则:

> 词是什么? 词,是古人创造的既能通天入地,又能探幽访秘的"神器"。词的神奇性在于,能以最精短的语言实现人性的深度表达,又能以最快的速度抵达人类遥远的精神故乡。那里有父亲的微笑,母亲的叮咛。(第一则)

> 词是一个生命体,它能呈现给读者一种生命状态。(第二则)

---

① 王兆鹏语,见蔡世平著:《南园词》腰封,中国青年出版社2012年版。

② 蔡世平:《南园词话》第三则,见《南园词》,第11页。此后所引蔡世平词话均出自此书,不再出注。

词是生命的舞蹈……时时拨弄一颗颗柔软的心灵。（第十二则）

词人，是那种把世界放在心中的人。世界就是他生活的村庄和桑园。他进进出出，大大咧咧。有时候指鹿为马，有时候命草成花。裁云剪月，呼风唤雨，全不看别人的脸色。（第三十三则）

泥土养育万物，当然也养育了词。在我看来，凡是不能落地生根的东西，是不能拿来栽培词意的。不信你试试。词是灵物，她喜欢干净的青山绿水。（第三十五则）

对我来说，词只是一种乡愁，是归乡路上的一个浅笑，抑或一声叹息。（第三十七则）

角度多端，言语各异，但主题只有一个——生命。生命的感受可以是很"千里万里，山奔雷驱""如有万古，入其肺肝"的宏大苍莽，也可以是"秋老茅屋，檐虫挂丝""荷露入握，菊香到瓶"的细腻深微①。在兼容这些境界的同时，蔡世平更加看重以自然万物为中心的生命的万般律动。所以他一直强调：

词笔要深入生活的细部，也要深入灵魂的细部。越细越深刻，越细越丰富，越细表现力越强。当然，细不是芝麻绿豆，婆婆妈妈。细是血的颜色、心的温度。（第七则）

民间和土地的智慧永远值得珍视……写词就如乡民拔萝卜，要拔出萝卜带出泥才叫好。读者看到词上的"泥土"和"小须毛"，自然感到亲切和温暖。（第八则）

语感就是语言的气息，流贯、畅通。呼吸它，会有色彩、声音、气味，以及毛茸茸、热乎乎的感觉，向你靠过来。（第十九则）

无论是"血的颜色、心的温度"，还是"泥土"和"小须毛"，或者"毛茸茸、热乎乎的感觉"，那都是新鲜的、暖和的、芳香的生命的动感。只有敏锐地感受、捕捉到，并且艺术化地

---

① "千里"二句出自郭麐《词品》之"雄放""感慨"，"秋老"二句出自杨夔生《续词品》之"闲雅""灵活"，引自严迪昌著：《清词史》，江苏古籍出版社1990年版，第449—450页。

表达出来,词才有价值,才能配称为"词",所以他才在篇幅不大的《南园词话》中重复指出:"词在鱼背上雀毛边,谁能骑鱼背谁就有可能成词人。"(第三、二十九则均见)

带着这种对生命感的格外尊重,蔡世平的创作理念必定是大开大阖、回归本位的。他可以直接撩去那些令人头疼的理论纠葛而昂然宣告"古人只是把词写好了,但却没有把词写绝了。生命没有终结,词就不会终结。所以,今天我写词"。(第十九则)这诚然是建立在独特的生命体验与创作观念基础上的自信姿态,由此扩展及"当代词",词人当然也是充满信心的:

> 当代词是到了放鸟出笼、放虎归山的时候了。当代词如果还封闭在宋词清词里,自我陶醉,自我欣赏,路只会越走越窄,直至成为非物质文化遗产。开放的眼光,开放的胸襟,开放的笔墨,是当代词应有的姿态。

> 当代词居住在一个豪华的房间里,风来八方,是因为窗开四面。一扇开向传统,一扇开向未来;一扇开向东方,一扇开向西方。只要展翅,就能飞翔。

长期的比较优异的现代诗与散文创作给了蔡世平融通的眼光,传统未来、东方西方,在他这里都不成问题。指鹿为马、命草成花、裁云剪月、呼风唤雨,只需遵从生命本体活泼的律动就够了,"全不看别人的脸色","绣口一吐,便半个宋朝"。(第二十三则)这不是狂妄的吃语,而是元气淋漓的"当代"立场,具有难以辩驳的理论魅力。很明显,"当代"成了蔡世平言说的另一个重要主题词,具体到词的语言层面,他也有一针见血的"当代"论:

> 语言是一条河流,流动才显出生息。当代人的词应通过当代人的语言组合、安排,出现新的意义和可能。让读者大吃一惊,话还可以这么说,词还可以这么写。(第九则)

> 狗要叫,词语要跳。狗叫起来,行人就警惕了;词语跳起来,读者就不打瞌睡了。(第一则)

说得简洁、俏皮、精彩、通透,那么就可以看看"词语"在《南园词》中是怎样"跳起来"的了。

与光彩熠熠的词论相比,《南园词》似乎要显得单薄一些,但也确实在"生命""当代"

"跳起来"几个向度上做出了卓有成效的努力。先读《朝中措·地娘吐气》：

　　且将汗水湿泥巴，岁月便开花。闻得地娘吐气，知她几日生娃。　　一园红豆，二丛白果，三架黄瓜。梦里那多蓝雨，醒来虫嚷妈妈。

　　词写早春，古今名篇已不计其数，但像这首生命力量几乎可以澎湃得破纸而出者则从所未见。"地娘"无非就是书面语的"大地母亲"之意，化为土气浓郁的口语，即转变出贴心贴肺的亲昵与感恩，题面已经先声夺人，词也通体灵妙。煞拍六字不徒与"知她几日生娃"遥相呼应，那种对土地的"信仰与宗教"一般的爱恋"移情"到闹闹嚷嚷的虫儿身上更是妙不可言①。小词全是口语、常语，却历经千百锤炼而后妙手偶得。故作者有云："巧句易学，常句难求……艺术的至境就在一个'常'字。"（第二十五则）

　　与《朝中措》相比，《生查子·江上耍云人》的情感指向要显得模糊一些。爱情？命运？自然？"衍义"或可阐读出"多重"②，而不求甚解、只沉浸于新巧的语感意境也未尝不是一种惊喜：

　　江上是谁人，捉着闲云耍。一会捏花猪，一会成白马。　　云在水中流，流到江湾下。化作梦边梅，饰你西窗画。

　　末句化用卞之琳诗意，但毫不损伤天然空灵的气韵，反增雅致。此类句子在《南园词》中相当不少见，如"才捏虫声瓜地里，又拎蛇影过茅墙""竹阴浓了竹枝蝉，犬声单，鸟声弯""撕它风片殷勤扇，纺个雨丝润细微""窗外一枝横，犹绿昨宵梦""你画莲光波上动，怕碰莲花，是怕莲花痛"等③，可谓好句纷披，扶疏摇曳。《浣溪沙·长白山浪漫》很容易写成空泛的讴歌应酬之作，蔡世平则能下笔如神，意匠独裁：

　　挽得云绸捆细腰，男儿也作美人娇。且随松鼠过溪桥。　　须发渐成芝子绿，衫衣已化凤凰毛。山猴争说遇山妖。

① 蔡世平说："我来自乡村，我对泥土有一种深深依赖。泥土是我的信仰和宗教。我写不出词的时候，我就会去南园这里走走，那里看看。泥土会给你灵感和智慧，我的许多词都有泥土的影子。"见李凡《词随心动，心与词飞——专访中华诗词研究院蔡世平副院长》，《湘阴周刊》2015年11月11日。
② 宋湘绮《西方文论下的旧体词》对本篇有着精细的多重解读，《船山学刊》2008年第1期。
③ 分别见《浣溪沙·饕山餐水》《江城子·兰苑纪事》《鹧鸪天·春种》《生查子·花月春江》《蝶恋花·画莲女》。

下片可谓愈行愈妙。《鹧鸪天·观荷》之轻逸折转近乎郭麐,而"浓缩""折磨""又碰蛙声又碰荷"等句又确乎是"当代"人的"跳起来"语,足可一扫困意:

> 我有池塘养碧萝,要留清梦压星河。时将绿影花浓缩,便入柔肠细折磨。
> 闲意绪,小心歌,近来水面起风波。夜深常见西窗月,又碰蛙声又碰荷。

自上引作品可以看到,用文字使读者感受到"泥土"的清香、自然的"小须毛"是蔡世平独擅胜场的绝技。另外一些题材诸如军旅、怀古等也有佳作,但常常篇句不够平衡,不及《定风波·千载乡悲》之恻怛真挚。时作者挂职于岳阳市屈原区,词序中有"烟火民间,几多感慨",但并非简单的"邑有流亡愧俸钱""疑是民间疾苦声"的翻版,而是带着现代文明特有的温度:

> 又听渔婆斗嘴声,村官催费到西邻。十载乡愁羞感慨,无奈,总随屈子作悲吟。
> 蓝亩碧田生白发,还怕,呼儿买药病娘亲。土屋柴炊锅煮泪,真味,民间烟火最熏心。

另一首别具一格的作品当推《水调歌头·山鬼》:

> 是谁骑赤豹,身后带花狸。薜荔罗裙巧巧,且插桂枝旗。折把芳馨在手,展我窈窕身段,含睇向他兮。嫣然溜一笑,山鬼自痴迷。　　呼来熊,招来兔,吃山梨。养个山村世界,活泼又生机。再遣电光雷雨,还有轻风淡月,同我听猿啼。独立山之上,好看乱云低。

不消说,灵感是自《楚辞》同题名篇而来,可以视为楚人苗裔对先贤的致敬。但蔡世平笔下的山鬼再也不是那个"折芳馨兮遗所思"的痴心少女,所处也不再是"石磊磊兮葛蔓蔓"的幽岭深林,而是"养"出了熊兔、活泼生机的一个"山村世界"。蔡世平说:"婉约也好,豪放也好,写出人的真性情就好。"(第十三则)这个心造的山村世界既是"当代"的,也是"性情"的,足以代表《南园词》的才情与精神境界。以年近半百之"高龄""回归"词坛,并贡献出为数不少的"开新"妙品,这位"旧头领"及其引发的"现象级"讨论诚然是值得深思的①。

二、"看我空中起舞":论象皮词

李子成名于网络,也在网络上遭遇了相当普遍的攻讦,大抵皆不可语冰之类。倒是与李子风格相近或受其影响者中颇见颖秀,象皮与杨弃疾足称李子的"护旗中军骁将"。

象皮,网名又作莫谈诗,本名靳晖,生于七十年代初,郑州人,供职某出版社期间尝主持出版《网络诗三百》②,率先对网络诗词予以初步扫描确认,厥功甚伟。象皮词以灵动见长,较古雅者如《虞美人》与《河满子》:

> 人生未料知如果,轻薄原为我。南风吹过许多时,逝去都归逝去莫谈诗。　　东楼遥想高千尺,恍惚天边赤。轩窗推罢梦难成,听得曾经听得夜机声。

> 梦里飞花别院,醒时丝雨临窗。心似蝶儿停落处,当时人去凝香。莫道犹然衣紫,那堪从此灯黄。　　闲看浮生六记,慢吟风月千章。记得南屏钟乱处,上天许我清狂。执手重温旧愿,折梅再访钱塘。

《虞美人》上下两结九字句皆极其回旋,笔致之巧原因用情之深。《河满子》写西湖畔一段旧情事,心绪折叠而笔致流宕。"衣紫""灯黄""浮生六记""风月千章",工丽而沉郁。2003年前后,网络诗词进入全面"井喷"期,象皮也在此际渐入佳境。读《菩萨蛮》二首:

> 黑云不过匆匆客,我之梦境成蓝色。月下白衣裙,素妆清减身。　　风行愁自远,千里连江岸。新草几时萌,忽然听雨声。

> 谁知晴夜飘然雨,谁弹蓝调无情绪。已是病来侵,眩晕仍苦吟。　　言欢成昨

---

① 有关《南园词》讨论颇多,择其要如:2005年《洞庭之声》报称之为"蔡世平文化现象",同年《文艺报》加编者按刊发两整版论。2006年中华诗词学会召开"蔡世平当代旧体词研讨会",2007年《光明日报》发表《蔡世平与蔡词》专访。近年王雅平、宋湘绮等亦有相关论著。

② 陈村主编:《网络诗三百》,大象出版社2002年版。

日,不敢留消息。每读更思卿,手机长久擎。

前篇"词眼"在"听雨"二字。"新草几时萌,忽然听雨声"既从谢灵运"池塘生春草,园柳变鸣禽"化出,又与李义山"留得枯荷"相映成趣。其意境有古典的一面,然而杂入"我之梦境"一句现代语,即生光彩。后一首"蓝调""手机"也是现代语,如果"守正"一点,换作"琵琶""鱼书"一类,亦非不佳。由此开端,象皮词进入了语汇与格律发生"有机反应"的新阶段。如《清平乐》:

> 天边很黑,我梦游江北。是你么轻轻叹息,约略儿些疑惑。　落花恋恋枝丫,随之影子篱笆。萨克斯声吹起,风停雨住归家。

> 按回车键,换老歌经典。再也难眠都已惯,昨日心情重现。　当风吹过芭蕉,羞红一抹垂腰。此刻伊人在否,梦中滑铁卢桥。

> 盲之蝙蝠,黑暗中成熟。命运怎么能屈服,侧耳倾听风速。　声波指点迷藏,内心自有阳光。看我空中起舞,自由自在飞翔。

> 可曾记得,斯卡波罗集①。遍地盛开兰草碧,还有人儿伫立。　老歌又上高楼,春风着意排忧。检点亚麻衫裂,攒眉谁与重钩。

"有机反应"的魔力是显而易见的。无论是"是你么轻轻叹息,约略儿些疑惑""按回车键,换老歌经典",还是"命运怎么能屈服,侧耳倾听风速""可曾记得,斯卡波罗集",都将现代口语点化剪裁得修短合宜,剔透玲珑。象皮《数雪集序》有云:"吾旧事多不称意,一生恨事,总在雪中,然读旧句'前途细数三重雪,一笑东风立早春',觉吾犹不失信念,必不永久沉沦。""盲之蝙蝠"一篇与之意旨略同。面对"恨事"能葆有"内心阳光",能放言"看我空中起舞,自由自在飞翔",实为所有不屈服命运者之赞歌。

象皮的《水调歌头》一调也是佳作琳琅,《一千零一夜迪厅》特有意味。迪厅,红尘色相之集散地,而词开篇用佛家语,即有解悟心、悲凉意。煞拍二句即空即色,大有禅味。李子

---

① 即斯卡波罗集市,英文作"Scarborough Fair",经典英文歌曲,曾作为名片《毕业生》(The Graduate)的插曲,曲调凄美婉转。

《风入松·出台小姐》之作我尝诧为奇观,得此"迪厅",允称"双璧"矣:

> 一切憎俱舍,惟爱不能忘。迪歌厅里声仄,晃动着迷茫。醉也今宵醉罢,从此前尘难再,暗自看卿狂。为谢托心话,我亦是荒唐。　曲暂歇,酒暂醒,转平常。莫留此处起舞,未必换愁肠。天意令人孤独,长笑何须更哭,细品味悲凉。明月回时路,带起夜来香。

另一首"千里独孤意"是传统的赏梅词,而语式意境皆能翻新出奇,煞拍尤其沉慨:

> 千里独孤意,我踏雪而来。楼窗极目望断,望不尽长淮。最是断肠时候,忽得故人消息,报道一枝开。惟有暗香赠,倩我上高台。　折在手,爱在手,诉情怀。纷繁休说天下,处处总阴霾。当哭青蝇浊水,却笑白云苍狗,何必想蓬莱。三十三天外,一样的尘埃。

象皮 2003 年后匿声网间,十年后重现,以《落花诗》九十九首纵横谈"家国诸事",笔调甚锋锐,而未见词作。综论其词之品格特质,最与李子接近,而能自成峻岭,不为所掩,亦一时俊杰也。

三、"春在一行杨柳,两个小黄鹂":论杨弃疾词

网间名词家中,最明确声称受到李子巨大影响的是杨弃疾(1972—　)。弃疾自述 2000 年上网读李子词后,将此前作品悉数删除,路数为之一改①。其词之灵性洋溢,口语运用出神入化,颇有李子也难到之处。如这几首童趣盎然的小词:

> 四月春装小背心,三年出落小千金。屋后为何有山靠,欢笑,喜欢就可以登临。
> 山里神仙都不老,真好,新鲜空气绿森林。到底林中多少鸟,奇妙,什么鸟也有知音。
>
> ——《定风波·豆儿》

> 月亮是银梭,织个纱窗星满河。带你漫游仙境里,陀螺,转出风中色彩多。

---

① 《网络诗词三十家》中杨弃疾自撰小传。

野果满山坡,秋色金黄装满箩。一个南瓜就能够,婀娜,再见青蛙王子哥。

——《南乡子·儿歌》

红豆生南国,春来发几枝。愿君后面是啥词。是愿君多采撷,此物最相思。

我再难难你,春天在哪儿。再难也不是难题。春在花期,春在草离离。春在一行杨柳,两个小黄鹂。

——《喝火令·儿歌,给我家宝贝的······》

何谓"童心",何谓"性灵",在"到底林中多少鸟,奇妙,什么鸟也有知音""春在一行杨柳,两个小黄鹂"中可以找到最佳答案,足与李子"打闹牛羊歌唱鸟,花朵见谁都笑"一竞高下。《临江仙·命题作文,想老婆了,时余在上海,妻在济南》与《好事近·周庄,四月十日,晴》两首风怀之作也是性灵栩栩:

第一吴门先拆掉,再来抹去金陵。徐州削却泰山平。苏州桥下水,直到济南城。
一叶扁舟就能到,约侬日暮溪亭。不须月也不须星。藕花深处事,鸥鹭莫相惊。

仍是在双桥,我问玉兰开未。最好擦身雨里,趁桨声灯市。　　梦如剪纸贴窗前,明月去装饰。不去桥头听水,只楼头看你。

《临江仙》上片连用六地名,下片"藕花"二句含蕴之极,皆才人手段,而尚不及《好事近》之腾挪闪变。"我是"句用王维《杂诗》"君自故乡来,应知故乡事。来日绮窗前,寒梅着花未"句法,"玉兰"意象则既是实写,又从胡适的新诗发轫之作《看花》中来①。"擦身雨里"令人想到戴望舒名作《雨巷》,"桨声灯市"当然是融化了著名诗性散文《桨声灯影里的秦淮河》的情境②。词转下片,一望可知卞之琳《断章》的决定性影响,然而"梦如剪纸贴窗前""不去桥头听水"的句子,都是由卞诗增添而出,乃作者巧思慧心所在。短短一首小词,借鉴了多处新文学资源,融化得宜,灵气四射,确属妙品。

能随手皴擦,触处皆成妙谛,袁枚所谓"眼前语道出即是好诗"者,是乃杨弃疾的独门绝技。如下面几首《天仙了》:

---

① 胡适诗云:"院子里开着两朵玉兰花,三朵月季花。"
② 朱自清、俞平伯有同题之作,皆富诗意。

风月来时厮料理，性相近者山和水。同行一路好花开，开在此，开在彼，般配风光般配你。　　有意成人风景美，妙高台上徐凫底。关关白鸟向人飞，时相对，时相背，飞向竹林花那里。

去年妹过桃花寨，提足筒裙萦水带。惯将娇怯恼阿哥，花谁采，花谁戴，何时唢呐迎亲爱。　　如今哥在家门外，未许通融门槛碍。通行只好对歌声，一歌赛，一歌快，百灵掀起红头盖。

寒日横烧荞麦岸，粗云直落棉花畔。北风吹送信天游，山一转，水一转，不到黄河肠不断。　　玉米碗门黄两扇，花椒枣子红双线。大红窗纸小银刀，炕一半，灶一半，斗米貂蝉还斗面①。

第一篇题作《雪窦山遇妙龄伊，结伴同游半日》，其事洒脱，词亦随之，所谓发乎情止乎礼者，大可被丝竹管弦，长声歌之。后两首皆写地方风情，心敏手捷，宛如画家之速写。虽无深意，自饶"麻姑掷米，走珠跳星"之妙②。

自上引词当可看出，杨弃疾欢愉之词较多而工，愁苦之言难得一见，此亦经历心境使然，不必强求。在某些较偏向"守正"的作品中，杨弃疾还是表现出了一些沉慨的思考。如《满江红·题漓江唱晚图》之"人间道，台上剧；当面手，平生膝"四短句，又如下面两首《水调歌头》：

天水共颜色，落日满江红。不堪漓水柔弱，插上此山雄。想对人间冷眼，唤出手中一笛，两袖荡清风。鸥鹭旧相识，一对主人翁。　　竹管家，松朋友，鸟书僮。仙人何处，应在山色有无中。都把平生意气，换取青蓑绿笠，谄溯水流东。归去来兮也，此意莫匆匆。

——再题漓江唱晚图

达则行道义，穷则读诗书。十年打通经脉，百折认归途。有种中原逐鹿，乘兴东篱采菊，进退两欣如。说与尔曹辈，不要太区区。　　垄间牛，枝头鸟，水中凫。人间

---

① 本篇题作《信天游·陕北米脂，貂蝉故里也。时九月十五日》。
② 杨燮生：《续词品·灵活》，见曾枣庄著：《中国古代文体学》附卷3《清代文体资料集成》（一），第1048页。

朋比无数,吾自共侬渠。识相杯中之物,着色溪头之月,品味美鲈鱼。半个神仙客,两
袖一支竽。

——遣兴

前篇品格在苏东坡、张茗柯之间,灵性自具,后篇也多不衫不履、脱略尘樊的名士风
度,而在"想对人间冷眼""百折认归途"等句中还是流露出一点难以掩尽的酸辛味。《暗
香·田子坊,旧上海风情石库门酒吧,旧法租界也。是日芒种》一首中充溢着青春不再的
怅惘,煞拍数句尤其令人黯然。少了这一点"黯然",词人的色泽诚然是会变得单调的:

趁肩明月,向弄堂深处,夜莺声滑。断续风铃,错落槐花梦相叠。划过火柴光亮,
墙角有,暗香初结。木门转,红酒杯深,绚出小窗蝶。　　飘拂,过墙蝶,看镜里梳妆,
雨中离别。旧痕轻辙,衔过流光一相接。飞到梧桐叶底,听那个,少年人说。影象里,
书卷里,那年飘雪。

四、"渐有自家面目"的殊同

杨弃疾之外,另一明确声称以李子为师的是与其并列"甘棠六子"的殊同,其自题网络
小集《近词》云:"余素不擅拟陈言,故词不宗宋,尝以今人曾少立为师,经年画虎不成,反渐
有自家面目。"虽曰谦语,亦是实情,"素不擅拟陈言,故词不宗宋"更有一分傲岸自得在焉。

殊同本名高松,1976年生,辽宁抚顺人,现供职于沈阳市中级人民法院。2002年以诗
"触网",两年后之歌行《我亦好歌亦好酒》、绝句《北京西站送客》即大为时人传诵,"世人谓
我恋长安,其实只恋长安某""说好不为儿女态,我回头见你回头"确乎极写性灵,情深之
至,置之《随园诗话》亦不失为上品,而其近年所著之"别有闲情拘不住,胸中点墨要人知"
的《诗词密码:漫谈声律启蒙》于"水煮"之际颇多直抵根本、撩去枝蔓之妙悟,尤能窥见"忭
灵"之底里[1]。

所谓"以今人曾少立为师"者最典型当推《踏莎行·戏题黑洞》:

黑洞藏光,白星迸火,暗能暗质层层裹。银河浪卷几多重,粘天不过孤花朵。

---

[1]　高松:《〈水煮声律启蒙〉定稿,卷后打油》,见高松著:《诗词密码:漫谈声律启蒙》,江西人民出版社2018年版。

量子弹弦,高维上锁,猫兼生死由来可。茫茫世界既平行,这生做个从容我。

同样表达"只有碳—氢长链构成的易朽肉身,没有轮回和天堂"的"唯物论"①,同样用《踏莎行》,韵脚亦相近,无疑,这是向李子致敬之作。但李子词的煞拍"小堆原子碳和氢,匆匆一个今生我"更多是"敏感和悲观",殊同则无奈之余,较多旷达,这就是"渐有自家面目"之所在。

这种旷达的背面常常体现在安适生活下深藏于内心的那一抹惆怅和苍凉,说到底,那都是渐行渐稠的人生况味而已。如《蝶恋花·那年元旦》与《喝火令·记梦》:

十里长街灯一线,逆雪孤归,数影分深浅。楼后烟花看不见,楼头巨幕光弥漫。
拐角那家新旅馆,路过时分,恰是西元换。那地那时那一叹,而今只做寻常看。

窄巷无人阔,低檐乱树高。晕灯三盏照墙标。斑驳木头篮架,谁挂绿书包。
不问桑田事,生如海上漂。老来多梦乱清宵。梦见单车,梦见白裙飘,梦见紫花红伞,一路雨潇潇。

单车白裙,绿包红伞,或者就是"那地那时那一叹"之所由,然而一切都消磨成了中年"渐弯肩上担,半捧指间沙"的心境②,怎不令人徒唤奈何?《苏幕遮·近来词多诗少,友问何故,戏答之》也是写中年的,这一次的旷达里头就难免掺杂了若干的悲慨,惟出之以词论外壳,别有风味:

语由衷,言不枉。年少肝诗,一例拼思想。人到中年经事广。领悟颇深,反倒无从讲。　远江湖,轻草莽。逆骨新销,换个摧眉样。从此行文终是匠。不若填词,聊解心头痒。

殊同词还应读一首《临江仙·挽单老》:

课本参差桌上,球鞋零乱门旁。听书听睡少年郎。山高灯火矮,夜静小街凉。

---

① 李子:《远离青史与良辰——谈谈十年诗词写作的心得》。
② 高松:《临江仙·夜雨》,见《诗词密码:漫谈声律启蒙》。

　　三十功名一瞬,三千往事深藏。人间不见单田芳。霓虹蒸宿雨,都市叶初黄。

　　一代大家单田芳的逝世意味着一个评书时代的终结,捉笔悼念兼悼自家青春者颇为不少。我应门下弟子之请,亦用清初曹贞吉等赠柳敬亭韵涂《贺新郎》一首:"嗓似公鸭嗖。偏渲染、神道魔怪,龙虎鸡狗。也历桑田沧海劫,也看楼塌客走。老花眼、醉乜良久。何限往事苍凉甚,但婆娑、一指田头柳。芳淑气,悬河口。　　倏然我亦中年后。数十载、苜蓿生涯,较升量斗。隋唐豪杰明英烈,三杯两盏淡酒。偶听起、如逢故友。声声醒木犹清越,问下回、尚能分解否。翁不应,但摇首。"与我的长调铺叙相比,殊同的《临江仙》更显空灵,除"人间不见单田芳"一句,大抵环绕"致青春"而结撰,而伤感之意在都市霓虹闪耀下愈益深沉,如宿雨下的黄叶,微微散出时光的馨香。如此"自家面目",宁不可喜?

五、"为听天涯夜雨声":论沙子石子词

　　两员"护旗中军骁将"及殊同之外,还应该认真谈谈沙子石子。沙子石子本名董高瞻,约生于 1970 年,湖北人,就读于沪上大学理工专业,现从事 IT 业。诗词作品不自收拾,碰壁斋主好之,为辑《披沙集》,感其情乃自补之。沙子石子诗词兼长,皆称心而出,无多假借文饰,因而栩栩然见才思,见性情,见骨力,岿然为今之诗坛重镇之一。集中抒写时事者如《叶生慨然谈时局……为记九章》《岁暮归乡》《杂诗》等尤锋锐,最能勾勒其眉目。词中关切时局民瘼者不多,而《满江红》二首当归入匕首投枪之属:

　　方死方生,才几日、官仪如旧。便禁绝、失声羌竹,断肠杨柳。仙佛往来曾未歇,山川灵异今何有。纵山禽、泣血尽情啼,人知否。　　箝不得,官家口;拦不住,官家手。但空囊一粟,何堪消受。也有春风枯冢上,更多磷火黄昏后。便嗟来、粥饭莫安排,知谁某。

　　蜀道连天,天何在、呼天不起。全不管,残墟下界,存身能几。故道已无云栈出,苍天只欲斯民死。听妻儿、噙泪说西南,无一是。　　危崖下,不得已;危房下,谁为计。使儿童笑靥,与花同萎。猿鸟悬巢都坠落,官商熟技犹挪挤。但天灾、人祸互勾连,伊胡底。

　　词中所写或得之目击,也可能得之传闻,对此读者或有"可否证实"之类疑问。我以

为，即便仅依据某些传闻而兴感亦是诗人的权利。诗人非记者，亦非法官；诗歌非报告文学，亦非呈堂证供，没有必要承担"核实"之责。只要类似事件确实在我们周围发生着或有可能发生，而诗人又非恶意的传谣者，那么在"兴、观、群、怨"的传统之下，他是有资格对此发表意见的。我向来不主张带着过激情绪看待历史和现实的某些问题，那并无助于问题的认识和解决，但即便诗作中略有"过激"之处，那也是诗人赤诚的忧患担当感所致，应该看到其中的"正能量"而不是相反。倘若只长吟风花雪月而对历史、现实缺乏起码的关注与个性化判断，网络诗词的"可观"度必然要大打折扣，甚至可以说，欠缺了对历史/现实的深刻省思，"网络诗词"将不复存在。

沙子词另有沉郁一品，多言寒微身世之感，笔路近乎湖海楼、两当轩。如《贺新郎·予大二即借穿张强夹克，离校始归还，毕业照尚着此》：

> 天裂何曾补。破空来，冰风彻骨，单衣寒苦。季子家贫何足问，冷暖难分我汝。竟六载、穿风过雨。相谢从来无一诺，到临歧、方肯归原主，颜色旧，若无睹。　　风中短褐犹飞舞。怪依然，人如陌上，浮尘飘絮。两鬓萧萧皆褪绿，秋草何堪一炬。尚记得、时来一语。自笑今生无赖极，怕从君、又借衣如故。当此际，君须许。

季子家贫，人间冷暖，写得极真切令人动容，结数句能脱出本事，更见苍凉峭拔。同调词《曾坐湖边，有卜卦者过，曰：观君气色不佳，然似仍有转机，愿一卜。余不许》亦是感怀身世的佳作。其下片云：

> 相逢卖卜情何好。偶湖边，匆匆一瞥，悲欢了了。为讶心魂零落尽，更说前途路杳。只报以、空空一笑。枫叶自红莲自苦，又何须、卜后才知道。早识矣，谢相告。

"枫叶自红莲自苦，又何须、卜后才知道"，其顾影自伤之态特近黄仲则。《浣溪沙·元夜》借节令倾吐一腔失意，更与黄氏《癸巳除夕偶成》如出一辙[①]：

> 土俗花灯赌赛神，几回春事换南邻。年租月赁往来频。　　惟有新愁如旧识，漫寻魔羯认星辰。蒙蒙积气问何人。

---

① 黄氏诗云："千家笑语漏迟迟，忧患潜从物外知。悄立市桥人不识，一星如月看多时。""年年此夕费吟呻，儿女灯前窃笑频。汝辈何知吾自悔，枉抛心力作诗人。"

现实中"蒙蒙积气"导致的碰壁感必然反向激发出对山水田园的亲切感,此之谓"移情"效应。《南乡子·太湖》组词就写得"鲜活轻捷,气韵清灵,透明度很高"①,而心绪颇为沉郁,实不亚于郭麐一辈手笔。试读其二:

> 鸥鹭白涛间,相伴云帆上远天。试入湖心寻一醉,无边,水色苍苍入画船。
> 旧径久流连,芦荻萧萧倍悄然。莫看飘零如乱絮,当年,曾酿平湖万顷烟。

> 凉露湿长亭,竹与流云过影轻。心事任如花一叶,凋零,不是黄梅雨季青。
> 湖畔试闲行,笛里来寻去日情。守得芭蕉三两树,曾经,为听天涯夜雨声。

与李子一样,储存在回忆中的田园生涯也成了沙子石子撑抗逼仄现实的一道屏障,所以很见情感投入的深度,用笔也极敏慧,代表作是《南乡子·童年记忆》组词,此处不妨再读三首:

> 村路入平冈,几树围成小牧场。放了牛儿闲不住,金黄,槲叶松针拾满筐。
> 归去背斜阳,秋穗垂垂豆荚藏。垄上风来扶欲起,轻扬,野草闲花一路香。

> 野坳独经行,竹绕松溪路暂停。莎藓为茵石作枕,叮叮,一片泉声洞底听。
> 山鸟未知名,叫断危崖觅应声。为报千呼风渐起,青青,吹过长坡草欲平。

> 阡陌草初青,处处溪渠水欲盈。年幼也知春有意,听听,布谷催耕雨又晴。
> 一片乱蛙鸣,似笑田边识字声。几度心疑书有错,分明,细数瓢虫是七星。

如同李子的《风入松》、象皮的《清平乐》,《南乡子》是沙子石子的"招牌"词调。这一组处处充溢天籁之音,"放了牛儿闲不住,金黄,槲叶松针拾满筐""莎藓为茵石作枕,叮叮,一片泉声洞底听""几度心疑书有错,分明,细数瓢虫是七星"……无不触碰到我们内心最柔软纯真的部分。对童年、田园的"记忆放大"既是轻快的,也是沉重的。在《鹧鸪天·旅居偶记》中,漂泊无定的词人发出"逢人若问乡思苦,总说从来不在乎""布被蒙头事可伤,此心百孔与千疮"的长叹,那不是童年梦醒之后必须要面对的"骨感"生存现实么? 在这一点上,沙子石子也是和李子声气相通的。

---

① 严迪昌评郭麐《灵芬馆词》语,见《清词史》,第445页。

六、"解构大师"：无以为名

在"百花潭"网站进行的访谈中，李子有专门篇幅谈及无以为名："无以为名是一个思维活跃、很有灵气的诗人。他的一些句子写得非常巧，令人拍案，惜其整体的浑成性略欠，这可能与他过于追求单句和对仗的巧妙有关。如果要说区别，我重客观叙事，他重主观议论；我写'小故事'，他写'议论文'。"所说甚客观，评价也不低。从"颠覆""解构"的层面而言，无以为名无疑是网络诗词最富于开新精神的标志性存在之一。如果说李子的"颠覆"还是兴之所至、浅尝辄止，无以为名则戮力为之，自板块性的"词语颠覆"进入整体性的"篇章解构"，足称"解构大师"。

无以为名（1965— ），本名姚平，上海人，法学专业毕业，现为公职律师。其诗词才情坌涌，风格独异，尤以七律之对仗为最，令人往往有"好对偶被放翁用尽"之叹。网间"无名体"云云，大抵指此类也。总论其品格，在樊增祥、易顺鼎之间而尤近乎哭庵。"整体解构"者则突过古人、别树新天矣。可先读组诗《后格律时代的七律探索》数篇：

可是霜初的确愁，终于淡化藕花洲。移交白石高升鹤，委托黄昏快递秋。无月支持山变态，有风领导水开头。完全一洗金陵梦，理解蓑衣不脱钩。

——《黄昏快递的是金陵秋梦》

满怀现实选秋香，何必支持菊半黄。天有色情霜腐蚀，地无声息草铺张。下岗雁被人缘碍，体面风随事业凉。未许愁来偷自慰，淋漓一抹酒边狂。

——《选择是对秋的特别解读》

深林掩护鸟张罗，寂寞群山起伏坡。花不脱离春好色，雨非颠覆夜吞歌。一生梦想留成少，万里风波决定多。比划楼头重叠恨，如何劝解客经过？

——《楼上看见的是万里风波》

首先，从题目到篇句可谓无一处不"解构"，曰"后格律"、曰"探索"，确乎名副其实。这一组诗三十二首，我在《网络诗词三十家》中选入其半，而仍多割爱者，可见激赏。我以为无以为名以"后现代"风格写"前现代"情怀，既兼顾了永恒之人性，亦表达出创造的能力与渴望；其次，诗中解构的不只是语汇，而且整体解构了我们对诗词的观感；再次，解构也是一种建设,诸多语汇因此获得全新意义。无以为名将解构"玩"至如此程度,足以自成一家,夺席诗界。

与诗相比,词非无以为名所长,但引入解构一体,自有可观。如《鹧鸪天》组词中"错怜终恨风轻薄,闲话何堪雨忽悠""可怜窗外梧桐叶,将就灯前翡翠衫""山重懒组新棋局,梦破聊缝旧布衫"等就仍是七律手段,而风情加多,尤入微妙。以篇章论,《定风波》《虞美人·本意》二首最佳:

> 月底关怀合约楼,花头揭露散装秋。分别那堪争执手,长久,一番忘我太温柔。
> 梦窄宽容风进步,何故,方程难为夜停留。多少水平山近似,排比,不归心系不归舟。

> 为秋何故真生气,自与秋关系。一方风险霜分摊,空白芦花无力向人残。　　寒流的确难回绝,滤尽西江月。黯然撞破楚山魂,不许悲歌随我入荒村。

"解构"固然甚妙,而动人处更在"一番""不归"二句之绸缪,"空白""不许"二句之悲宕。无以为名善言风怀,不用心于"解构"则情更透明轻灵。读《浣溪沙》:

> 窄巷相逢伞让先,雨花难采手难牵。暗留追忆在心田。　　倒叙金陵钗十二,斜倾玉海酒三千。为谁无悔又无眠。

> 独忆闽南访客家,围炉夜话烛红斜。最难消受苦丁茶。　　药选花间词漏片,愁箍马尾辫分丫。那团心结乱如麻。

> 烛影摇红左右斜,锦鳞难裹梦如纱。于无奈处墨涂鸦。　　茶苦夜煎罗汉果,庭深雨打美人花。八行心事付琵琶。

"窄巷相逢伞让先""最难消受苦丁茶""庭深雨打美人花",何等温馨绮丽。《河传·次梅如是韵,温庭筠体》则直入花间堂奥,煞拍"病来偏不休"句直小儿语,而朴拙最不可及:

> 归晚,慵懒。意萧然,孤坐如蛙看天。白云那边烟月阑,风前,藕丝吹嫩寒。
> 缕缕炉红缥缈里,难辨矣,谁篆心香寄。蒋山幽,人似秋。卧楼,病来偏不休。

从这些篇章来看，作为"解构"或"不解构"词人的无以为名都是不可忽视的。

七、崔荣江、小崔

上述诸家之外，还有若干或明或暗与李子风格不期而合者，姑举崔荣江、小崔二家为例。

崔荣江(1957—　)，网名自在飞花，河南郑州人，医生，有《飞花词集》《飞花诗集》《龙行九寨》(长篇小说)等著作。崔荣江词偏于守正，以多性灵之故，遂不甚介意新旧古今之辨，时有动人之作。如《蝶恋花》：

> 忘掸烟灰烧寸指，痛未连心，始觉心如死。再读陈笺寻彼此，前痕已淡空空纸。更倚轩窗天似水，人似流星，没在烟波里。北斗大杓捞不起，红尘少个痴情子。

"忘掸烟灰烧寸指，痛未连心，始觉心如死"，如此写情，颇见新意。《八声甘州·藏六世活佛仓央嘉措风流一生》被视为佛门叛逆。然为情而破戒，可悯可叹。《高阳台·那晚停电之一》也是言情佳篇，后一首虽述懊恼而笔墨轻灵，上片结拍尤具巧思：

> 一叠陈笺，三番嚼味，案前小巧台灯。照着弯眉，些微黛色春凝。说来懊恼停了电，令双眸、堕入冥冥。幸天边，细月如牙，咬破窗棂。　偷闲且上中庭去，看棠花开未，怜弄枝横。却恨蛮音，扰人静听花声。想来那朵应如我，趁中宵、检点心情。寄相思，挂在新钩，直到平明。

略具"李了味"者是《小重山·惜春》，常题而能活泼腾跃如此，大是不易：

> 燕子呢喃叩晓窗，唤人醒懒梦，快梳妆。东风开始敛春光，莫误了，最后的芬芳。奔向小山冈，野花犹烂漫。白红黄。摘花装进柳条筐，春便去，我也有收藏。

在口语入词的作者中，江苏姜堰的小崔(约1970—　)也是有特色的一家。其词清浅略无深意，但不乏回味曲折。《如梦令·无题》云："好像已经很久，过去许多时候。我把月徘徊，隐约一些花瘦。然后，然后，放在你家门口。"小场景剪切出来，即有韵致。《临江仙·故事》更雕琢一点，但恰到好处，不伤自然：

　　　　只是如今还记忆，从前美好心情。我们一起看星星。当时流过泪，比现在晶莹。
　　　　最后风干成故事，依然叫作曾经。平常怕说给人听。除非追问到，隐去姓和名。

　　小崔甚擅《临江仙》一调，诸如《端午》《无题》写基层上班族生涯，小情调、小心思都在
不露声色中，颇有机趣。读后一首：

　　　　中午之前来两个，头儿了解民情。安排放在牡丹厅。干红和白酒，分别带三瓶。
　　　　边喝边聊荤段子，一旁我也偷听。似乎提到范冰冰。他们临走说，好像菜还行。

　　李子固有此体，但经营深细，愤懑较多也。

　　（作者简介：马大勇，吉林大学文学院教授。著有《晚清民国词史稿》等。）

白居易池州诗考[*]

纪永贵

摘　要: 白居易曾在今安徽大地上生活并多次穿行,在宿州符离集和皖南宣城留下不少诗作,但在皖江其他地方的诗歌相对稀少。《白居易集》中有一首经过池州的诗《冬至宿杨梅馆》,乃是他于贞元十五年(799)从江西浮梁县任职的兄长处"负米"回洛阳途中所写。杨梅馆在今池州市贵池区唐田镇境内,是唐代池州东西官道上的一处驿馆。诗人写作此诗时,可能还同时写有表达行役之苦的《伤远行赋》和思人的《寄湘灵》等诗。

关键词: 白居易　湘灵　杨梅馆　浮梁　《伤远行赋》

白居易一生多次穿行于今安徽境内。在安徽的土地上,他有两个生活与交往的中心点,一个是皖北宿州的符离集,另一个是皖南的宣城。他经过安徽时,大致有三条路径:第一条是从扬州穿过符离集,经徐州到洛阳,水陆兼行;第二条是皖江水路;第三条是从江西饶州经池州(或歙州)到宣州的官道陆路。诗人在这些点和线上留下的诗作并不多,较为集中的要数符离集,他在那里收获了贯穿其一生的初恋情诗。在宣城,因为获得了"贡举"的机会,也有诗可证。

清代诗人杨森《杏花村》诗曰:"千载诗人地,无花亦此村。"^①此后,池州便被称为"千载诗人地"了。这个"千载"止是从盛唐开始的。大诗人李白偏爱池州山水,多次游历,诗作丰富,他是第一位将池州山水(秋浦、清溪、九华山等)载入诗史的大家。甚为可惜的是,杜甫行踪似未至池州。白居易一生虽多次经过池州,但却留诗极少。据查,他只有一首"孤篇横绝"之池州篇,即《白居易集笺校》卷十三《冬至宿杨梅馆》:

> 十一月中长至夜,三千里外远行人。若为独宿杨梅馆,冷枕单床一病身。

---

　*　本文系安徽省高校协同创新项目"《杏花村志》《杏花村续志》校注"(GXXT—2020—049)阶段性成果。
　①　郎遂:《杏花村志》卷七,清康熙二十四年(1685)刻本。

这首诗历来不受学者重视,同时也被地方文化人忽略。本文拟就此诗的写作时间和地点做一个初步的考证。

本文所引白诗均据朱金城《白居易集笺校》上海古籍出版社1988年版(以下简称"朱本")。参考了顾学颉校点《白居易集》中华书局1979年版,和谢思炜《白居易诗集校注》中华书局2006年版(以下简称"谢本")。

一、白居易何时何事经过池州

这首诗写于何时? 首先,需要从《白居易集》的编撰体例来考察。

白居易特别喜欢整理自己的诗集,他将诗歌分类,不断地将新作补进诗集。直到去世前一年,还编成《白氏文集》七十五卷。他还特意将自己的作品集抄写多份,保存在不同的地方。正是因为他的这份不懈的"档案意识",使他成为唐代留诗最多的诗人。其诗集的编辑原则比较复杂,既从内容、体裁分类的,也会考虑时间先后的次序。但因为这几种原则放在一起时不免会"打架",即使他经常在一些诗题下标明写作时间或时间段,仍然还有很多诗的写作时间难以判断,甚至,至今未见一份"白居易诗歌编年"的成果。

《白居易集笺校》卷十三所录的诗是"五言、七言,自两韵至一百韵,凡九十九首"。从诗题和作者自注的时间来看,这一卷诗大多是作者及第前(贞元十六年,800)和及第后不久的作品。第一首《代书诗一百韵寄微之》,朱本定为"元和五年(805)",是其及第后的第五年所作,第二首题目为《和郑元及第后秋归洛阳》,朱本认定为"贞元十八年(802)"之作,都是比较早的。但这一卷的中间几首诗却是作者早年之作。如:

> 《江南送北客,因凭寄徐州兄弟书》自注"时年十五",贞元二年(786)
>
> 《赋得古原草送别》,十六岁,贞元三年(787)
>
> 《夜哭李夷道》,贞元十六年(800)以前
>
> 《病中作》自注"时年十八",贞元五年(789)

这一卷诗中,看似有时序交替,但又有隔年之作。有的时序清晰,有的模糊。根据诗意、自注和朱本,《冬至宿杨梅馆》前后诗作的时序如下[①]:

---

① 白居易著,朱金城笺校:《白居易集笺校》,上海古籍出版社1988年版,第783—788页。

表1 《冬至宿杨梅馆》前后诗作时序

篇目	写作地点	写作时令	写作年份
《长安早春旅怀》	长安	早春	贞元十六年(800)
《寒闺夜》	?	冬夜	贞元十六年(800)以前
《寄湘灵》	?	冬天	贞元十六年(800)
《冬至宿杨梅馆》	杨梅馆	冬至	贞元十六年(800)以前
《临别送夏瞻》	江边	?	约贞元十六年(800)以前
《冬夜示敏巢》	洛阳	冬夜	贞元十六年(800)以前
《客中守岁》	柳家庄	除夕	贞元十六年(800)以前
《问淮水》	淮水	?	贞元十六年(800)以前
《宿樟亭驿》	杭州	夏天	贞元十六年(800)以前
《及第后忆旧山》	长安	早春	贞元十六年(800)

虽然这一卷诗的时间排序不是很严谨,但大多都为他及第前所作。《冬至宿杨梅馆》的前两首诗《寒闺夜》《寄湘灵》有可能也是这一夜或这一路上所作。

寒闺夜

夜半衾裯冷,孤眠懒未能。笼香销尽火,巾泪滴成冰。为惜影相伴,通宵不灭灯。

寄湘灵

泪眼凌寒冻不流,每经高处即回头。遥知别后西楼上,应凭栏干独自愁。

这三首诗表达的都是冬夜"独宿""孤眠"的心情,因为思念而夜不能眠。孤身在旅途,此时他最想念的那个人无疑就是初恋湘灵。所谓"每经高处即回头",说明他走的正是山路。白居易特意将这三首诗编在一起,自有其深情的用心。

《白居易集笺校》卷十三还有一首《冬至夜怀湘灵》:

艳质无由见,寒衾不可亲。何堪最长夜,俱作独眠人。

从语意来看,这两首冬至诗几乎是同一个冬至夜所写。朱本笺曰:"约作于贞元二十年(804),三十三岁,邯郸,校书郎。"又说:"此时白氏又有《寄湘灵》诗云。"① 而在《寄湘灵》

---

① 《白居易集笺校》,第760页。

诗后笺曰:"作于贞元十六年(800),二十九岁,游洺州时所作。"两条"笺"所言时间相隔四年,而又说是同时所写,明显矛盾①。谢本此诗下已删除"此时白氏又有《寄湘灵》诗云"一句②。《冬至夜怀湘灵》是紧接着《邯郸冬至夜思家》之后的,而后面的《冬至宿杨梅馆》却与它相隔 35 首诗,可知,这两首诗可能不是同一年的冬至所作。当然,从这卷诗的编排时序不是很严谨、前后有错乱的角度看,若认为二诗为同一个冬至夜所作,在诗意上也是相通的。同时,也可以据此判断,诗人年轻未婚时,只要是冬至长夜、寒衾孤独时,就会想起远在符离集的湘灵姑娘,独宿杨梅馆时也不例外。《白居易集笺校》卷十八《冬至夜》:"三峡南宾城最远,一年冬至夜偏长。今宵始觉房栊冷,坐索寒衣托孟光。"这是元和十四年(819)的冬至夜,白居易时任忠州刺史③,夜长房冷,便找夫人索要寒衣,已非年轻时的心态。所以,仅从诗歌编排来看,难以确认这首诗的写作时间,只能说是作于贞元十六年(800)之前。

其次,可以从他的行踪来做判断,看他是何时、又因何事经过池州的。

白居易一生只有三次可能经过皖江地区的机会,第一次是他长兄任职江西浮梁时,他去探望,来回可经皖江一带。第二次是他任职江州时,但此次却没有经过池州,来回都是西行的。第三次是他赴任杭州时,从长江上游经过江州沿江东下,必经皖江池州沿岸。那么,这首诗作于哪一次旅途中呢?

有人认为这首诗是白居易元和十年(815)被贬江州司马赴任时经过池州所作,其实有误④。据朱金城《白居易年谱简编》(以下简称"《年谱简编》"),诗人这次从长安至江州,是由蓝田经襄阳至鄂州到达江州的,不可能经过池州。元和十四年(819)他西赴忠州任,不久即回长安,从未东行。长庆二年(822)经江州至杭州,一定经过池州,但该次他走的是水路。途中有诗《夜泊旅望》:"近海江弥阔,迎秋夜更长。烟波三十宿,犹未到钱塘。"船行了30 多天,才近长江口,而且他作为候任的杭州刺史,也不可能因"独宿"而心情如此之坏。所以,任职江州来回和前去杭州路上,都没有经过池州陆行,那么,只剩下他前去饶州浮梁县长兄处,才有可能经过池州。

研究者认为,白居易及第前,前往浮梁探亲共有三次。《年谱简编》⑤载:

① 有人因为没有考察杨梅馆在哪里,所以错误地把《冬至宿杨梅馆》一并纳入诗人这次邯郸北行之诗:"他集中的《冬至夜怀湘灵》《寄湘灵》《冬至宿杨梅馆》《寒闺夜》等诗,从时间和内容上来看,是在这次游历途中所作。"见戴武军:《白居易婚前恋情详考》,《山东师大学报(社会科学版)》1991 年第 3 期,第 76 页。

② 白居易撰,谢思炜校注:《白居易诗集校注》第四册,中华书局 2006 年版,第 1035 页。

③ 《白居易集笺校》,第 1183 页。

④ 吴汉卿:《"冬至"途经池州的白居易》,《池州日报》2019 年 12 月 17 日。

⑤ 《白居易集笺校》附录三《白居易年谱简编》,第 4000 页。

贞元十四年(798),二十七岁。兄幼文春赴饶州任浮梁县主簿。居易于夏到浮梁。家移至洛阳。

贞元十五年(799),二十八岁。

春,自浮梁回洛阳省母。

秋,在宣州应乡试,试《射中正鹄赋》《窗中列远岫诗》,为宣歙观察使崔衍所贡,往长安应进士试。在宣州与杨虞卿相识。夏,旱,京畿饥荒。

贞元十六年(800),二十九岁。

二月十四日,在中书侍郎高郢主试下,试《性习相近远赋》、《玉水记方流诗》、策五道,以第四名及第,十七人中年最少。后,回洛阳。暮春到浮梁。九月到符离,外祖母陈氏卒。

白居易早年有一篇赋,专写去浮梁探看兄长之情形,是考察《冬至宿杨梅馆》的重要参考材料。《白居易集笺校》卷三十八《伤远行赋》[①]:

> 贞元十五年春,吾兄吏于浮梁。分微禄以归养,命予负米而还乡。出郊野兮愁予,夫何道路之茫茫!茫茫兮二千五百,自鄱阳而归洛阳。朝济乎大江,暮登乎高岗。山险巇,路屈曲,甚孟门与太行。枫林郁其百寻,涵瘴烟之苍苍。其中阒其无人,唯鹧鸪之飞翔。水有含沙之毒虫,山有当路之虎狼。况乎云雷作而风雨晦,忽霍霭兮不见日旸。涉泥泞兮仆夫重胝,陟崔嵬兮征马玄黄。步一步兮不可进,独中路兮彷徨。
>
> 噫!昔我往兮,春草始芳。今我来兮,秋风其凉。独行踽踽兮惜昼短,孤宿茕茕兮愁夜长。况太夫人抱疾而在堂。自我行役,谅夙夜而忧伤。惟母念子之心,心可测而可量。虽割慈而不言,终蕴结于中肠。曰子弟兮侍左右,固就养而无方。虽温清之靡阙,讵当我之在傍?无羽翼以轻举,羡归云之飞扬。惟昼夜与寝食之心,曷其弭忘!投山馆以寓宿,夜绵绵而未央。独展转而不寐,候东方之晨光。虽则驱征车而遵归路,犹自流乡泪之浪浪。

这一卷中的前几篇赋,并非按写作时间排序的。这篇赋被编在宣城参加乡试的赋和诗《宣州试射中正鹄赋》《窗中列远岫诗》(诗的尾联:"宣城郡斋在,望与古时同。")之前,但这并不表示《伤远行赋》比后面两赋一诗写得早。因为,参加乡试的诗赋后面直接是参加

"省试"的作品《省试性习相近远赋》和《玉水记方流诗》,这些可能是按类编辑的。而且《伤远行赋》之前一篇《泛渭赋》则是作于更晚的贞元二十年(804),这些赋倒像是按逆时间排序的。其实,《伤远行赋》是诗人参加完乡试之后所作。

贞元十五年(799)春,白居易二十八岁,其长兄白幼文于前一年已任饶州浮梁主簿。诗人于春天从洛阳出发,应于初夏到达江西。有诗《将之饶州江浦夜泊》(卷九):"明月满深浦,愁人独卧舟。烦冤寝不得,夏夜长似秋。"①于秋后负米归洛阳养母路上作《伤远行赋》:"贞元十五年春,吾兄吏于浮梁。分微禄以归养,命予负米而还乡。"②

他的这一次南行,在洛阳出发时应是春天,到达浮梁是夏天,回程出发是在深秋,"昔我往兮,春草始芳。今我来兮,秋风其凉",到达池州境内已是冬至之日。从这篇赋的语气来看,此赋的写作时间既不是还未从鄱阳出发前,也不是到达洛阳后,极有可能就是在杨梅馆中情绪低落之时写作的。因此,《伤远行赋》可视之为《冬至宿杨梅馆》的姊妹篇。

白幼文所任之主簿,只是从九品,俸禄只有"米五十二石"③,他还有自己一家子需要养活,所以余粮不会很多。负米回乡时,白居易虽然已在宣城加过乡试,可能结果未出,尚觉前途未卜,无疑心情较沉重,所以孤独苦闷,夜不能寐。写完诗之后,意犹未尽,作此赋以抒怀,直至天亮,"驱征车而遵归路"。经过池州时,有此一诗一赋,或者还有《寒闺夜》与《寄湘灵》两首,再未见其他诗作。而有明确具体地点"杨梅馆"的仅有一首,可见此诗的珍贵。

那么,白居易独宿杨梅馆到底是哪一年的冬至呢?

根据《年谱简编》,贞元十五年(799)秋天,白居易"在宣州应乡试",而贞元十六年(800)春天就已在长安参加会试。那么合理的时间安排应该是,诗人于贞元十五年(799)夏天到饶州,不久便到宣州应乡。从浮梁到宣州的来回最短的路程可以从徽州穿过,而白居易恰恰有一首《歙州山行忆故山》:"悔别故山远,愁行归路迟。"考试结束,可以从宣城经歙州回浮梁,也可以从池州官道回。最后,从浮梁"负米"回洛阳,回程之路若向东行,必经池州,然后绕道扬州经运河北上。那他为何不经长江顺流东下,直接到扬州呢?可能他还得经池州、过宣城了解乡试的结果(赋中并没有表达他已通过乡试的喜悦之情)。这次从饶州出发时应是深秋近冬,所以在池州杨梅馆时逢冬至,乃作《冬至宿杨梅馆》诗。这个推

----

① 土拾遗认为,这年夏天白居易在洛阳,以卷十三《冬至宿杨梅馆》之前两首的"一夜乡心五处同"诗为依据,甚为不妥。他也引《伤远行赋》认为诗人春天北归探母,但此赋明明说:"昔我往兮,春草始芳。今我来兮,秋风其凉。"可见是误判。见王拾遗:《白居易生活系年》,宁夏人民出版社1981年版,第39页。

② "负米"既反映了白居易的生活现实,也是用典。典出《孔子家语·致思》:"昔者由也,事二亲之时,常食藜藿之实,为亲负米百里之外。"

③ 邓志:《唐代官员待遇研究》,西北大学2010年硕士学位论文。

测若成立,诗人于浮梁到宣城之间应有三次单独的旅行,这三次前两次可从歙州过也可从池州过,但最后一趟必经池州。作《独宿杨梅馆》诗只能是最后一次,因为时序已到冬至。他必须在通过了乡试之后,赶在春节之前回到洛阳并赶往长安,于贞元十六年(800)二月十四日参加会试。

《年谱简编》认为,白居易贞元十四年(798)夏到浮梁,这个说法与赋文相矛盾。又认为,诗人贞元十五年(799)春天曾回洛阳一次,这更是不可能的。朱本认为《将之饶州江浦夜泊》"作于贞元十四年(798)",按曰:"陈谱系此诗于贞元十五年。"①这本来是对的,但朱氏根据赋文开头一句"贞元十五年春,吾兄吏于浮梁"而"可知贞元十五年春,居易已在浮梁"。笔者认为这是一种误读,因为朱金城与王拾遗一样,在阅读《伤远行赋》时,只参考了第一句,而均未留意赋文中间那句:"昔我往兮,春草始芳。今我来兮,秋风其凉。"所以做出矛盾的判断。其实,诗人是春天从家里出发,夏天到浮梁,秋天去宣城,初冬才回洛阳的。

如果贞元十四年(798)秋天,白居易就过一次"负米"回去的经历,那他就不会在《伤远行赋》的开头标明时间,据此可知,他仅有贞元十五年(799)那一次"负米"回程的经历。那么,有没有可能,诗人是贞元十四年(798)的冬至经过池州的呢? 笔者认为没有这个可能。从这篇赋来看,诗人第一次到浮梁就是贞元十五年(799)春天,此前并未到过此间。

《年谱简编》认为,诗人于贞元十六年(800)考取进士后,"暮春到浮梁,九月到符离"。这一次即使经过池州,也在九月之前的某些时候,不可能等到冬至。何况考取进士之后,他的心情应该大好,不至于有"冷枕单床"的孤寒心态了。所以贞元十四年至十六年之三年中,他经过池州过冬至的只能在贞元十五年(799),只有这样推测才是合理的。

而且,从《冬至宿杨梅馆》与《伤远行赋》所写内容来看,二者应该是"姊妹篇",即借用不同文体表达同一种经历和心情。

诗说:"三千里外远行人。"赋说:"茫茫兮二千五百,自鄱阳而归洛阳。朝济乎大江,暮登乎高岗。"这一年的冬至是"十一月中",即农历十一月中旬(贞元十五年冬至为公历 12 月 22 日),南方的天气已经很冷了。诗人从北方洛阳来到江南,"三千里""二千五百"这些词汇,都是强调其长途"负米"之艰辛。诗与赋之所以有五百里之距离差,乃一指出发点,一在途中。从冬至到第二年农历二月十四日的会试,其间还有三个月左右的时间,诗人是可以赶回长安参加考试的。

诗说:"若为独宿杨梅馆,冷枕单床一病身。"赋说:"涉泥泞兮仆夫重腿,陟崔嵬兮征马

---

①　《白居易集笺校》,第 495 页。

玄黄。"先走水路,后转山路,且有仆夫与马匹相随。山高路险,道路泥泞,所以"独行踽踽兮惜昼短,孤宿茕茕兮愁夜长……投山馆以寓宿,夜绵绵而未央。独展转而不寐,候东方之晨光"。所谓"昼短""夜长"正是冬至时分,"独行""孤宿""投山馆""独展转"正可谓"独宿杨梅馆"的写照。寒冷的夜晚,漂泊的游子,独宿在山间一隅,枕冷床单,寒衾难耐,身体不适,心情苦闷。诗所思念的是情人,赋所担忧的是母亲。所以不妨写完一首诗后,再写一篇赋来尽情地表达一番。当然,这样的赋文也可能是事后不久追忆而作,但其所言与杨梅馆诗所咏仍然是同一件事。

贞元十四年(798)之前,贞元十六年(800)之后,白居易都没有经过池州陆行的可能。他赴任杭州时,虽然是经江州沿江而下的,但无论是从路径,还是从个人心情来看,诗人都不会经过池州的杨梅馆(因为杨梅馆不是江边码头,而是陆路驿站),更不可能有孤寂的情怀。

二、杨梅馆在哪里

杨梅馆是唐代池阳郡[①]秋浦县(今贵池)境内的驿馆。唐代池州境内还有清溪馆、青阳馆等驿馆。池州有一条东西方向的官道(与今 318 国道走向大体相同),杨梅馆、清溪馆、青阳馆就是这条官道上几个重要的驿站,唐代诗人笔下均有记载[②]。

盛唐诗人谈戢《清溪馆作》[③]:

> 指途清溪里,左右唯深林。云蔽望乡处,雨愁为客心。遇人多物役,听鸟时幽音。何必沧浪水,庶兹浣尘襟。

刘长卿《刘随州集》卷二《北归次秋浦界清溪馆》[④]:

> 万里猿啼断,孤村客暂依。雁过彭蠡暮,人向宛陵稀。旧路青山在,余生白首归。渐知行近北,不见鹧鸪飞。

---

① 唐武德四年(621)设池州,贞观年间废池州,后称秋浦郡,中唐时又改称池阳郡。白居易经过池州时,应为池阳郡。

② 参见张媛:《唐代池州诗歌研究》,陕西师范大学 2015 年硕士学位论文,第 61 页。

③ 谈戢开元二十年(732)进士。此诗作者一说为刘长卿同时人郑常。

④ 《文苑英华》卷二九八,首句作:"万岭猿频断。"元方回《瀛奎律髓》卷四三引此诗小注:"一作:'万古啼猨后,孤城落日依。'"

　　巧合的是,比白居易略早的刘长卿,三十六年前有与白居易所走路径相同的池州之行,出发点都是饶州,而且也是秋行。据储仲君《刘长卿诗编年笺注》,刘长卿于代宗广德元年(763)从江西饶州前往浙西任职,其时浙东军乱,于是取道池州、宣州绕行至江东,此诗便是这一年"量移东归时作"①。从饶州到浙东去,他北上陆路经过池州和宣州(宛陵),与白居易走的是同一条官道。在这条路上,刘长卿写了"次清溪馆"的诗,而白居易写了"宿杨梅馆"的诗。两馆相距不过八九十里。

　　刘长卿在大历元年(766)归京时曾过池州东至县(原至德县),碰到一位邻居,便作诗相赠。《刘随州诗集》卷九《北归入至德界偶逢洛阳邻家李光宰》:

　　　　生涯心事已蹉跎,旧路依然此重过。近北始知黄叶落,向南空见白云多。炎州日日人将老,寒渚年年水自波。华发相逢俱若是,故园秋草复如何。

　　池州境内的清溪馆先后有两处,一在上清溪镇(山区),一在下清溪镇(长江边)。那么刘长卿经过的清溪馆是哪个呢?储仲君《刘长卿诗编年笺注》注引《江南通志》卷一六"山川":"清溪在府东北。"即认为"清溪馆"为长江南岸的渡口"下清溪"。又引《九域志》区分"上清溪"与"下清溪"②。但刘长卿此诗所咏明显不是渡口之景,而是山景,"猿啼""孤村""旧路青山""鹧鸪飞"均为山间所见。唐时,秋浦上清溪一带多猿。李白《秋浦歌》多次咏到猿啼,如"秋浦猿夜愁,黄山堪白头""猿声催白发,长短尽成丝""秋浦多白猿,超腾若飞雪""君莫向秋浦,猿声碎客心",所以此"清溪馆"当为上清溪镇所在地,为秋浦县之陆路官道。《池州府志》《贵池县志》均言江边"清溪馆"为宋代所建,且周边多水而无山,而唐代"清溪馆"则为陆路之驿馆无疑。

　　比刘长卿略早的唐代诗人谈戭,其《清溪馆作》诗所言"左右唯深林""听鸟时幽音"均为山景。也就是说,刘长卿从饶州进入池州是沿官道走的陆路,而非江行。山路寂无人,所以说"人向宛陵稀"。这一路上他应该与白居易一样,也必定经过杨梅馆,再经过清溪馆的。

　　明朝皇甫汸《皇甫少玄集》卷十有诗《清溪馆席上赋赠马中丞四首》,所咏之清溪馆才是长江边的下清溪馆。诗中所谓"湖曲青山远,城隅绿水长""晚霞蒸浦溆,秋月净帘栊""桂树藏舟穴,沧波敞翠筵"等,说的都是江边、城边之景。《(光绪)贵池县志》卷八:"《江南通志》:'清溪亭,在府清溪镇,又有清溪馆。'《府志》:'在城北五里,宋建。'"可见,唐代清溪

---

①　刘长卿著,储仲君笺注:《刘长卿诗编年笺注》,中华书局1996年版,第233页。
②　《刘长卿诗编年笺注》,第233—234页。

馆在池州上清溪镇,也即清溪河上的一个古驿站,在原贵池区之清溪乡,而非宋代之后城北长江边的驿馆。江边的清溪馆与刘长卿所过之"清溪馆"非为一地。

从清溪馆往东,这条路上还有青阳馆,唐代诗人也有记录。中唐前期、写过名诗"夜合花开香满庭"的诗人窦叔向《青阳馆望九子山》:

> 苍翠岧峣上碧天,九峰遥落县门前。毫芒映日千重树,涓滴垂空万丈泉。武帝南游曾驻跸,始皇东幸亦祈年。云祠绝迹终难访,唯有猿声到客边。

与白居易同时的宰相、后因被军阀刺杀而白居易曾为其仗义执言的武元衡早年经过池州时,写有留宿青阳驿的诗,他所行之官道与刘长卿、白居易都是同一条路径。

武元衡《宿青阳驿》:

> 空山摇落三秋暮,萤过疏帘月露团。寂寞银灯愁不寐,萧萧风竹夜窗寒。

白居易经过池州时,还未及第,更未当官,所以不能因公住宿,但唐代驿馆周围应已形成集市,所以杨梅馆也当别有旅舍,可以住宿饮马。

杨梅馆在宋代称杨梅驿。北宋韦骧《钱塘集》卷五有三首关于杨梅驿的诗。

《宿杨梅驿》:

> 两壁万千嶂,一村三四家。度桥逢古驿,下马踏秋花。夜永蛩尤苦,云空月自华。冷官无好趣,安用五书车。

《早行》:

> 鸡声喔喔似相催,秣马登途酒一杯。海日欲升山顶赤,林霏初散岭头开。自怜旅梦经千变,谁谓离肠只九回。苟禄奔驰还窃笑,未能容易赋归来。

《晓离杨梅古驿》:

> 长坡峻阪足崎岖,晓出杨梅古驿孤。山腹带云如曳练,稻梢垂露欲流珠。穿篱鸭脚深深碧,近水鸡冠小小株。行役虽劳遇佳境,且将幽句慰瘏痡。

以上三首纪行诗都是诗人在贵池杨梅驿所写,他为我们勾勒出北宋中期杨梅驿周边的地形地貌:"两壁万千嶂,一村三四家""海日欲升山顶赤,林霏初散岭头开"。杨梅驿的道路两边是石壁高岭,中间一条过道,长坡崎岖,而山上有林木。驿站周围有三四家的小村落,有鸡有鸭①,还有翠绿的稻田,真是一派优美的山间田园风光。

杨梅馆具体位置在今安徽省池州市贵池区唐田镇境内。《(嘉靖)池州府志》卷一:"杨梅坦,在府西九十里石岭,多杨梅。唐有杨梅馆,宋改为杨梅驿,今废。唐白乐天诗……"《方舆纪要》卷二十七也有记载。《江南通志》卷三十四因之:"杨梅馆,在府西九十里石岭,多杨梅。唐白居易有杨梅馆诗。宋改为驿,今呼为杨梅坦。"朱本引《古今图书集成》之"池州府·古迹考":"杨梅坦在城西九十里石岭,多杨梅。唐有杨梅馆,宋有杨梅驿。今废。"众口一词,多举白诗为证。

杨梅馆之所在,原始地名应是杨梅坦,"馆""驿"都是功能性指称,而贵池方言中的"坦"指地形,即山间凹地,音读"蛋",或作"宕"。离此地不远处原有"高坦乡",其中的"坦"字至今仍然读[dàn]。据此可知,杨梅坦是山间一处平地,此地多石,穿过石壁,有一条官路经过此地,路边历来有人家居住,因此唐宋时代在此建馆设驿,作为沿途的休息点。

三、白居易皖江其他诗作

白居易在皖江附近的诗歌,除了多首确凿的宣州诗外,其他地方的诗作非常稀少。《白居易集笺校》卷三十三有一首《闲居春静》,疑似池州诗:

> 闲泊池舟静掩扉,老身慵出客来稀。愁因暮雨留教住,春被残莺唤遣归。揭瓮偷尝新熟酒,开箱试著旧生衣。冬裘夏葛相催促,垂老光阴速似飞。

据《白居易集笺校》,此诗中的"池舟"有版本作"池州"。朱本曰:"'池舟''舟',马本讹作'州',按宋本、那波本、汪本、全诗、查校改。"②这个"池州"即使不改,这首诗也确非池州之诗,乃是诗人于开成元年(836)所作,相比诗人经过杨梅馆,已晚了三十六年。但这个"池州"即使不改成"池舟",也未为不可。

中晚唐之后,池州江边之池口镇形成,历代有不少池口停泊诗。但白居易经过皖江

---

① 《晓离杨梅古驿》第三联中的"鸭脚""鸡冠"均为双关。古人称银杏为鸭脚,盖其叶似鸭脚,鸡冠指鸡冠花。二者亦指村里的鸭和鸡。

② 《白居易集笺校》,第2259页。

时,池口本应是一处必停之港口,惜其未有停泊诗,或许其时该处尚未开发。《白居易集笺校》卷二十《舟中晚起》:"日高犹掩水窗眠,枕簟清凉八月天。泊处或依沽酒店,宿时多伴钓鱼船……且向钱塘湖上去,冷吟闲醉二三年。"①此诗之前多是九江诗,此诗之后已到"郡斋"(杭州)。这首诗就是他经九江到杭州任职、在皖江一带的江行写照,但并没有记录任何一处具体"泊处""宿时"的码头。

1. 安庆诗

白居易有一首游安庆天柱山的诗。谢本《外集》卷下录有一首《题天柱峰》②:

> 太微星斗拱琼宫,圣祖琳宫镇九垓。天柱一峰擎日月,洞门千仞锁云雷。玉光白橘相争秀,金翠佳莲蕊斗开。时访左慈高隐处,紫清仙鹤认巢来。

谢本曰:"见《天柱山志》。《全唐诗续拾》卷二八录。陈尚君按:'《舆地纪胜》收三、四两句为南唐李明作。'"另,《全唐诗》卷八五四录晚唐杜光庭《题北平沼》诗,其中五、六两句有类似句型:"天柱一峰凝碧玉,神灯千点散红蕖。"

《白居易集笺校》卷二《秦中吟十首·立碑》:"我闻望江县,鹦令抚惸嫠。"写的是鹦信陵任望江县令之事。此事只是传闻,诗人其时或未到过望江县。

2. 当涂诗

白居易有一首当涂诗。《白居易集笺校》卷十七《李白墓》③:

> 采石江边李白坟,绕田无限草连云。可怜荒陇穷泉骨,曾有惊天动地文。但是诗人多薄命,就中沦落不过君。

朱金城认为此诗"作于元和十三年(818),四十七岁,江州,江州司马。"即使作于江州,仍可说明此前作者无疑是到过采石矶边、拜谒过李白墓的。而此前,诗人经过当涂,也必是早年间前往宣州或经池州来往浮梁之途中。

3. 徽州诗

白居易还有一首徽州诗,或是他从浮梁到宣州途中所作。谢本《外集》卷上《歙州山行

---

① 《白居易集笺校》,第 1329 页。
② 《白居易诗集校注》第六册,第 2966 页。
③ 《白居易集笺校》,第 1099 页。

忆故山》①：

> 悔别故山远，愁行归路迟。云峰杂满眼，不当隐沦时。

谢校曰，据日本学者花房英树的论文，知此诗"见要文抄本卷十三，在《问淮水》前"。而《问淮水》诗却是《白居易集笺校》卷十三《冬至宿杨梅馆》之后的第四首诗。可见，此诗原在卷十三，后落入"外集"。看来，诗人本意是将池州和歙州诗编在一起的。谢注曰："朱《笺》：或作于贞元十五年(799)至十七年(801)宣城时。"贞元十五年(799)秋冬时候，正是诗人经过池州之时。

此外，白居易有一个从兄曾任乌江主簿，"不得四十"而殁。《白居易集笺校》卷四十《祭乌江十五兄文》②：

> 及兄辞满淮南，薄游江东。居易亦以行迈，忽逆旅而逢，或酒或歌，宴衍从容。何朝不游，何夕不同……三千里外，身殁陵阳……宣城之西，荒草道傍。旅殡于此，行路悲凉。

此文作于贞元十七年(801)，即白居易中进士之第二年。朱金城认为此"乌江十五兄"名白逸③。因其在乌江任职，所以称其"辞满淮南"。乌江县即今和县乌江镇。白居易虽然与此兄关系契好，但只是说两人经常于奔波"江东"的路上相逢，不能明确他自己是否去过乌江，也未见其有乌江之诗。祭文中所谓"三千里外，身殁陵阳"，是指十五兄游历到陵阳④附近而客死其地，文中"三千里外"与《冬至宿杨梅馆》所言"三千里外远行人"，均指皖南(宣州、池州纬度相近)与洛阳的距离，二者可以互证。后来刘禹锡任职和州时，白居易有《答刘和州禹锡》《酬谢刘和州戏赠》等诗，但他似乎没有去过和州，更无纪游诗作。

当下，网上流传有白居易两首在江北枞阳县浮山所作的《浮山吟》，还有一首"白居易题浮山《缥缈峰》诗"，都是来历不明之作。宋代范成大确有一首《缥缈峰》诗，二者并不相干。所谓"浮山诗"，均应是网友之作，不值一论。

（作者简介：纪永贵，安徽贵池人，池州学院文学与传媒学院教授。发表论文有《重审杜牧〈清明〉诗案》等。）

---

① 《白居易诗集校注》第六册，第2872页。
②③ 《白居易集笺校》，第2659页。
④ 《白居易集笺校》引《江南通志》卷四一："白逸墓在宁国府城西。"宁国府治在宣城，白逸所葬在"宣城之西"陵阳山。池州市青阳县南有陵阳山，古有陵阳县，宣城陵阳山应为其余脉。

《高士奇年谱》补正

胡春丽

摘　要：王树林《高士奇年谱》（浙江古籍出版社，2021 年 6 月版）对于考稽高士奇生平有重要的参考价值，但亦有不少失载失考之处，间有错考处。兹以高士奇所著《城北集》《苑西集》《归田集》《随辇集》《独旦集》《清吟堂集》《蔬香词》《竹窗词》《左传纪事本末》《扈从东巡日录》《扈从西巡日录》《塞北小钞》《松亭行纪》《春秋地名考略》《左传姓名考》《左传纪事本末》《左国颖》《江村消夏录》《金鳌退食笔记》《天禄识余》《词林闲笔》《田间恭纪》《经进文稿》《瓶庐韵笺》《蓬山密记》《江村书画目》《书画总考》《北墅抱瓮录》等为主要资料依据，旁征高氏交游的别集、年谱、方志，加以排比胪列，依年代补其失、正其误于次。

关键词：清代　高士奇　年谱　补正

清世祖顺治三年丙戌（1646）二岁

八月二十四日，妻傅氏生。

清世祖顺治十七年庚子（1660）十六岁

性喜画篚，父友丁秋平以陈洪绶所画墨蝶落花扇相赠。

> 《清吟堂集》卷一乙亥《昔庚子之岁余在髫年性喜画篚先君老友丁秋平以章侯所画墨蝶落花扇见赠顷于山荆故箧中检出开展如新屈指三十六年感慨系之因用篚中韵题志三首》。

清圣祖康熙四年乙巳（1665）二十一岁

暮春，入西山读书，淹留及夏。

> 《城北集》卷一乙巳《游西山》《木兰陀玉皇阁》《洪光寺盘道》《香山》《暮春入山淹留及夏即事偶书》。

> 按，《城北集》卷六乙卯《登玉皇阁高顶》诗中自注："乙巳岁，曾读书其下。"

清圣祖康熙五年丙午(1666)二十二岁

三月晦日,病中,思归。

《城北集》卷一丙午《三月晦日病中书怀》《思归》。

过丰台,有诗。

《城北集》卷一丙午《丰台行》。

游西山大觉寺。

《城北集》卷一丙午《西山大觉寺》。

有诗和李长吉《十二月词》。

《城北集》卷一丙午《和李长吉十二月词》。

清圣祖康熙七年戊申(1668)二十四岁

闲居,有诗抒怀。

《城北集》卷二戊申《春日闲居》。

再游西山。

《城北集》卷二戊申《金章宗手植松》《游谁主亭》。

常岫病,以诗慰之。

《城北集》卷二戊申《慰苍林病》。

六月,看洗象。

《城北集》卷二戊申《观洗象歌》。

七月八日,大病,大雨不止,屋壁倾压,妻傅氏抱长子立颓檐下。

《城北集》卷二戊申《连朝病剧秋雨不止七月八日雷电彻夜城濠骤涨都市水深数尺》。

按,《独旦集》卷一壬申《悼亡》之七自注:"戊申七月,大儿初生三日,值秋雨,屋壁倾压。余又大病,亡妻抱儿立颓檐下。"

有诗赠彭傲雪。

《城北集》卷二戊申《赠彭傲雪山人》。

彭傲雪,生平不详。

冬至,有诗抒感。

《城北集》卷二戊申《至日有感》。

清圣祖康熙八年己酉(1669)二十五岁

作《四时闺词》。

> 《城北集》卷二己酉《四时闺词》。

春日,郊游,过功德废寺、米万钟勺园遗址。

> 《城北集》卷二己酉《过功德废寺》《米太仆勺园遗址》。

作《咏史》诗。

> 《城北集》卷二己酉《咏史》。

清圣祖康熙十年辛亥(1671)二十七岁

过永安禅院,值常岫在院避暑。

> 《城北集》卷四辛亥《过永安禅院值苍林在院避暑》。

结识陈维岳。

> 《蔬香词》之《贺新凉·赠陈其年》词下自注:"辛亥岁,识令弟纬云于都下。"
>
> 陈维岳(1635—?),字纬云,江苏宜兴人。维崧弟。著有《红盐词》等。(王昶《国朝词综》卷十四)

同程履新集近水书屋。

> 《城北集》卷四辛亥《同程德基集近水书屋》。
>
> 程履新,字德基,安徽休宁人。从李之材学医,有名。著有《程氏易简方论》《山居本草》。(《[道光]休宁县志》卷十九)

夏,宿慈慧寺。

> 《城北集》卷四辛亥《宿慈慧寺》。
>
> 七月,严绳孙为《蔬香词》作序。
>
> 严绳孙《秋水文集》卷一《高澹人蔬香集序》:"今天子十年春,诏选京师文士能书者,给札翰林。钱唐高子澹人以钟、王法拔冠其曹。今年七月,独召见弘德殿。……高子诗甚富,此辑其顷岁所存近体及词,合若干首成。会余来都门,屏迹招提,高子独偕苍上人……因属余序。"
>
> 严绳孙(1623—1702),字荪友,号秋水、勾吴严四,晚号藕荡渔人,江苏无锡人。诸生。康熙十八年(1679),以布衣举博学鸿儒科二等,授检讨,参修《明史》。官至右春坊右中允。著有《秋水集》《秋水文集》《明史拟稿》。(胡春丽《严绳孙简谱》)

九月初三日,康熙帝东巡,作《东巡赋》。

　　《经进文稿》卷一《东巡赋》:"圣天子登极有十年,仁风浩荡,德日雍熙,百废具兴,万邦
　　咸理,草野之民含餔鼓腹者,胥忘帝力何有也。爰念太祖、太宗创辟……乃于季秋三
　　日,警跸东巡,遐迩观瞻,莫不忭抃。"

清圣祖康熙十一年壬子(1672)二十八岁

春,史迁民归里,以诗送之。

　　《城北集》卷四壬子《送史迁民》。

　　史迁民,生平不详。

程履新还里,以诗送之。

　　《城北集》卷四壬子《送程德基还白岳》。

有诗寄高层云。

　　《城北集》卷四壬子《寄谡苑兄》。

　　高层云(1634—1690),字二鲍、谡苑、谡园,号菰村,江南华亭人。康熙十五年(1676)
进士,历官大理寺左评事、吏科给事中、太常寺少卿。善书画,精鉴赏。著有《改虫斋集》。
(《[乾隆]华亭县志》卷十二)

有词赠朱彝尊。

　　《蔬香词》之《满江红·赠朱十锡鬯》。

　　朱彝尊(1629—1709),字锡鬯,号竹垞,又号驱芳、金风亭长、小长芦钓鱼师,浙江秀水
人。康熙十八年(1679),举博学鸿儒一等,授检讨,充《明史》纂修官。著有《曝书亭集》《经
义考》《日下旧闻》《静志居诗话》等。(张宗友《朱彝尊年谱》)

有诗寄陆世恒。

　　《城北集》卷四壬子《寄陆宇载》。

　　陆世恒,字予载,号素园,原名志舆,榜姓吴,名世恒,后遂以为名。江苏吴县人,庠籍
长洲,榜籍安徽无为州。顺治十一年(1654)长洲县庠生第七名,康熙十六年(1677)以吴世
恒考中顺天北榜举人,康熙二十二年(1683)任苏州府学教授。(陆林《金圣叹史实研究》第
二十章)

同常岫再过慈慧寺看菊,作《满庭芳》词。

　　《城北集》卷四壬子《同苍林再过慈慧寺看菊》《蔬香词·满庭芳》。

清圣祖康熙十二年癸丑(1673)二十九岁

何源浚之官建宁府通判,以诗送之。

　　《城北集》卷五癸丑《送何昆崞官建宁》。

　　何源浚,字昆崞,号梅庄,江苏山阳人。由贡生授建宁府通判。值耿精忠叛,只身赴浙江请兵,陈恢复大计,以功授绍兴知府。二十年(1681),转马湖府知府。三十年(1691),迁福建浙江粮储道等。(乾隆《淮安府志》卷二十二)

春,赴南园看海棠。

　　《城北集》卷五癸丑《南园看海棠》。

王豸来还里,以诗送之。

　　《城北集》卷五癸丑《送王古直还西湖》。

　　王豸来(? —1674),字古直,浙江钱塘人。(潘衍桐《两浙辅轩续录》卷一)

为叶方蔼题画。

　　《城北集》卷五癸丑《为叶讱庵编修题画》。

　　叶方蔼(1629—1682),字子吉,号纫庵,江苏昆山人。顺治十四年(1657)举人,十六年(1659)进士。历官翰林院编修、国子监司业、侍讲学士、侍读学士、礼部侍郎、刑部侍郎。著有《读书斋偶存稿》《叶文敏公集》《独赏集》。(《[同治]苏州府志》卷九十五)

五月初五,与友人小集。

　　《城北集》卷五癸丑《午日小集》。

夏,避暑千佛寺,有诗赠熊山人。

　　《城北集》卷五癸丑《避暑千佛寺赠熊山人》。

王鸿绪过访,不遇。

　　王鸿绪《横云山人集》卷九《访高澹人城北不遇》。

　　王鸿绪(1645—1723),初名度心,中进士后改名鸿绪,字季友,号俨斋,别号横云山人,江南华亭人。广心季子。康熙十二年(1673)进士,授编修,官至工部尚书。著有《横云山人集》等。(《[乾隆]金山县志》卷十二)

秋夜,与高钧赞话故园。

　　《城北集》卷五癸丑《秋夜与钧赞叔话故园》。

得高层云蜀中书。

　　《城北集》卷五癸丑《得谡苑兄蜀中书》。

陆元辅索诗。

　　《城北集》卷五癸丑《陆翼王别号菊隐索诗》。

　　陆元辅(1617—1691),字翼王,一字默庵,号菊隐,江苏嘉定人。明亡后,长期馆于太仓王氏、昆山徐氏、叶氏及苏州宋氏。康熙十八年(1679),应博学鸿儒试,罢归。著有《十三经注疏类抄》《续经籍考》《菊隐集》。(张云章《朴村文集》卷十四《菊隐陆先生墓志铭》)

宋琬卒。

清圣祖康熙十三年甲寅(1674)三十岁

人日,与友人小集。

　　《城北集》卷六甲寅《人日小集》。

病中,有诗抒怀。

　　《城北集》卷六甲寅《病中杂咏》。

赴摩诃庵看杏花。

　　《城北集》卷六甲寅《摩诃庵看杏花》。

春,严绳孙南还,作词送之。

　　《蔬香词》之《念奴娇·送严荪友还无锡》。

六月二十一日,于遂清堂观雨。

　　《城北集》卷六甲寅《六月二十一日遂清堂观雨》。

七夕,过平舫。

　　《城北集》卷六甲寅《七夕过平舫》。

清圣祖康熙十四年乙卯(1675)三十一岁

新年,以诗抒感。

　　《城北集》卷六乙卯《新年杂书》。

再至摩诃庵看杏花。

　　《城北集》卷六乙卯《再至摩诃庵看杏花》。

有诗赠徐倬。

　　《城北集》卷六乙卯《赠徐方虎庶常》。

　　徐倬(1623—1712),字方虎,号苹村,浙江德清人。康熙十二年(1673)进士。授编修,

官至翰林院侍读。著有《苹村类稿》。(〔同治〕《湖州府志》卷七十)

友人赠蒲笋,以诗谢之。

　　《城北集》卷七乙卯《谢友惠蒲笋》。

何元英赠香橼、熏炉,以诗谢之。

　　《城北集》卷七乙卯《何侍御赠香橼熏炉各赋一律》。

　　何元英(? —1679),字蕤音,浙江秀水人。顺治十二年(1655)进士,授行人。历官户部郎中、云南道御史、通政司参议。(《〔光绪〕嘉兴府志》卷五十二)

清圣祖康熙十五年丙辰(1676)三十二岁

有诗寄沈皥日。

　　《城北集》卷七丙辰《寄沈融谷》。

　　沈皥日(1637—1703),字融谷,号茶星,又号柘西,浙江平湖人。贡生。历官广西来宾知县、天河知县、辰州府同知。工词,为浙西六家之一。著有《柘西精舍诗余》。(《〔光绪〕平湖县志》卷十六)

冯宿荣任天台县教谕,以诗赠之。

　　《城北集》卷七丙辰《冯紫灿任天台广文》。

　　冯宿荣(? —1692),字紫灿,浙江钱唐人。康熙十五年(1676),任天台县教谕。后官礼部主事。(民国《台州府志》卷十五)

　　郑培归里,以诗送之。

　　《城北集》卷七丙辰《送郑文溪》。

　　郑培,字文溪,浙江海盐人。监生。(阮元《两浙辑轩录》卷十三)

徐倬归觐,作词送之。

　　《蔬香词》之《念奴娇·送徐方虎编修归吴兴》。

腊八日,食粥。

　　《城北集》卷七丙辰《腊八日食粥》,

清圣祖康熙十六年丁巳(1677)三十三岁

有诗柬常岫。

　　《城北集》卷八丁巳《柬苍林》。

侍直乾清宫，蒙赐金盘时果八种。

　　《随辇集》卷一丁巳《乾清宫侍直蒙赐金盘时果八种恭纪》。

于懋勤殿赋《秋兰》应制诗。

　　《随辇集》卷一丁巳《懋勤殿秋兰应制》，《经进文稿》卷一《懋勤殿秋兰赋》。

康熙赐内缎表里四端、白金五十两，以诗志谢。

　　《随辇集》卷一丁巳《恩赐内缎表里四端白金五十两恭纪》。

康熙从清河回宫，赐鲜鱼六十尾。

　　《随辇集》卷一丁巳《上幸清河回宫蒙赐鲜鱼六十尾恭纪》。

养心殿前白石榴初熟，康熙摘赐一枚，以其半携归，绘以图，作文记之。

　　《随辇集》卷一丁巳《养心殿前白石榴初熟上摘赐一枚敬以其半携归绘图恭纪》，《经进
　　文稿》卷一《养心殿石榴赋》。

观康熙赐抚远大将军诗。

　　《随辇集》卷一丁巳《敬观御笔金书圣制赐抚远大将军诗二首恭纪》。

随侍康熙，屡蒙康熙赏赐。

　　《随辇集》卷一丁巳《圣驾巡幸回宫晚刻蒙赐酥饼八盘恭纪》《上游后苑弩射野禽赐臣
　　士奇恭纪》《养心殿侍直蒙恩赐狐腋裘一袭紫貂一领内纻二端恭纪》《晚刻下直蒙赐珍
　　果八盘恭纪》《上幸先农坛回宫蒙赐鲜雉恭纪》。

观康熙临赵孟頫所书《秋兴赋》。

　　《随辇集》卷一丁巳《敬观御笔临赵孟頫所书秋兴赋恭纪》。

同张英初至南书房侍从，月下退朝，有诗志感。

　　《随辇集》卷一丁巳《同侍讲学士臣张英初至南书房侍从月下退朝》。

　　张英（1637—1708），字敦复，一字梦敦，号乐圃，又号倦圃翁，安徽桐城人。康熙二年
（1663）举人，六年（1667）进士。历官翰林院编修、翰林院学士兼礼部侍郎、兵部右侍郎、工
部尚书、礼部尚书等。著有《笃素堂诗集》《笃素堂文集》《笃素堂杂著》《存诚堂诗集》等。
（《［光绪］重修安徽通志》卷一百七十七）

　　懋勤殿古干梅花发红白二种，有应制诗。

《随辇集》卷一丁巳《懋勤殿古干梅花发红白二种应制》。

　　雪中，侍直南书房。

《随辇集》卷一丁巳《雪中直南书房恭纪》。

是年,赐居苑西,将于明春二月移居。

《城北集》卷八丁巳《住城北十三年顷赐居苑西将于明春二月移居》。

王士禛《池北偶谈》卷二《赐居第》:"康熙丁巳,上命左谕德兼修撰张英内直讲书,特赐第西华门内。翰林院侍讲高士奇亦然。"

清圣祖康熙十七年戊午(1678)三十四岁

侍直南书房,见梅花盛开,作诗咏之。

《随辇集》卷二戊午《南书房梅花盛开恭赋》。

于养心殿看鳌山灯。

《随辇集》卷二戊午《养心殿看鳌山灯恭纪》。

观康熙所作诗。

《随辇集》卷二戊午《敬观御制诗恭纪》。

正月,将移居苑西,有诗题壁。

《城北集》卷八戊午《将移苑西小斋卉木皆予手植题壁》。

元月,清廷诏征博学鸿儒,命内外诸臣荐举海内名士。

《清圣祖实录》卷七十一:康熙十七年正月"乙未,谕吏部:'自古一代之兴,必有博学弘词振起文运、阐发经史、润色词章,以备顾问著作之选。朕万几余暇,游心文翰,思得博学之士用资典学。我朝定鼎以来,崇儒重道,培养人材。四海之广,岂无奇才硕彦、学问渊通、文藻瑰丽、可以追踪前喆者?凡有学行兼优、文词卓越之人,不论已仕、未仕,令在京三品以上及科、道官员,在外督、抚、布、按,各举所知,朕将亲试录用。其余内外各官,果有真知灼见,在内开送吏部,在外开报督、抚,代为题荐。务令虚公延访,期得真才,以副朕求贤右文之意。尔部即通行传谕。'于是大学士李霨等荐原任副使道曹溶等七十七人。"

汤駬归里,以诗送之。

《苑西集》卷一戊午《送汤公牧》。

汤駬,字公牧,浙江海盐人。(沈季友《槜李诗系》卷二十七)

康熙题跋父顺治"正大光明"四字,勒石告成。

《随辇集》卷二戊午《世祖章皇帝御书正大光明四字皇上御制题跋勒石告成蒙恩赐观恭纪》、陈廷敬《午亭文编》卷十二《世祖章皇帝御书正大光明四字上御制题跋勒石赐观于内殿进诗一首》。

四月十七日,获赐观盆植人参一本。

> 《随辇集》卷二戊午《赐观盆植人参一本恭纪》、张英《文端集》卷二《四月十七日》"赐观盆植人参赋此时同说岩阮亭澹人近公……"、陈廷敬《午亭文编》卷十二《赐观人参植本应制》。

四月二十六日,获赐杭州贡至新茗二器。

> 《随辇集》卷二戊午《恩赐杭州贡至新茗二器恭纪》、张英《文端集》卷二《四月二十六日蒙赐新贡龙井天池珍茗二瓶恭纪四首》。

四月二十八日,获赐高丽人参。

> 《随辇集》卷二戊午《恩赐人参恭纪》、张英《文端集》卷二《四月二十八日蒙赐高丽人参一函恭赋》。

五月十八日,获赐五台山银盘蘑。

> 《随辇集》卷二戊午《恩赐五台山银盘蘑恭纪》。

方象瑛有寄诗。

> 方象瑛《健松斋集》卷十八《展台诗钞上》戊午《寄高澹人中瀚》。

> 方象瑛(1632—?),字渭仁,号霞庄,又号艮山、金门大隐,浙江遂安人。康熙二年(1663)举人,六年(1667)进士。康熙十八年(1679),举博学鸿儒二等,授翰林院编修,与修《明史》。著有《健松斋集》《明史分稿残本》等。(胡春丽《方象瑛年谱初稿》)

八月六日,朝廷诏诸臣至神武门观赏葡萄牙国王阿丰素所贡黄狮子,皆有诗贺之。

> 《随辇集》卷三戊午《西洋贡狮子歌》《神武门赐观西洋进贡狮子恭纪》。

> 按,《清圣祖实录》卷七六:康熙十七年八月"庚午,西洋国主阿丰素遣陪臣本多白垒拉进表、贡狮子。"陈维崧《迦陵词全集》卷八《雪狮儿·戊午秋西域献黄狮子至一时待诏集阙下者不下百人皆作诗歌揄扬盛事崧亦填词一首》、毛奇龄《西河合集·七言古诗九·诏观西洋国所进狮子因获遍阅虎圈诸兽敬制长句纪事和高阳相公》、施闰章《施愚山诗集》卷四十三《狮子诗拟应制二十四韵》、彭孙遹《松桂堂全集》卷二《西域献狮子二十韵》、王士禛《渔洋续诗集》卷十一《大西洋贡狮子歌应制》、张英《文端集》卷三《西洋贡师子歌》和《八月六日于神武门观西洋进贡师子恭纪》、叶方蔼《读书斋偶存稿》卷一《西域贡师子行》和《八月六日于神武门赐观西洋进贡师子》、尤侗《西堂杂组三集》卷一《西洋贡狮子赋》、徐嘉炎《报经斋文集》卷一《大西洋国贡黄狮子赋并序》、严我斯《尺五堂诗删近刻》卷一《西洋国贡

狮子歌》、方象瑛《健松斋集》卷九《西域贡狮子赋》、李振裕《白石山房集》卷一《西洋贡狮子赋》、秦松龄《苍岘山人集》卷四《西域贡狮子纪事》、王嗣槐《桂山堂文选》卷十《狮子赋有序》、李楠《药圃诗》之《西域遣使献黄狮子恭纪》、丁炜《问山诗集》卷五《西洋国贡狮子恭纪次富少宗伯韵》。

八月十八日,康熙赐观所作诗集。

　　《随辇集》卷三戊午《赐观御制诗集恭纪》。

　　按,张英《文端集》卷三《八月十八日蒙赐观圣制诗集恭纪五言十六韵》,高诗亦当作于此时。

有诗和康熙赐俄启诗。

　　《随辇集》卷三戊午《恭和御制赐内大臣辅国将军俄启诗》。

九月九日,直南书房,同陈廷敬、叶方蔼、张英、励杜讷限字赋诗。

　　《苑西集》卷一戊午《九日直大内南书房同掌院学士陈公侍读学士叶讱庵张敦复两先生杜近公同年限登字高字》、陈廷敬《午亭文编》卷十二《九日入直同讱庵敦复澹人近公限登字高字二首》、张英《文端集》卷十九《九日同说岩讱庵两前辈澹人近公直南书房限登字》《又限高字》、叶方蔼《读书斋偶存稿》卷一《九日直南书房同说岩梦敦澹人诸公限韵二首》。

　　陈廷敬(1638 — 1712),字子端,一字说岩,晚号午亭,山西阳城人。顺治十四年(1657)中举,十五年(1658)成进士。历官工部尚书、户部尚书、刑部尚书、吏部尚书等。著有《午亭文编》。(《[雍正]泽州府志》卷三十六)

　　励杜讷(1628—1703),字近公,一字澹园,直隶静海人。初冒杜姓,后复励姓。康熙十九年(1680)特授翰林院编修,充日讲起居注官。历官右赞善、左赞善、翰林院侍讲、光禄寺少卿、通政使司参议、右通政、太仆寺卿、宗人府府丞、都察院副都御史、刑部右侍郎等。(《[光绪]重修天津府志》卷四十四)

九月十日,康熙奉太皇太后幸温泉,屡有赏赐。

　　《随辇集》卷三戊午《上奉太皇太后幸温泉恭纪》《赐观御制温泉盘山游览诗恭纪》《天使自温泉回宫蒙赐三雉恭纪》。

　　按,张英《文端集》卷三《九月十日上侍太皇太后幸温泉恭纪五言八韵》。

九月十五夜,招陆莱饮。

　　陆莱《雅坪诗稿》卷二十七《九月望夜高澹人内翰招饮即事》。

陆葇(1630—1699),原名世枋,字次友,又字义山,号雅坪,浙江平湖人。康熙六年(1667)进士,初授内秘书院典籍。十八年(1679),举博学鸿儒一等,授翰林院编修,充《明史》纂修官。三十三年(1694),擢内阁学士,兼礼部侍郎衔。著有《雅坪诗稿》《雅坪文稿》《雅坪词谱》,辑有《历朝赋格》。(秦瀛《己未词科录》卷二)

徐釚应试至京,有诗相赠。

徐釚《南州草堂集》卷六《赠高澹人二首》。

徐釚(1637—1709),字电发,号虹亭、菊庄、拙存,晚号枫江渔父、松风老人、菊庄老人,江苏吴江人。康熙十八年(1679),举博学鸿儒二等,授翰林院检讨,与修《明史》。著有《南州草堂集》《南州草堂续集》《菊庄词》,辑有《续本事诗》《词苑丛谈》(张东艳《徐釚年谱》)。

与陈维崧互有词赠答。

《蔬香词》之《贺新郎·赠陈其年即和来韵》、陈维崧《迦陵词全集》卷二十八《贺新凉·赠高内翰澹人》。

按,《百名家词抄》本《蔬香词》在该词末尾有注云:"时陈其年初应博学宏词荐举。"

陈维崧(1625—1682),字其年,号迦陵,江苏宜兴人。康熙十八年(1679),举博学鸿儒一等,授翰林院检讨,与修《明史》。著有《迦陵集》《湖海楼集》《乌丝词》等。(周绚隆《陈维崧年谱》)

李良年以应试来京,作词赠之。

《蔬香词》之《永遇乐·赠李武曾》。

李良年(1635—1694),原名法远,又名兆潢,字武曾,号秋锦,浙江秀水人。少有隽才,与朱彝尊并称"朱李",与兄绳远、弟符称"三李"。著有《秋锦山房集》。(胡春丽《李良年年谱稿》)

宋荦榷虔州,以诗送之。

《苑西集》卷二庚申《送宋牧仲刑部榷虔州》。

按,王树林《高士奇年谱》将此诗系于康熙十九年(1680)初,显误。据汪琬《钝翁续稿》卷十三《送宋牧仲榷赣州关诗序》:"康熙十七年仲冬之吉,刑部宋子牧仲方以才能简任关使者于赣州。濒行,京师诸相识率皆往而饯之,又以诗赠之。牧仲意犹未已,复命予序其端。"汤斌《汤子遗书》卷三《送宋牧仲分司赣关序》:"戊午,宋子牧仲以秋官尚书郎视榷赣关。于其行也,同朝士大夫赠之以诗,至盈卷轴。余于宋子姻友也,适应召来都下,不可以无言。"方象瑛《健松斋集》卷十八戊午稿《送宋牧仲榷赣州》、孙枝蔚《溉堂续集》卷六戊午稿《送宋牧仲员外榷税虔州兼寄易堂诸子》。

宋荦(1634—1713),字牧仲,号漫堂,又号绵津山人,晚号西陂老人,河南商丘人。历官湖广黄州府通判、刑部员外郎、直隶通永道佥事、山东按察使、江苏布政使、江西巡抚、江宁巡抚、吏部尚书等。著有《西陂类稿》《绵津山人集》。(《[道光]济南府志》卷三十七)

冬至,康熙祀南郊。

《随辇集》卷三戊午《长至日上躬祀南郊恭纪》、张英《文端集》卷三《长至日上躬祀南郊恭纪五言十二韵》。

十二月十二日,纳兰性德生日,作词贺寿。

《蔬香词》之《摸鱼儿·腊月十二日成容若生日索赋》。

纳兰性德(1655—1685),本名成德,以避废太子讳而更名性德,字容若,号楞伽山人。满洲正黄旗人。明珠长子。康熙十二年(1673)举人,出徐乾学门下。十五年(1676)进士,官至一等侍卫。著有《通志堂集》。(张任政《清纳兰容若先生性德年谱》)

十二月二十五日,获赐御用紫貂裘、食品等。

《随辇集》卷三戊午《恩赐御用紫貂裘恭纪》《恩赐食品羊酒恭纪》。

按,张英《文端集》卷三《十二月二十五日蒙赐御用貂裘一领恭纪二首》。

严沆卒。

清圣祖康熙十八年己未(1679)三十五岁

二月二日,康熙帝登午门向臣民宣告岳州捷讯,贺者甚众。

《随辇集》卷四己未《恢复岳州宣捷恭纪》。

侍直懋勤殿,听皇上鼓琴。

《随辇集》卷四己未《懋勤殿侍直恭听皇上几暇鼓琴敬赋》。

二月二十九日,赐宴西苑。

《随辇集》卷四己未《赐宴西苑恭纪》、张英《文端集》卷三《二月二十九日蒙恩赐宴西苑恭纪四章》。

三月十四日,获赐数珠、水禽诸物。

《随辇集》卷四己未《恩赐数珠恭纪例至四品方得用时官中书舍人诚异数也》《上省耕回宫蒙赐水禽诸物恭纪》、张英《文端集》卷三《三月十四日上省耕回宫水蒙赐水禽诸物恭纪二章》。

三月十八日,康熙寿辰,于内殿朝贺,献诗为寿。

《随辇集》卷四己未《皇上万寿节于内殿朝贺敬赋》、张英《文端集》卷三《恭遇皇上万寿节于内殿称贺敬赋二首》。

陆世恒下第归吴门,以诗送之。

《苑西集》卷一己未《送陆予载下第归吴门》。

四月十五日,康熙以亢旱,亲至南郊祈雨。

《随辇集》卷四己未《孟夏上以天时亢旱于宫中致斋三日亲诣南郊虔祷读祝版甫毕雨泽应时而至恭纪》。

《经进文稿》卷一《喜雨赋》序云:"岁在著雍敦牂林钟之月,骄阳司令,霖雨愆期,旬有余日,赤轮朗耀,青露涸流。皇上轸念西成,不遑宵旰,乃于十三日颁谕中外,省己责躬,使在廷诸臣尽言得失。复于十八日告祀圜丘,上亲行步祷。诏下之日,夜雨……臣工黎庶,罔不额手称庆,仰瞻皇上至德深仁,协于上下,故能昭格天心,休征立应。臣士奇草野鄙人……乃拜手稽首而为喜雨之赋。"

五月初一日,获赐彩丝、药物。

《随辇集》卷四《恩赐彩丝药物恭纪》。

五月五日,西苑泛舟,侍宴。

《随辇集》卷四己未《五日西苑泛舟侍宴恭纪》。

高舆《澹人府君行述》:"午日,赐宴,太液池泛舟。"

张英归海宁,以诗送之。

《苑西集》卷一己未《送张仲张》。

张英,字仲张,号沧岩,浙江海宁人。康熙十二年(1673)进士。历户部陕西司郎中,升广东提学金事。著有《一经堂集》。(《[乾隆]海宁州志》卷八)

扈从西山圣感寺,过石景山。

《随辇集》卷四己未《扈从西山山圣感寺过石景山》。

渡浑河,登戒坛。

《随辇集》卷四己未《渡浑河》《登戒坛》。

下罗睺岭至潭柘寺。

《随辇集》卷四己未《下罗睺岭至潭柘寺》《驻跸潭柘寺》。

夏日,侍直西苑,有怀常岫。

《随辇集》卷四己未《夏日直西苑恭纪》、《苑西集》卷一己未《夏日怀寒涛阁》。

顾自俊归里,以诗送之。

《苑西集》卷一己未《送顾秀升》。

顾自俊,字秀升,号愚庵,浙江仁和人。诸生。(陶元藻《全浙诗话》卷四十一)

秋日,思归岩耕草堂。

《苑西集》卷一己未《秋日思归岩耕草堂即事感怀率成八首》。

十月,顾楷归里,以诗送之。

《苑西集》卷二己未《赠顾楷》。

何元英卒。

清圣祖康熙十九年庚申(1680)三十六岁

高缉睿榷武林,以寓直不得送别,以诗寄之。

《苑西集》卷二己未《镜庭兄榷武林余以寓直不得送别赋诗却寄》。

高缉睿(1645—1717),字尧臣,号镜庭,直隶静海人。恒懋子。荫生。官至福建布政使。著有《崇古堂诗》《镜山阁偶存》。(陶梁《国朝畿辅诗传》卷十七)

二月,作《液池新柳赋》。

《经进文稿》卷一《液池新柳赋并序》。

其序云:"庚申二月,余病卧十余日,始得趋直,过太液池头,见柳色浅翠新黄,春渐深矣。年光易掷,自余赐居苑西,暄凉几见,感而赋之。"

题宋徽宗书《艮岳记》。

《苑西集》卷二己未《题宋徽宗御书艮岳记》。

施韩友宰什邡,以诗送之。

《苑西集》卷二庚申《送施韩友宰什邡》。

施韩友,生平不详。

清圣祖康熙二十年辛酉(1681)三十七岁

为姚羹湖画田家山水图题诗。

《苑西集》卷三辛酉《题姚羹湖画田家山水图》。

姚羹湖,生平不详。

常岫居上方山,以诗为别。时将扈从出关,率笔答之。

《苑西集》卷三辛酉《懦公卜居上方山以诗为别时予将扈从出关率笔答之》。

在马兰谷。生第二女。

《独旦集》卷一壬申《悼亡》。

诗中自注:"辛酉一(二)月,送两皇后丧,在马兰谷,亡妻生第二女。"

成《松亭行纪》二卷,徐元文为作序。

徐元文《含经堂集》卷二十三《松亭行纪序》:"侍讲学士高君以著作之才见知当宁,入直清禁,车驾有所临幸,辄命以从。……时蒙上赏叹,数召入帐殿赐食,夜深而退。……至于舆图方名之外,博采旁罗,纤微具举,足备昭代之典故而资文人之谈咏者。"

《经进文稿》卷四《松亭行纪序》:"今二十年夏四月,皇上以海内既皆荡定,漠北宜加抚绥,爰法虞后朔巡之典,出喜峰口五百余里,所至部落如喀尔沁、廓尔沁者,莫不屈体称臣,奔走恐后。柔之以慈惠,则皆抃舞爱戴,心说诚服。……臣一介腐儒,躬逢盛世,簪笔于扈从之列,睹天子巡行之盛,与关山羽猎之雄,诚旷代而一遇也。有所感发,纪之篇章,用补辌轩之所未及采云尔。"

《四库全书总目》卷五十八史部十四:"康熙辛酉二月癸酉,圣祖仁皇帝恭奉太皇太后行幸温泉。四月戊子,驾出喜峰口。士奇皆扈从,纪其来往所经,谓喜峰口为古松亭关,故以名书。"

徐元文(1634—1691),字公肃,号立斋,江苏昆山人。顺治十一年(1654)中举,十六年(1659)进士。历官翰林院修撰、国子监祭酒、内阁学士兼礼部侍郎、翰林院掌院学士兼礼部侍郎、都察院左都御史、刑部尚书、户部尚书等。著有《含经堂集》等。(《[同治]苏州府志》卷九十五)

周舆封之池州郡丞任,以诗送之。

《苑西集》卷三辛酉《送周舆封之池州郡丞任》。

周舆封,生平不详。

汪懋麟为《江村垂钓图》题诗。

汪懋麟《百尺梧桐阁遗稿》卷三辛酉稿《题江村垂钓图为高澹人侍讲》。

汪懋麟(1639—1688),字季角,号蛟门,又号十二砚斋主人,晚号觉堂,江苏江都人。康熙二年(1663)举,六年(1667)进士。历官内阁中书舍人、刑部浙江清吏司主事。著有《百尺梧桐阁诗文集》《百尺梧桐阁遗稿》《锦瑟词》。(胡春丽《汪懋麟年谱》)

清圣祖康熙二十一年壬戌(1682)三十八岁

王泽弘将归,有诗留别。

> 王泽弘《鹤岭山人诗集》卷七壬戌稿《留别高澹人侍讲》。

> 王泽弘(1626—1708),字涓来,号昊庐,又号鹤岭山人,湖广黄冈人。顺治十二年
> (1655)进士。授编修,后督学畿辅。官至詹事府少詹事。著《鹤岭山人诗集》。(乾隆《江
> 宁新志》卷第二十二)

张英假归桐城,赋诗言怀,并为张英《远峰亭图》题诗。

> 《苑西集》卷三壬戌《张敦复学士请假归桐城赋诗言怀得一百八十字》《题敦复学士远
> 峰亭图》。

> 按,张英《文端集》卷八《南归留别澹人侍讲近公编修》。

五月四日,扈从回京,获赐新至鲥鱼、康熙亲书《酒德颂》。

> 《随辇集》卷七壬戌《恩赐新至鲥鱼恭纪》《恩赐御书酒德颂恭纪》。

夏,汪懋麟为《扈从东巡日录》作序。

> 汪懋麟《百尺梧桐阁文集》卷二《扈从东巡日录序》:"我皇上神武睿哲,远迈前古,削平
> 反侧,显承谟烈。驱马丰镐,躬祀山陵,所以告成功、昭祖德也。乃以今年仲春望日,
> 六辔东巡。……特命内廷供奉翰林侍讲高君参行幄……侍讲读书览古,从来强弱兴
> 亡之故,灼有深鉴,故于关河、边腹之间,广搜前史,旁及《山经》《地志》,历历纪载,用
> 彰我皇上英武远略。垂戒于万世者实大,然其篇章典博,已与宸翰相辉映,天下后世,
> 将传诵于无穷。"

> 按,《扈从东巡日录》卷首载汪序,末署:"扬州弟汪懋麟拜撰。"

朱彝尊为《扈从东巡日录》作序。

> 朱彝尊《曝书亭集》卷四十《高侍讲扈从东巡日录序》:"翰林院侍讲钱唐高君,以康熙
> 二十一年春扈从天子东巡,告成功于三陵。归,成《日录》二卷。其友朱彝尊受而
> 读之。"

九月十五日,陈廷敬为《扈从东巡日录》作序。

> 《扈从东巡日录》卷首陈廷敬序云:"康熙二十一年春,上东巡,省谒陵寝,翰林侍讲高
> 君澹人实从,归则以其记载讽咏之所为,作辑录卷帙以示余。观其驰驱关塞,流连丰、
> 镐,铺陈帝业之艰难,诵述民风之勤苦,靡不言之成文,歌之成声。而出入翠旗、羽林
> 之间,行宫帐殿,有燕见之语,有赓载之歌。考之文敏、文靖诸人,所未有焉。余左右

史职也,微澹人记载而讽咏之,且犹将求得其事,书之简编,藏之石室金匮之中,况乎其言之可传于后也! ……余既受而读其书,喜而为之序。康熙二十一年九月望日,高都陈廷敬拜撰。"

叶方蔼卒。陈维崧卒。项景襄卒。

清圣祖康熙二十二年癸亥(1683)三十九岁

孙卓奉使安南,以诗送之。

《苑西集》卷四癸亥《送孙予立编修奉使安南》。

按,《清圣祖实录》卷一百七:康熙二十二年正月"戊辰,命翰林院侍读明图为正使、编修孙卓为副使,往封安南国王嗣黎维正为安南国王"。孙卓、周灿出使安南,京师诸公纷纷作诗送行。朱彝尊《曝书亭集》卷十一《送孙编修卓使安南》、尤侗《于京集》卷五癸亥稿《送孙予立编修使安南》、刘谦吉《雪作须眉诗钞》卷七《送予立太史安南册封二首》、彭孙遹《松桂堂全集》卷二十三《送孙予立使安南》、方象瑛《健松斋集》卷十九癸亥《送同官孙予立册封安南国王》、邵长蘅《青门旅稿》卷一《送孙编修使安南》、毛奇龄《西河合集·五言律诗六·送孙太史充册立使封安南国王二首》、李澄中《卧象山房诗集》卷二十三《送孙予立编修奉使安南》、顾汧《凤池园诗集》卷四《送孙予立编修册封安南》、王熙《王文靖公集》卷八《送孙予立编修出使安南》、王士禛《渔洋续集》卷十六《送孙予立编修周星公礼部奉使安南二十四韵》、王顼龄《世恩堂诗集》卷八《送孙予立册封安南》、汪懋麟《百尺梧桐阁遗稿》卷五癸亥稿《送孙编修同周仪部奉使安南》、邵远平《戒山诗存》京邸集《送孙予立编修使安南》等均为是时作。

孙卓(1648—1683),字予立,号如斋,安徽宣城人。五岁而孤。康熙十六年(1677)举人,十八年(1679)进士,授编修。二十二年(1683),奉使册封安南国,赐正一品,服行至粤西全州,暴病卒。

三月十六日,张玉书为《扈从东巡日录》作序。

《扈从东巡日录》卷首张玉书序:"皇帝御宇二十有一年,武功肇定,中外乂宁,九庙毕飨,山陵用告。于是,仲春既望,乘舆发京师。越八旬,为仲夏四日,驾归自东,臣民胥庆。维时,丰镐旧臣暨熊罴虎贲宿卫之士,与扈从者以数千百计,而汉文臣则内廷供奉、侍讲高君澹人及侍读学士孙君屺瞻与书三人而已。道路所经,各有记载。既归,而侍讲以所撰《日录》上、下二卷示余。……若夫行宫帐殿,顾问时殷,天章睿藻,倚席辄和,以及八旬之内,皇上奏记两宫,亲御翰札,披览章疏,秉烛夜分,凡外廷诸臣耳目所不能及者,侍讲皆一一珥笔而记之。读是编者,上以扬圣德,下以摘国典,大以镜形胜,小以别物产,胥于是有考焉。岂特斤斤志一时陪车托乘之盛事已哉!康熙二十二年三月既望,京江张玉书拜撰。"

张玉书(1642—1711),字素存,号润甫,江苏丹徒人。顺治十八年(1661)进士。历任翰林院编修、国子监司业、侍讲学士,累官至文华殿大学士兼户部尚书。精《春秋》三传,深邃于史学。(《[光绪]丹徒县志》卷二十六)

成《扈从西巡日录》一卷。

《四库全书总目》卷五十八史部十四:"康熙癸亥,圣祖仁皇帝巡幸山西,驻跸五台山。士奇时以侍讲供奉内廷,扈从往来,因记途中所闻见,始于二月十二日甲申,迄于三月初七日戊申。凡山川、古迹、人物、风土,皆具考源流,颇为详核。"

初秋,病起,坐信天巢,作《信天巢记》。

《苑西集》卷四癸亥《初秋病起坐信天巢》。

《经进文稿》卷五《信天巢记》:"余先世菊磵公有感斯说,榜其居为'信天巢'。……今春,从幸畿南,目睹此鸟……'信天'之名,良不诬也。夏六月,扈从出古北口,以病剧得旨归,归则洒扫一室,日垂帘卧簟,不与人事相接。……念先世澹泊之志,属朱竹垞检讨为作汉隶,书之座右。……康熙癸亥秋七月记。"

姚虚槎官漳州别驾,以诗送之。

《苑西集》卷四癸亥《送姚虚槎官漳州别驾》。

姚虚槎,生平不详。

秋,与周金然、高层云、王顼龄、王九龄小饮。

王顼龄《世恩堂诗集》卷八癸亥《高澹人招同周广庵高谡苑家仲薛淀小饮》。

周金然(1641—?),字砺岩,号广庵,又号越雪,别号七十二峰主人,浙江山阴人。康熙二十一年(1682)进士。改庶吉士,散馆,授编修。官至洗马。著有《周广庵全集》《南华经传释》等。(《[同治]上海县志》卷二十)

王顼龄(1642—1725),原名元龄,字颛士,号瑁湖,晚号松乔老人,江南华亭人。康熙二年(1663)举人,十五年(1676)进士。十八年(1679),举博学鸿儒一等,授翰林院编修,与修《明史》。后官工部尚书。雍正初,进太傅。著有《世恩堂集》。(《[光绪]金山县志》卷十九)

王九龄(1643—1708),字子武,号薛淀,江南华亭人。广心仲子。康熙二十一(1682)进士。历官翰林院编修、通政司左参议、翰林院侍讲学士、詹事府少詹事、都察院右佥都御史、礼部右侍郎、兵部侍郎、吏部侍郎、左都御史等。著有《艾纳山房集》《秦山草堂集》。

（《[乾隆]金山县志》卷十二）

为童昌龄听松图题诗。

  《苑西集》卷四癸亥《题童鹿游听松图》。

  童昌龄，字鹿游，浙江义乌人，家江苏如皋。精六书，尤工刻印。（冯金伯《国朝画识》卷五）

郝惟讷卒。万斯大卒。孙卓卒。施闰章卒。

清圣祖康熙二十三年甲子(1684)四十岁

朱彝尊、潘耒入直南书房，先生深衔两人。

  李光地《榕村语录续集》卷十五："泽州语予曰：'当日潘次耕、朱锡鬯在南书房，与高澹人不过诗文论头略不相下，澹人便深衔之。一日语予曰：'如此等辈，岂独不可近君，连翰林如何做得？'予曰：'如此等人，做不得翰林，还有何人可做？次耕略轻些，至朱锡鬯还是老成人。'高往年还在监中考，为吾所取，称老师。是日，便无复师生礼，怂然作色曰：'甚么老成人，'将手炉竟掷地，大声曰：'似此等，还说他是老成人，我断不饶他。'"

七月，《金鳌退食笔记》成，徐乾学为作序。

  《金鳌退食笔记》卷首徐乾学序："高学士澹人供奉禁庭，八阅寒暑，见闻益富，所著作益多。其诗辞古文及扈从日抄，每脱稿，即以示予，予尝序而刻之矣。一日，以《金鳌退食笔记》授予校阅。澹人赐第在禁垣西北，密迩秘苑，金鳌蜿蜒，其入直必经之路。辄以余闲，讨论旧迹，笔之于书。……康熙二十三年秋七月，昆山徐乾学序。"

  徐乾学(1631—1694)，字原一，号健庵，江苏昆山人。康熙九年(1670)进士，授编修。历官日讲起居注官、《明史》总裁官、侍讲学士、内阁学士、左都御史、刑部尚书。著有《憺园文集》《读礼通考》《传是楼书目》。（《清史稿》卷二七一）

曹鉴伦典试山东，以诗送之。

  《苑西集》卷五甲子《送曹蓼怀编修典试山左》。

  曹鉴伦，字彝士，一字蓼怀，浙江嘉善人。康熙十八年(1679)进士，官吏部侍郎。（阮元《两浙辅轩录补遗》卷二）

为李符小像题诗。

  《苑西集》卷五甲子《题李耕客小像》。

  李符(1639—1689)，原名符远，字分虎，一字耕客，号桃乡，浙江嘉兴人。良年弟。工

诗词。著有《香草居集》《未边词》。(沈季友《樵李诗系》卷二十八)

为严绳孙《直庐诗》作序。

> 《经进文稿》卷四《严藕渔宫允直庐诗序》:"我友严藕渔负卓荦之才,高尚其志,徜徉山水数十年,所怀狷洁。轩冕富贵,不动其心。诗酒笔墨,自娱而已。梁溪之人争以倪云林目之。及征山泽遗逸,试于大廷……凡职所当尽者,罔不夙夜兢兢,如是者五年矣。今将请假归梁溪,顾独刻其滇南荡平及西苑侍直诸诗示其乡人,所以不忘我君也。余与藕渔相识于未遇之先,性同鳞羽,实期共止于丘壑,亦尝赋诗往来以见志。今藕渔将去,而余尚留,能不怦怦念之?"

熊赐履迎驾,喜晤之。为熊赐履《学统》作序,盖在此际。

> 《经进文稿》卷四《学统序》:"及退居白门,澹泊奉母,远近之执贽请益者甚众。……于是取道统相嬗以来,别其纯杂,析其异同,考其源流,订其疑似。……士奇质性暗陋,于道未有所闻,而夗附门墙,读其书,虽一辞莫赞,然乐得而缀名简末,藉以不朽云。"

熊赐履(1635—1709),字敬修,又字青岳,号素九,别号愚斋,湖北孝感人。顺治十五年(1658)进士。累官兵部尚书、文渊阁大学士。著《道统》《学统》等集。(《[乾隆]江南通志》卷一百七十二)

李霨卒。沈荃卒。周庆曾卒。

清圣祖康熙二十四年乙丑(1685)四十一岁

王鸿绪为所藏文待诏画卷题诗。

> 王鸿绪《横云山人集》卷十三《题高学士澹人所藏文待诏画卷》。

为毛奇龄《古今通韵》作序。

> 毛奇龄《古今通韵》卷首先生序云:"检讨早居盛名,文章遍海内,海内知检讨名已数十年,然深沉强博,六经迁固,九流百氏,多所探讨。谓韵学一书纰缪揉杂,不足以振大雅。不得已,即取刘氏《平水韵》审定而精核之。每韵之中,备载古韵三声通转诸条,论断剖晰。更采经史百家语,考据得失,辨驳异同,首尾通涉,铢两历然,因名之曰《古今通韵》。虽起约、词诸人而与欂校,不能难也!圣大子雅尚文学,检讨居石渠、天禄间,预修前史纪、传诸篇,莫不折衷于道而后立言,人以'文献'称之。今复刊其《通韵》,恭呈睿览,使宣付史馆,布之四方,真异数也。余实昧斯学,受而读其论例,详其附载,始得有所参稽,以为国家当成平之会,制礼作乐,方兴未艾。检讨是书,足备风雅艺林之搜览,用以黼黻文治,仰佐升平,顾不伟欤!"

毛奇龄(1623—1713),字大可,号西河,浙江萧山人。康熙十八年(1679),举博学鸿儒二等,授翰林院检讨,纂修《明史》。著有《西河合集》《四书改错》《古今通韵》等。(胡春丽《毛奇龄年谱》)

春,为刘廷玑《葛庄分体诗钞》作序。

刘廷玑《葛庄分体诗钞》卷首先生序曰:"甲子夏,刘公玉衡索予序其诗,时以禁中文书填委,因循未果,继又扈从南巡,北还京师,公已授台州郡司马……康熙乙丑春,邻治钱唐弟高士奇拜撰。"

刘廷玑(1654—?),字玉衡,号在园,辽东奉天人。历官内阁中书、处州府知府、浙江观察副使、江西按察使、江南淮徐道。著有《葛庄编年诗》《在园杂志》等。(徐世昌《晚晴簃诗汇》卷五十)

夏五,雨中观范华源《江雪渔归》。卷,为诗题之。

《苑西集》卷五乙丑《题范华源江雪渔归卷》。

诗末自注:"乙丑夏五,雨中观之,顿觉有冰雪入怀之意。"

郝林之粤西,以诗送之。兼为其父郝浴诗集作序。

《苑西集》卷五乙丑《送郝中美进士之粤西》。

郝浴《中山郝中丞全集》卷首先生序曰:"雪海先生昔按两川,经理军务,绸缪周匝。……方是时,吴逆拥重兵,专制西南,先生独与之抗,无少挠挫,且预识其有不臣心。……先生自铁岭归,复膺台秩,视鹾两淮,建节粤西。……今先生奄然物化,仲君仲美示余斯集,挑灯读之,泫然泪下,因缀数言。"

郝浴(1623—1683),字冰涤,号雪海,又号复阳,直隶定州人。顺治六年(1649)进士,授刑部主事,后改湖广道御史,巡按四川。因疏劾吴三桂而流徙奉天,后迁铁岭。康熙十四年(1675),复授湖广道御史,迁左佥都御史、左副都御史。官至广西巡抚。(赵士麟《读书堂彩衣全集》卷十七《巡抚广西雪海郝大中丞传》)

郝林,字中美。郝浴仲子。康熙二十年(1681)举人,次年进士,官中书舍人。累迁吏部文选司郎中。雍正间官到礼部左侍郎。

侄廷秀还江村婚娶,以诗送之。

《苑西集》卷五乙丑《廷秀侄归毕婚娶因寄葵兄》《送廷秀侄还江村》。

二十一日,沈雍南初度,小集余荫轩。

《苑西集》卷五乙丑《廿一日雍南初度小集余荫轩再用七夕韵》。

新秋,雨后入直,过苑西。

　　《苑西集》卷六乙丑《新秋雨后入直过苑西》。

下直后,由陟山门过洗妆楼怀,以诗怀古。

　　《苑西集》卷六乙丑《下直后由陟山门过洗妆楼怀古》。

信天巢睡起。

　　《苑西集》卷六乙丑《信天巢睡起用韩内翰韵》。

有诗寄怀姚羹湖。

　　《苑西集》卷六乙丑《寄怀羹湖》。

秋冬以来,屡获康熙赏赐。

　　《随辇集》卷十乙丑《恩赐白玉九螭福寿杯恭纪》《恩赐御窑新磁酒杯恭纪》。

清圣祖康熙二十五年丙寅(1686)四十二岁

作《新岁退食》诗,彭孙遹作诗和之。

　　彭孙遹《松桂堂全集》第二十六卷《和澹人新岁退食仍用前韵》。

　　彭孙遹(1631—1700),字骏孙,号羡门,又号金粟山人,浙江海盐人。顺治十六年(1659)进士,授内阁中书舍人。康熙十八年(1679),举博学鸿儒一等,授翰林院编修,与修《明史》。官至吏部侍郎兼翰林掌院学士。工诗词,时与王士禛齐名,人称"彭王"。著有《松桂堂全集》。(《[光绪]海盐县志》卷十六)

正月十三日,康熙宴廷臣于乾清宫。

　　《随辇集》卷十丙寅《丙寅上元前二日宴廷臣于乾清宫恭纪》。

为张英《赐金园图》题诗。

　　《苑西集》卷六丙寅《题敦复学士赐金园图》。

为张芑《秋树草堂图》题诗,并为张芑小像题诗。

　　《苑西集》卷六丙寅《题张氏秋树草堂图》《题张雪岑小像》。

　　张芑,字武仕,号雪岑,安徽桐城人。历官湖广武昌府通判、襄阳通判、嘉定州知州、工部都水司员外郎。(《[道光]续修桐城县志》卷十二)

　　童昌龄以廿一史作家姓字镌为图章,名曰史印,赠之以诗。

《苑西集》卷六丙寅《童鹿游以廿一史作家姓字镌为图章名曰史印赠之以诗》。

何辨斋官古田,以诗送之。

> 《苑西集》卷七丙寅《送何辨斋官古田》。

> 何辨斋,生平不详。

暮秋,同张英雨中夜出。

> 《苑西集》卷七丙寅《秋尽同张敦复院长雨中夜出》《至寓再作》《雨夜新寒饮酒》。

清圣祖康熙二十七年戊辰(1688)四十四岁

姜遴游梁,以诗送之。

> 《苑西集》卷八戊辰《送姜万青游梁》。

> 姜遴,字万青,江苏华亭人。康熙三十年(1691)进士。官翰林院编修。(《[光绪]重修华亭县志》卷十二)

夏,汪懋麟卒,作诗哭之。

> 《苑西集》卷八《哭汪蛟门用其寄怀原韵》。

> 按,王树林《高士奇年谱》本条作"汪楫卒,有《哭汪蛟门,用其寄怀原韵》",误将"汪懋麟"作"汪楫"。汪懋麟生平见前谱。

高层云寄赠海棠,以诗谢之。

> 《苑西集》卷八戊辰《谡苑兄以园中海棠寄赠》。

春晚,与蓝深、王丹林言河渚之胜。

> 《苑西集》卷八戊辰《春晚与蓝谢青王赤抒言河渚之胜将归隐焉用东坡书王定国所藏烟江叠嶂图韵》。

> 蓝深,字谢青,浙江钱唐人。瑛孙。诸生。承家学,皴染辄合古法,错综变化,亦自得其妙。(冯金伯《国朝画识》卷六)

> 王丹林,字赤抒,号野航,浙江钱塘人。拔贡生,官中书舍人。工诗善画。著有《野航诗集》。(民国《杭州府志》卷一百四十五)

和张九龄《感遇诗》。

> 《苑西集》卷八戊辰《和张曲江感遇诗十二首》。

读《黄山志》,有诗柬吴苑。

> 《苑西集》卷八戊辰《读黄山志柬吴楞香检讨》。

> 吴苑(1638—1700),字楞香,安徽歙县人。康熙二十一年(1682)进士。历官翰林院检

讨、侍讲学士、国子监祭酒。著作《北黟山人集》《大好山水录》。(《[同治]苏州府志》卷一百十二)

朱载震归里,以诗送之。

《苑西集》卷八戊辰《送朱晦人》。

朱载震(?—1707),字悔人,湖北潜江人。官石泉县知县,有循声。著有《东浦集》等。(廖元度《楚诗纪》卷十九)

八月,为蔡升元早朝图卷题诗。

《苑西集》卷九戊辰《题蔡方麓修撰早朝图卷》。

蔡升元(1652—1722),字方麓,号征元。浙江德清人。康熙二十一年(1682)进士。授翰林院修撰。历任中允、少詹事、詹事、左都御史、吏部尚书、礼部尚书等职。著有《使秦草》。(陶元藻《全浙诗话》卷四十二)

柯维桢归里,以诗送之。

《苑西集》卷九戊辰《送柯翰周孝廉》。

柯维桢(1662—1722),字翰周,一字缄三,自号小丹丘,浙江嘉善人。崇朴弟。康熙十四年(1675)举人。著有《澄烟阁集》《小丹丘客谭》。(沈季友《槜李诗系》卷二十九)

读陈廷敬《樊川初稿》,题诗其后。

《苑西集》卷十戊辰《读泽州公樊川初稿偶题其后》。

仲冬,自序《春秋地名考略》。

《经进文稿》卷四《春秋地名考略序》:"乙丑夏四月,奉命总裁《春秋》讲义,因于纂纪之暇,博搜诸书而参考之。取《春秋》二十会盟之国为纲,各以其当时封境所属,随地标名,详其原起,条其兴革。"

按,《春秋地名考略》卷首自序末署:"康熙二十七年岁在戊辰仲冬,日讲官起居注詹事府詹事兼翰林院侍讲学士臣高士奇拜书谨序。"

成《春秋左传姓名同异考》四卷。

《四库全书总目》卷三十一经部三十一《左传姓考》:"士奇有《左传地名考》,已著录。是编盖与《地名考》相辅而行,然体例庞杂,如出二手。未知作于何年。"

作《西苑芙蕖赋》。

《经进文稿》卷一《西苑芙蕖赋并序》。

其序云:"余与桐城张学士同奉入直南书房之命,赐第苑西。……自康熙丁巳迄戊辰,冉冉十余年,笔墨未遂,抚岁月之已增,感年齿之将迈,归田有志……乃作赋。"

将卜居平湖,高层云复作《江村草堂图》,作文记之。

> 《经进文稿》卷四《江村草堂图诗后序》:"江村草堂者,高氏姚江旧业也。……今余将卜居于平湖,仍曰'江村'者,不忘先君子之言也。再为是图,以为朝夕览观者,深戒日前之祸,思欲退避荣宠,早决归休之计也。"

为朱彝尊《日下旧闻》作序。

> 《经进文稿》卷四《日下旧闻序》:"往代都会记载之书,莫著于汉之《三辅黄图》与《西京杂记》。……岁癸亥,与同年友朱竹垞偕侍直庐,每言及此,慨焉兴叹。弹指五年,竹垞《日下旧闻》之书成。……竹垞遭际清时,优游纂纪,成不朽之业。"

沈皞日之任来宾知县,作文送之。

> 《经进文稿》卷四《送沈皞日之任来宾序》:"吾友沈子箴仕得粤西柳州之来宾令,俶装就道,行有日矣。……沈子工诗古文词,善行楷,丰仪伟秀……奈何屡试不得志于有司,潦倒一官,别余以去"。

汪楫之河南知府任,作文送之。

> 《经进文稿》卷四《送汪舟次检讨之河南太守任序》:"同年汪舟次检讨奉天子命出守河南,慷慨登车,行有日矣。……抑余又闻洛阳昔多名园胜迹,清泉茂林,花果药草之属,繁丽甲天下。"

> 汪楫(1636—1699),字舟次,号悔斋,又号耻人,原籍安徽休宁,占籍江苏仪征,寄居江苏江都。康熙十六年(1677),以明经任淮安府赣榆县教谕。十八年(1679),举博学鸿儒一等,授翰林院检讨,参修《明史》。二十一年(1682),充册封琉球正使。二十八年(1689),擢河南府知府。三十二年(1693),迁福建按察使。三十四年(1695),迁福建布政使。著有《悔斋诗》《中山沿草志》等。(胡春丽《汪楫年谱简编》)

清圣祖康熙二十八年己巳(1689)四十五岁

扈从南巡途中,有忆京邸。

> 《苑西集》卷十己巳《南巡扈从忆京邸》。

有诗寄妻傅氏。

> 《苑西集》卷十己巳《途中寄内》。

叶奭送驾吴门,康熙念其父映榴之忠,命扈从礼部。

《随葊续集》之原赠工部侍郎臣叶映榴子叶甹送驾吴门上念映榴之忠命扈从礼部议谥忠节御书二字赐之》。

闻大儿元受病,诗以慰之。

《苑西集》卷十己巳《闻大儿元受病书以慰之》。

过济宁南池。

《苑西集》卷十己巳《过济宁南池忆甲辰三月同蒋二庵业师登眺累日读杜工部南池碑》。

吴苑饷以紫云茶,以诗谢之。

《苑西集》卷十二己巳《吴楞香检讨以紫云茶见饷》。

张鹏卒,以诗哭之。

《苑西集》卷十二己巳《哭张南溟少宰》。

秋七月,常岫卒于当湖。

《归田集》卷四庚午《秋日杂咏》。

诗中自注:"懦公上人去秋七月卒于当湖。"

被郭琇疏劾,将归,梁清标过邸寓话别。

《清吟堂集》卷二《黄美索题真定梁公小像有感》。

诗中自注:"余己巳南归,独蒙公过邸寓。"

梁清标(1620—1691),字玉立,一字苍岩,号蕉林,又号棠村,河北真定人。崇祯十六年(1643)进士。历官弘文院编修、国史院侍讲学士、詹事府詹事、礼部左侍郎、吏部右侍郎、吏部左侍郎、兵部尚书、礼部尚书、刑部尚书、户部尚书、保和殿大学士等。精于鉴赏,所藏书画甲天下。著有《蕉林诗集》《棠村词》。(李澄中《白云村文集》卷三《保和殿大学士梁公墓志铭》)

十月十六日,携家出都。

《归田集》卷一己巳《归田四首》《南归出都作》。

按,《独旦集》卷一壬申《悼亡》诗中自注:"己巳冬日,携家南归。"又同书卷六《念己巳十月十八日出都已四年慨然有作》。

有诗答汪耀麟。

《归田集》卷一己巳《答汪叔定》。

汪耀麟(1636—1698),字叔定,号北阜,江苏江都人。懋麟兄。著有《见山楼诗稿》《抱

耒堂集》等。(阮元《淮海英灵集》甲集卷二)

顾图河过访客舟。

> 《归田集》卷一己巳《顾书宣过访客舟兼赠长律》。

> 顾图河(1655—1706),字书宣,号花翁,江苏江都人。康熙三十三年(1694)进士,历官文林郎、翰林院编修、湖广学政。著有《雄雉斋集》《湖庄杂录》。(《[乾隆]江都县志》卷二十三)

冬,暂假还里,毛奇龄以诗寄慰。

> 毛奇龄《西河合集·七言律诗十·高江村詹事暂假还里》。

清圣祖康熙二十九年庚午(1690)四十六岁

游东湖沈氏园。

> 《归田集》卷二庚午《东湖沈氏园》。

陆棻将赴京,过北墅,有诗留别。

> 陆棻《雅坪诗稿》卷三十《北墅酌酒看牡丹赋别高詹事澹人》、《归田集》卷二庚午《江村草堂牡丹今年开放独多》《雨中同雅坪编修草堂看牡丹》。

清明前三日,陈张相自武林寄龙井新茶,以诗谢之。

> 《归田集》卷二庚午《陈梓湘自武林寄龙井新茶》。

> 陈张相,字梓湘,号荔村,浙江仁和人。工文词。历官广西桂林府同知、贵州石阡府知府、云南曲靖府知府。(《[康熙]钱塘县志》卷二十)

汪琬寄以续稿,兼许为《苑西集》作序,以诗谢之。

> 《归田集》卷三庚午《寄怀汪钝翁编修》。

> 汪琬(1624—1691),字苕文,号钝庵,初号玉遮山樵,晚号尧峰,江苏长洲人。顺治十二年(1655)进士,授户部主事,迁刑部郎中,降补北城兵马司指挥,再迁户部主事。康熙十八年(1679),举博学鸿儒一等,授编修,与修《明史》。著有《尧峰诗文钞》《钝翁类稿》。(《[乾隆]长洲县志》卷二十五)

五月,辑《天禄识余》成,毛奇龄、尤侗为作序。

> 毛奇龄《西河合集·序十六·高詹事天禄识余序》序:"江村宫詹以惊才绝学,供奉内廷,其所读秘书,真有非外人所能见者。……今以耳目之余,广为记忆。其中搜微剔隐,注疏考室,有驳有辨,而皆于天禄乎得之,因颜之曰'天禄识余'。……康熙庚午夏

五,西河毛奇龄拜撰。"

尤侗序末署:"康熙庚午伏日,长洲尤侗谨撰。"

尤侗(1618—1704),字展成,一字同人,号悔庵,又号艮斋,晚号西堂老人,江苏长洲人。顺治九年(1652),授直隶永平府推官。康熙十八年(1679),举博学鸿儒二等,授翰林院检讨,与修《明史》。著有《西堂全集》等。(徐坤《尤侗年谱》)

夏日,食鲜荔枝,纪之以诗。

《归田集》卷三庚午《夏日有海航以鲜荔枝至者饱食后纪之以诗》。

六月,《城北集》由顾图河重新校梓。

《城北集》卷首顾图河序:"河与二三同馆什伯搜探,口诵心维,目营手校。论衡独得,
颇欲秘之帐中。……康熙庚午季夏,受业顾图河百拜谨序。"

七月,自序《天禄识余》。

《天禄识余》卷首自序末署:"庚午秋七月,竹窗高士奇识。"

顾图河为《城北集》作序,兼约九月见过。

《归田集》卷四庚午《秋日杂咏》。

诗中自注:"顾书宣三度寄书,并序予《城北诗》,骈语最工,约九月见过。"

九月初八,生日,毛奇龄寄书幛子贺寿。

《归田集》卷五庚午《生日》、毛奇龄《西河合集·七言律诗十·高江村宫詹初度寄书幛
子以赠》。

为吴陈琰《破浪图》题诗。

《归田集》卷六庚午《题吴宝崖破浪图》。

吴陈琰(1659—?),字清来,又字宝崖,号芋町,浙江钱塘人。官莅平知县。著有《翦霞
词》《春秋三传同异考》《五经今文古文考》《桂荫堂文集》等。(阮元《两浙辖轩录》卷十一)

过嘉兴,登烟雨楼。

《归田集》卷六庚午《舟过鸳湖晚霁》《登烟雨楼》。

王丹林归杭,以河冻阻中途累日,诗以怀之。

《归田集》卷六庚午《赤抒归武林以河冻阻中途累日诗以怀之》。

徐乾学寄诗至,时岁寒闭户,聊以代束。

《归田集》卷六庚午《司寇徐公和前韵见寄时岁寒闭户聊以代束》。

陆世楷卒。汪琬卒。

清圣祖康熙三十年辛未(1691)四十七岁

五月,《竹窗词》刻成,自为序。

> 《竹窗词》卷首自序:"昔浪游都市,与藕渔、竹垞、梁汾偶为长短句。迨入直禁中,夙兴夜寝,此兴渐阑。壬戌春,扈从奉天乌喇,途次尚成六阕,此后遂不复作。所存《蔬香词》散失十之三四,不意梁汾刻于江南。顷归江村,田居多暇,咏物写情,诗所不能尽者,时一托之诗余,经年成帙。自怜年齿将迈,不能澄怀观道,乃作绮语,得无为士君子所讥议?然每怪缙绅先生身退林泉,恋慕名禄,或探讨声伎。致失其生平所守,又不若以此遣其岁月。故刻《竹窗近词》,而附《蔬香词》于首,见今昔志念之不同也。其《蔬香词》前后铨次错乱,亦不更为检校云。康熙辛未夏五,竹窗高士奇序。"

夏,有诗追悼常岫。

> 《归田集》卷九辛未《又追悼懦公》。

宋荦和前韵见怀,并示近诗,以诗寄之。

> 《归田集》卷十辛未《牧仲中丞和前韵见怀并示近诗用朱晦人雨中韵奉寄》。

韩菼寄秋芥,以诗谢之。

> 《归田集》卷十辛未《韩慕庐学士寄秋芥》。

> 韩菼(1637—1704),字符少,号慕庐,江苏长洲人。康熙十二年(1673)进士,授翰林院修撰,官至礼部尚书兼掌院学士。著有《有怀堂诗稿》《有怀堂文稿》等。(《[同治]苏州府志》卷八十八)

为龙燮父遗照题诗。

> 《归田集》卷十一辛未《题石楼尊人遗照》。

> 龙燮(1640—1697),字理侯,号石楼、改庵,又号雷岸、桂崖,晚号琼花主人,安徽望江人。康熙十八年(1679),举博学鸿儒科二等,授翰林院检讨,与修《明史》。左迁大理寺评事,后官至中允。著有《琼花梦》传奇、《芙蓉城》杂剧。(龙垓《燮公年谱》)

龙燮为王丹林画豆荚,戏题其后。

> 《归田集》卷十一辛未《石楼为赤抒画豆荚戏题》。

十二月,高虚斋卒,以诗挽之。

> 《归田集》卷十二辛未《挽虚斋公》。

寒夜,沈友圣过饮。

　　《归田集》卷十二辛未《寒夜沈友圣过饮》。

题五代阮郜《女仙图》。

　　张照《石渠宝笈》卷三十二《题五代阮郜女仙图》:"五代阮郜画,世不多见。《阆苑仙女图》,曾入宣和御府,笔墨深厚。……余得之都下,尚是北宋原装,恐渐就零落,重为装潢。……因题二诗于后。康熙辛未长至后二日,江村高士奇并书诸跋中。"

归江村两载,有诗寄怀张英。

　　《归田集》卷十二辛未《余昔携衡山渔村画卷入直庐敦复学士见而爱之和其渔父词今归江村两阅寒暑以此寄怀并题其后》、张英《文端集》卷二十九《澹人寄文衡山鱼村卷子兼系以诗即原韵和答四首》。

除夕,有怀王丹林。

　　《归田集》卷十二辛未《怀赤抒》。

冯溥卒。梁清标卒。徐元文卒。

清圣祖康熙三十一年壬申(1692)四十八岁

顾图河病,以诗怀之。

　　《归田集》卷十三壬申《怀书宣病》。

有怀尤侗。

　　《独旦集》卷二壬申《怀悔庵检讨兼以日铸武彝茶问政山笋片寄之》。

李良年过访北墅,为《蔬香图》题诗。

　　李良年《秋锦山房集》卷十《题江村蔬香图三首》《题高詹事北墅梓花行看子》。

李良年为《归田集》作序。

　　李良年《秋锦山房集》卷十五《江村詹事归田集序》:"江村詹事君汇其己巳南还以后诗,为《归田集》若干卷,属良年为序。"

王九龄为《独旦集》作序。

　　《独旦集》卷首王九龄序末署:"康熙壬申孟冬,云间王九龄敬题于懒云书屋。"

尤侗为《独旦集》作序。

　　《独旦集》卷首尤侗序。

顾图河为《独旦集》作序。

　　《独旦集》卷首顾图河序。

顾豹文卒。钱金甫卒。冯苏卒。丁澎卒。

清圣祖康熙三十二年癸酉(1693)四十九岁

七月,自序《续三体唐诗》。

　　《经进文稿》卷四《续唐三体诗序》。

　　按,《续三体唐诗》卷首先生序末署:"康熙三十二年癸酉秋七月既望,江村高士奇序。"

　　《四库全书总目》卷一百九十四集部四十七《续三体唐诗》:"士奇尝校注周弼《三体唐诗》,因复辑此编。"

九月,朱彝尊为《江村销夏录》作序。

　　朱彝尊《曝书亭集》卷三十五《江村销夏录序》:"钱唐高詹事退居柘湖,撰《江村销夏录》三卷。……此詹事第于退居之暇,先以江村所见录之。书成于康熙三十二年六月,故以'销夏'名编。予以是年九月作序印行之,顷实藉以为负暄之助焉。"

十月,朱彝尊为《续编珠》作序。

　　朱彝尊《曝书亭集》卷三十五《杜氏编珠补序》:"隋安阳令中山杜公瞻撰《编珠》四卷。……是书予获之中簿,手抄以归,惜阙其半。今詹事府詹事钱唐高君按其目补之,先是刑部尚书昆山徐公既序之以行,而詹事复属予为序。"

　　按,《续编珠》卷首徐乾学序末署:"康熙三十二年十月朔日,健庵徐乾学书。"则朱序作于徐乾学序之后。

十月,《随辇集成》,徐元文、徐乾学等为作序。

　　徐元文《含经堂集》卷二十三《高詹事随辇集序》:"少詹事钱唐高君受圣天子特达之知,供奉禁庭。……所论著甚多,而独取其纪遇述恩之诗,得如千卷,号'随辇集'。……余受而读之。……读是集者,有不叹羡于生逢其际如置身于虞周之盛也哉!"

　　徐乾学《憺园文集》卷二十《随辇集序》:"《随辇集》者,少詹事钱唐高君侍直扈从之所作也。詹事文章妙天下,以恪勤慎密受知圣天子,载笔殿廷,侍奉密勿者数年,于兹感恩、纪遇,形诸篇章,积成卷帙。因御制诗有'随辇'之言,敬以名其集,属乾学序之。"

吴陈琰下第,以诗慰之。

《独旦集》卷六《寒雨中读宝崖向赠十诗慰其下第》。

清圣祖康熙三十三年甲戌(1694)五十岁

高佑釲过访。

《独旦集》卷八《家念祖示秋岳前辈送行诗册诸名宿和章属题二首》。

高佑釲(1629—1713),字念祖,号怀寓主人,浙江嘉兴人。承埏子。贡生,考授州判。著有《怀寓堂诗》。(阮元《两浙辖轩录补遗》卷一)

九月,离家赴都。

《清吟堂集》卷一《改岁以来未得大儿家书》诗中自注:"自去秋九月离家。"

过苏州,遇尤侗,尤侗作诗送行。

尤侗《艮斋倦稿诗集》卷七《送高詹事内诏还朝》:"江村高卧暂投闲,旋奉君恩许赐环。黄阁正宜开北墅,苍生久已待东山。"

过山东,遇杜首昌,杜首昌作诗词相赠。

杜首昌《绾秀园词选》之《绮罗香·高澹人宫詹奉召入朝填此奉贺》、杜首昌《绾秀园诗选》之《高澹人宫詹奉诏入朝》。

杜首昌(1632—1698),字湘草,江苏淮安人。工诗词,善草书。著有《绾秀园诗选》《绾秀园词选》《杜稿编年》。(《[同治]重修山阳县志》卷十三)

徐乾学卒。乔莱卒。李良年卒。

清圣祖康熙三十四年乙亥(1695)五十一岁

陈张相之任桂林,以诗送之。

《清吟堂集》卷一乙亥《送陈梓湘之任桂林》。

李天馥庐墓处,有白燕来,以诗颂之。

《清吟堂集》卷一乙亥《合肥公庐墓处有白燕来因赋》。

李天馥(1635—1699),字湘北,号容斋,籍隶河南永城,安徽合肥人。顺治十四年(1657)举人,十五年(1658)进士。历官翰林院检讨、国子监司业、侍讲学士、侍读学士、詹事府少詹事、户部左侍郎、吏部侍郎。晋工、刑、兵、吏四部尚书,迁武英殿大学士。著有《容斋千首诗》。(《[嘉庆]合肥县志》卷二十四)

张英、陈廷敬为《北墅梓花图》题诗。

> 张英《文端集》卷三十《为澹人题梓树花图二首》、陈廷敬《午亭文编》卷十六《禹鸿胪江墅梓花图二首》。

袁佑姊殉节,以诗挽之。

> 《清吟堂集》卷二乙亥《挽袁贞女诗》序曰:"东明贞女袁两姐,字梁氏子……而梁氏子夭。两姐赴吊,辄易服拜舅姑,誓不嫁,愿以未亡人待伯叔之子子之。是时,两姐年十八,偕其夫之姊楼居三年。服当除,而伯叔率艰于嗣,母姑、娣姊矜其年之少也,间劝之。两姐曰:'是欲死我矣,我志终不遂,即死且有憾。'遂闭阁辍食死。余年友袁中允杜少属余为诗纪其事云。"

> 袁佑(1634—1699),字杜少,号霁轩,山东东明人。康熙十一年(1672)拔贡。十五年(1676),授内阁办事中书舍人。十八年(1679),举博学鸿儒一等,授翰林院编修,与修《明史》。著有《霁轩诗钞》。(胡春丽《袁佑简谱》)

清圣祖康熙三十六年丁丑(1697)五十三岁

得旨归养,王顼龄、徐嘉炎、庞垲作诗送行。

> 王顼龄《世恩堂诗集》卷十四丁丑《送高江村詹事请养归里》、徐嘉炎《抱经斋诗集》卷八《送同年高詹事得请奉母归里二首》、庞垲《丛碧山房诗四集》卷八丁丑京集诗《送高江村詹事得请侍母归平湖》。

> 徐嘉炎(1631—1703),字胜力,号华隐,浙江秀水人。康熙十八年(1679),举博学鸿儒,授翰林院编修,与修《明史》。官至内阁学士兼礼部侍郎。著有《抱经斋集》。(秦瀛《己未词科录》卷二)

> 庞垲(1641—1725),字霁公,号雪崖,河北任丘人。康熙十四年(1675)中举。十八年(1679),举博学鸿儒二等,授翰林院检讨,与修《明史》。后改工部主事,出为建宁府知府。著有《丛碧山房集》。(秦瀛《己未词科录》卷三)

王顼龄送至张湾。

> 王顼龄《世恩堂诗集》卷十四丁丑《送高江村詹事至张湾归途口占十首》。

长至日,访陆莱,为陆莱《雅坪文稿》作序。

> 陆莱《雅坪诗稿》卷二十四《病中长至日詹事高江村枉顾》:"四望车三过,停驷竟入门。形骸忘已洽,契阔意弥敦。榻覆残毡冷,炉消宿火温。连秋频卧病,瘦骨不堪存。"

> 按,陆莱《雅坪文稿》卷首先生序:"余交学士三十余年,常以文事相切劘。今年冬,请

养归里,诣学士。……康熙丁丑,年弟高士奇顿首书。"

龙燮卒。

清圣祖康熙三十八年己卯(1699)五十五岁

元月十五日,洪昇过饮清吟堂。

洪昇《稗畦续集·元夕饮高詹事清吟堂》。

洪昇(1645—1704),字昉思,号稗畦,又号稗村、南屏樵者,浙江钱塘人。工诗,精戏曲,与孔尚任并称"南洪北孔"。著有诗集《稗畦集》《稗畦续集》《啸月楼集》,传奇《长生殿》。(章培恒《洪昇年谱》)

首秋,彭孙遹为《清吟堂集》作序。

《清吟堂集》卷首彭孙遹序末署:"康熙己卯首秋,年弟彭孙遹顿首拜撰。"

有怀庞垲,庞作诗答之。

庞垲《丛碧山房诗五集》卷四建州稿己卯《奉和高詹事江村见怀原韵》。

李天馥卒。汪楫卒。袁佑卒。

清圣祖康熙三十九年庚辰(1700)五十六岁

秋七月,尤侗为《清吟堂集》作序。

《清吟堂集》卷首尤侗序云:"清吟堂者,皇上所赐江村先生匾额也。先生簪笔禁庭,朝夕应制,每奏一篇,至尊未尝不称善也,故有'清吟'之目。盖以一代诗人许之矣。及其暂归北墅,犹号'山中宰相'。相与予辈赠答往来,亦多斐然之作。甲戌冬,奉召还朝,苑西入直,匪颁公燕,富有词章。洎乎丙、丁,有厄鲁特之变,皇上三驾亲征,先生执鞭扈从,遍历河套沙陀之地。寒风朔雪,屡著勤劳,然而磨盾倚马,不辍翰墨。至于王师饮,至以凯歌终焉。既而承恩侍养,将母南归,拜花诰之荣,享板舆之乐,乃搜箧衍,汇前后四年之诗,刻成九卷,间以示予。予受而读之,殆合唐人早朝、出塞诸体,兼而有之。……其以'清吟堂'名集者,志君赐予不忘也。……康熙庚辰秋七月,鹤栖八十三叟年弟尤侗拜撰。"

招朱彝尊饮东湖。

杨钟羲《雪桥诗话三集》卷一:"康熙庚辰,朱竹垞过当湖,高江村招饮。"

姜宸英卒。彭孙遹卒。

清圣祖康熙四十一年壬午(1702)五十八岁

春,朱彝尊过访北墅,同睹《苏灵芝易州铁像颂》。

朱彝尊《曝书亭集》卷四十九《苏灵芝易州铁像颂跋》:"苏灵芝书……此宋人拓本……册旧藏曹氏古林。康熙壬午春,忽见于花南水北之亭,正如久别故人相对。"

严绳孙卒。

清圣祖康熙四十二年癸未(1703)五十九岁

六月三十日卒,揆叙以诗挽之。

揆叙《益戒堂诗集》卷八《挽高澹人少宗伯》。

王熙卒。徐嘉炎卒。励杜讷卒。

(作者简介:胡春丽,复旦大学出版社编审。著有《毛奇龄年谱》《汪懋麟年谱》。)

明清集句诗籍考补

郑　斌

摘　要: 在裴普贤、张明华、李晓黎等学者研究的基础上,经检方志、书目等文献,辑补明清集句诗籍 39 种,包括尚存于世的 12 种、已佚或可能已佚的 27 种。这些文献的辑补既可为集句诗研究提供助力,也可为研究明清时期陶诗、杜诗之接受提供参考。

关键词: 明清　集句　诗籍　辑补

在集句诗文献考订方面,当代学者张明华、李晓黎创获颇多,二人合著的《集句诗文献研究》(社会科学文献出版社 2012 年版)在台湾学者裴普贤《集句诗研究》《集句诗研究续集》的基础上考订了元以前集句诗 1400 多首、明清集句诗籍 280 多种,张明华独撰的《文化视域中的集句诗研究》(中国社会科学出版社 2014 年版)又有所增补。在此基础上,笔者仅就目力所及稍加拾补,并略作考述如下。

1. 李锃《锦联集句》四卷,今存。

李锃,字一彭,临海(今属浙江)人。《(民国)台州府志·艺文略》载:"《锦联集句》四卷,明李锃撰,凡三百十一首,今其族孙镠有印本。"①今人郑达根主编的《杜桥志·人物》介绍其生平云:"李锃(1548—1628),字一彭,又字一声,号桂梅(引者按:此处疑有误,该书后续多处皆称'李桂海'),别号清澜、直钩饵渔人,大汾人。庠生,善咏……纂有《历代名公锦联集句》……明崇祯元年(1628)年秋刊行……清光绪九年(1883),李镠与其八世孙李作梅厘订岁贡李赓诗校印,入《钟秀盦诗丛》第六种。"②按,《清代家集续编》第 133 册影印《钟秀盦诗丛》,所据为浙江图书馆藏光绪活字本,可惜其中第 4～6 种已散佚。而《杜桥志·丛录》部分收录了李锃《题屏》、《平湖曲》、《寄郎词》、《自咏》(2 首)、《宿上盘馆舍有荐车螯

---

① 喻长霖等:《(民国)台州府志》,见《中国方志丛书·华中地方·74》,台北成文出版社 1970 年版,第 1139 页。
② 郑达根、彭连生主编:《杜桥志》,浙江人民出版社 2009 年版,第 560 页。

者》《陈展旗时寓水洋周西席东寄》(2首)、《同陈展旗夜饮西峙山房》等诗,皆为集句之作,参考文献部分所列《锦联集句》即为光绪九年(1883)《钟秀盦诗丛》本,可知此集尚存于世,或为乡里后人所藏。

2. 徐锡祚《剪绡集》,不知卷数。

徐锡祚(1573—1629),一名于,字于王,常熟(今属江苏)人。魏浣初《亡友于王徐君墓志铭》云:"于王讳锡祚,以字行于世。凡所编次撰著,则自题曰'徐于王'云……有《元白唱和集》《元人诗钞》藏于家,他如《竹书纪年丛笺》《剪绡集》《梦雨庵稿》若干卷,碎金屑玉,并足珍也……徐子生于万历之癸酉,卒于崇祯之己巳,享年五十有七。"①钱谦益《列朝诗集小传》云:"于,字于王,常熟之甲族……歌伎王桂,雅有风情,许嫁于……里人传于事,谓于负桂约,桂吞金死……尝集唐人句为百绝,效李龏《剪绡集》以悼桂,好事者尤传之。"②

3—5. 赵师圣《醉云楼集句》《漱芳楼集句》《东绿堂集杜》,不知卷数。

赵师圣(生卒年不详),字元睿,号我白,南丰(今属江西)人。万历二十六年(1598)进士。《(康熙)建昌府志·人物志·名臣》:"赵师圣,字元睿,号我白,南丰人。进士,官至少詹,赠礼部侍郎。祀乡贤。"③《桐城续修县志·艺文志》载:"《醉云楼集句》《漱芳楼集句》《东绿堂集杜》……《丹霞洞草》,南丰赵师圣我白撰。"④

6. 熊明遇《伏虎山营集句》一卷,今存。

熊明遇(1579—1649),字良孺,号坛石,进贤(今属江西)人。万历二十九年(1601)进士,历官长兴知县、兵科给事等,后仕至兵部尚书。明遇善诗文,在明末文坛颇负盛名。所著有《绿云楼集》,原稿不知卷数,今存十种二十卷,藏南京图书馆,《四库禁毁书丛刊·集部》第185册影印出版。《绿云楼集》中有《鹤草》三卷,末附集句一卷,即《伏虎山营集句》。此集共收七绝百首,皆为集唐之作。

7. 沈文郁《集唐诗》一卷。

沈文郁(生卒年不详),字丕显,号完白先生,山阳(今江苏淮安)人。诸生,未仕。《(乾

---

①　魏浣初:《踽庵集》,明抄本。

②　钱谦益著:《列朝诗集小传》,上海古籍出版社1983年版,第599页。

③　高天爵:《(康熙)建昌府志》卷一八,清康熙十二年(1673)刻本。

④　廖大闻:《桐城续修县志·艺文志》,见贾贵荣、杜泽逊辑:《地方经籍志汇编》第37册,国家图书馆出版社2008年版,第156页。

隆)山阳县志·艺文志·书目》:"沈文郁:《潘灵斋诗稿》《南游小草》《集唐诗》一卷。"①同书《列传·文苑》载:"沈文郁,字丕显,万历中郡诸生。性喜吟咏。隐居泾南村舍,多集古法书、名画以自娱。所著有《潘灵斋诗稿》《南游小草》《集唐诗》一卷,藏于家。"②按,《山阳诗征》卷八选录沈文郁诗13首,其中未见集句之作。

8. 周光祚《集陶》一卷。

周光祚(生卒年不详),字承明,长洲(今江苏常熟)人。仕履不详。《徐氏家藏书目》载:"周光祚《西湖游》一卷、《寓园诗》一卷、《惜玉篇》一卷、《集陶》一卷。字承明,长洲人。"③按,《徐氏家藏书目》约成书于万历三十年(1602),已著录周光祚《集陶》诗。因此,周光祚当生活于明神宗万历年间或万历朝以前。

9. 张承宇《秋辞集唐百首》。

张承宇,字幼宁,号启尔,潜江(今属湖北)。生年不详。《(康熙)潜江县志·风土志·墟墓》载其自祭文云:"崇祯己卯(十二年,1639)之秋杪,张子以其将尽之神为人,将幻之躯为物,以神告其物……"④是承宇应卒于"崇祯己卯"后。同书《人物志·列传》载其传记:"张承宇,字幼宁,号启尔……著有《墙东楼集》……《秋辞集唐百首》……"⑤

10. 欧阳烝《春词集唐》,不知卷数。

欧阳烝(生卒年不详),字宪文,号系庵,潜江(今属湖北)人。崇祯十年(1637)进士,明季曾知江都、滑县。入清,任吏部主事等。《(康熙)潜江县志·人物志·列传》载其传记:"欧阳烝,字宪文,号系庵。读书目下十行,悉记无遗……天启甲子(四年,1624)举于乡,又十年崇祯丁丑成进士。授江都县令……著《皈居文选》《舜问堂遗稿》《春词集唐》若干卷。"⑥

11. 杨葵《集唐》(700首)。

杨葵(生卒年不详),字配缘,明末清初建瓯(今属福建)人。《(民国)建瓯县志·文苑

---

① 金秉祚:《(乾隆)山阳县志》卷一六,清乾隆十四年(1749)刻本。
② 《(乾隆)山阳县志》卷二一。
③ 徐𤊶等撰,马泰来整理:《新辑红雨楼题记 徐氏家藏书目》,上海古籍出版社2014年版,第382页。
④ 刘焕:《(康熙)潜江县志》,见《中国地方志集成·湖北府县志辑》第46册,江苏古籍出版社2001年版,第133页。
⑤ 刘焕:《(康熙)潜江县志》,见《中国地方志集成·湖北府县志辑》第46册,第273—274页。
⑥ 刘焕:《(康熙)潜江县志》,见《中国地方志集成·湖北府县志辑》第46册,第279页。

传》载其传记："杨葵,字配缘,朝绾子。善文章,集唐七百首,气韵浑成。旁溢人物花鸟,意在笔先。有《四声韵谱》《八煞词》《情灯文俎》诸小集。"①

12. 刘淑颐《偶焉集》,不知卷数。

刘淑颐(生卒年不详),字百年,明末清初麻城(今属湖北)人。沈德潜《清诗别裁集》卷一四录其《四时词》4 首,皆集唐之作②。《(光绪)麻城县志·艺文》载:"《偶焉集》,国朝刘淑颐著。邑人曹应昌《序》曰:'邑人有客西陵者,争为诗赠行。余读其中集律一首,兴绝伦之叹,而不知其为刘百年也……异日,百年出其《偶焉集》示余。借他人之面孔,抒自己之性情,几若不知其为唐人之诗者。几若其诗在唐人之诗中,不若出自百年之诗……'"③按,曹应昌(1620—?),字石霞,麻城(今属湖北)人,崇祯十六年(1643)进士④。因此,刘淑颐亦应生活于明末清初。

13. 李瑄《集唐诗》一卷。

李瑄(生卒年不详),字宕山,号梅岑,渠县(今属四川)人。顺治十一年(1654)举人,曾任凤阳令。《(同治)渠县志·经籍志·明》载:"《片石斋集》一卷、《集唐诗》一卷,李瑄撰。字宕山,号梅岑,含乙次子。文有奇气,诗亦精工,李以宁为之序。其集唐诗挥洒如意,对尤浑成,如自己出,可当秀水'蕃锦'二字。"⑤同书《艺文志·诗》录其《秋兴集唐》10 首⑥。

14. 钱芳标《望庐集句》一卷,今存。

钱芳标(生卒年不详),字葆馚,一字宝汾,华亭(今上海松江)人。康熙五年(1666)举顺天乡试,后官中书舍人。孙殿起《贩书偶记》载:"《湘瑟词》四卷附《望庐集句》一卷,申浦钱芳标撰,康熙甲申(五十三年,1704)刊。"⑦《望庐集句》附于《湘瑟词》后,有董黄所作序言一篇,卷端著"衡皋恨人著",收集唐诗百首,系悼念亡妻之作,今藏国家图书馆。朱彝尊《钱舍人诗序》云:"中书舍人华亭钱君芳标,字葆馚。于学无不博,尤工于诗。集平居而

---

① 詹宣猷等:《(民国)建瓯县志》,见《中国方志丛书·华南地方·95》,台北成文出版社 1967 年版,第 381 页。
② 沈德潜等编:《清诗别裁集》,上海古籍出版社 2013 年版,第 585—586 页。
③ 陆佑勤:《(光绪)麻城县志》卷三二,清光绪三十三年(1904)刻本。
④ 江庆柏编著:《清代人物生卒年表》,人民文学出版社 2005 年版,第 712 页。
⑤ 何庆恩:《(同治)渠县志》卷四六,清同治三年(1864)刻本。
⑥ 《(同治)渠县志》卷五二。
⑦ 孙殿起录:《贩书偶记》,中华书局 1959 年版,第 546 页。

作,镂板以行,而属予为序。予反复诵之,其辞雅以醇,其志廉以洁。其言情也,绮丽而不佻,信夫情之挚而一本乎自得之欤?"①

15. 刘肃《竹斋集杜》二卷。

刘肃(生卒年不详),字元敬,华州(今陕西华县)人。康熙二十三年(1684)举人,官内阁中书。《(乾隆)再续华州志·人物》载:"刘公肃,字元敬。亳州知州太室公之长子也。由康熙甲子亚元授内阁中书……寿七十九而卒。所著有《刘子藏稿》行世,又有《竹斋诗稿》并《竹斋集杜》两卷。"②按,《(光绪)同州府续志·经籍志》著录《竹斋集杜》二卷,作者为"明刘肃"③。

16. 张起宗《集唐》不分卷,今存。

张起宗(生卒年不详),字亢友,鄞县(今浙江宁波)人。康熙三十年(1691)进士,三十六年(1697)知河内县。著有《高梧阁集》四十卷。《续甬上耆旧诗》选录其诗五十二首,并附小传④。《首都图书馆古籍普查登记目录》载:"《集唐》不分卷,(清)张起宗辑。清康熙三十三年(1694)刻,清康熙五十年(1711)补刻本,佚名圈点、批注。二册。"⑤《天童寺志》卷二"重修佛寺御赐匾额"条载康熙四十二年(1703)钦赐"名香清梵"匾额,张起宗作《同王明府送御题匾额恭纪集唐诗》2首,诗皆存。⑥

17. 顾滋柳《竹窗集句》二卷。

顾滋柳(1721—1797),字即山,一字万纶,黎平(今属贵州)人。客游江汉,后归家授徒乡里,著有《月令新编》一卷、《百梅诗集》一卷、《遁园存草》一卷、《蕉窗集》二卷、《竹窗集句》二卷等。《竹窗集句》光绪时尚存于世,《(光绪)黎平府志·艺文志·书籍》载陈子芳《叙》云:"乃于甲申(1764)夏出《竹窗集句》一帙示予,予盥焚读之,其思深,其旨远,而其辞皆各名家得意之句集而为之……时乾隆二十九年(1764)孟秋月中浣,黄平陈子芳叙。"⑦

① 朱彝尊著,王利民等点校:《曝书亭全集》,吉林文史出版社2009年版,第430页。
② 汪以诚:《(乾隆)再续华州志》,见《中国地方志集成·陕西府县志辑》第23册,凤凰出版社2007年版,第307页。
③ 饶应祺等:《(光绪)同州府续志》,见《中国方志丛书·华北地方·291》,台北成文出版社1970年版,第391页。
④ 全祖望辑选,方祖猷等点校:《续甬上耆旧诗》,杭州出版社2003年版,第718—728页。
⑤ 首都图书馆编:《首都图书馆古籍普查登记目录》,国家图书馆出版社2014年版,第266页。
⑥ 闻性道:《天童寺志》,见杜洁祥主编:《中国佛寺史志汇刊》第一辑第13册,明文书局1980年版,第162—164页。
⑦ 俞渭:《(光绪)黎平府志》卷八,清光绪十八年版(1892)刻本。

同书《人物志·文苑》载黎兆勋所作《墓志铭》："善集句,有《竹窗集句》二卷。其《秋日幽居集陆游句二十七首》尤浑成工妙……君距生于康熙六十年(1721)辛丑,卒于嘉庆二年(1797)丁巳,享年七十六岁……"①此后录有《秋日幽居集陆游句二十七首》中的18首。

18. 瞿士雅《引玉集》二卷,今存。

瞿士雅,一名高桂,字若稚,号岂园,奉贤(今属上海)人。所著《引玉集》二卷,共存集唐七律 108 首,其中:卷一为《五十自寿集唐五十首(有序)》,卷后有高不骞跋,写作时间为"乾隆壬戌(1742)岁暮春"②,由此上推 50 年,则瞿士雅当生于康熙三十二年(1693);卷二有《自题小像集唐十二首(有序)》《自贺重入奉庠八首(有序)》《贺内侄钱北江乡试中式六首》《上巳燕集懋社十二首》《九日燕集懋社十首》《集唐奉和内兄孙赤城五十自寿元韵十首》,卷后有唐班《后序》。另,卷首有黄之隽所题集句诗 3 首,卷一后高不骞《跋》中有集句诗 2 首。

《引玉集》初刻后曾遭兵燹,至光绪时"板已无存",其五世孙钊、钧、镰等"于字纸堆中幸得一本,不敢湮没",重刊于光绪二十六年(1900)③。光绪重刻之本至 1950 年代尚有存世,廖麟年曾据之录副。廖麟年《跋》云:

> 邑子裴君可勤……出示乡先辈瞿岂园先生《引玉集》一册,都凡七律一百零八首,皆集唐人诗句而成……光绪庚子(1900)春,其五世孙瞿钊等于故纸堆中偶获原刻,曾重刊之。不图相隔仅五十余年,此重刊之本又屡经劫火,世亦无复知者。恐裴君所藏之本,亦等于故纸堆中之绝无仅有者矣……不佞为乡里后学,义不能无阐幽之任,顾力薄又无以光大之,用是手自录副藏之……公元一九五一年夏历辛卯初冬,奉贤廖麟年跋于沪西树德寄庐,时年七十又三④。

此后,廖麟年集资请张仁友以钢笔抄写了 120 本。此本后附廖麟年所记《写印缘起》,详细叙述了此次写印经过:"越二年癸巳之夏,在戴君果园处见江阴何氏《词苑珠尘》钢笔版印本,甚清晰。询知为张君仁友业余作品,遂亦将《引玉集》托其承办,用毛边纸八开线装百二十本……麟年附记。"⑤

---

① 《(光绪)黎平府志》卷七。
② 高不骞:《跋》,见瞿士雅:《引玉集》卷一,1953 年写印本。
③ 瞿士雅:《引玉集》卷首。
④ 廖麟年:《跋》,见《引玉集》卷尾。
⑤ 廖麟年:《写印缘起》,见《引玉集》卷尾。

19—20. 褚邦庆《容船客子集》四卷、《集句梅花七律》(40 首)。

褚邦庆(1722—?)①，字人荣，号容船，常州(今属江苏)人。广游历，乾隆南巡，献《常州赋》。金武祥《江阴艺文志》:"《四时景物诗》《集唐诗》，褚邦庆。"②按，褚邦庆所著《容船客子集》四卷，今藏南京图书馆。此集卷首有褚邦庆圆照一幅，后有邦庆自撰圆照题辞 2 首，皆为集唐诗。卷一为《旅况集唐》，收春、夏、秋、冬集唐七律各 50 首;卷二至卷四为《集唐随笔》，其中，卷二收集唐七古 47 首，卷三收集唐杂言古诗 33 首，卷四收集唐五律 200 首，共计 482 首。另，孙嘉栋《容船夫子集唐诗叙》云:"岁辛未，恭逢圣驾南巡，拟献集唐纪年歌诗……夫子复进《梅花七律》百首、《集句梅花七律》四十首，皆叠用元人中峰和尚十一真原韵。"③可知邦庆另有《集句梅花七律》40 首，清刻本《容船客子集》中未见，可能已佚。

21. 金之兰《白石山房集唐诗》二卷。

金之兰(生卒年不详)，字畹九，号巢庵，庐江(今属安徽)人。著有《白石山房集唐诗》二卷。《皖雅初集》录集唐诗 3 首，并附小传云:"金之兰，字畹九，号巢庵，庐江人。康熙中贡生。著《白石山房集唐诗》二卷。《尊瓠室诗话》:'巢庵先生……雍正中卒，年六十许。生平喜集唐为五七律，独尚闲逸……'"④又，《(嘉庆)庐江县志·人物·言行》载其传记:"金之兰，字畹九，岁贡生。性孝友，好施与。康熙庚寅(1710)岁饥，赈谷五百石。甲午(1714)春，又赈谷五百石，乡人义之。"⑤

22—24. 余达《梅花百咏集唐》一卷、《朝云集古》一卷、《集唐韵诗》一卷。

余达，字际运，番禺(今属广东)人，生卒、仕履皆不详。《(乾隆)番禺县志·艺文·书目》载:"《会纂》二十四卷、《梅花百咏集唐》一卷、《延年诗集》二卷、《朝云集古》一卷、《集唐韵诗》一卷、《唐诗偶句》三卷，俱余达撰。"⑥《(同治)番禺县志·列传》载其传记:"余达，字际运，暮齿犹手自钞书。年八十四，无疾而卒。"⑦志中此传位于谢禹翱(康熙三十二年举人)、许遂(康熙三十五年举人)传记之间，因此，余达可能也生活于康熙时期。

① 彭秋溪:《清乾隆朝扬州"词曲局"修曲人员考》，《文化遗产》2015 年第 3 期，第 62—68 页。
② 金武祥:《江阴艺文志》，见《地方经籍志汇编》第 16 册，第 473 页。
③ 褚邦庆:《容船客子集》卷首，清刻本。
④ 陈诗辑，孙文光校点:《皖雅初集·下》，黄山书社 2017 年版，第 1132—1133 页。
⑤ 魏绍源:《(嘉庆)庐江县志》卷一〇，清嘉庆八年(1803)刻本。
⑥ 任果:《(乾隆)番禺县志》卷一九，清乾隆三十九年(1774)刻本。
⑦ 李福泰等:《(同治)番禺县志》，见《中国方志丛书·华南地方·48》，台北成文出版社 1966 年版，第 550 页。

25. 陈国弼《集唐诗》二卷。

陈国弼,字公甫,昆明(今属云南)人。生卒、仕履皆不详。《(道光)昆明县志·艺文》:"《集唐诗》二卷,陈国弼撰。国弼字公甫,康熙间县学生。"①

26. 欧观禄《律陶诗集》,不知卷数。

欧观禄(生卒年不详),字爵斯,号愚夫,清远(今属广东)。《(光绪)清远县志·选举》:"欧观禄,雍正八年(1730)贡。城内人。徐闻县训导。"②同书《列传》载:"欧观禄,字爵斯,号愚夫,城内人。幼聪慧,年十四补弟子员,十五岁食廪饩。由岁贡选授徐闻训导,教诸生以孝弟为先。解组归,图书外无长物。知县重其品,聘修县志。著有《律陶诗集》。"③又,该志《艺文》部分收录其《二愚峡集陶三首》《飞来峰集陶》《读画台谒轩辕二帝子集陶三首》《归猿洞集陶》等 8 首。

27. 徐亦政《集唐诗》一卷,今存。

徐亦政,生卒、字号、仕履皆不详。《陕西省图书馆古籍普查登记目录》载:"《集唐诗》一卷,(清)徐亦政集,清乾隆十六年(1751)刻本。"④《中国古籍总目安徽文献补遗·下》据《中国家谱总目》著录《(歙县)淳西剑溪徐氏族谱》十二卷(乾隆三年刊本)、《(歙县)歙西朱方徐氏族谱》十二卷(乾隆四年刊本),皆歙县人徐亦政纂修,疑二者为同一人⑤。

28. 栗元《集唐诗》四卷。

栗元(生卒年不详),字太初,广平(今属河北)人。乾隆二十六年(1761)进士,乾隆三十五年(1770)知纳溪县。王保譿《太原艺文目录》:"栗元,字太初,广平人。乾隆二十六年进士。任四川纳溪知县,有政绩。《漳滨文集》一百六十卷,《集唐诗》四卷。"⑥《(民国)广平县志·艺文志》著录⑦。

---

① 戴絅孙:《(道光)昆明县志》,见《中国地方志集成·云南府县志辑》第二册,凤凰出版社 2009 年版,第 137 页。
② 李文烜等:《(光绪)清远县志》,见《中国方志丛书·华南地方·54》,台北成文出版社 1967 年版,第 108 页。
③ 李文烜等:《(光绪)清远县志》,见《中国方志丛书·华南地方·54》,第 126 页。
④ 陕西省图书馆编:《陕西省图书馆古籍普查登记目录·上》,国家图书馆出版社 2014 年版,第 164 页。
⑤ 张晚霞、牛继清著:《中国古籍总目安徽文献补遗·下》,黄山书社 2016 年版,第 596 页。
⑥ 王保譿:《太原艺文目录》,见《地方经籍志汇编》第 3 册,第 653—654 页。
⑦ 韩作舟等:《(民国)广平县志》,见《中国方志丛书·华中地方·168》,台北成文出版社 1968 年版,第 239 页。

29. 余集《秋室百衲琴》一卷，今存

余集(1739—1823)①，字蓉裳，号秋室、秋石，仁和（今浙江杭州）人。乾隆三十一年(1766)进士，后仕至翰林侍读学士。工诗，善书、画，人称"三绝"。曾参与纂修《四库全书》，后任大梁书院山长。著有《秋室百衲琴》一卷、《秋室学古录》六卷、《忆漫庵剩稿》（不分卷）、《梁园归棹录》（不分卷），今皆存，藏国家图书馆。顾廷龙编《章氏四当斋藏书目》载："《秋室百衲琴》一卷，清仁和余集撰。清嘉庆三年(1798)精刊本，一册。"②此集前有作者自序，后有汪端、李尧栋二跋。算上集前自序后余集自撰题词 2 首，此集中共收诗 112 首，皆为集选诗。除此之外，《忆漫庵剩稿》（不分卷）中还有《集东坡句赠徐六丈》2 首、《魏秋浦桂岩小隐(集〈文选〉)》1 首等，皆为集句之作。

30. 何纶锦《集陶律》(42 首)，今存。

何纶锦(1752—?)③，字子襄，号云子，山阴（今属浙江）人。乾隆五十三年(1788)举人，后任金华训导。《两浙輶轩录》卷一五选录其诗，并有小传④。何纶锦著有《古三疾斋杂著》六卷、《巢云阁诗钞》二卷、《巢云阁诗续钞》二卷，《集陶律》即附于《巢云阁诗续钞》二卷之后。该集今存清嘉庆刻本，藏国家图书馆，《清代诗文集珍本丛刊》第 335 册即据此本影印，收集陶诗 42 首。

31. 潘性敏《敦古堂集唐》二卷，今存。

潘性敏，字清溪，狄道（今甘肃临洮）人。未仕。生卒年不详。杨芳灿、吴镇选录的许珌《铁棠诗草》刊刻于"乾隆庚戌(1790)夏日"，书后附有参阅及锓梓后学名单，中有"潘性敏，清溪，狄道"⑤。因此，潘性敏应生活于乾隆、嘉庆时期。《(道光)兰州府志·人物志·孝友》载其传，备言其德行。《青海省图书馆古籍普查登记目录》云："《敦古堂集唐》五律一卷、七律一卷，(清)潘性敏撰，(清)赵宜绩选。清嘉庆十二年(1807)临洮松花庵刻本，二册。"⑥

---

① 《清代人物生卒年表》，第 335 页。
② 顾廷龙：《章氏四当斋藏书目》，见《中国著名藏书家书目汇刊·近代卷》第 21 册，商务印书馆 2005 年版，第 224 页。
③ 《清代人物生卒年表》，第 328 页。
④ 潘衍桐纂，夏勇、熊湘整理：《两浙輶轩续录》，浙江古籍出版社 2014 年版，第 867 页。
⑤ 许珌：《铁堂诗草》，见《清代诗文集汇编》第 44 册，上海古籍出版社 2010 年版，第 548 页。
⑥ 青海省图书馆编：《青海省图书馆古籍普查登记目录》，国家图书馆出版社 2014 年版，第 73 页。

32. 石朗《友竹居集杜》一卷。

石朗(生卒年不详),字仲昭,三原(今属陕西)人。曾任桐城县令。《(乾隆)三原县志·人物·文学》载:"石朗,《张志》字仲昭。少有文誉,一时工举业者如李承尹、侯于唐,皆请益焉。丙戌登贤书,令桐城……公余惟事吟咏。诸名家选诗,必推压卷。左迁潮州,桐民立祠枞阳山。"①同书《著述·集类》:"《友竹居集杜》一卷,石朗著。"②此外,石朗还著有《鉴影阁秋音》一卷、《桐音》一卷、《桐山诗历》一卷、《华岳纪事》一卷等。

33. 王世缨《集唐三百首》二卷。

王世缨(生卒年不详),字弈轩,淳安(今属浙江)人。《(光绪)淳安县志·人物志·文苑》:"王世缨,字因之,乾隆庚戌(1790)拔贡。品行端方,乡里咸重之。博览载籍,而于李杜诸集尤自日手一编,至老不辍。嘉庆元年(1796)举孝廉方正,朝考以教仪用,历署平湖训导、平阳、遂昌教谕。著有《集唐诗三百首》。以子元辅官知县封文林郎。"③吴引孙《扬州吴氏测海楼藏书目录》云:"《集唐三百首》二卷,清淳安王世缨,嘉庆字坞山房刊,竹纸。"④是此集民国初尚存于世。又,《两浙輶轩续录》卷一六载其《负薪谣》集唐诗1首。⑤

34. 翁雒《屑屑集》一卷,今存。

翁雒(1790—1849)⑥,字穆仲,号小海,吴江(今属江苏)人。画家,善人物花鸟。翁雒有《小蓬海遗诗》一卷附《屑屑集》一卷,今存道光二十九年(1849)刻《别下斋丛书》本,《丛书集成初编》据此排印。其中,《屑屑集》收诗180首,皆为集唐诗。翁雒《〈屑屑集〉序》云:"岁壬午(1822)寄迹吴市,行笈中偶携唐人诗数册。翻阅之下,辄摘其句,联属成章。自后每遇一题,靡不取而集之,浸淫既深,寝馈几废。积一年所计,得诗若干首。拾古人之余芬,文一己之固陋……道光三年(1823)岁在癸未新秋,小蓬海外史翁雒自书于秦淮寓馆。"⑦是此集当作于道光二三年间。

---

① 刘绍颁:《(乾隆)三原县志》,见《中国地方志集成·陕西府县志辑》第8册,凤凰出版社2007年版,第381页。
② 《(乾隆)三原县志》,第509页。
③ 李诗等:《(光绪)淳安县志》,见《中国方志丛书·华中地方·208》,台北成文出版社1975年版,第961页。
④ 吴引孙:《扬州吴氏测海楼藏书目录》,见《中国著名藏书家书目汇刊·近代卷》第14册,商务印书馆2005年版,第353页。
⑤ 《两浙輶轩续录》,第954页。
⑥ 《清代人物生卒年表》,第657页。
⑦ 翁雒:《屑屑集》,见《丛书集成初编》第2338册,中华书局1985年版,第1页。

35. 刘助杰《鱼溪集唐诗钞》一卷。

刘助杰(生卒年不详),字鱼溪,永川(今属四川)人。《(光绪)永川县志·人物志上·行谊》:"刘助杰,字鱼溪,例贡生。邑中兴作,皆倡首为之。如圣庙文场、文塔,共捐银七百余两,且身任其劳。邻邑建桥,渝州建崇圣祠,计捐四百金,其好善率多类此。生平酷嗜吟咏,著有《鱼溪集唐诗钞》行世。"①同书《人物志·著述》:"《集唐诗钞》一卷,刘助杰鱼溪氏著。"②

36. 周作楫《拾慧余吟》四卷。

周作楫(生卒年不详),字梦岩,泰和(今属江西)人。嘉庆二十五年(1820)进士。《(同治)泰和县志·列传》载:"周作楫,字梦岩、信实,龙冈村人。由乡举,成庚辰进士,选庶吉士。授编修,历御史、给事中,出守贵州铜仁府……卒于贵州。在翰林,以能赋善书邀上赏,预修《一统志》《道光字典》……所著有《馆课诗赋》《拾慧遗吟》《山馆杂咏》。"③同书《艺文·书目》:"《集唐》四卷,周作楫撰。"④又,(清)麟庆《婥嬛妙境藏书目录》:"《拾慧余吟》一本,周作楫集唐。"⑤

37. 黄端《集选诗》八卷。

黄端(生卒年不详),字佩芸,如皋(今属江苏)人。约生活于嘉庆、道光年间。《(道光)如皋县续志·文苑》:"黄端,字佩芸。弱冠游庠,旋食饩。与弟履安时有'二陆'之誉,邑知名士咸出其门。道光元年(1821)开孝廉方正科,有司以端应,坚辞不就。卒年五十六。同里江玉章挽句有云:'数卷文章遗后辈,满城桃李哭先生。'盖纪实也。著《官礼条辨》八卷、《经腋》三十二卷、《集选诗》八卷。"⑥

38—39. 朱鼎《旅思集唐》一卷、《闺怨集唐》一卷,今皆存。

朱鼎(生卒年不详),字九庵,铜陵(今属安徽)人。嘉庆、道光年间在世。曹蓝田《朱九

---

① 许曾荫:《(光绪)永川县志》卷八,清光绪二十一年(1895)刻本。
③ 《(光绪)永川县志》卷一〇。
③ 宋瑛:《(同治)泰和县志》卷一八,清光绪五年(1879)刻本。
④ 《(同治)泰和县志》卷二二。
⑤ 麟庆:《婥嬛妙境藏书目录》,见《中国著名藏书家书目汇刊·明清卷》第 29 册,商务印书馆 2005 年版,第662 页。
⑥ 范仕义等:《(道光)如皋县续志》,见《中国方志丛书·华中地方·44》,台北成文出版社 1970 年版,第 155—156 页。

庵集唐诗百首序》云:"朱君九庵,吾乡敦朴士也,客叶刺史幕有年。宾朋倡和之下,得《旅思集唐》五十首、《闺怨集唐》五十首。今年夏余,余适游刺史幕,九庵出示索序。余读之,喜其对仗工称,章法浑成,而情词真挚,令读者恻恻心动,俱忘其为古人之陈言……读是诗者谓九庵之集古也可,谓九庵之自作也亦无不可。"①按,曹蓝田(1810—1857),字璞山,铜陵人。

　　以上所补明清集句诗籍共 39 种,包括现存 12 种,已佚或可能已佚的 27 种。作为古代诗歌中独具特色的类别,集句诗不仅具有较高的审美价值,且因其创作方式的特殊性而具有一定的文献价值。因此,考订历代集句诗创作情况,不仅是研究集句诗本身所必须进行的工作,而且对古代诗歌辑佚、校勘及接受研究具有一定意义。本文所补明清集句诗籍虽多已佚,但我们仍可从它们的名称中一窥其时陶诗、唐诗、杜诗的流行状况。至于其中流传至今的作品,正可作为研究相关诗歌接受情况的参考。

　　(作者简介:郑斌,南京师范大学文学院中国古代文学专业博士研究生。)

---

　　①　曹蓝田:《璞山存稿》,见《南开大学图书馆藏稀见清人别集丛刊》第 25 册,广西师范大学出版社 2010 年版,第 175 页。

媒介·文化·诗学:读《整秩与安乐:
邵雍易学与诗学》有感

杨柏岭

　　程刚是我指导的第二届美学专业的硕士生,2007 年毕业后,他考取中山大学,跟随彭玉平教授攻读博士学位。博士提前半年毕业,到暨南大学中国语言文学博士后流动站工作,合作导师是我的老师邓乔彬先生。博士后出站后,入职暨南大学中文系。从 2003 年相识,距今已逾 17 年。回顾与程刚相处的时期,正是以网络为代表的新技术及其媒介化兴盛与普及的时期,且至今势头未减。在过去的二十多年里,人们不断地为改变人类生活、学习、思考、交流方式,影响社会结构以及国家治理方式的新技术而惊叹,乃至将它视为人类面向未来需要持续关注与思考的亲密伙伴,一并踏入人类文明演进的旅程。

　　不过,在程刚攻读硕士学位的三年,我们主要采用面对面的口语交流方式。即便在讨论文章之前,相关意见常以文字方式呈现,最终也多是通过口语对话的方式来完成。那时,定期的读书报告会是我们沟通的最主要渠道——利用周末,师生围坐,结合主讲者提供的话题,畅谈学问、写作与人生。这个方式,我一直坚持着。我不太了解同学们参与读书报告会的感受,但我知道这是我作为老师所能想到并付诸行动的最佳方式。无论过去还是现在,我从中获得的是满满的幸福感和无尽的责任感。程刚硕士毕业后,除了遇到节日会通过短信、QQ 或微信发来祝福语,更多的还是每隔一段时间的电话交谈,还有他每年回乡探亲,总会挤出时间到安徽师范大学与我见面小叙。如果说“见字如面”代表着文字时代书信传播对口语交流的期盼,那么“声临其境”则在新媒体时代拥有了新的意义。程刚与我的交流主要是后者。

　　从媒介功能上说,任何媒介都是“双刃剑”,有着各自的优势与不足。不过,人际间的思想、情感交流总是希望由“手握手”到“心连心”,这或许就是中国古人所说的知音境界。虽说文字书写在信息存储、异地传播及其再现功能上,拥有口语传播无法比拟的优势,且在漫长的人类文明进程中,伴随着印刷术的推广应用,业已滋长成蕴藏人类文明的思考,具有自身文化特性的意识化符号系统,但中西方哲人在谈到思想、情感交流时,总有一些人向往着口语交流方式及其特殊效果。如《史记·老子韩非列传》记载,孔子适周,将问礼于老子,老子即云:"子所言者,其人与骨皆已朽矣,独其言在耳?"[1]老子这种"不以书籍所传言语为重"[2]的态度,就反映出口语传播与文字传播的碰撞现象。同样,在苏格拉底看来,那种用文字书写可以让"人更加聪明,能改善他们的记忆力"的观点,只能是"头脑实在是太简单"的人的想法,因为文字会扼杀人的精神,在"灵魂中播下遗忘","装的不是智慧,而是智慧的赝品"。与此相对的,那种如口头演说等"更加本原的""活生生的话语",远胜过"用墨水写下的东西"[3]。苏格拉底此番言说,表明了他对口语传播的重视,认为口语在承载人类的情感、思想时更加自然与真实。

如此絮叨,意不在批评文字书写的历史,因为文字在人际交流中的作用已经被人类文明史所证明。不过,书面媒介所期待的主要是理解,而口语媒介所期待的则是体会。人际交往中选择怎样的媒介,与个人习惯有关,但在一定意义上也反映出人们对人际关系的一种期待。譬如,微信有语音传递功能之后,我也更喜欢使用语音功能。当然,人际交往如此,学术研究尤其是钻研古典文学,就务必要重视文字符号这个媒介的独特性。王国维提出的"一代有一代之文学"这个话题,其背后还当有"一代之文,每与媒介相表里"的命题。自媒介史来看文艺的发展,新媒介催生新文艺,乃是历史的普遍规律;每个时期的文艺思想,均与它们赖以呈现与传播的介质密切相关。随着社会的演进、科技的发展尤其是新媒介的兴起与普及,纷至沓来的图像世界包裹着人们的生活,人类的阅读方式亦由文字,经信息技术走向影像和数字化的世界。这一变化直接影响了人们对文学活动的理解。从人类思想史演变的规律来看,一旦遭遇某种转型,人们极易滋生古与今的对立思维,若新生事物处于强势态势时,又很容易萌生与"传统"割裂的情绪,进而产生关于传统的边缘化、失效论乃至终结论的观念。于是乎,当今文学界呈现出鲜明的古今分离的研究格局,尤其是关注当下的文艺者,常有一种历史虚无主义态度,轻视传统文学及其文化的发展规律。一个明显的事实就是,一篇古代文艺研究论文在知网的数年下载量不如当代文艺的月下载量。每每遭遇这种窘境,反而使我更加敬重那些致力古典文学的研究者。

程刚读书甚是用功,尤其令人感慨的是,他读硕期间,孩子还小,家庭生活压力大,但从未听他说过一句怨言,相反,他总是高质量完成每门课的论文。"虽然没有在校园沐浴青春的气息,更多的还是游走在家里的厨房与书房之间,虽然很少有与同学海阔天空的神

---

① 司马迁撰,裴骃集解,司马贞索隐,张守节正义:《史记》,中华书局 1982 年版,第 2140 页。
② 柳诒徵著:《中国文化史》(上),中国和平出版社 2014 年版,第 399 页。
③ 柏拉图:《斐德罗篇》,见江文编译:《柏拉图文集》,中国戏剧出版社 2008 年版,第 259—261 页。

聊,更多的是伴随在妻子、孩子的身边,但我仍然热爱着校园,珍惜着这样一个来之不易的学习机会。"这是程刚在硕士论文后记中的一段话,正是他当时学习生活的真实写照。有了重返校园的激情以及伴随而来的珍惜,因此,他读硕期间获得了安徽师范大学当时研究生的最高奖项(华藏奖学金),期间所撰写的多篇论文发表在知名期刊上。如《中国诗学的"无意"精神》刊于《文艺理论研究》2007 年第 4 期,《"以易释史"——邵雍咏史诗的一大特征》刊于《周易研究》2007 年第 1 期,《从"辍其情""性其情"到"任其情"——从魏晋玄学人性论变化看"诗缘情"说的提出》刊于《中国诗学》第十三辑,《观物之乐与天地境界——邵雍三"乐"与冯友兰四"境界"之比较》刊于《中国文化研究》2008 年夏之卷,《文道合一与诗乐合一:朱熹与邵雍文学本体论之比较》刊于《孔子研究》2008 年第 5 期等。

以《诗学与理学:邵雍〈击壤集〉研究》作为硕士论文题,这是程刚自主的选择。说实话,当时我还是有些担忧,因为文学史上对邵雍诗歌艺术性的评价整体不高,甚至讥讽邵雍诗歌是一种"押韵语录",因此他的《击壤集》很少被文学研究者关注,可供参阅的文献并不多。不过,经过交流,我们认为这是个潜在的学术话题,具有较大的挖掘空间。

一则,古代文学理论研究者多偏向于文论本身的研究,对从文学作品中发掘思想的研究路径重视不够。我的硕士生导师祖保泉先生曾告诫我:"研究诗话、词话等是文论,研究作品也是文论。"受先生启发,当时我正在撰写的《唐宋词审美文化阐释》一书,走的正是此路径。同时,与程刚上下届的几位同学在毕业论文选题上,也大多沿袭了这个思路。

二则,研究古代文学思想只有植根于民族文化的沃土中,方能得到准确的定位。这是我跟随邓乔彬先生读博、做博士后时的一大收获。邓先生研究中国绘画、词学、诗学等,与其说他关注的是诗词曲赋绘画等文学艺术及其理论的具体话题,还不如说他更感兴趣的是文艺与文化史之关系,甚或说是文化史中的文艺对象,他的研究路径具有"文艺文化学"与"文化文艺学"等理论的建构意味。

三则,人们批评邵雍等理学家"以讲学为诗,直是押韵语录"[①],反映出论者对诗歌须有情韵、艺味的要求。其实,邵雍并非不知各类艺术传统的审美要求,读其《谈诗吟》《论诗吟》《诗史吟》《史画吟》《诗画吟》等诗便知。然正如《谈诗吟》说的"诗者人之志,非诗志莫传",《论诗吟》说的"既用言成章,遂道心中事",从媒介文化学来说,邵雍正是运用了当时成熟且普及的诗体记录并传递他的学术及思想,他是一位懂得运用文字传播的哲学家。

基于上述认识,再来看邵雍的诗歌,可以说,诗歌是邵雍哲学思考、生命体悟的最主要载体,将其发掘出来,也是对邵雍诗歌独特性及其价值的极佳认可。同时,作为北宋著名

---

① 朱庭珍:《筱园诗话》卷四,见郭绍虞编选:《清诗话续编》(4),上海古籍出版社 1983 年版,第 2407 页。

的理学家、易学家、史学家,其思想承前启后,若能将研究对象由邵雍的"诗歌文化"变为"文化诗歌",以理学为背景,阐释诗学与理学的关系,不仅可以较为准确地把握邵雍心中的诗歌概念,而且未来可以由邵雍延展至整个宋代乃至其他时期理学家的诗学研究。

　　程刚硕士毕业后,一直在此领域里耕耘。其中,有一个明显的变化,即由"理学"转向了"易学",研究对象更为聚焦,着力思考宋代"易学"与"诗学"的关系。其博士论文《宋代文人的易学与诗学》已经出版,如今呈现给读者的《邵雍的易学与诗学》,是他在硕士论文的基础上历经十多年修改、完善的成果。读完之后,既为程刚学业之精进而由衷称许,又因其能用心专一而不免升腾起一种钦羡之情。

　　从话题选择上说,从易学角度关注邵雍诗学,乃是对理学家邵雍文化身份的精准把握。作为易学史上象数学派的重要代表,邵雍酷爱作诗,存诗居宋代理学家之首。不过,在邵雍研究上,哲学的、历史的视角早于文学的视角,且部分文学研究还将邵雍诗歌作为文学史上的负面案例予以批评。可以说,从文学角度重视并全面分析邵雍诗歌,程刚是较早的探索者。作为一种文字媒介,诗歌在中国古代除了发挥着抒情言志乃至教化的主导作用,还是"使穷贱易安,幽居靡闷"(钟嵘《诗品序》)的方式,酬唱赠答、送别怀人的人际交往的渠道,以及叙事纪游、承载思想的工具。因此,面对形态多样,功能各异的中国古代诗歌,我们需要有一种文化媒介学的视野,如此才能以包容的态度观照不同时期人们创作诗歌的独特需求。邵雍《伊川击壤集序》落笔自言:"《击壤集》,伊川翁自乐之诗也。非唯自乐,又能乐时,与万物之自得也。"[①]可见,在邵雍的生命旅程中,诗歌便扮演着他静观自然、沉思历史及安顿心灵的多重角色。邵雍易学与诗学的关联,程刚在行文中有过论述:

　　　　朱熹说:"康节之学,其骨髓在《皇极经世》,其花草便是诗。"[②]在这一点上,朱熹和邵雍可算是同道中人,都是理学家,也都酷爱写诗,都留下一千多首诗歌。邵雍的《皇极经世书》是其易学著作,《伊川击壤集》是其诗集。邵雍的诗歌与和思想之间是什么样的关系? 朱熹说过"文从道出",思想与诗歌的关系就是本与末、源与流的关系。同时,二者地位还是不同的,诗歌只能是余事,是点缀的"花草"。既然思想是诗歌的根源,似乎二者之间应该保持着一致性。其实在邵雍这里并非如此,邵雍思想所透露出的特征之一是整秩与谨严,而邵雍诗歌所透露出的风格则是安乐与自然。在诗歌中,形式上有整秩的"四分体"与闭环的"首尾体",而主题上则以表现安乐、闲适

---

① 邵雍著,郭彧整理:《邵雍集》,中华书局 2010 年版,第 179 页。
② 黎靖德编,王星贤点校:《朱子语类》,中华书局 1986 年版,第 2553 页。

情怀为主。这种整秩与安乐之间的张力,其根源还是在邵雍物理之学与性命之学,后天易学与先天易学之间的割裂。

这段文字堪为本书的"书眼",邵雍的《击壤集》兼具哲学、历史、文学等多重文本的性质。当从文学视角解读时,诚如上文说的,将研究对象定位为"文化诗学",当是合乎邵雍诗心的一种选择。程刚在梳理邵雍诗歌研究成果时,从研究的方法与路径上,大致分成"就诗论理""就诗论诗""就诗论人"及"就诗论艺"四类,就是立足于邵雍诗歌特质的结果。而上述每一类,程刚都有先期的研究成果,对此有强烈的研究自觉意识。正如他自己说的,研究邵雍这个个案,"从文学作品到哲学思想,再从哲学思想到文学作品,我们必须把这样的双视角的思路结合起来,才能更深入地研究他们的诗歌,同时也有助于对他们哲学思想的研究",这"对于一些思想家的文学成就的研究具有一定的典型意义"。

那么,邵雍"文化诗学"的内涵如何呢?程刚并没有采用宏观架构的方式,而是选择了中观研究,基于易学与诗学这个维度,通过系列具体命题,打开了探寻邵雍诗学的一扇扇窗户。在《易学与邵雍的文学思想》部分,从易学太极论讨论了文学本原论,基于邵雍的"心本论",重点分析了邵雍"文道合一""诗乐合一"的文学(诗学)本质论,乃是邵雍"文化诗学"本体论的揭示。在《易学与邵雍的文学创作》部分,依次讨论了邵雍"数象诗"与象数易学、咏史诗的"以易释史"、落花诗的生命寓意、哲理诗的理学内涵等四个专题,揭示出了邵雍诗歌的创作特色,可谓邵雍"文化诗学"认识论的专论。在《易学与邵雍的人生境界》部分,通过"观物之乐"与"天地境界"、心为太极与邵雍诗歌生命境界(狂、闲、乐)两个专题,实则指出了邵雍"文化诗学"的价值论。至此,加上之前的《宋代易学》《邵雍易学与诗学》两个概述,本书从本体论、认识论、价值论等方面搭建起了易学视角下的邵雍诗学体系的架构。本书附录的《中国诗学的"无意"精神》《从"辍其情""性其情"到"任其情"》《诗无题论的批评视角》《明清诗论中的"有我"和"有'我'"》等四篇文章,乃是程刚前些年研究中国诗学颇有心得的几篇,但也并非与本书主旨毫无关系,实则具有强化本书从文学与哲学结合视角研究邵雍诗学的观照意义。

本书虽然是邵雍易学与诗学的专论,然比较研究的方法贯穿始终。这既利于邵雍诗学特色的彰显,也反映出程刚在宋代文人易学与诗学领域的研究专长。譬如,《周易·系辞传》中"易有太极"一段,历来解释不一,程刚删繁就简,认为产生纷争的根源就在于"太极"为何物的看法上。理解不一,自然也就影响了对文学本原论的认识。于是出现了杨简、邵雍等人以心为太极的"心本论","认为文从心性而出,他们的文艺观多呈现出崇尚直觉的艺术表现论的倾向";张载、杨万里等人以气为太极的"气本论",认为文从宇宙而出,

"多呈现出反映论的倾向";程颐、朱熹等人以理为太极的"理本论",认为文从道出,"多呈现出工具论的倾向"……如此梳理,在比较中,既较为全面地观照了易学思想影响中国传统文学本质论的格局,也突出了邵雍易学、诗学重视"心本体"的特色,确立了邵雍开启"心学"系统的地位。

　　除此,还有全书屡屡将邵雍与朱熹比较,亦是新意频出。譬如,理学家时有"作文害道"之论,那么像"文从道出""因言明道"等主张何以自洽?"文道合一"等论存在的理由又在哪里?对此,程刚借朱熹评价邵雍之言"邵尧夫六十岁,作《首尾吟》百三十余篇,至六七年间终。渠诗玩侮一世,只是一个'四时行焉,百物生焉'之意"①,依次从邵雍《首尾吟》"大凡观物须生意"②诗句呼应"百物生焉"、邵雍常说的"观物之乐"以及"言通要妙"或"诗中见乐"这个朱熹未明言的意思等三个层次,澄清了理学家有关道与文之间一体关系的认识,明确了文道合一既是理学家完成理论体系建构的需要,也是个人创作的动因所在。而通过与朱熹"文道合一"文学本体论的比较,进而揭示出了邵雍"诗乐合一"的诗学本体论。这个"乐"已超越了体裁、体格等意思,指向了个体体道的生命境界,"乐既有感性的'人世之乐',也有超越于感性的形而上的'观物之乐'",彰显出邵雍"主乐自律"的理学修养,以及通过"言之有序"的方式传递具有个体主义倾向的形而上主题。这在一定意义上,或许更符合诗歌之于中国古人精神追求的价值旨归。因此,程刚最后得出"离开邵雍'诗乐合一'的文学思想,来谈理学家的文学思想是偏颇的"这个结论,我认为极有价值。

　　邵雍诗歌如何评价,这是程刚撰写硕士论文时我们经常讨论的话题。通读全稿,可以说,程刚的态度是客观的、辩证的,眼光是开阔的、融通的。这很大程度上得益于他精读邵雍易学、诗作,以邵雍诗歌为研究文本的结果。如此,既指出其诗歌艺术韵味不足的一面,也肯定了邵雍诗歌在诗学史上的独特性。如此,不仅改变了早期研究者将邵雍诗歌作为反面教材或工具化倾向的研究路径,而且看到了一些别人未曾注意到的现象。如关于邵雍诗论与创作的关系有时存在矛盾的现象,"若是从邵雍的诗歌出发,就会发现原来邵雍也不全是一个绝情去欲、道貌岸然的理学家,恰恰相反他有时也是一个吟风弄月的性情中人";如关于邵雍诗歌的价值,"不仅在文学研究中是不可缺少的,即使是在他的理学思想、易学思想、历史哲学的研究中,对诗歌作品的解析往往也是可以有很多新发现的,而这一点是被很多的人忽略的",等等。

　　程刚在研读邵雍理学与诗学期间,我也购买了《皇极经世书》《伊川击壤集》,并同步阅

---

① 《朱子语类》,第 2553 页。
② 《邵雍集》,第 520 页。

读。指导研究生近 20 年,一个最大的心得也是收获就是"阅读研究生们所阅读的书""与研究生们一起成长"。因工作的调整及研究领域的变化,邵雍的著作如今已放在书架的最高层。此次阅读程刚大著,实则是一次"温故"而未必能"知新"的过程。因而,所言未免多不着边际。记得当时阅读邵雍《击壤集》,印象最深的就是一个"乐"字。其《无苦吟》云:"平生无苦吟,书翰不求深。行笔因调性,成诗为写心。诗扬心造化,笔发性园林。所乐乐吾乐,乐而安有淫。"邵雍此处说的是作诗,实则也带给我诸多人生启悟。在现实生活中,邵雍必当有诸多"苦痛",然其人生观则以"乐"为本,唯有如此,才能吟诵出"所乐乐吾乐,乐而安有淫"这样的诗句来。程刚撰写邵雍之"乐"时,我也在思考唐宋词的闲适境界这个话题。在某篇文章中,我写下了这么一段话:"作为千古纲领的忧、乐主题,各自都可细分出丰富的类型,但若从传统文化的心理结构上说,忧患与闲适才是忧、乐体验的典型的文化形式。人们可能更多地关注忧患意识,将它视为知识分子的优秀传统。殊不知满足现实原则的忧患意识,期待的正是终极意义的闲适高境。从某种意义上说,快乐原则下的闲适心理具有超越忧患的存在价值,体现一种文化哲学上的精神归宿意义。"[①]现在看来,围绕这些话题,不仅能解读中国古代快乐主题的文化特点及其地位,也能反思当今人们对休闲文化的一些片面态度。

理学作为宋型文化的独特形式,在中华文化史上占有特殊的位置;哲理诗作为宋诗的独特性,在中华诗学史上亦有特殊的意义。至此,本书从易学与诗学关系的角度引领读者走进邵雍的世界,折射出宋代理学家的思想的艺术的时空。当然,这个话题值得探讨的内容还有很多,程刚所论也只是表达了他的研究心得。作为曾经与他相伴三年的老师,或许因为自己研究领域的拓展,特想与他交流的是近些年萦绕在我心头的几个问题:古代文学思想研究必然要有一种固本意识,但现如今因为数字化手段的介入,新的文学活动正在拓展,新的文学性亦在滋长,那么新文艺学建设如何从古人那里找到知音;在中华优秀传统文化传承创新的指导下,中国古代文学研究的路径又当如何……这些问题伴随着新技术革新的深度推进,必然是在较长时间内困扰我们的问题。最后提出这些悬而未决的观念性话题,目的是与程刚共勉。我相信,在未来的学术征程中,程刚必会呈现给读者更多的佳作精品。是为序。

(作者简介:杨柏岭,文学博士,安徽师范大学中国诗学研究中心教授。著有《龚自珍词笺说》等。)

---

① 杨柏岭:《唐宋词的艺术特征及美学史地位》,中华书局 2020 年版,第 241 页。